# 裸足の伯爵夫人

キャンディス・キャンプ

細郷妙子　訳



MIRA文庫

# Suddenly

by Candace Camp



Published by Harlequin K.K., Tokyo, 2006

# 裸足の伯爵夫人

## ■主要登場人物

チャリティ・エマーソン……………………名家の令嬢。
サイモン・ウェストポート…………………伯爵。
ベネシア・アッシュフォード………………サイモンの妹。
ジョージ・アッシュフォード………………ベネシアの夫。
ファラデー・リード…………………………紳士。
シオドラ・グレーブズ………………………サイモンの愛人。
リットンとキャロライン……………………チャリティの両親。
セリーナ、エルスペス、ベリンダ、ホレーシャ……チャリティの姉妹たち。

# プロローグ

ロンドン
一八七一年

もくろみを実行する前に、チャリティはあれこれと思案を巡らした。

誰にも知られずに屋敷を出ること。これが何よりも肝心だ。召使いや、姉のセリーナにも見つかってはだめ。両親に告げられてしまう恐れがある。あなたのために言ってるのよと、母は説教するに違いない。なんということをするの。育ちのよいお嬢さんがロンドンの町中を一人で歩くなんてとんでもない。あなたの評判はいっぺんに悪くなりますよ。母だけではなく誰一人、あの温厚な父でさえも、大目に見てはくれないだろう。社交界の人に目撃されなければ悪い噂《うわさ》を立てられるはずがないと主張したところで、納得しないに決まっている。そのうえ、なぜ今朝は侍女も連れないでこのアーミントルード伯母の邸宅をこっそり抜け出したのか、問いつめられるだろう。

でも、それだけはどうしても明かすわけにはいかない。というのも、上品なお屋敷の多いメイフェアの閑静な通りを一人歩きしただけでとがめられるなら、チャリティがこれからしようとしていることはまさに驚天動地、上流社会の若い娘にはあるまじき行為なのだ。

さんざん考えたあげくにチャリティは、出かけるのは朝食をすませた直後がいいという結論に達した。その時刻なら、母や姉たちはまだ眠っているだろう。なにしろ、長姉のセリーナと次姉のエルスペスの社交界デビューのためにロンドンへ来てからというもの、パーティ、パーティで夜更かししてはお昼ごろまで寝ているという毎日になってしまったのだから。こっそり出ていけば、家族に気づかれずに帰ってこられるかもしれない。チャリティと同じように早起きの父は、朝の食事がすみしだい散歩に出かけるのが日課だった。出ていくところを見られさえしなければ、召使いたちは仕事で忙しくしていてチャリティがいるかどうかなどには気がまわらないだろう。

そういうわけでチャリティは、朝食のあとで父が出かけるとすぐに帽子を持って音もなく階下へ下り、あたりに召使いの姿がないのを見定めてから正面玄関の扉をそっと開けてするりと抜け出した。通りで辻《つじ》馬車を呼びとめ、数分後には、デュア卿《きょう》の住まいであるジョージ王朝風の堂々たる白亜の館《やかた》についた。

チャリティは御者に金を払い、こともなげにさっさとデュア伯爵邸の石段をのぼった。不安なときは、臆《おく》さず自信たっぷりに振る舞うこと。これがこつだ。ぴかぴかに磨き上げた真鍮《しんちゅう》のドアノッカーはライオンの頭をかたどってあって、その口から輪が下がっている。チャリティはそれを持ち上げて、しっかりと一回打ち下ろした。

扉が開いた。やせこけたと言ってもいいくらい細身で、背の高い男が姿を現した。尊大な顔つきからして、執事に違いない。あか抜けないドレスをまとって召使いも従えずに立っているチャリティを一瞥《いちべつ》すると、男は見下した態度をいっそうあらわにした。

「はい？」どんな育ちか知れやしないこの娘が、いったいなんの用事でデュア伯爵邸にやってきたのか？　執事らしい男は眉をつり上げてチャリティの返事を促した。

チャリティはあごを突き出し、ひたと男を見返した。わたくしだって何百年にもわたって公爵や伯爵を輩出した家柄に、無駄に育ったわけではないのよ。執事ごときに威圧されてたまるものですか。

「わたくしはミス・チャリティ・エマーソンです。デュア卿にお目にかかりにまいりましたので、そのようにお伝えください」チャリティは、母の貴族ぶった口調を精いっぱいまねして申し渡した。

やせぎすの執事はためらっている。ただちにわたくしを追い出してしまいたい衝動をこらえているのだろう。エマーソンという名前に気がついたのは明らかで、勝手に追い払うわけにもいかないと思い迷っているのではないか。

やがて執事は、いかにもしぶしぶという様子で後ろへ下がり、チャリティを中へ通した。

「ここでしばらくお待ちくださされば、伯爵がご在宅かどうか見てまいります」

つまりこの尊大な男の胸の内はこういうことなのだ。供も連れずに突然やってきた生意気な小娘に、伯爵はお会いになるかどうかきいてみよう。

チャリティは、白い大理石を張った格調高い玄関広間を見まわした。幅の広い階段が中途から二手に分かれ、優雅な曲線を描いて二階へ通じている。

執事はこの階段をのぼっていき、数分後に、寸分たがわぬ足どりで下りてきた。チャリティの方に会釈して言った。「お嬢様、こちらへどうぞ」

チャリティは急にひざががくがくするのを感じた。自分では気がつかなかったけれど、待たされている間、よほど張りつめていたらしい。伯爵に断られたら、せっかくの企ても水の泡になってしまう。心配でたまらなかったのだ。深呼吸して執事のあとから階段をのぼり、くつろいだ雰囲気の書斎に案内された。

「チャリティ・エマーソン嬢です」抑揚をつけて告げ、執事は引き下がった。

チャリティが入っていくと、机に向かって座っていたデュア卿サイモン・ウェストポートは立ち上がった。この人は危険だわ。これがチャリティの第一印象だった。

世間ではもっぱらそのように噂されていて、〝悪魔のデュア〟と陰で呼ばれている。こうして向き合ってみてチャリティは納得した。まずは大男だし、非情で冷酷そうに見える。ライオンのたてがみのような黒髪といい、上等な仕立ての服をもってしても隠しきれない腕や胸、腿の盛り上がった筋肉といい、威厳と迫力があった。きれいにひげをそった顔からは、いささかの感情も読み取れない。整ってはいるが、御影石《みかげいし》の彫刻にも似て柔らかみの感じられない顔立ちだった。瞳はといえば、苔《こけ》むした深い池の緑とスレートの灰色が入りまじったなんとも不思議な濃い色合いだ。

その目が鋭くチャリティを射すくめた。まるで虫ピンで刺された蝶《ちょう》みたいに、チャリティはなすすべもなく棒立ちになっていた。口がからからで声も出ない。こんなところに来るなんて、あまりにも無鉄砲だったのではないか？

「ミス・エマーソン、どんなご用件でおいでになったのかうかがわせていただきましょう」伯爵が尋ねた。

チャリティは胸を張った。生まれてこのかた、何事からも逃避したことはない。今さら逃げたりするものか。それに、姉の将来のすべてがかかっているのだ。

「デュア卿、わたくしと結婚してくださいとお願いにまいりました」

# *1*

あっけにとられたデュア伯爵は、言葉を失ってチャリティを見つめた。

チャリティ・エマーソンが訪ねてきたと、執事のチェイニーが知らせに来たときは少々びっくりした。セリーナの妹であるのは知っていたが、本人に会ったことは一度もない。いったいぜんたい何事が起きて、セリーナの妹がやってきたのだろうか？　想像もつかないだけに、好奇心をそそられた。この二、三週間、自分がセリーナ・エマーソンに求婚するという噂《うわさ》が飛びかっているのは知っていた。とはいえ、まだエマーソン家と姻戚《いんせき》関係になったわけではない。そのような親類でもない男の家を若い娘が訪ねることは、上流社会では大きな失点になる。それなのに、なぜチャリティ・エマーソンはここに来たのだろうか？

執事に案内されてチャリティが書斎に入ってきたとき、デュア伯爵は重ねて驚かされた。セリーナの妹というからには乳くさい女学生だと思い込んでいたら、目の前に現れたのはみずみずしく成熟した若い女性ではないか。これでは、両親がチャリティを姉たちと共に社交界にデビューさせなかったのも、むべなるかな。こんなに姿がよくて、まばゆいばかりの金髪美女の妹と並べられれば、セリーナもエルスペスも影が薄くなってしまうだろう。たちまち下腹部が目覚めるのを伯爵は、はっきりと意識した。

伯爵は咳払《せきばら》いしてから、ようやく口を開いた。「すみません。もう一度おっしゃってください」

チャリティは頬を薔薇《ばら》色に染めた。なんという露骨な言い方をしてしまったことか。

「あのう、つまりその、伯爵はご結婚のお相手を求めていらっしゃるのではありませんか？」

「ミス・エマーソン、あなたに気にかけていただくような事柄ではないと思いますが、確かに近々、結婚するつもりではおります。祖父亡き今、わたしにはこの家の跡取りをつくる義務がありますからね」

「はい、ですからわたくしはこうしてこちらにうかがったわけでございます」

「ということはつまり、あなたが志願なさりたいという意味ですか？」

チャリティの顔はますます赤くなった。冷静に論理的に自分の意図を主張するつもりでいたのに、例によって言葉が先に口をついて出てきてしまった。

「わたくしはそんなことは……」まくし立てようとしたが、一息置いて言い直した。「まあ、そうも言えるとは思いますけれど。ただ、おっしゃるような意味ではないんです」

「なるほど」緑の濃い伯爵の目に笑みがちらついた。「だったら、どういう意味合いでご自分を提供されるのか教えていただけませんか?」

伯爵の声音には微妙な含みがあって、チャリティはぞくっとした。侮辱的だと怒るべきところであるのはわかっていた。だって伯爵は、わたくしのことを貴婦人ではないとほのめかしているのだから。それなのに憤然とするよりも、ひざから力が抜けるような感覚に陥るのは不思議だった。

チャリティは背筋をぴんとのばした。なんのためにここに来ているの、忘れてはだめじゃない、と自分を叱《しか》った。「皆さんのお話によると、伯爵はわたくしの姉に結婚の申し込みをなさるおつもりだそうですね。うちの父も、伯爵が決意されたようだと、ゆうべ母に申しておりました」

「へえ、それで?」

「それを聞きましてわたくしは、これは何か思いきったことをしなければと考えました」

「ほう? で、その思いきったこととは?」

「姉のセリーナの代わりに、わたくしと結婚してくださるように伯爵にお願いすることです」

「姉上を出し抜こうというのですね?」

チャリティは愕然《がくぜん》とした。「まさか、そんな! わたくしが姉を傷つけることをするなんて、考えられません。伯爵、おわかりくださいませ。むしろ逆で、わたくしは姉を救いたいのです」

「救いたい？　わたしとの結婚から姉上を救おうと？」伯爵は眉をつり上げた。「わたしの妻になることがそれほど痛ましき運命だとは、ついぞ察しがつきませんでした。見たところセリーナ嬢はその運命を受け入れることにためらいをお感じではないようでしたが」

チャリティは重々しくうなずいた。「おっしゃるとおり、姉は運命に従うつもりでおります。伯爵との結婚は自分の務めだと思っているのです。セリーナという人は、家族に対する務めを第一に考えるたちなのでございます。誰かが止めなければ、姉はきっと伯爵と結婚することでしょう。そしてそのあとは、みじめな生涯を送ることになります」

しばらく黙り込んだあと、デュア卿《きょう》はつぶやいた。「わたしのほうも、自分が哀れな夫になる運命だとは気がつかなかった」

デュア卿に対してずいぶん無神経だったことに気がつき、チャリティは恥ずかしくなった。「どうか……お許しください。伯爵との結婚によってみじめになるという意味ではないんです。もしもそうならば、姉の代わりにわたくしと結婚してくださいとは申しません。正直なところ、わたくしはそこまで犠牲的精神の持ち主ではありませんもの。ただし、セリーナでしたら、わたくしのためにそのようなこともいとわないでしょう。姉はとても偉いんです」

「わたしも、姉上は並外れた方だと思っています。だから結婚を申し込む気持になったんですよ」目がいたずらっぽく光ったために、冷徹なサイモンの表情が一変した。

「そうはおっしゃっても、姉を愛してはいらっしゃらないのでしょう？」チャリティは心配そうにきいた。「姉もそれは存じております。セリーナばかりでなく父も、伯爵は恋愛結婚にはご興味がないと話しておりました。間違いではありませんよね？」

「ええ、わたしが結婚に求めるのは、もっと合理的な取り決めです。恋愛結婚も一度は経験しました。しかしもう二度と、その罠《わな》には陥りたくないんです。それにしてもまだわからないのは、なぜ――」

「伯爵が怖いからというような理由ではありません。姉は……怖がっているとしても、ほんの少しです」

「それで大いに安心した」

チャリティは、伯爵の表情を探った。笑みをおびた目の色にほっとして、にこっとする。

「ごめんなさい、変なことばかり言って。実は……姉は他《ほか》の方を愛しております。これでおわかりいただけますよね？　心を別の方に捧《ささ》げていて、どうして伯爵との結婚を喜べましょうか」

デュア卿はけげんそうに眉をひそめた。「そんなことは一度も姉上から聞いていないし、わたしの誘いにも乗り気に見えたが。結婚を望まないんだったら、なぜそういう意思表示をされないのだろう?」

「親孝行な姉には、そんなことはできないんです。父も母もこのお話に大喜びですもの。うちは五人も娘がおりますでしょう。一人だけでも立派なお宅に嫁ぐことができれば、どんなに助かりますことか。セリーナが伯爵の奥様になったら、妹たちをみんな社交界にデビューさせられるわけですから」

四人もいる妹たちをこの家で次々と世話することを考えただけで、サイモンはひそかに吐息をもらした。すかさずチャリティは言った。

「よくわかりますわ、伯爵のお気持。きっとうんざりなさるわ。特に妹のベリンダときたら、手のつけられないわがまま娘ですから。ただ、長女であるセリーナは、たとえ悲しくても家族のために結婚しなければと思う人なんです。姉が愛しているのは、わたくしたちの故郷、シドリー・オン・ザ・マーシュにいらっしゃる牧師様のアンソニー・ウッドソンという方です。とってもいい方なんですが、もとより財産も地位もありません。セリーナはそんなことはちっとも気にしてなくて、好きな人と幸せな結婚をして清く正しく暮らしたいだけなんです。あんなに親切で思いやりがあり、困っている人を見ると助けずにはいられない姉ですから、きっとすばらしい牧師の奥様になれるわ。古ぼけた服を着るのも平気だし、舞踏会みたいな華やかなところに行けなくても残念だとは思わないんです」

風変わりだとも言える姉の性格を思って、チャリティは鼻にしわを寄せた。

デュア卿はまじめくさって言った。「そういうことを知らなかっただけで、姉上が他の男性を愛しているなら、わたしも結婚したいとは思いません。結婚を強制するつもりなんか、まったくなかったんですよ」

「ご存じなかっただけというのは、よくわかります。お知りになりようがありませんもの。姉は自分からは決して言わないでしょうし、両親もウッドソン牧師とのことは知らないんです。打ち明けたとしても、両親が賛成するはずはありません。だって、牧師様にはお金がないんですから」

「そういうわけなら、姉上がもう悩まないですむようにしてあげることを約束します」ふとデュア卿は、この愛らしい訪問者を帰さなければならないのが惜しいような気がした。

「さて、ミス・エマーソン、ここに来られた目的は果たしたのですから、もううちにお帰りなさい。男の家にいたことが世間に知れたら、あなたの評判に少なからぬ傷がつきますよ。わたしの家となれば、なおさら」

「わかっております。アーミントルード伯母に、はしたないことをしたと言われるでしょう。もっとも、伯母はしょっちゅうそう言うのですけれど。伯爵にはとかくの噂があると、母に聞きました。ですから最初は母も、伯爵のお気持が姉との結婚を前提としているのかどうか、心配しておりました。でも伯爵は生娘には言い寄らないと、父が母を安心させたんです」サイモンは声高らかに笑い出した。きまり悪げにチャリティは謝った。「ごめんなさい。またおかしなことを言ってしまったんですよね？　セリーナにまで、わたくしはおしゃべりだと言われてるんです。お気に障ったのでなければいいけど」

「とんでもない。それどころか、知らなかったことを教えてもらっただけでなく、あなたのおかげで今朝は実に楽しかった。しかし、もう帰られたほうがいい。チェイニーに馬車を呼ばせましょう。この家の馬車じゃ、かえって目立つから」

「お待ちください！」チャリティはぱっと立ち上がった。「まだ伯爵は……その、つまり、姉に結婚を申し込むのを取りやめてくださるだけではだめなんです！　わたくしがこんなお願いにあがったのがばれて、しかも、あの感じが悪いアマンダ嬢か誰かが代わりに伯爵を獲得したりしたら、わたくし、母に殺されてしまうわ」

「だいじょうぶ。アマンダ・ティルフォード嬢にプロポーズするつもりはまったくありませんから、ご安心なさい」

「そうですよね。まさか伯爵も、そんなにおばかさんではないでしょう。だけど、とにかくわたくしたち姉妹の一人に申し込んでいただかないと困ります。だから、姉の代わりにわたくしとの結婚を快諾していただこうと思って、こうしてうかがったわけです。セリーナが伯爵のお嫁さんにならなければ、わたくしたち一家は救貧院の厄介にならなければならないと、父は話しております。たとえ話として言ったのだと思いますが、暮らしが苦しいのは事実なんです。この手袋は裏返して使っておりますし、この帽子も姉の古いものをわたくしが直しました。セリーナとエルスペスが社交界にデビューするためにお金がかかったので、今年は二人以外にはドレスを新調できないと父に言われています。両親は恋愛結婚だったから無一文なんです。幸いグリメッジ伯母が母にちょっとした財産を残してくださったから、この数年はなんとかしのいでこられました。それなのに母は、たとえひもじくても、わたくしたちを商人に嫁がせようとはしないんです。おわかりでしょう？　母は気位が高いの。いとこが公爵だのなんだので。そこへいくと、伯爵のお家柄は非の打ちどころがないんですもの――チャールズ二世時代のあのスキャンダル以外には。だけど母に言わせると、あれはかまわないんですって。なぜかというと、あの時代はみんなああいうことをしていたからだそうです」

「かろうじて母上のお眼鏡にかなったと聞けば、デュア伯爵家の未亡人も得意になることでしょう」

「まあ、どうしましょう。お気を悪くなさった？」

「いや、そんなことはないが、この結婚の取り引きは馬の交換みたいに簡単にはいきませんよ」

「あら、簡単じゃありませんか！　だって、伯爵のお望みは跡継ぎでしょう？　セリーナでなくても、わたくしが立派にそのお務めを果たせます。わたくしはもう大人ですし、健康そのものなんです」チャリティは熱弁をふるいながら両手を少し広げて、さあ、ごらんくださいという身ぶりをしてみせた。

　サイモンの目が一瞬、光った。「おっしゃるとおり、健康そのものですね」

「でしょう！　わたくしにも健康な赤ちゃんは産めますわ。それに、血統は姉と同じですから世間体も悪くないと思います」

「こうして独身男の家をしばしば訪ねたりしなければね」サイモンはやんわりと皮肉った。

　チャリティはむっとして言い返した。「常習にしているわけじゃありませんわ。さっきお話ししたように、わたくしはせっぱつまってこちらにうかがっただけです。姉を救いたい一心で」

「あなたは進んで、その……いけにえの子羊になろうというわけですね？」

　いけにえの子羊という言い方がおかしくて、チャリティはついくすくす笑ってしまった。

「でも、姉の代わりになれるのは、わたくししかいないんです。二番目の姉のエルスペスは、伯爵をものすごく怖がってますからだめなの。どっちみち、伯爵がお気に召すはずがないんです。だって、エルスペスはしょっちゅう泣き言ばかり言ってるので、うんざりなさるに決まってるわ。ベリンダとホレーシャはまだ子どもでしょう。というわけで、残るはこのわたくしだけ。だけどわたくしは、いけにえとか犠牲などというふうには思ってません。なんといっても、伯爵でいらっしゃるし、お金持ちだし……それに、なかなかすてきな方ですもの。謎《なぞ》めいていて、陰のあるタイプが好みならなおさら」チャリティは首をかしげて、サイモンをじっくり眺めた。

「で、あなたはそういう好みなんですか？」

伯爵の低い声に耳をくすぐられると、みぞおちのあたりが妙にざわめくのをチャリティは感じた。「好みでないことはありませんわ」神妙に目を伏せはしたものの、ちゃめっけは隠しきれない。サイモンは笑いをこらえるのに苦労した。

「あなたは、わたしを怖がらない？」

「ええ。わたくし、何につけ、あまり怖がらないたちなんです。鈍感なんじゃないかって、いつも母に嘆かれています」

サイモンはついに笑い出した。「どうやらあなたは、おてんばらしい。男はあなたみたいな人に近づかないほうが無難だろうな」

チャリティは肩をすくめた。「父にもそう言われました」きっと口を結んだ様子が本人は無意識なだけになんともかわいらしくて、サイモンの下腹部はまたしてもひとりでに硬くなった。

「とにかく非常識だ」サイモンは語気を荒くした。「あなたには自分のしていることがわかってないんですよ」

「いいえ、わかってないことなんかありません。ちゃんとわかってるからこそ、こうしてお願いしているのです」澄んだ青い目でチャリティはひたとサイモンを見すえた。「ついでに申しますが、わたくしがいったんこうと決めて始めたことはたいてい思いどおりになるんです」

デュア卿は首を振って向きを変え、チャリティから離れていった。

「わたくしのことをご存じないから、決心がつかないんですね」チャリティはめげずに明るい声で続けた。「本当のことを言いますと、セリーナよりわたくしのほうがずっといい奥様になれるのです。伯爵はロンドンにいらっしゃることが多いでしょう？　ところが姉は街が苦手なんです。だからセリーナと結婚すれば、伯爵は今までの生活を変えさせられてしまうかもしれませんわ」

「それはまずいな」サイモンは窓の外に視線を向けたまま、笑いをかみ殺した。

「一方、わたくしは都会の暮らしが好きで、パーティや晩餐会《ばんさん》、オペラなどにも喜んで行きます。正直言って、セリーナやエルスペスがそういうところに行けるのが羨《うらや》ましくてならないの。しかも姉たちはあんまり楽しんでもいないんだから、もったいないわ」チャリティは難しい顔をして言った。「あなたの奥様になれば、もちろん、妹たちを社交界にデビューさせて、エルスペスにもだんな様を見つけなくてはならないわ。わたくしの役目ですもの。だけど……その点についても、わたくしのほうが姉よりもうまくできると思うの。妹たちをあか抜けさせる自信はあるし、さっさと片づけてしまえばいいわ」

噴き出しそうになるのをこらえたために、サイモンの口から変な音がもれた。チャリティはサイモンの方に視線を投げた。

「どうなさったの？　何かいけないこと言いました？」

「いや」サイモンは向き直り、チャリティに目を当てて首を横に振った。「お嬢さん、せっかくだが、この話は無理だ。あきらめてください」

チャリティの顔はみるみる曇った。あまりにも打ちひしがれて泣き出すのではないかと、サイモンは思った。

「どうしましょう！　わたくしのせいでめちゃめちゃになってしまったわ。余計なことをしたと、母がどんなに怒るか。わたくしのお願いを聞き入れてくださると思ったからうかがいましたのに」チャリティは哀願のまなざしをサイモンに向けた。「伯爵、どうしてわたくしを奥様にしていただくわけにはいかないんですか？　厚かましいからでしょうか？率直なのは、自分でもわかっております。口を慎みなさいと、母にはひっきりなしに注意されていますし、活発すぎたり、ときには衝動的になったりもします。でも、年を取るにつれ、きっとおとなしくなれると思います。たいていそうなりますよね？　それと、伯爵、わたくしは決してあなたのお名前を辱めるようなことはいたしません」

サイモンの口元に笑みが浮かんだ。「ミス・エマーソン、わたしは、おとなしくなくても率直で活発なあなたのほうが好きだな。あなたは……大変楽しい人だ」

「まあ。でしたら、わたくしの容姿がだめなのかしら？　セリーナの肌の色のほうがお好きなんですね？　それとも、あのほっそりした体つきが？　姉に比べて、わたくしは肉づきがいいですから」チャリティはがっかりして、近くの椅子にどさりと腰を下ろした。

サイモンの下腹部は火照った。「あなたの肉づきのよさは理想的だ。あなたのことをきれいだと思わない男なんていないでしょう。自分でもそれはわかってるんじゃないかな」

「それは一度や二度は言われました。だから伯爵も、この取り引きがいやとはおっしゃらないだろうと思ったんです。セリーナだけでなく、わたくしのことも悪くないと思ってくださるのではないかと期待してたんですけど」

「もちろん悪くなんかない」地味なセリーナの代わりにこの朗らかな美人の妹とベッドを共にする場面を、サイモンは思い描いた。まずい。腰のあたりの火照りが増してきた。チャリティのそばに行き、女としての魅力に自信を持ちなさいと言いたいのをこらえて向きを変え、ぶっきらぼうにつけ加えた。「あなたに欠点などはないが、あまりにも若すぎる。それだけです」

望みが持てそうな気がして、チャリティは立ち上がった。「でもわたくしはもう十八で、セリーナより三つ下なだけです。姉たちと三人分の費用の心配がなければ、わたくしも今年はデビューしていたと思います」

サイモンはふたたびチャリティに視線をもどした。一緒にデビューさせれば姉たちの影が薄くなると両親が案じたのだろうに、チャリティ自身はまったく意識していないらしい。

「といっても、わたしとは十二も年が違う。あなたのようなお嬢さんには、わたしは年を取りすぎていて……くたびれてる」

いたずらっ子じみた微笑と共に、チャリティの頬にえくぼが浮かんだ。「わたくしには、まだそんなにくたびれていらっしゃるようには見えませんわ。若いといっても、わたくしは自分の考えをはっきり持っているつもりです。移り気とか煮えきらない性格でないことは、わたくしを知っている人なら誰でも保証してくれます。十二どころではなく年の離れているご夫婦もたくさんいるじゃありませんか」

「年齢はともかく、あなたの若さが問題なんです」この娘は、ベッドのみならず一緒に暮らすにはさぞ愉快な相手だろう。内心そう思いながらも、サイモンはそっけない返事をした。「わたしが探しているのは、夢見がちな若いお嬢さんではない。甘い言葉をささやいたり、高価な贈り物を買ってやったりして始終ちやほやと機嫌を取らなくてもすむような、結婚に愛を求めぬ物わかりのよい大人の女性なんですよ」

「わたくしも結婚にそんなことを求めてはいません！　伯爵がどういう結婚生活を望んでいらっしゃるかは、よく承知しております。その覚悟も十分にできています。その点でも、セリーナよりわたくしのほうが向いているんです。だって姉は見かけは落ちついていますけれど、根はとってもロマンチストなんですよ。家庭的な人だから、だんな様に愛されなかったり、かまってもらえないときっとしおれてしまうわ。そこへいくと、わたくしなら夫に頼らずにやっていけます。自分の楽しみを見つけたり、友達をつくったり——わたくし、すぐ友達ができるの。で、そのお仲間たちと舞踏会へ行ったり、オペラを観《み》たり、ロンドンでは楽しいことがいっぱいあるから、退屈する暇などありませんよね。どこへ行くにもわたくしを連れていってなんて決してせがんだりしませんし、愛されることなんか期待もしません」

サイモンは怖い顔をしてみせた。「何を言ってるんですか。そのうちあなたは誰かを恋するようになる。そのときはどうしますか？　愛のない結婚生活に縛られて悩むことになる」

「まさか、そんな！」チャリティは憤然とした。「どんなことがあっても、わたくしはだんな様を裏切りはしません！」

「裏切るとは言っていない。ただ、不幸せになるのは避けられないでしょう。ふさぎ込んでいる妻は、わたしもごめんこうむりたいということです」

チャリティはこともなげに言ってのけた。「ふさぎ込んだりはしませんわ。わたくしは恋にはまったく向いてない女なんです。誰かと恋に落ちたこともなければ、友人たちみたいに若い殿方に夢中になったことは一度もありません」

「あなたはまだ十八だから、それほど機会がなかっただけでしょう」

「機会はありました」この無邪気な返事を聞いたサイモンはなぜか、むかっと腹が立った。

「故郷ではいろいろな会合にまいりましたし、舞踏会ではいつもお相手が引きも切らずでした。わたくし、人気があるんですよ」チャリティは得意げにつんとしてみせたものの、すぐにくすくす笑い出した。「結婚の申し込みをされたことも二回ありますの——そのうちの一回は、わたくしをお庭に誘い出す口実だっただけではないかと思いますけど」

サイモンは気色ばんだ。「そんな無礼なことをしようとした男がいたんですか?」

「いいえ、もちろんわたくしはお庭になど行きません。それほどばかではありませんわ。自分のことは自分で始末をつけられますと、さっき言いましたでしょ。それに、心を奪われたためしはありませんし、人を愛するようになりたいとは思わないんです。恋愛結婚をするとどうなるか知っています。両親も恋愛結婚だったのに、二、三年もすると愛が醒《さ》めてしまったんです。このごろはお互いに好き合ってもいないみたいなんですよ。母は、伯爵家の三男なんかではなくもっと身分の高い人と結婚できたのにと、父を責めています。父は父でときどきかんしゃくを起こしては、そうしてくれていれば助かったよと母に言い返します。こんなことって悲しいわ。だからわたくしはもうずっと前に、熱烈な恋愛結婚はすまいと決心したんです。最近は、わたくしは熱愛というものを感じられないたちなのではと思うようになりました。なんだか女らしくなくて無骨だと自分でも思いますけれど、仕方ありませんわ」チャリティは肩をすくめて続けた。「そういうわけで、わたくしは伯爵がお考えになっているような結婚にぴったりです。なんの不満もありません。子どもを産みたいですし、子どもたちと一緒にいればとても幸せに暮らせると思います。伯爵も、それで結婚なさりたいんでしょう？　つまり、子どもをつくるために？」

「そう、子どもが欲しいのは事実だが」

「でしたら、わたくしたちの求めていることは一致するではありませんか」

「あなたは何もわかってない。結婚とはどういうものか、まったく知らないんだ。おしゃれをして華やかなパーティへ出かけたり、子どもたちに小ぎれいな服を着せたりするのが結婚じゃないんですよ」

サイモンは険悪な表情でつかつかとチャリティに近づき、いきなり腕をつかんだ。

「結婚とは、こういうものなんだ」サイモンはチャリティを抱きすくめ、唇をふさいだ。

# 2

驚きのあまりチャリティは身動きもできなかった。デュア卿《きょう》の体って、こんなに固くてたくましいのね。ぼうっとした意識にまず浮かんだのは、そんなことだった。それなのに唇の感触のなんという柔らかさ。その唇に圧迫され、口をこじ開けられそうになる。上唇と下唇の合わせ目にデュア卿の舌が走った。思わずチャリティは小さくうめいた。すかさずデュア卿は舌の先をさし込んだ。チャリティはますます動揺する。

チャリティとて一度も口づけされたことがないというわけではない。けれどもそれはあくまで控えめで素朴なもので、これほど熱っぽく強烈なのは生まれて初めてだった。それなのにチャリティは我知らずサイモンにしがみつき、腕を首に巻きつけて口づけにこたえた。サイモンの舌と唇にまさぐられながら、かつて感じたこともない快いときめきにうっとりする。鋼鉄のような腕にきつく抱きしめられていることさえなんともいえず心地よく、チャリティの体は小刻みに震えていた。

サイモンはのどの奥で奇妙な音をたて、不意にチャリティから手を離して後ろへ下がった。よろめきかけたチャリティは、とっさに手をのばして椅子の背につかまった。その支えがなかったら、まっすぐ立ってはいられなかっただろう。いぶかしげに目を大きく見開き、顔をほんのり赤らめたチャリティの唇は濡《ぬ》れて光っていた。

欲情がサイモンの全身を貫いた。荒い息づかいを抑えることができない。何もわかっていないこの娘に、結婚生活はままごとではないと思い知らせてやるつもりで始めたキスだった。だが、唇が触れ合ったとたんに自らが燃え出してしまった。本音を言えば、途中でやめたくなかった。それればかりではなく、口づけ以上のことがしたかった。チャリティの唇のなんと甘美だったことか。柔らかい胸のふくらみが吸いつくように密着して……。肉感的な口元や光をおびたまなざしを見ているだけで、もう一度チャリティを抱き寄せ心ゆくまで口づけしたくなった。いや、それにとどまらず、ベッドに連れていきたかった。けれども、そんなことはできない。してはいけない。この娘はあまりにも無垢《むく》で、純真すぎる。自分が今したことに拒絶反応を起こしているだろう。ふたたび手を触れたりしたら、部屋から逃げ出すだろう。それでいいのだ。おびえて向こう見ずな計画を思いとどまるように仕向けたつもりだったのだから。とはいえ、チャリティが逃げれば追いかけたくなるに違いない。それほどサイモンの官能は抑えがたく刺激されていた。

「あのう……殿方のキスというのはこのようなものなのでしょうか?」感に堪えないというふうにチャリティが尋ねた。無意識に舌の先でサイモンの唇が触れたところをなめている。

本人は自覚していないだけに、なんともいえず挑発的なしぐさだった。サイモンはたまらなくそそられた。「そう」こぶしを握りしめ、自制するのに必死でやっと一言答えた。

「で、結婚すれば、こういうことをするんですね？　赤ちゃんを産むためには」

「そのとおり。しかも、これだけじゃなくて、もっともっと」

チャリティは目を大きく見開いた。衝撃のあまり泣き泣き立ち去るものと、サイモンは確信した。ところが、チャリティはこう言ってのけた。「でしたらわたくしは……ぜひ結婚したいと思います」

デュア卿はうめき声をのみ込んでくるりと向きを変え、窓辺へ歩いていった。チャリティに背を向けたまましばらく外にじっと視線を当てていたが、振り返って軽く会釈した。

「承知しました、ミス・エマーソン。あなたのおっしゃるとおりにしましょう。今日の午後、結婚の申し込みのためにお父上をお訪ねすることにします」


チャリティは伯爵家の執事が呼んだ貸し馬車の座席に寄りかかり、ほの暗い車内にぼんやりと目をすえていた。頭のてっぺんから爪先まで火照っていた。デュア卿にキスをされた！　そのキスたるや――この世にあのような感覚が存在するとは夢にも思わなかったたぐいのものだった。固く引きしまったデュア卿の体の感触がいまだに肌に残っている。まるですっぽり包まれたように、両腕に抱きすくめられた。見知らぬ他人も同然の強そうな大男にあんなふうに抱擁されたら、おびえるのが当然だと思う。それなのに、天にも昇る心地だった。

　チャリティはうっすらとほほえみ、手袋をはめた指先を口元に持っていった。この唇はデュア卿の求めにこたえ、あの方に捧《ささ》げてしまった。夫と妻の間にこのようなことがあろうとは！　お嬢様育ちのチャリティには、夫婦生活の本当のところはわからない。とはいえ、わからないながらも結婚とはどちらかといえば退屈なものだという思い込みがあった。周囲を見まわしても、互いに胸をときめかせたことがあるとはとうてい思われないような夫婦ばかり。それなのにさっきデュア卿にされたようなことを、そんな夫婦たちも分かち合ってきたのか。伯爵がおっしゃったとおりに、それが子どもをつくるための方法だとすればだけれど。なんだか矛盾しているようで、どうしても腑《ふ》に落ちなかった。

　いえ、ひょっとするとああいうことは、どこの夫婦でも経験できるわけではないのかもしれない。つまり、デュア卿は特別で……たぐいまれな方だということ。抱擁されたときのあのとろけそうな感覚は、伯爵にしかなし得ないわざではないかしら。伯爵について陰で噂《うわさ》されていることをチャリティは思い出した。いかがわしいお仲間がいると、母は憤慨していた。もしかしてそういう仲間から、あんなぞくぞくする口づけの仕方を学んだのではないか。その世界の女性から伝授されるのは、下品なことなのかしら。

チャリティはむしろありがたいと思った。そう思っただけで、身内を快い震えが貫いた。こんなふうに考えるわたくしも俗悪なんだわ。でも、これは今に始まったことではない。わたくしは人に期待されているような考え方や感じ方ができないのだ。良家の令嬢らしくおっとりと慎み深くはにかんだ笑みを浮かべてみせるなどということは、チャリティの気性が許さなかった。母にはしばしば見放されそうになった。どうして自分はこんなふうに姉妹や知り合いの若い女性たちとは違うのか。チャリティ自身にもわからない。何か意見を言うと、まわりの人々がよく肝をつぶす。それもなぜか理解できない。

だがデュア卿は、びっくりはしても衝撃や嫌悪に近い表情になったりはしなかった。それどころか面白がっているふうに見えた。笑いをかみ殺したのもチャリティは見逃さなかった。だからこそ、こちらの提案を受け入れてもらえるのではないかと思ったのだ。今までに近づきになった男性はたいてい堅苦しい人ばかりだった。デュア卿にはそういうところがない。初めて伯爵の姿を見たとき、他《ほか》の人とは違うと直感したのだった。あれは伯爵が姉を訪ねてきたときのことで、妹たちと一緒に階段の手すりのすき間からこっそり下をのぞいてみたのだ。生意気なベリンダは伯爵のことを危険な匂《にお》いがすると言った。チャリティは、そうは思わなかった。確かに顔立ちに非情なところがあって、肌の色も浅黒い。異国的というか、謎《なぞ》めいた雰囲気を感じるのはそのせいだろうか。なぜそうなのかはっきりはわからないながら、チャリティはひそかにかいまみただけのデュア卿に興味をそそられた。あのときの伯爵は、セリーナを訪問するという義務を厳かに果たしているふうにしか見えなかった。姉その人にではなくて、自分の立場にふさわしい若い女性と結婚することが唯一の関心事。そんな印象だった。それはともかく、デュア卿と結婚するのもまんざら悪くないのではないか。伯爵はつまらなそうな顔をして少々いらだっているようではあったけれど、怖いという感じはしなかった。あの方、笑ったらどんな顔になるのかしら？

そんなことを考えていると、あの計画がぱっと頭にひらめいたのだった。

で、そのもくろみは見事に成功した。デュア卿は、わたくしを怒って追い払いもしなければおつむの弱い子ども扱いもしなかった。それどころかわたくしの申し出に同意し、口づけまでした。

チャリティは少し手前で馬車を止め、伯母の家まで歩いた。通用口からそっと入り、姉と共用している四階の自分の部屋へまっすぐ行った。幸い父とも母とも顔を合わさずにすんだ。

窓辺に座って本を読んでいたセリーナは顔を上げ、ほっとして表情をゆるめた。「ああ、やっと帰ってきた！　午前中いっぱいどこに行ってたの？　どんなに心配したことか。お母様には適当に取りつくろっておいたけれど、そんなことでいいのかと気が気じゃなかったわ」

チャリティは、こともなげに明るく返した。「それで上々よ。ありがとう。だって、お散歩してただけだもの」

「こんなに長く？　朝、あなたがそっと出ていく気配で目を覚ましたのよ。お散歩だけなら、なんであんなにこそこそしなければならなかったのかしら。だいいち、のんびり歩くところなんかあるの？」

「あら、ハイドパークに決まってるじゃない。でも、ちょっとのんびりしすぎちゃったようね。田舎の自然が恋しくて……」疑わしげな姉の視線を受けて、チャリティは口をつぐんだ。「ああ、こうなったら仕方ない。お姉様が相手じゃ、ごまかそうとしても無理ですものね。あるところへ行ったのは事実よ。だけど、どこかはまだ言えない。うまくいくとがはっきりしてからでないと。それに、お姉様が希望を抱きすぎても困るから」

「希望って？」セリーナは眉根を寄せた。ふだんは柔和なほほえみの愛らしい姉が、しかめっ面で問いつめてくる。「チャリティ、あなた、いったい何をしたというの？　さあ、言ってごらんなさい。また、けんかでもしたんじゃないでしょうね？」

チャリティはむっとした。「まさか、失礼ね！　けんかなんか……ずっとしてないわよ」

「だったら、何をしてたというの？」

チャリティも顔をしかめた。姉には話したくない。本当のことを言おうものなら、腰を抜かすほど驚くに決まってる。独身の男性の住まいを未婚の娘が訪ねるなんて！　セリーナにはおよそ考えられもしないことだし、妹がそんな行動に出ると知ったら決して許さなかっただろう。たとえそれが、望まない結婚から自分を救うための姉思いの気持からであったとしても。だからチャリティも、計画を実行に移す前に姉に悟られないように細心の注意を払ったのだ。そういう無鉄砲な計画を知ったら、セリーナのことだから両親に言いつけてもやめさせようとしたに違いない。実行してしまった今となってはどうしようもなくても、姉は、なんということをしでかしてしまったのと叱責《しっせき》するだろう。

しかし、潔いのが性分のチャリティは、ため息はついたものの、ずばり姉に打ち明けた。「わたくし、デュア卿のお宅へ行って、お姉様との結婚はやめてとお願いしたの。で、代わりにわたくしと結婚してくださいと言ってきたのよ」

驚愕《きょうがく》のあまり、セリーナはまじまじと妹を見すえていた。「なんですって？」チャリティが同じことをくり返そうとすると、セリーナは手を振ってさえぎった。「いえいえ、そうじゃないの。あなたの言ったことは聞こえたけれど、信じられなくて。チャリティ、本当にあの方のお宅に行ったの？」

「ええ」チャリティはこっくりした。

セリーナの頬がみるみる赤くなった。火照りをさまそうとでもするかのように、両手を頬に持っていく。「ああ、なんということを……あの方にどう思われるかしら？　あなたもわたくしも。チャリティったら、よくもそんなことできたものね」

チャリティは困って下唇をかんだ。「だって、それがいちばんいいと思ったんですもの。

お姉様、わたくしのこと……すごく怒ってる？」

「それよりも、あの方、なんとおっしゃってた？　どんな顔をなさったの？　怒っていらしたんじゃない？」

「ううん、落ちついてらしたわよ。本当のところ、面白がってたみたい。にっこりしたり、笑い出したりしてらしたわ」

「まあ、どうしましょう」セリーナはますますうろたえ、目をつむってしまった。「わたくしたち姉妹を笑ってらしたんだわ、きっと。みんなに知られてしまうわ。わたくしたち、ロンドンじゅうの笑い物になってしまうんじゃないこと？」

「お姉様、そんなことないってば！　そんなにもわたくしは信用がないの？　デュア卿が将来の夫人について変な噂を流すはずがないじゃないの」チャリティはもったいぶって一息置いた。「あの方は、お姉様の代わりにわたくしとの結婚を承諾なさったのよ」

セリーナは目を丸くした。「えっ？　本当にそんなむちゃなことを承諾なさったの？」

「むちゃなんかじゃないわ。理にかなっているじゃありませんか。デュア卿も納得されたわ。結婚を望まない相手に強制する気はないとおっしゃって、目的は跡継ぎをつくることだけだから、お姉様でなくてもわたくしでいいということになったの」

「伯爵がそうおっしゃったの？」

「ええ……このとおりの言葉ではないけれど。でもとにかく同意なさったんだから。今日の午後ここにいらして、わたくしとの結婚をお父様に申し込むとおっしゃってたわ」

「そんなこと、信じられない」

チャリティは情けなさそうな顔をした。「だったらお姉様は、わたくしと結婚したがる人なんかいるはずはないと思ってるのね？　しかもこの場合、恋愛ではなくて実利的な目的のための結婚なのよ。それでもわたくしは相手にされないというの？」

「まさか、そういう意味じゃないわよ。あなたと結婚するためならどんなことでもいとわないという殿方は大勢いるでしょう。わたくしたち姉妹の中であなたは誰が見てもいちばんの美人だし、心が広くて温かくて情け深いし。だけど、デュア伯爵が！　それも、あなたがそんなにも無作法で恥ずかしいことをしたあとだというのに！　わたくしにはわからないわ。ひょっとしてあなた、からかわれているんじゃないでしょうね？　非常識な振舞いを懲らしめるためにとか」

さすがのチャリティも、たまらない不安に襲われた。もしも姉の言うとおりだとしたら？　からかわれているだけだとしたら？　セリーナは捨てられるわ、チャリティとエマーソン一家は嘲笑《ちょうしょう》の的になるわなどという羽目になったらどうしよう？　チャリティの脳裏には、ロンドンでも名だたる上流社会の集まりでデュア卿がこの話を暴露している場面まで浮かんでくる始末だった。「まさか、伯爵はわたくしをからかったりはなさらないわ。そんなに意地悪でも気位が高くもないと思うの」

「わたくしには、とても気位の高い方のように見えるけれど。それに、意地の悪いことも平気でなさるような気がするの。冷たい方ですもの」

姉妹は黙って顔を見合わせた。チャリティはあごを突き出した。「わたくしはそんなふうには思いたくないの。むしろ誠実な方よ。だって、わたくしの年が若すぎるのが問題だということまで口にされたくらいだから。わたくしの話を聞いて最終的には納得されたけれど」

チャリティはデュア卿の口づけを思い起こした。どうやらあれが最終的な試験だったらしい。ひとりでに頬が染まった。伯爵は、わたくしと同じくらいあの口づけがお気に召したのかしら？　それで結婚しようという気持になられたのかしら？　こんなふうに考えたのは初めてだった。

セリーナは妹の顔色の変化に気がつかない。目を宙にすえて、考え込んでいる。「伯爵は本気なのかしら？」

「もちろん！　わたくしはそう信じてるわ。嘘《うそ》をついたり、わたくしをからかったりしたとは思えないの。そんな方ではないわ」内心の不安を押し隠してチャリティは続けた。「ただ、あとで考え直して気持が変わることはあり得るでしょうね。わたくしの振る舞いが伯爵夫人としてはあるまじきことだとか、妻にするにはふさわしくないとか思われるかもしれないもの」

「あなたがあの方の……いいえ、どなたの妻としてもふさわしくないなんて、わたくしは言ったんじゃないのよ」セリーナは立っていって妹の肩に手をまわし、力を込めて言った。「あなたみたいに優しくてすてきな人はめったにいないわ。だからあなたを奥様にした方は誰でも鼻高々でしょう。変な言い方してごめんなさいね。心配で気が立ってただけなの。あなたの行方がわからなくて動転してたところに、デュア卿に会いに行ったなんて聞かされて……ついきつく当たってしまったわね。あなたがしたことは、もちろんよくはないわ。これからは、まず考えてから行動しなくちゃだめよ。でも、伯爵があなたのことを妻としてふさわしくないなどと考えるようだったら、伯爵こそ夫にするに値しないわ。あなたは伯爵を信じているけれど、もしもわたくしたちの噂をロンドンじゅうに言いふらすようなことがあれば、そんな方とのかかわり合いはこちらからごめんこうむりましょう」

温和な姉がやっきになってまくし立てるのを見て、チャリティは思わずほほえんだ。

「お姉様の身びいきだと思うけれど、わたくしのことをそんなふうに言ってくださってありがとう。ねえ、悪いほうには考えないことにしましょう。デュア卿がわたくしの思うとおりの方でありますように。それよりもお姉様……わたくし、余計なことをしたんじゃないでしょうね？　本当にお姉様は伯爵と結婚したくなかったんでしょう？」

「もちろんそうよ！　チャリティ、何を言ってるの。そんなことときくまでもないことでしょう。ウッドソン牧師様へのわたくしの気持はあなたもよく知ってるくせに。どうして他の方と結婚したいなどと思う？　娘としての務めだから、あきらめるしかなかったのよ」

「わかってるわ。お姉様、本当のことを話してくださる？」

「もちろん」

「牧師様にキスされたことある？」

返事の代わりに頬がぽっと薔薇《ばら》色になって、セリーナは目を伏せた。「いけないことなのはわかってるわ。あの方とは結婚できない間柄だから。でも、リッチフィールド・ウォッシュを散歩していたとき一回だけ……」

「気持よかった？」

「チャリティ！　なんてことをきくの！」とは言いながらも、姉の表情はほころんだ。「あなたったら、まったく困った人。ええ、気持よかったわよ。なんといったらいいか……天空に漂うみたいな感じ」セリーナのまなざしに光がともった。

チャリティは遠慮せずにきいた。「だったら、デュア卿には？」

「デュア卿に？　まさかキスなんかされないわ、もちろん。それほど親しくないいじゃない」

「だけど、もう少しで婚約するところだった方だわ。一度もキスしようとはなさらなかったの？」

「わたくしの手になら何度かなさったわ。お別れするときに」

「そういうキスのことじゃないのに」

セリーナは肩をすくめた。「わかってるわ。でも、あの方は紳士ですもの」

わたくしに対してはあまり紳士的だったとは言えないと思うけれど。チャリティは声に出さずに異議をとなえた。とはいえ、なんともすばらしかった。

このあとの二、三時間を姉妹は気もそぞろに過ごした。表を馬車が通るたびに二人は緊張して耳を澄ますが、この家の前で止まる気配もなく、玄関のドアノッカーの音も聞こえてこなかった。

伯爵の訪問を待つ間、まずはセリーナがチャリティの髪を結うことにした。召使いを雇うお金がないのでお互いの髪を結っているうちに、このごろはすっかり上達した。朝は急いでいたので、チャリティはふさふさした髪をひとまとめにして後ろにゆるく巻いただけで出かけた。その髪をセリーナは頭のてっぺんにきれいに結い上げ、小さな巻き毛の束がほつれ落ちるにまかせた。優雅で動きのある髪型がチャリティによく似合っている。

髪ができてから、淡いピンクのドレスに着替えた。このドレスは、実はセリーナのものだった。鏡に映った自分の姿は大人びて、なかなかきれいだ。これならそれほど田舎娘っぽくない。チャリティは満足した。

準備完了で、あとは待つしかなかった。することがないと、いやでもさっきセリーナが言ったことが頭を占めるようになる。チャリティはそわそわと室内を行ったり来たりしていた。そこへホレーシャとベリンダが、鬼ごっこでもしているのか騒々しく飛び込んできた。チャリティはいらいらして妹たちをどなりつけた。ベリンダは舌を突き出し、チャリティはクッションを投げてやり返す。それをしおに四人の姉妹はにわかに女学生と化し、部屋じゅうを走りまわって枕《まくら》を投げるわ、つかまえた相手をくすぐるわの大騒ぎになった。とうとう次女のエルスペスが自分の寝室から出てきた。エルスペスだけが小部屋を一人で占領しているのは、人と一緒に寝ると不眠症が悪化すると訴えたからである。

「目が覚めちゃったじゃない。やっと眠れたところなのに……今日は頭が痛くて寝てたのよ」エルスペスは陰気な声で文句を言った。

「ごめんなさい、エリー」チャリティはすぐさま謝ったが、青い目はいたずらっぽく光っていた。

ちょうどそのとき、侍女があたふたと階段をのぼって五人姉妹のそばにやってきた。

「チャリティお嬢様、お父様がお呼びです。応接間にすぐおいでになるようにおっしゃってます」好奇心むき出しといった様子で侍女は告げた。

チャリティはちらっとセリーナを見た。セリーナはそしらぬ顔をしている。チャリティもうわべには出さなかったけれど、心底ほっとした。約束どおりデュア卿が来てくださったのだ！

チャリティはぱっと向きを変え、ドレスをくるぶしの上まで持ち上げて階段をかけ下りた。結婚の申し込みのための訪問とは限らないのに、他の可能性――例えば、今朝のチャリティのはしたない行動を諌《いさ》めるために伯爵が父親に使者をさし向けた、などということは考えないことにした。背筋をぴんとのばして玄関広間を横切り、チャリティは応接間へ入っていった。室内にいた二人の男は同時にチャリティの方を向いた。

妹たちとふざけていた名残で、チャリティの髪は乱れ、頬は赤みをおび、目はきらきらしていた。サイモンは思わず姿勢を改めてチャリティをひとわたり見ると、にっこりした。

一方、リットン・エマーソンは我が娘をつくづくと眺めていた。数分前にデュア伯爵が、長女ではなくて三女に結婚を申し込みたいと告げたときの驚きがいまだにおさまっていない。

「ああ、チャリティ、来たか」リットンはいくぶん不安を含んだ微笑を娘に向けた。セリーナならおとなしい子だから、言われたとおりにするだろう。だが三女のチャリティとなると、会ったこともない男との結婚は断るかもしれない。そうなったら、かなりまずいことになる。

「お父様」チャリティは初対面のふりをして、デュア卿にいぶかしげな視線を送った。

「チャリティ、こちらはデュア卿だ。デュア卿は……実は、その……光栄にもおまえに結婚をお申し込みになりたいとおっしゃってるんだよ」

「まあ、本当ですの?」チャリティは目をいっそう大きく見開いてびっくりしてみせ、サイモンに話しかけた。「でも、デュア卿はわたくしをご存じないのに、どうしてまた結婚のお申し込みをなさりたいとおっしゃるのですか？」

サイモンは口をぎゅっと引き結んで笑いをこらえた。「ですがミス・エマーソン、遠くからあなたのお姿を目にして、たちまち見初めてしまったのです」

「ずいぶん決断の早い方でいらっしゃること」チャリティの頬にはえくぼができ、まなざしはいたずらっぽく笑っていた。

「そのとおりです。好みがはっきりしてるんですよ」サイモンは無遠慮なほどチャリティに近づいて、のしかかるように見下ろした。「ミス・エマーソン、承諾していただけますか？」

チャリティは首を後ろへかしげてデュア卿の視線を受けとめた。「ええ、もちろん。デュア卿のお申し込みですもの、承諾せずにいられますでしょうか」

まじめくさったチャリティの返事に合わせて、デュア卿も折り目正しく答えた。「承諾していただけてまことに幸せです」デュア卿がチャリティの両手を取って自分の唇へ持っていった。チャリティはぞくっとした。単なる儀礼的なしぐさなのに、デュア卿の唇の温かい感触が伝わると震えを抑えられなかった。

セリーナは別れの挨拶《あいさつ》としてデュア卿に手の甲に口づけをされたと言っていたけれど、なんにも感じずにいられるなんて信じられない。だけどそれで本当によかったと思う。さらに安堵《あんど》したのは、姉の唇へのキスでなかったことだった。

あさましい嫉妬《しっと》心が頭をもたげたのには我ながらびっくりした。これまで出席したいろいろな集まりで人気のある自分を得意に思う気持は、チャリティにも少なからずある。けれどもエスコートの男性が他の若い女性と踊ったり親しげにふざけ合ったりしたところで、妬《ねた》ましく感じたためしはなかった。それが今は、たとえ大好きな姉でも、デュア卿に指一本触れさせたくなかった。夫となる人だからだろうと、チャリティは自らを納得させた。

「わたしはそろそろおいとましなくてはなりません。またお目にかかりましょう。明晩のレディ・ロッタ－ラムの舞踏会にはいらっしゃいますか？」サイモンが尋ねた。

「さあ、どうでしょうか」

言いよどむチャリティをさえぎるように、父親が返事をした。「もちろん、わたしどももまいります」

「でしたら、そこでお会いするのを楽しみにしております」デュア卿は父娘《おやこ》に会釈して部屋を出ていった。

正面玄関の扉が閉まる音を聞きとどけてから、リットン・エマーソンは娘の方に向きを変えた。「おまえ、どういうことかわかっているんだろうね？」

ちょうどそこへ、満面に笑みをたたえたチャリティの母親キャロラインが入ってきた。

夫のそばに三女がいるのを見て、キャロラインは口をぽかんと開けた。「あら、チャリティ！　セリーナはどこ？　デュア卿のお声がしたけど？」

当惑顔でリットンは妻に答えた。「デュア卿はチャリティに結婚の申し込みをされて、帰られた」

キャロラインは、しばらくは意味がのみ込めなかった。それから娘につめ寄った。「チャリティ、これは、どういうこと？　あなた、なんてことをしたの！　自分のお姉様に、よくもそんなことができたものね」

「いったいなんの話だね？」リットンがけげんそうに妻と娘の顔を見比べている。

「わたくしは何もしてやしないわ。お姉様がいやがっている結婚をしないですむようにしてあげただけで」チャリティは言い返した。母を愛していないわけではないけれど、誇り高く硬直した考え方のキャロラインとはしばしば衝突する。大げんかになることもあった。

キャロラインは心底あっけにとられていた。「いやがってるですって？　これほどの縁組をどうしていやがったりするの？　だって、デュア卿は伯爵ですよ。セリーナは伯爵夫人になれるのに！」

「お姉様は、伯爵夫人になりたいとなんか思ってないのよ」

「何言ってるんです！　ずるい手を使ってセリーナを出し抜いておいて、それをごまかそうとしてるんでしょう」

「わたくしはそんなことしてません。お姉様も知ってることだし、わたくしの行動を許してくれたわ」

　リットンが口をはさんだ。「行動とはなんだ？　わたしにはさっぱりわからん。わけを話しなさい」

「ああ、あなたってば。決まってるじゃありませんか。チャリティが何かうまいことして、デュア卿を横取りしたんですよ」

「横取りなんかしてませんたら！　ただデュア卿にお願いしただけよ。姉はこの結婚を望んでいないので、姉の代わりにわたくしと結婚してくださいと」

「しかし、いつ、どうやって」リットンは早口でまくし立てた。「おまえはデュア卿には会ったこともないはずなのに」

　キャロラインがぴしりとさえぎった。「リットン、あなたは黙ってて。この子はなんらかの手段でデュア卿に会ったんです。さもなければ、こんな見え透いたお芝居を仕組めないわ。で、チャリティ、セリーナはなぜこの結婚を望んでいないなんて言えるの？　あの子はそんなこと一度も言ってませんよ」

「お姉様が言えるわけがないわ。お金持ちのところへお嫁に行くことがお父様やお母様にとってどんなに重要か、お姉様はよく承知してるんですもの。いつものとおり親孝行をしたい一心なのよ。でも本心は違うの。夜になるとお姉様がベッドで泣いてるのを聞けば、察しがつくと思います」

リットンは気づかわしげな面もちになった。「どうしてセリーナはそんなにこの縁組がいやなのかい？　デュア卿は年寄りでもないし、しっかりしたいい男じゃないか。家柄もよく、土地も金もある。伯爵夫人になれば、欲しいものはなんでも手に入るのに」

「愛する人以外のものは、でしょう」

チャリティの爆弾発言で両親は慌てふためき、質問を連発した。とりわけキャロラインは卒倒しそうになり、近くの椅子に崩れるように座り込んでしまった。

「いったいぜんたいなんの騒ぎだい？」独特の権高な声が聞こえてきた。アーミントルード伯母だ。杖《つえ》を頼りに、よたよたと応接間に入ってきた。

アーミントルード伯母は実は父親の伯母なので、チャリティにとっては大伯母に当たる。高齢にもかかわらず素直に老いるどころか、年を取ることに猛然と逆らっている。ドレスの襟ぐりはやたらに深くてしわだらけの肌が露出しているし、髪は途方もない色合いの赤に染めていた。この伯母についてチャリティの母は、倫理感が希薄だった時代の遺物だと陰口をたたいている。伯母のほうでも同様に、キャロラインを大いに嫌っていた。ただし、チャリティを初めとした娘たちには甘かった。セリーナとエルスペスの社交界デビューのためにエマーソン一家を滞在させているのも、五人姉妹に対する好意からだった。

アーミントルード伯母は室内をにらみまわした。「まるで動物園みたいじゃないか！」

「わたくしがデュア卿から結婚を申し込まれたんです」チャリティは簡潔な説明をした。

「あんたがねえ！」アーミントルード伯母は杖で床をどんと突き、高笑いした。「なかなかやるじゃないか。姉さんのお婿さん候補をかすめ取るとは」

「取ったわけじゃありません。結果としてはそうでも、いけないことをしたんじゃないんです。お姉様はデュア卿と結婚したくないんですもの」

「セリーナは他の人を愛していると、この子は言うんですのよ」キャロラインが、何もかもチャリティのせいだと言わんばかりの口のきき方をした。

「ほう、誰を？」アーミントルード伯母は身を乗り出してきいた。

「ウッドソン牧師様よ」

両親は口もきけずに、チャリティを見つめるばかりだった。

「ふん！」アーミントルード伯母はそっぽを向いた。「牧師とはなんとつまらない。セリーナにしても、ちっとはましな男が見つけられないものかね。どこかの勘当息子とか、追いはぎとか」

「うちの娘がどうやって追いはぎと知り合えるんです？」

キャロラインはじれったそうに夫を制した。「リットン、伯母様一流の冗談よ。とにかくセリーナとウッドソン牧師の結婚なんか無理ですよ。一文なしじゃありませんか」

「それに、牧師の女房じゃ退屈な人生を送ることになるだろうが」

チャリティは笑い出した。「わたくしもお父様のおっしゃるとおりだと思うわ。でも、お姉様はそれで満足なのよ。お金や地位なんか欲しくないの。ウッドソン牧師夫人としての務めを立派に果たしたいだけなのよ」

「自分は貧乏人と結婚して満足でも、家族はどうなるというんです」キャロラインが憤然と言った。

一家の実力者といえば、人はいいけれど優柔不断で狐《きつね》狩りだけが趣味の父ではなくて、気の強い母だ。チャリティはさっそくキャロラインの陥落に取りかかった。「お母様、わたくしがもうすぐお金持ちと結婚するじゃありませんか。デュア伯爵がお母様の義理の息子になることには変わりないのよ」

リットンも口を添えた。「デュア卿は結納金として相当な額を示されたよ。チャリティにお金のことで不自由な思いをさせたくないんだそうだ」

「それともちろん、わたくしでも妹たちのお婿さんを見つける世話くらいできるわ。エルスペスお姉様の縁談が今年うまくいかなくても、来年の社交シーズンにはうちに泊まってもらえばいいし」チャリティはけなげに力説した。

「それはいい考えだ！」父がますます乗り気になった。もともとリットンは、田舎で猟犬や馬と共に過ごすのが好きなのだ。「我々がシドリー・オン・ザ・マーシュからわざわざロンドンに出てこなくても、チャリティが何も面倒を見てくれる。なあ、キャロライン、何も文句ないだろう？」

「そうよ、お母様、別に損したわけじゃないでしょう。セリーナお姉様の望みどおりの結婚を許してあげて。牧師様とは相思相愛の仲なんですもの」

「二人はわたくしたちに隠れてこっそりつき合ってたというのね？」キャロラインの表情が険しくなった。

「まさか！　お姉様がそんなことできる人じゃないことは、お母様がいちばんよくご存じゃない。教会の慈善のお仕事のことでお話しする機会があっただけよ。セリーナお姉様は心からウッドソン牧師様を愛しているんです。お母様だって、お姉様が愛する人と添いとげられなくて一生泣いて暮らせばいいとは思わないでしょう。意に染まぬ相手と結婚をしても、お姉様は幸せになれないわ。わたくしが伯爵夫人になれば、家を救うためにお金持ちと結婚する必要もなくなるんだから、たとえ他の求婚者が現れてもお姉様は断ると思うの。そして、きっとみじめなオールドミスで終わるわ」

「さっさと打ち明けてくれればよかったんですよ。そういうことを、母親のわたくしに隠していたとはセリーナもひどいじゃありませんか」キャロラインは強情に言い張った。

すかさずアーミントルード伯母がやり返した。「はん！　打ち明けたところで、聞き入れるような母親ですかね。自分の娘なら、顔色からどこかおかしいと勘づいて問いただしたりするものでしょうが。それがあんたは、自分の考えを押しつけるのにやっきになってただけじゃないの」

たちまちキャロラインが気色ばむのを見て、チャリティは割って入った。「セリーナお姉様は、この有利な縁談をまとめたいというお母様やお父様の気持がよくわかってるから何も打ち明けなかったのよ。だけどそのことはもう解決したから、お母様、お姉様と牧師様の結婚を認めると約束して」

キャロラインはため息をついた。「そうするしか仕方ないわね。もどってから、ウッドソン牧師が正式にお父様に申し込みに見えたら……それにしても、なんでセリーナはあのじめじめした牧師館に暮らしたいのか、わたくしには理解できませんよ！」

「よかったわ。ありがとう、お母様」チャリティはかがんで、母の頬にキスをした。

「デュア卿を選んだのは、あなたにもちょっとは分別があるってことね」実利的なキャロラインは切り換えが早い。「さてと、何から始めようかしら。そうそう、まず新聞に結婚の告示をのせて……」

豪華な披露宴をうっとりと思い描く母をあとに残して、チャリティはさっそく姉に吉報を知らせに行った。

## 3

馬車はロンドンの街路を走っている。サイモンは座席に深く腰かけて、応接間に入ってきたときのチャリティの姿を思い浮かべていた。結婚の申し込みのためにエマーソン家を訪ねる道すがら、とんでもない間違いをしてしまったのではないかという疑念に悩まされた。チャリティ・エマーソンはあまりにも若い。それに、あの娘のことはほとんど知らないに等しい。生涯の伴侶《はんりょ》を決めるにしては、衝動的すぎたのではないか。さらには、チャリティを見ると抑えがたい欲求を感じることに、サイモンはなんとはなしに不安を覚えたのだった。

心を奪われる契りはもう二度と結びたくない。最初の結婚で懲りていた。愛することは生き地獄のごとき苦しみにつながる。不幸な経験から学んだ教訓だ。以来、サイモンは上流階級の女性を避けてきた。つき合うのは、商売女のみ。快楽を金で買えば、心は危険にさらさずにすむ。ところが思いもかけないことに、チャリティに口づけしたときは激しい欲情に突き動かされた。万一あの娘に心を乱されるようなことになってしまったら、どうなるのだろう？

そんな懸念は、笑顔のチャリティが活発な足どりで応接間に入ってきたときに消えた。チャリティ・エマーソンは、妻として理想的な女性とは必ずしも言えない。あまりに元気がよすぎて、何をしでかすかわからないところがある。とはいえあの娘に出会った今、結婚の相手としてはセリーナやこれまでに知り合った若い女性たちはいかにも色あせて見えるのだった。チャリティとの生活では退屈などあり得ないのではないか。一緒にいるとあくびが出そうになるよりは、楽しいほうがいいに決まっている。それに、ベッドを共にするのが単なる務めではなくて喜びであれば、跡継ぎもできやすいだろう。

チャリティに恋してしまう恐れはまずないと、サイモンは自らを安心させた。心を防備するすべは会得しているし、情欲は愛とは違う。しばらくすれば激情は薄れていくものだ。そうなってからは妻とは穏やかな友情で結ばれ、協力して子どもを育てるだろう。サイモンの表情はほころんだ。子どもたちも、いたずらっぽい笑顔にえくぼの浮かぶ、金髪で青い目の持ち主だろうか。結婚後のそんな想像をしていると、わくわくしてきた。こういう心の動きはサイモンにとって初めてだった。

見慣れた家の前で馬車は止まった。ここには紋章のついた自家用の馬車で来たことはない。用心のためだ。サイモンは馬車を降り、通りを横切って、狭いながらもしゃれた造りの家へ向かった。このあたりは自宅のあるアーリントン・ストリートほどの高級住宅地ではないものの、それなりに好ましい地域だ。石段をのぼり、一悶着《もんちゃく》起こることを覚悟して扉をノックした。

この関係を終わりにしなくてはならないとサイモンが思い出してから、かなりたつ。もう何週間も前に、シオドラには愛想が尽きていた。確かに性的な魅力のある女ではあるけれど、それも今では慣れっこになってしまった。過度に感情的なところにもうんざりしている。もっと早くけりをつけるべきだったのだが、シオドラが演じるに違いない修羅場を見るのがいやで一日延ばしにしてきたのだ。シオドラに愛されているわけではない。あの女は金づるを失いたくないだけなのだ。

とはいえ、結婚が決まったからにはシオドラときっぱり縁を切らないと、未来の妻に対して無礼というものだ。今日こそシオドラに、これでおしまいだと言おう。

執事が玄関の扉を開け、いんぎんな微笑を浮かべてサイモンを迎えた。「これはこれはデュア卿《きょう》、ようこそお越しくださいました」

「やあソマーズ、ミセス・グレーブズはおられるかね?」サイモンは中へ入った。

「はい、おいでになります」ソマーズ執事はサイモンを応接間に通し、奥様にお伝えしてまいりますと言って下がった。

間もなく階段の方から軽やかな足音がして、姿のよい婦人が入ってきた。「サイモン!」艶《つや》めいた低い声と共に両手をさしのべて、婦人はサイモンに近づいた。

「シオドラ」サイモンは婦人の手を取って、儀礼的に唇へ持っていった。

三十歳になるシオドラ・グレーブズは女盛りの美人だ。漆黒の髪や大きな茶の瞳と、乳白色の肌がなんとも鮮やかな対比をなしている。とりわけ肌はシオドラの自慢の種で、袖《そで》が短くて襟ぐりの深いイブニングドレスを着ては、あらわな肩や腕を誇示するのだった。夜に最も見目うるわしく見えるのは、シオドラ自身がよく承知している。ほのかな金色の照明のもとでは、目や口のまわりにできかけたしわが目立たない。好んで金茶や緑、深紅などの濃い暖色系のドレスを着ているのも、豊満な胸やコルセットで締め上げた細い腰がいちだんと引き立つからだ。とてつもなくおいしそうに見えると、あるとき取り巻きの一人が賛辞を述べると、シオドラはことのほか喜んだものだ。

デュア卿のかつての愛人たちのほとんどは娼婦《しょうふ》だったが、シオドラは違う。上流社会の周辺に出没する怪しげな人種の一人だ。商人の娘という身分でありながら、美貌《びぼう》ゆえに良家の出の騎兵隊将校を夫に得た。数年前に夫がエチオピアで死んでからも、将校連や、未亡人も含めた軍関係の派手好きな夫人たちと交際している。保守的な面々からは、みだらな連中と眉をひそめられている群れだ。それでもシオドラは折りに触れ、そういう仲間に豪華な夜会に招かれたり、あるいは連れていってもらったりしていた。

一年ほど前にサイモンに出会ったのも、その種の催しでだった。シオドラの色っぽい美貌に目をとめたサイモンは、娼婦ではないにしても経済的庇護《ひご》と引き換えに肌を許す女であることをたちまち見抜いた。当時シオドラは、さる若い紳士と関係があった。そこは抜け目のないシオドラのこと、ほんの二、三週間で若い紳士を袖にして大物のサイモンにくらがえした。

「まあ、ずいぶん他人行儀だこと」手を離そうとするサイモンを、シオドラはそうはさせじとからかい、爪先立ちになって唇にキスをした。

サイモンは、キスを返さずに背筋をのばしたまま立っていた。かかとを床に下ろしたシオドラは不服そうな面もちをしている。開いたままのドアに視線を走らせてサイモンは言った。「召使いに聞こえるよ」

「あら、そんなこと」シオドラは手を振ってみせる。「召使いがどう思おうとかまわないじゃないの。あなたがそんなにお堅い方だとは知らなかったわ」

この女の笑い方はいかにもわざとらしい。なぜ今まで気がつかなかったのだろう。サイモンはシオドラの顔に目を当てて思った。同時に、満面こぼれんばかりのチャリティの笑みが目に浮かんだ。燦然《さんぜん》と輝く太陽のようだ。チャリティがほほえむや、なんのたくらみもなくえくぼがひょいとできる。目の前の肉感的なシオドラの体と、張りのある胸がつんと上を向いているチャリティのほっそりした姿態を、サイモンはいつしか比較していた。

突然、シオドラの濃艶《のうえん》さがうっとうしくてたまらなくなった。いつもシオドラが身につけている香料のこってりした匂《にお》いも鼻につく。

サイモンは後ろへ下がった。シオドラはかすかに眉をひそめ、廊下側のドアを閉めに行った。「いらしてくださって、わたくし、とっても嬉《うれ》しいわ。ずいぶんお久しぶりですもの。寂しいと、時のたつのがやたらに遅く感じられて」

二人掛けの椅子やソファではなくて肘掛け椅子にサイモンが腰を下ろしたのを見とがめたシオドラは、足を止めた。それでも無理にほほえんでみせ、サイモンの真ん前に来て立った。以前ならばシオドラをひざに抱き寄せていただろう。だが、サイモンは手を出そうともしなかった。やむなくシオドラはソファのそばに移動して、端に腰をのせた。

「お茶を持ってこさせましょうか？」

サイモンは首を横に振った。「いや、けっこう。今日は、きみにこれを届けに来たんだ」

上着のポケットからサイモンは細長い宝石箱を取り出した。シオドラは目をみはって口元をほころばせ、宝石箱のふたを開けた。中身はサファイアとダイヤモンドをちりばめたブレスレットだ。シオドラは息をのんで、ブレスレットを食い入るように見すえている。

「サイモン！　すてきなブレスレット！　ありがとう。本当にありがとう！」シオドラはブレスレットを箱から取り出し、サイモンへ腕をさしのべた。「さ、つけてくださる？」

サイモンは言われたとおりにした。ブレスレットをつけた手首をあれこれと動かしては宝石のきらめきに見とれたあげく、シオドラはしなをつくった。

「意地悪ね。何かあなたのお気に障ることでもしたかしらと心配させておいて」

「いや、気に障ることなんかしていないよ。ただし、きみに話がある。きみも察しているかもしれないけれど、再婚することに決めたんだ」

シオドラの表情がみるみる明るくなったのは、サイモンの目に入らなかった。

「今日の午後、わたしはある人と婚約した。だから、きみとの関係は……これでおしまいにしなければならない」

サイモンは顔を上げた。そこでようやく、顔面蒼白《そうはく》なシオドラに気がついた。

「不意な話で申し訳ない。しかし、噂《うわさ》がきみの耳にも入っていると思っていたんだ。わたしが再婚の相手を探していることは、ロンドンではかなり知れ渡っているようだから」

「もちろん、聞いてたわ」シオドラは目をぎらぎらさせて立ち上がった。「わたくしはてっきり……だって、あなたはわたくしを愛してるじゃない！」

サイモンも椅子から立った。やはり懸念したとおりだ。「いやいや、あなたにそう思わせるようなことをした覚えは一度もないよ。わたしは愛の言葉を口から出したこともなければ、期待を抱かせるような言い方をしたためしもない。我々の関係はあくまでも男と女としてお互いに楽しもうというだけのこと。世慣れたあなたはそれをよく承知していて、割り切っていたはずじゃないか」

「いくらなんでもひどいじゃない！　わたくしはあなたを愛してるのよ！　愛しているからこそ、何もかも犠牲にしてこの身をあなたに捧《ささ》げたんじゃありませんか！」シオドラは泣き叫んだ。

サイモンは口を引き結んだ。「待ちなさい。あなたは、わたしより前につき合っていたウィリアム・ペリングや軽騎兵隊の将校のことはお忘れのようだ。その他《ほか》にも、わたしの知らない男が何人もいただろう」

「わたくしを侮辱するつもりね」

「事実を言ってるだけだ。我々は納得ずくで契約を結んだわけで、双方ともそれによって利益を得た。愛とか結婚とかの問題ではなかっただろう。それはあなた自身がよくわかっているはずだ。勘違いしていたのだったら、残念だと言うしかない」

シオドラは逆上して何かわけのわからないことを叫び、手近にあったガラスの小さな壺《つぼ》を壁に向かって投げつけた。「よくもわたくしにこんな仕打ちを！　捨てられたことなんか一度もないのに！」

大げさだと辟易《へきえき》しながらもサイモンは、わっと泣き出してソファに倒れ伏したシオドラのかたわらにひざをついて慰めにかかった。いくら数カ月ほどの商取り引きに似た関係だったとはいえ、少なくとも最初のうちは気持が通い合ったこともあった仲だ。不必要にシオドラを傷つけたくはなかった。愛しているというシオドラの言葉は、いささかも信じていない。しかし、女の自尊心を傷つけたのは確かだった。

「なあ、シオドラ、そんなに嘆くほどのことじゃないよ。わたしがここに来ないことになったのを大喜びする男は、ロンドンにも大勢いるじゃないか。その中からきみはよりどりみどりだ。きみに何か欠陥があったからだなどとは、誰一人思わないよ。わたしが再婚するのは、そのうち周知の事実になる。結婚する男が公然と愛人を持っていたら、花嫁に失礼だろう」

シオドラはがばと身を起こした。顔が真っ赤だった。「愛人ですって！　わたくしはあなたの奥様になるはずだったのに！」

サイモンは唖然《あぜん》として口をぽかんと開けた。

「あなたを横取りされたんだわ。いったいどこの小娘があなたのお気に召したのよ？」シオドラは険しい形相でなじった。

表情をこわばらせてサイモンは立った。「誰も横取りしたわけじゃない。わたしがきみのものだったことなんかないんだからね。そんな誤解を与えるような振る舞いをしたこともない。とにかく、どんな関係だったにしろ、もう終わったんだ」

「だったら出ていって！　このうちから出ていってよ！」シオドラは金切り声をあげた。

サイモンは軽く頭を下げて部屋を出た。憤激のあまりぜいぜいと肩で息をしながら、シオドラが立ち上がる。ソファのクッションをわしづかみにし、サイモンの背中めがけて投げつけた。クッションは当たらず、音もなく壁から跳ね返って床に落ちた。うなり声と共に今度は、脇《わき》テーブルの上の木の小箱を廊下に力いっぱい投げた。その音が小気味よくて、あたりにあるものを手当たりしだいに投げつづける。そのうち投げる材料が尽きてシオドラは、あえぎあえぎ床にくずおれた。

このわたくしが、いとも簡単にお払い箱にできるなどと思われたとは！　腹が立って腹が立ってたまらない。デュア伯爵は自分の色香のとりこになっているから思いのままに操れると確信していただけに、シオドラの怒りはいっそうつのった。乳くさい娘のためにサイモンが肉体関係を断ち切ったことにも、シオドラは衝撃を受けていた。社交界にデビューしたばかりのような小娘で、あのサイモンが満足できるとでもいうのか。

ベッドでのサイモンがどんなに熱烈だったかを思い浮かべずにはいられない。他の誰よりもサイモンによって性的に満たされた。お金や爵位のみならず、その点もシオドラがサイモンの妻の座を狙《ねら》った理由だ。いいわ、今に見ていてごらんなさい。貴族の令嬢とやらと結婚しても、たちまち退屈するに決まってる。いい気味。そのときになってきっとわたくしとの関係を終わりにしたことを悔やむに違いない。

ここまで考えたら、シオドラの胸に希望がわいてきた。サイモンは今すぐ結婚するわけではないだろう。まだ時間がある。取り返せばいいのだ！　どうせ家名を気にする親族や知人の勧めで良家の子女を妻にするのだろう。だけど、愛してもいない妻にはすぐ飽きて、熱い情交を求めるようになる。

シオドラは起き上がって涙を拭《ふ》いた。早くもあれこれと頭を働かせはじめていた。明日はレディ・ロッターラムの舞踏会がある。サイモンも出席して、新しいフィアンセに寄り添って世話をやくに違いない。シオドラも招待状を受け取っている。サイモンとの関係ゆえに、以前よりもひんぱんに社交界の集まりに招かれるようになっていた。明日の夜会にはぜひ行って、サイモンのフィアンセをこの目で見てこよう。別れてもったいないことをしたとサイモンが悔やむように、化粧にたっぷり時間をかけ、念入りにおめかしをして出かけようと心に決めた。

「チャリティ、息を思いっきり吐いてったら」チャリティのコルセットの紐《ひも》を握って、べリンダはじれったそうに言った。「まだ吐き足りないわよ」

チャリティは目をむいて、うなった。「これ以上どうやったらいいの？　もう息ができないくらいなのに！」

「だって、セリーナお姉様のウエストはこんなに太くないんだもの。コルセットをよっぽどきつく締めないと、セリーナお姉様のドレスに入りっこないわ」べリンダはずけずけ言い返した。

チャリティは振り向いて妹をにらんだ。「失礼ね。わたくしのウエスト、そんなに太くないわよ」

「もちろん、太くなんかないわ」セリーナが割って入り、べリンダをたしなめた。「べリンダ、お姉様に謝りなさい。チャリティの体つきはとてもすてきよ。あなただって、わかってるくせに。板みたいなわたくしの体よりずっといいわ」

ベリンダはしぶしぶ謝った。「ごめんなさい」ただし、目を見れば、口だけだとわかる。

「いいこと、チャリティ」セリーナがコルセットの両脇をぐっと押さえた。「深く息を吸って、それから全部吐き出すのよ」

チャリティは言われたとおりにした。すばやくセリーナはコルセットの鯨ひげを締めつけ、ベリンダがしっかりと紐を引き結んだ。

「やっとできた！　これでセリーナお姉様のドレスが着られる」ベリンダは得意そうだ。

コルセットの鯨ひげが体の肉に食い込んで痛いし、乳房が無理に押し上げられて心地悪い。

「息さえしなければね」チャリティは苦しげな声を出した。

チャリティは浅い呼吸しかできなかった。おまけに肺を圧迫されて空気が流れない。チャリティは浅い呼吸しかできなかった。

といって、他にどうしようもなかった。レディ・ロッターラムの舞踏会には行くと決めてあるから、是が非でもセリーナのドレスを着なければならなかった。

セリーナは、チャリティより少し背が低くてやせている。何がなんでもドレスに合わせるためにはセリーナのコルセットで締めつけ、かかとの低い靴をはけばいいと、母は言ってのけた。これじゃギリシャ神話のプロクルステスのベッドみたい。チャリティは思った。ベッドを旅人に合わせるのではなくて、ベッドに旅人を合わせるために体を引きのばしたり切りつめたりしたという。

　コルセットの上にはスカートを張り広げるための腰当てをつけた。セリーナとベリンダが白いレース飾りのドレスを持ち上げて、チャリティの頭からかぶせた。ゆったりしたスカートをセリーナが形よく広げている間に、ベリンダはドレスの背中にずらっと並んだ小さな丸いボタンをはめていった。五人姉妹の末っ子のホレーシャはベッドにあぐらをかいて、三番目の姉の変身を感嘆のまなこで眺めている。この場に母がいたら、なんてお行儀の悪いと叱《しか》りつけただろう。

「あら……」姿見の自分を見て、チャリティは吐息をもらした。これなら、苦痛を我慢するだけの甲斐《かい》はありそう。

　レースを重ねた純白のサテンのドレスは、明かりに照らされて光り輝いていた。チュールに縁どられた深い襟開きや袖なしの肩から、乳白色の肌があらわに見える。きつすぎるドレスを無理に着たものだから、胸元から今にも乳房がこぼれ出しそうだった。コルセットで締め上げたウエストが、なきに等しいほど細く見える。滝のように優美に流れ落ちたスカートのすそは、リボンやひだで飾られていた。

　ドレスを身につける前に、セリーナがチャリティの髪を結い上げていた。金髪の束につやつやするまでブラシをかけ、後頭部で巻いてピンでとめた。巻き上がった髪のまわりと額に沿って飾ったくちなしの造花や羽毛に似たおくれ毛が、柔らかな顔立ちをいっそう引き立てている。

鏡に映っている女性はなんだか別の人みたい。チャリティはつい見とれてしまった。実物よりもずっときれいで、大人びて見える。きらきら光る瞳や、ほんのりと薔薇《ばら》色に染まった頬はチャリティ自身の美質なのに、姉の腕前やドレスのおかげだと本人は思っていた。とはいっても、ドレスの着心地は悪かった。襟元のチュールはくすぐったいし、ウエストは締めつけられて苦しい。すそは重くて足に絡む。胸と肩がむき出しなのも気にかかった。ただし、そういう苦労も喜んで耐える覚悟はできていた。なにしろ生まれて初めて本格的な舞踏会に出かけるのですもの。しかも、こんなに洗練された美人に見えるなんて！

「お姉様、妖精《ようせい》のお姫様みたい！」ホレーシャが感嘆の声をあげた。チャリティは末の妹ににこっとほほえみかけた。

ベリンダもベッドにどすんと腰を下ろし、ばかにしたように妹に言った。「ホレーシャ、何を子どもっぽいこと言ってるの」

「そんなことないわ」長女らしくセリーナが取りなした。「ホレーシャの言うとおりよ。チャリティはまさに妖精のお姫様だわ」

長椅子に横になっていた次女のエルスペスは陰鬱《いんうつ》な声を出した。「チャリティ、そんな格好してたら致命的な風邪をひくわよ。結婚式まで命がもつかどうかわかりゃしないわ」

チャリティはただちにやり返した。「そんなおばあさんくさいこと言わないで。わたくしが病気になったことなんかないじゃない」

「そうそう、あなたは農家の女の人みたいに頑丈なんだから」病気にかからないのは卑しい生まれか無神経ゆえのいずれか、またはその両方だというのがエルスペスの意見だ。

ベリンダは、相手が誰であろうがおかまいなしに毒舌を浴びせる。「お姉様みたいな虚弱な人もめったにいないんじゃない」

エルスペスは眉をつり上げて辛辣《しんらつ》に返した。「世の中には繊細で上品な人と、そうでない人がいるというだけの話よ」

「二人とも、もうおよしなさい」セリーナが再度たしなめた。

ホレーシャが得意げに解説した。「チャリティお姉様が伯爵夫人になるので、面白くないのよ」

「ふん！」ベリンダは鼻を鳴らした。

エルスペスはわざとらしく身震いしてみせる。「伯爵夫人にでもなんでも勝手におなりなさいだわ。あんな恐ろしい人、わたくしはごめんよ」

チャリティはきっとして二番目の姉に目を向けた。「デュア卿のどこが恐ろしいというの」

「でも、ひどい人だという噂を聞いたわよ」ベリンダがくちばしを入れた。

セリーナは中庸を重んじる。「確かにデュア卿の生活は放縦《ほうしょう》だという評判よ。そういう殿方は大勢いるでしょう。でもだからといって、身を固めて模範的なだんな様になれないというわけではないわ」

「だけど、デュア卿はだめよ！」

「奥様が亡くなったのはあの人のせいだって」

「そうそう。弟さんも変な死に方をしたという噂よ」

チャリティはたまりかねて姉妹をにらんだ。「ちょっと、やめてよ。お父様から聞いたけれど、デュア卿の奥様はお産で亡くなったんだし、弟さんは遠乗りで馬がつまずいて倒れたために亡くなったのよ。変な死に方でもなんでもないじゃない」

「でも、どうして馬がつまずいたのかしらね？」ベリンダは陰にこもった言い方をした。

チャリティは青い目をらんらんと光らせた。腰に手を当て、けんか腰だ。「兎《うさぎ》の穴とかに決まってるでしょう。言っておきますけどね、ベリンダ、あなたは俗っぽい噂好きよ。人の陰口をたたいて時間つぶしをしている連中と同類だわ。根も葉もないそういう卑しい噂を、デュア卿はいちいち相手にしないだけよ！」

「あの人の目の冷たいことったら。冷血なんだわ、きっと」エルスペスが言いつのった。

チャリティは、デュア卿の濃い緑色の目にやどった炎の揺らめきを思い出した。「あの方について何も知らない人たちが、見当違いなことばかり言わないでほしいわ」

「だったら、お姉様は知ってるというの？」生意気にベリンダが切り返した。

「あなたよりはね。わたくしはじかにお話ししたんですもの。エルスペスお姉様にデュア卿が冷たい目をなさった気持はわかるわ。お姉様は今にもぶたれそうな顔で椅子に縮こまってたんでしょう。そんな態度をされたら、誰だっていらいらするわ」

エルスペスも反撃する。「どうしてそんなにあの人をかばうのか、わけがわからないわ。恋愛結婚でもないのに」

「デュア卿はわたくしの夫になる人よ！　中傷なんか許さない。誰かが、あなたたちの悪口を言ったら黙ってないのと同じことよ」

「また始まった、チャリティお姉様の博愛主義が」ベリンダがからかった。

ホレーシャはチャリティの味方にまわった。「チャリティお姉様は優しいもの」

「やれやれ、あなた方は！」キャロラインが入ってきて、五人の娘たちをぐるりと見まわした。「まるで鵞鳥《がちょう》の群れがぎゃあぎゃあ鳴いてるみたいですよ。玄関にいても聞こえるくらいの騒ぎなんだから。あなた方はかささぎじゃなくて、花も恥じらう若い娘だということを忘れてはいけません」母はチャリティの装いをじっくり点検して、満足そうにうなずいた。「なかなかかわいいわ。いいことチャリティ、今夜は自分の立場をよくわきまえて、決して無作法なことをしないでね」

「はい、お母様」チャリティはにこっとほほえみ、軽くひざを曲げておじぎをしてみせた。

なんともいえず温かい笑みを向けられると、小言を言っていた母親も和まずにはいられなかった。娘の頬にキスをしてキャロラインはしみじみと言った。「あなたが伯爵夫人とは！　おかげでわたくしも鼻が高いわ」目をうるませたのも一瞬で、キャロラインはきびきび命令した。「さあ、あなた方、出かける時間ですよ。お父様が階下《した》で待っていらっしゃるわ」

セリーナ、エルスペス、チャリティの三人は母に続いて部屋を出た。ベリンダとホレーシャは女性の教育係と共に家に残る。セリーナと並んで階段を下りつつ、チャリティは神妙な表情をつくろうと努めた。

リットン・エマーソンは娘たちを嬉しそうに眺めた。「これはこれは、べっぴんさんが揃《そろ》った！　こんな美女たちをエスコートするわたしは、男どもに妬《ねた》まれるぞ」

「そのとおり」階段の上からアーミントルード伯母の大音声が降ってきた。相変わらず襟ぐりの深い紫のドレスをまとって、首や耳をダイヤモンドで飾り立てている。「エマーソン家はもともと美形の系統なんです。もちろん、いとこのダフニは例外だけどね。あの馬面は母親譲りだから仕方ない」チャリティの母は目をむいたが、無言を守った。伯母はもったいぶった様子でチャリティに近づき、じろじろ眺めまわした。「よろしい。チャリティ、合格、合格。これなら伯爵夫人で立派に通用するよ。デュア卿もたちまちあんたの言いなりになるだろう」

「伯母様、なにもそんなに下品な言い方をなさらなくても」キャロラインは心配になってきた。「チャリティ、その襟元、若い娘にしてはちょっと開きすぎてやしないかしら？　挑発的だと思われたらよくないわ」

アーミントルード伯母は言下にしりぞけた。「何を言ってるんだい！　未婚の娘は自分の売り物をちょっとばかり見せびらかさなくちゃ。それに、この子はもう伯爵を確保しているから、口やかましいおばさん連の顔色をうかがう必要はないじゃないか」

姉妹は笑いをかみ殺した。キャロラインが三人をにらみつける。

「セリーナお姉様のドレスはわたくしにはきつすぎるの」母と伯母の衝突を避けようとして言い訳しながら、チャリティは襟元を引っぱった。

襟飾りのチュールをキャロラインがふくらませてチャリティの胸が少しでも隠れるようにした。「あなたにドレスを新調するまで、これで我慢するしかないわ。かがみ込んだりしないように気をつけてね」

「はい、お母様、注意するわ」

「ふん！　わたしが若いときには、もっと襟が開いたのを着てたものだけどね。レディ・ダーウェントウォーターなんかは――フィービーのことですよ、感じの悪い嫁さんのほうじゃなくて――襟ぐりがあんまり深すぎて乳首まで見えるほどだった――」

「アーミントルード伯母様、いいかげんになさって！　嫁入り前の娘たちがおりますのよ」

アーミントルード伯母は爆笑した。「この子たちだって、自分の胸に何がついてるかぐらいわかってるでしょうが。とにかく、運悪くフィービーは扇子を落っことして、拾おうとかがみ込んだ。さあ、大変。みんなの前で片方のおっぱいがはみ出してしまったのさ」

三人の娘たちは目を丸くして伯母を見つめた。「伯母様、もうそのへんにしておいてください。さ、行きましょう」のどを絞められたような声でキャロラインが娘たちを玄関の方へせき立てる。

チャリティはきかずにはいられなかった。「それで、その方、どうなさったの?」

「フィービーはね、どんなときでも涼しい顔をしてられる人なんだよ。平気で起き上がって、何事もなかったかのように、おっぱいを押し込んで一件落着。だけどもっとひどい例は、マリアナ・ビビアが踊ってる最中にズロースの紐がほどけて――」

キャロラインは終わりまで言わせずに、娘たちの背中を押して家の外へ追い立てた。石段の下には、アーミントルード伯母の馬車が待機していた。古風なランドー型の馬車に六人も乗ると、窮屈で身動きもできない。

「歩いていけばいいいじゃない? すぐそこですもの」チャリティは無邪気に提案した。

キャロラインとアーミントルード伯母が同時に、呆《あき》れ返った目つきをチャリティに向けた。「馬車で行くものなんです!」

母も断固として伯母に同調した。「そんなみっともないことはできません」

チャリティは肩をすくめ、黙って窓から通りを眺めた。ほどなく一行はロッターラム邸につき、先着の馬車の列に加わった。列の先頭に少しずつ進むまで二十分かかった。その間チャリティは、次々と馬車から降りて正面玄関に向かう人々に目を奪われていた。婦人たちの襟元や耳、手首にはさまざまな宝石がきらめき、サテン、ベルベット、レースのドレスが街灯に照らされて光沢を放っている。

馬車を降りて屋敷へ入ってからも主催者のレディ・ロッターラムに挨拶《あいさつ》する客の列が続き、見事な彫刻をほどこした階段の上でしばらく待たなければならなかった。やがてようやく一行は回廊を通って舞踏室へ向かった。途中の客間では、年配の婦人たちや二、三人の紳士が早くもホイスト・ゲームに打ち興じていた。シャンデリアが光り輝く壮麗で広々とした舞踏室は、すでに客でいっぱいだった。壁際の椅子はかなりふさがっている。立っている人も多い。部屋の中央で、人々が雅《みやび》やかにワルツを踊っていた。夢のような光景にチャリティは息をのんだ。

あいた席に向かう母と伯母のあとに娘たちも従う。チャリティはセリーナを盗み見て、しとやかな表情をまねした。視線だけは、それとなく舞踏室内を一巡りさせていた。デュア卿は見当たらない。ここにいらっしゃらなければ、静かに談話を楽しめる控えの間か階下の食堂のどちらかではないかと思った。とはいっても、母のそばを離れて勝手にデュア卿を捜しに行くわけにはいかなかった。

そうしているうちに、ふと何かしら気配を覚えた。入り口近くにたむろしている人々のあたりから伝わってきたざわめきか。あるいは、誰かの視線を感じたのか。チャリティは入り口に顔を向けた。とたんに胸がどきどきし、息が止まりそうになった。デュア卿がまっすぐこちらに歩いてくる。

# 4

サイモンは、真っ白なシャツ、黒のスーツ、白手袋という舞踏会の礼装をまとい、際立って端麗に見えた。力強い風貌《ふうぼう》に加えてサイモンには内面的な深みがあり、そこが並みの男性たちと異なるところだった。チャリティは輝くようにサイモンにほほえみかけた。室内の視線が自分とサイモンに集中していることに、チャリティは気がつかなかった。何組みもの踊っている男女でさえ、ちらちらと二人を見ていた。

チャリティを一瞥《いちべつ》したサイモンの、灰色がかった深緑の目に炎が揺れた。けれどもまず作法どおりサイモンはかがんで、チャリティの母親キャロライン・エマーソンの手にキスをした。それからアーミントルード伯母、セリーナ、エルスペスの順に挨拶《あいさつ》をして、ようやくチャリティに向きを変えた。

「こんばんは、ミス・エマーソン」

チャリティはサイモンを見上げ、いくぶんうわずった声で挨拶を返した。「こんばんは、デュア卿《きょう》」

「今夜のあなたは、とりわけ美しい」デュア卿の視線がチャリティの頭のてっぺんから爪先まで滑り下りた。ぶしつけとも思われる目つきだったけれど、チャリティは悪い気がしなかった。

「ありがとうございます」チャリティの頬にえくぼができる。「デュア卿も。あ、すてきだという意味です。でも、こんなこと言ってはいけません？」

「いけなくなんかない」サイモンは笑った。舞踏室に足を踏み入れてチャリティの姿を見つけたときは、正直言って面くらった。以前の印象とはまるで違い、すっかり洗練された佳人に変身している。だが、チャリティがにこっとすると、大人の女にも、ちゃめっけのある活発な乙女にも見えるようになった。

　ドレスの襟ぐりが食い込みそうなチャリティの白い胸に、つい目が行ってしまう。場所柄もわきまえず、サイモンの下腹部は火照った。清純そのものといった白無垢《しろむく》からのぞくはじけそうな胸のふくらみや柔らかい唇が、えも言われぬ魅惑だった。はたしてチャリティは自覚しているのだろうか？　心ゆくまでチャリティの姿態を眺めていたいと思う一方で、この部屋の男たちの視線にさらされずにすむような、肌をおおうドレスを着てくれればよかったのになどと考えたりもするのだった。

「わたしと踊っていただけますでしょうか？」サイモンは丁重に申し込んだ。二人が話している間にワルツの曲は終わっていたが、ダンスフロアにはふたたび何組みかの男女が集まりはじめている。

「はい、もちろん」即座に答えはしたものの、チャリティは反射的に母親に目で許しを求めた。キャロラインがうなずく。チャリティはデュア卿がさし出した腕に手をかけて、フロアへ向かった。

ワルツの演奏が始まった。デュア卿は会釈し、チャリティもひざを折っておじぎをした。デュア卿はチャリティの腰に腕をまわし、手を取って流れるように踊り出した。チャリティは故郷でワルツを踊ったことが何度もあるけれど、今宵《こよい》のそれは比べものにならない。今まで踊ったことのある若者たちと違って、サイモンは踊りの達人だった。その腕に身をまかせていると、まるで空を舞うような感覚だった。周囲の事物も人々も消えていって、しまいにはサイモンと音楽と踊りのステップしか意識に残らなくなった。

演奏が終わって、人々の動きが止まった。夢心地のチャリティはびっくりした。慌てておじぎをしてサイモンの腕を取った。「すばらしかったわ！」

瞳がきらきら輝き唇を半ば開けたチャリティに、サイモンは笑みを向けた。「そう？よかった」

「天にも昇る感じ。夢に描いていたとおりだったの」

「そんなにほめられると、わたしはすぐうぬぼれるよ」

「踊りがお上手なのは、ご自分でもわかってらっしゃるくせに」チャリティは笑いながら言った。

「あなたにそう言われると、いい気分だ」サイモンは、もう少しでチャリティの手を取って唇に持っていきそうになった。手ばかりではなく、唇にも触れたくてたまらなかった。言うまでもなく、人前でそういうことはできない。「あなたとだから上手に踊れたんだ」

チャリティはくすっとした。「お返しにそう言ってくださるのね。あの、わたくしたち、どうしてこんなふうに歩いているのでしょうか？」

「踊ったあとには、こうして少なくとも室内を半周するのが習わしなんです。相手の女性をまっすぐ席に連れてもどるのは無礼だと取られるから」

「ああ、なるほど。わたくしは何も知らないから勉強しなくては。でも、デュア卿、あなたがいろいろ教えてくださいますわよね？」この方は、人に辛抱強く教え込むようなたちには見えないけれど。まして社交術など。チャリティは心配になって、上目づかいにデュア卿の顔をのぞいた。

ところがデュア卿は、目をちかっと光らせて答えた。「ああ。喜んであなたに教えてあげよう……いろいろと」

低い声音のこの返事を聞いて、なぜかチャリティはどきりとした。「ありがとうございます」不意に息切れを覚え、コルセットさえこんなにきつくなければと、いたずらに悔やんだ。

「そうそう、あなたに紹介したい人がいる」サイモンは、黒みがかった髪をした長身の美しい女性のそばへ歩いていった。女性のかたわらには、さらに背の高い金髪の男性が立っている。「ベネシア……」

サイモンの声に二人は振り向いた。ベネシアと呼ばれた女性はにっこりしてサイモンの手を取り、爪先立ちになって頬にキスをした。「お元気？」

「ああ、元気だよ。きみも見るからに元気そうだ」

金髪の男性も寄ってきて挨拶した。サイモンは二人にチャリティを引き合わせた。

「ベネシア、アッシュフォード、こちらはわたしのフィアンセのミス・チャリティ・エマーソンだ。チャリティ、わたしの妹ベネシア・アッシュフォードと義弟《おとうと》のアッシュフォード卿だ」

ベネシアはしばらくの間、目を丸くしてサイモンとチャリティを見比べていた。「お兄様、冗談ではないんでしょうね？　だって、一度も……」サイモンの妹はチャリティに優しくほほえみかけ、近づいて頬にキスをした。「ミス・エマーソン、はじめまして。どうぞよろしく。びっくりしたりして、ごめんなさい。兄は人の言うことなんかに耳を貸さずにずうっと独身を通してきたので、再婚の望みはないものとあきらめていたんですよ」

「はじめまして」ベネシアの夫も、感じのよい笑顔で挨拶した。整った容貌のアッシュフォード卿は、何があっても動じないような泰然自若とした紳士だった。「おめでとう」と、義兄のデュア卿には親しげに祝福の言葉を添えた。

チャリティは微笑を絶やさず、礼儀正しくこたえた。ベネシアの温かい目を見ていっぺんに好きになった。デュア卿の親類も、わたくしの母みたいに堅苦しかったらどうしよう。もしそうなら、わたくしはあれこれと非難されるに決まってる。内心チャリティは心配していた。けれどもこの妹さんならば、とがめたりはしないだろう。

ベネシアは遠慮がちに、座ってお話ししましょうと言った。「あなたのことをもっとよく知りたいの。兄が選んだ大切な方だから、わたくしも仲よくさせていただきたいわ」

「ええ、ぜひ」

二人は窓際へ行って、ちょうどあいていた椅子に腰を下ろした。ベネシアが内気なところのある物静かな女性だったのと、おとなしくしていないとデュア卿の親族によく思われないのではないかというチャリティの懸念もあり、いきなり話がはずむというわけにはいかなかった。とはいえ、チャリティが持ち前の人なつっこさを発揮するのに時間はかからなかった。やがてベネシアも気を許し、二人は昔からの友達のようにくつろいでおしゃべりを始めた。姉妹たちの話をしたり、翌週一緒に買い物に出かける約束をしたりしているうちに、チャリティは借り物のドレスの打ち明け話までしてしまった。どうやってコルセットをぎゅうぎゅう締めつけたかを説明したときには、ベネシアも声をたてて笑った。

「あなたが兄の奥様になってくださることになって、わたくしは嬉《うれ》しいわ。兄には幸せになってほしいの。あなたとならきっとそうなると、わたくしは信じてるわ」ベネシアはチャリティの手を握って言った。

　恋愛結婚だと思われているのではないかと、チャリティは気をもんだ。「いい奥様になれるようがんばります」

「きっとだいじょうぶよ。兄も根は優しいから、いいだんな様になるわ。兄は……悲しい経験をしてるのよ。そのせいでちょっと冷たい態度に見えるときもあるけれど、動揺なさらないでね。本当は情け深い人なの」

　チャリティは素直にこっくりした。「わたくしもそう思います」

「わかってくださってよかったわ」

　二人は椅子から立ち上がった。サイモンが見当たらないので、チャリティの母の席へ行くことにした。キャロラインは部屋の反対側で同年配の婦人と話をしている。歩きながらチャリティは、誰かに見られているという気がしてならなかった。それも漫然とした視線ではなくて、凝視だ。あたりを見まわすと、窓近くに立ち、茶色の髪と手入れされたあごひげの背の高い男性と話をしている一人の婦人が目にとまった。やはりこの人だ、わたくしを見ているのは。チャリティに視線を向けられても、その婦人は目をそらさない。

　チャリティもじっと見返した。美人だわ。ほとんど黒に近い髪の色で、肉感的な体つきをしている。濃い栗《くり》色のサテンのドレスからむき出しの白い首筋や、耳、手首は宝石でおおわれていた。

「ベネシア、あの女の方、どなた？」チャリティは声をひそめて尋ねた。

「誰のこと？　どこ？」ベネシアはきき返しながら、チャリティの視線をたどった。例の女性が目に入ったとたんに、ベネシアはその場に立ちどまった。のど元から顔にかけて、みるみる赤くなる。「あ……あのう、どなたでもないわ。つまり、わたくしの知らない人ということ」

チャリティは驚いて、ベネシアの動転した表情を探った。ベネシアはあの女性が誰だか知っているのだ。それなのにどうして知らないふりをするのだろうか？　もう一度その女性に目を向けているチャリティを、ベネシアはせき立てるようにキャロラインの席へ引っぱっていった。

チャリティは数人の青年の踊りの相手をし、最後にまたサイモンと踊った。そのあとサイモンは階下の食堂にチャリティを伴っていった。コルセットで締めつけられているし、雰囲気に酔っていることもあって、チャリティは食べ物を口に入れる気にはなれなかった。

「舞踏会は楽しい？」

デュア卿の問いにチャリティは勢い込んで答えた。「ええ、とっても。あなたは？」

デュア卿は肩をすくめた。「うわべはちやほやされても、陰口をたたかれるのはいい気持がしない」

「そう」

「どんな陰口かときかないね？」

「だって、もう知ってるから」

「知っていて、それでもわたしと結婚したいの？」

「そういう陰口や噂《うわさ》は信じてないいんです」

「なるほど。しかし、そんなに簡単に割り切れるのかな？」

チャリティは肩をすくめた。「父が本当のことを教えてくれました。わたくしに嘘《うそ》をつ
いたりしない父ですから」

「父上は本当に何があったのかは、ご存じないかもしれない」

「それはそう。でも、あなたとじかにお目にかかったわたくしは、どちらにしても信じま
せん。デュア卿は人殺しなんかではないわ」

「そう信じてもらえてありがたい」

「口さがない人たちに、どうしてはっきりそれは違うとおっしゃらないんですか？」

デュア卿の口の端が冷笑的にゆがんだ。「どうすればいいのかな？　パーティの真ん中
に入っていって、わたしは人殺しじゃないといきなり訴える？　弟が死んだときは自分も
半ば死んだようなものだったと触れまわれと？」

チャリティは手袋をはめた手をデュア卿の手にのせて、下からじっと目をのぞき込んだ。

「ごめんなさい。考えが足りなかったわ。直接に非難されてもいないのに、否定するわけにはいかないわ。噂というものは、正面切って抗議できないだけに厄介ね。だけどなぜあなたがそんなふうに言われるのでしょう？」

サイモンは顔をそむけた。「わたしを敵視する連中がいるから。それに、噂がすべて嘘だというわけでもない。賭事《かけごと》やひどい飲酒は事実です」

「愛人をこしらえるのも」チャリティはあっけらかんとつけ加えた。

険しかったサイモンの表情は一変した。「そんなことは知らなくていいんだよ」

「そうはいかないわ。あなたが姉を訪ねていらっしゃるようになってから、さんざん聞かされたのよ」チャリティは大まじめにきいた。「デュア卿は本当に女道楽でいらっしゃるの？」

デュア卿は目を見開き笑い出した。「ミス・エマーソン、良家の令嬢であるあなたとの会話にしては、露骨すぎはしませんか」

「そのとおりですけれど」チャリティは引き下がらない。「やはりそうなんでしょう？」

こういうきわどい話をすることがどんなに刺激的か、チャリティはわかっているのだろうか？　サイモンはつくづくチャリティの顔を見つめた。さっきチャリティが触った手首のあたりには、いまだに温かい感触が残っている。夜会用の長い手袋から露出している腕の白さに視線を移し、そこから襟元のふわふわしたチュールまで手を滑らせたらどういう感じかと想像した。チュールが指の腹にちくちくとむずがゆく、それとは対照的に柔肌が快く感じるだろう。

「わたしは……ご婦人が好きなだけですよ」サイモンは慎重に言葉を選んだ。

チャリティの頬にえくぼが浮かぶ。「よかったわ。女が好きではない方と結婚するのは辛《つら》いですもの」

「愛人がいたのは事実だが、立派なご婦人方は避けてきた」

「退屈だから？」

サイモンは笑いを抑えられなかった。「人によってね。これからわたしが結婚しようとしている立派なご婦人については、それは当たらないが」

チャリティはにっこりした。「では、これからもデュア卿を退屈させないようにがんばります」

我ながら驚くほどサイモンは、チャリティと一つ屋根の下で暮らしたくなっていた。朝食のテーブル越しに太陽のような笑顔を眺めたり、廊下に響き渡る華やいだ笑い声を聞いたり、そしてベッドでは匂《にお》い立つ甘美な肌に接する。口づけでかいまみた熱情のきざしは本格的に燃え上がるだろうか？　シビラのように冷たく体をこわばらせているのではなくて、サイモンの腕の中でチャリティは喜びに目覚め、花開いていくだろうか？　愛人たちが時として見せる偽りの情欲ではなく、純粋なまじわりができるだろうか？

ふつふつとたぎる欲求におののいて、サイモンはチャリティから視線をそらした。一緒にいると危ない。チャリティを一目見ると、たちまちそそられてしまう。誰か適当な女性と再婚しようと思ったときは、しきたりに従って一年の婚約期間を念頭に置いていた。けれども今は違う。そんなに長く辛抱できるだろうかというのが本音だった。

「デュア卿？」チャリティが身を乗り出して、サイモンの腕に手をかけた。「わたくし、余計なことを言ってしまったかしら？　母はいつも、わたくしのことを浮ついていて嘆かわしいと申します。軽はずみなことを口にしてはいけなかっ――」

「いやいや」サイモンはチャリティに向き直った。「いけなくなんかない。そういう軽口を控える必要はないんだよ」

チャリティはくすくす笑った。「デュア卿に賛成する人は少ないんじゃないかしら」

「そうかもしれない。しかしあなたは、もうそんな手合いの機嫌を取らなくてもいいんだ」

「だんな様のご機嫌だけ取っていればいいのね」

「そのとおり」

サイモンの熱っぽいまなざしを受けて、チャリティは口を少し開けたまま、じっと見つめ返した。身内が妙に火照って、ひとりでに息づかいが激しくなった。初めてデュア邸を訪問したときみたいに、キスしてくださらないかしら。そんなはしたないことを考えてはだめ。そう思いながらも、もう一度デュア卿の唇に触れ、引きしまった体にぴたりと押しつけられたくてたまらなかった。わたくしの心の内を知ったら、たぶんデュア卿は驚き呆《あき》れるのではないか。

ようやくサイモンは視線を外し、かすれた声で言った。「そろそろ母上のところにあなたを連れていかなくてはならない」

母のところなど、およそ行きたくなかった。現在の最大の望みといえば、デュア卿と一緒にロッターラム家の庭園に抜け出して、どこか暗い隅でキスをしてと頼むこと。もとよりチャリティは、それがいかに無作法な振る舞いであるかわかっていた。そんなことを口に出そうものなら、なんというけしからん娘だとデュア卿にいやがられてしまうだろう。

「はい、わかりました」階上の舞踏室へもどるために、チャリティは立ち上がった。テーブルに置いた扇子を手にしたとき、四角く折りたたんだ小さな紙片がはらりと落ちた。チャリティはびっくりして紙片を拾い、広げてみた。そこには、〝デュアと結婚するのはよしなさい。さもないと後悔しますよ〟と、書かれていた。

チャリティの顔から血の気が引いた。一瞬、なんのことか理解できなかった。意味が頭に入ると、怒りが込み上げてきた。何者かがデュア卿との結婚を邪魔しようとしているのだ。それも、結婚すれば死ぬかもしれないとほのめかして。蒼白《そうはく》な顔に、今度は血がのぼった。自分でもびっくりするほど猛然と腹が立った。

「チャリティ？　どうかした？」

「え？　ああ」デュア卿に声をかけられて、チャリティは我に返った。気づかれないように急いで紙片を丸め、自分のグラスの中に落とした。飲み残しのパンチに紙片が吸い込まれていった。あらぬ噂に悩まされていることを聞いたばかりなのに、こんな脅しの手紙でさらにデュア卿の気持を煩わせたくなかった。「なんでもないの。ただの紙くずよ」

「だけど、顔色が――」

チャリティはとっさに口から出まかせを言った。「急に立ち上がったので、ちょっとめまいがしたせいなの。じゃなかったら、このパンチにわたくしには強すぎるお酒が入っていたのかもしれないわ」にっこり笑い、デュア卿の腕に手をかけた。

サイモンが去っていったあと、チャリティは母のそばで珍しく黙り込んでいた。二人の青年に申し込まれるまま踊りの相手を務めたが、心はうわの空だった。あの短い手紙はいったい誰が書いたのだろう？　デュア卿と共に食堂に座っている間、大勢の人がそばを通り過ぎていった。その中の誰かがそしらぬ顔で、あとでチャリティが必ず気がつくように扇子に紙片を置くのはそれほど難しいことではないだろう。それにしてもなぜ、ああいう脅しめいた警告をしなければならないのだろうか？

怪しい噂を真に受けて、本気で若いフィアンセの身の安全を心配して書いたこともあり得る。けれども、チャリティはどうしてもそうとは信じられなかった。デュア卿に対する根の深い敵意という気がしてならない。わたくしを知っている人間はここにはいないのだから、デュア卿の邪魔をすることが目的なのだ。正々堂々と名乗れば対処のしようがあるのに、なんという卑劣なやり方だろう。

「チャリティ……チャリティ！」

チャリティはびくっとして、母に目を向けた。

「まあ、この子ったら。何を考え込んでたの？」

「ごめんなさい、お母様」デュア卿のことで頭がいっぱいだと母に話すつもりはない。

「わたくしに何かご用？」

「こちらにいらっしゃるミスター・ファラデー・リードを紹介しようとしたのよ」ミセス・エマーソンは、前に立っている長身の男性を手に持った扇子でさし示した。「ミスター・リード、娘のチャリティです」

男性は物慣れた様子で頭を下げた。「ミス・エマーソン、お近づきになれて光栄です」

チャリティは礼儀にかなった微笑を返した。薄茶色の髪、はしばみ色の目をしたファラデー・リードは、細身で背が高く、短く整えた口ひげとあごひげをはやしている。ハンサムではあるけれど面白みがなくて、デュア卿の強烈な魅力とは比ぶべくもないと思いながら、チャリティははっと気がついた。この人は、さっきわたくしをじっと見ていた美女と話をしていた男性だわ。

チャリティは好奇心がそそられた。あの謎《なぞ》めいた美女が誰だか知りたかった。なぜわたくしをあんな目つきで凝視していたのかしら？　それに、彼女は誰かときいたときのベネシアの態度も変だった。どうもおかしい。

といって、ミスター・リードにあの女性のことを尋ねる上手なきっかけを思いつかないし、母がそばで聞き耳を立てているのに、いきなりそんなことはきけない。キャロラインは娘に説明した。「ミスター・リードの奥様のレディ・フランセス・リードには、アサートン家でお目にかかったことがあるのよ。わたくしのまたいとこのレディ・アサートンを覚えているでしょう？」

「ええ、お母様」なんとかしてあの女性を話題にする方法がないものか。チャリティは懸命に考えを巡らした。

ミスター・リードがチャリティに話しかけた。「ミス・エマーソン、母上のお許しは得てありますが、わたしと踊っていただけませんでしょうか？」

「喜んで」母から離れられる絶好の口実だ。踊りながら謎の女性について質問してみよう。

チャリティはミスター・リードの腕に手をかけ、ダンスフロアへ導かれるにまかせた。

ファラデー・リードも、デュア卿と同じくらい巧みな踊り手だった。にもかかわらず、デュア卿に抱えられて踊ったときのあの陶酔感はつゆほども味わえなかった。

「あなたのような輝くばかりの美しい方に、このわたしが、なぜ今夜の今夜まで気がつかなかったのか不思議でなりません」

大げさなお世辞に、チャリティは片方の眉をつり上げるだけにとどめた。たしか母はさっき、このリードという人は結婚していると言っていたではないか。妻のいる男性がよその女に気があるようなことを言うのはおかしいと思う。それとも、こんなことはロンドンでは日常茶飯事なのかもしれない。

「今夜がわたくしの初めてのパーティなのです」

「で、わたしが耳にした噂は本当なのでしょうか？　つまり、ロンドンじゅうの男を出し抜いて、デュア卿があなたをものにしたのですか？」

チャリティは慎重に答えた。「わたくしをものにしたという言い方はどうかと思います。ですけれど、デュア卿の結婚の申し込みは承諾いたしました。そういう噂でしたら、本当でございます」

リードは悲しげな顔をしてみせる。「だったら今夜は、悲嘆にくれる男がいっぱいいることでしょう」

チャリティは仕方なしにほほえんだ。「でもミスター・リード、あなたはもう奥様がいらっしゃるのですから、そんなことはありませんよね」

「どうして、どうして、ミス・エマーソン。男はあなたみたいな美女から目を離せないものなんですよ」ファラデー・リードは思い入れたっぷりの微笑をチャリティに向けた。

思わずチャリティはくすくす笑ってしまった。こういう芝居がかった言いまわしや表情に引きつけられる女はたくさんいるのだろうけれど、わたくしには滑稽《こっけい》としか感じられない。薄っぺらなやりとりはこのへんで切り上げて、単刀直入にきいてしまおう。「先ほどあなたは、たいそうきれいな方とご一緒でしたわね。黒い髪の、色白のご婦人です」

べたべたした賛辞をチャリティが取り合わないものだから、リードは一瞬むっとしていた。けれどもチャリティの問いを聞いて、なぜかほくそえんだように見えた。「ああ、ミセス・グレーブズのことですね」

「妙なことに、あの方にじっと見られているような気がしたのです」

「そういうことでしたら、今夜は何度となくそんな感じがなさったでしょう。あなたは若くて美しくて、しかも初のお目見えだったんですから。誰でも見つめずにはいられませんよ」

チャリティは返事をしかけて、たまたま視線をリードから外した。その目に入ったのは、なんとデュア卿だった。険しい形相のデュア卿が、踊っている人々をかきわけるようにして、まっすぐこちらに突き進んでくる。驚いたチャリティの足の運びが乱れた。リードが腕に力を込めて支える。

デュア卿は二人のそばに来て、ぐいっとチャリティをリードから引き離した。二人ともつまずきそうになり、チャリティは唖然《あぜん》としてデュア卿を見た。

「きみはいったい何をしてるんだ？」デュア卿はすごい剣幕でチャリティをどなりつけ、ファラデー・リードをにらみすえた。「ミス・エマーソンに近づかないでくれ」

デュア卿はチャリティの腕をつかんだままダンスフロアを横切っていく。驚きのあまりチャリティは、なすすべもなく引きずられるように歩いた。ダンスフロアの端まで来たとき、ようやく立ちどまって腕を振り払った。

「あなたこそ、いったい何をなさるんですか？」チャリティは真っ赤になって、あえぎあえぎ抗議した。あからさまにしろ、それとなくにしろ、舞踏室じゅうの視線が二人に集中している。

デュア卿は振り向いた。「二度とあの男と踊ってはならない。話してもいけない。今後はあの男を近づかせるな」

「どうして？」

「あなたがつき合ってもいい男じゃない」デュア卿はまたチャリティの腕をつかもうとする。「さ、母上のところに行こう」

チャリティはあごを突き出し、反抗の姿勢を示した。「いやです。手を離してください。たとえあなたと婚約していても、わたくしはあなたの召使いではありません。あれこれ命令なんかしないでいただきたいわ」

チャリティは身をひるがえして、物見高い人の群れをすり抜けようとした。顔を赤くしたデュア卿がそのあとを追う。舞踏室の入り口で追いつき、チャリティの背中にがしっと腕をまわして回廊に出た。チャリティはこれ以上の醜態を演じたくなかったので、憤懣《ふんまん》をこらえて回廊を進んだ。

角を曲がったところに、無人の静かな書斎があった。室内は暖炉の火だけでほの暗い。デュア卿はチャリティをその書斎に連れ込み、ドアを閉め、壁のくぼみにある弱い灯火《ともしび》を明るくした。さっと身をもぎはなしたチャリティを、今度は止めなかった。チャリティはつかつかと部屋の中央へ行って、振り返った。

「よくもこんなことを！」

「わたしはあなたの夫だから、どんなことでもできる」

「まだ夫ではないでしょう！　こういうことをされては、将来も夫になるかどうかわかりません。こんなに常軌を逸した方だとは、ついぞ知りませんでした！」

サイモンは厳しい表情を崩さない。「常軌を逸してなんかいない。ファラデー・リードに近づくなと言ったのには、立派な理由があるんだ」

「みんなの前でわたくしに恥をかかせたのにも、立派な理由があると言うんですか？」

「あなたは自分で自分に恥をかかせてたじゃないか。年端もいかない子どもじゃあるまいし、あんな男にうっとりしがみついて笑ったりするとは」

「なんですって？」チャリティは金切り声をあげた。

「聞こえただろう。いいか――二度とファラデー・リードに会ってはならない」

「わたくしが会いたいと思ったら、会います！」

「だめだ。妻が逆らうことは許さない」

「これではあなたが結婚してないのも当然だわ」憤然としてチャリティは、スカートをわさわさささせながら室内を行ったり来たりし出した。両のこぶしを握りしめる。デュア卿をひっぱたきたい。ありったけの声を出してわめきたい。あんなに好もしく思いはじめていたのに、すっかり見そこなってしまった。悔しくてたまらなかった。「わたくしはあなたの奴隷じゃないわ。仮に結婚したとしても、奴隷になんかなりません」

仮に……。この言葉はデュア卿の胸を刺し貫いた。リードに抱かれたチャリティを見たとたんに、サイモンは怒りと嫉妬《しっと》で逆上した。あの瞬間はリードを床にたたきのめしてやりたかった。けれども精いっぱいの自制を働かせて、チャリティを引き離すことに甘んじるしかなかった。チャリティが逆らうのでいっそう腹立ちがつのった。だが、ここへ来て自らの激情を扱いかねているのだった。

サイモンは低い声を出した。「〝仮に〟ということはない。あなたが結婚を約束した以上」

「でも、婚約は破棄できます」チャリティはサイモンの方へもどってきた。上気した顔に目ばかり光っている。高い声を震わせて続けた。「あなたの飼い犬扱いされるのはごめんよ。ああしろ、こうしろと命令なんかされたくありません。いいえ、犬でさえもないわ。なぜって、もの言わぬ動物のほうが妻よりもまだまともに扱われるんでしょうから」

「わたしは妻を大切に扱う」サイモンは絞り出すように言った。

息を切らしてまくし立てていたチャリティは、不意に口をつぐんだ。デュア卿の表情が変だ。さっきまでの単純な怒りではなくて、濃密な熱っぽさをおびている。いつの間にか口元も和らぎ、視線はチャリティの顔から胸へとたどっていた。あらわな胸は危なっかしげに揺れて、一歩進むたびにふくらみが襟からはみ出しそうになる。チャリティは突然、めまいを覚えた。

サイモンは二、三歩の距離をあっという間に縮め、チャリティをぐいと引き寄せた。腕にしっかりと抱え込み、かがんでチャリティの唇をふさいだ。

有無を言わせず奪い取るような荒々しい口づけだった。チャリティののどから音がもれる——いやなのか、いいのか、自分でも定かでなかった。サイモンは唇を重ねたまま、腕に鋼のような力を込めてチャリティを固い胸板に押しつけた。チャリティは目がくらみそうになり、深く息を吸おうとした。けれども、抱きすくめられているのと口をおおわれているのとでうまく吸い込めない。

慌てたチャリティは身をよじって離れようとした。が、サイモンはいっそうきつく抱きしめるだけだった。必死でもがくさまにようやく気がついて、サイモンが力をゆるめ、顔を上げたときには時すでに遅く、目の前が真っ暗になったチャリティは小さなため息と共に気を失った。

# 5

サイモンは、一瞬、あっけにとられてチャリティをただ見下ろしていた。腕だけは反射的に、突然ぐったりしたチャリティの体を支える。それから自責の念が襲ってきた。

「これは大変だ……チャリティ……わたしはなんてことをしてしまったんだろう」

チャリティを抱き上げてソファに寝かせ、頭の下に小さなクッションをあてがった。かたわらにひざまずき、チャリティの手首をそっとさすりながら、サイモンは青ざめた顔をじっと見つめた。

「チャリティ、お願いだから……」チャリティの手の甲に唇を当て、手首をさすりつづける。「目を覚ましてくれないか。悪かった。きみに強要するつもりなんかなかったんだ。わたしをなじるきみがあんまりきれいなもので……いや、そんなことは言い訳にならない。わたしがごろつきみたいな振る舞いをしたからいけなかった」

まぶたをぱちぱちさせてチャリティが目を開け、サイモンをぼんやり見た。サイモンは安堵《あんど》のため息をもらした。

「ああ、よかった。あの男とあなたが踊っているのを目にしたとたんに、かっとなってしまったんだ。こんなにも若くて純真なあなたは、ああいう男に何をされるか、まったくわかっていない。そうであっても、あんなふうに無理やりダンスフロアから連れ出したりしたのは悪かった。謝るよ。しかもそのうえ、わたしまであなたに乱暴な真似《まね》を……」サイモンは脇《わき》を向いて、歯を食いしばった。「ふだんはもっと自制できるんだが。約束する、二度とこんなことはしないと」

チャリティはくすっと笑った。「絶対にしないのね、デュア卿《きよう》？」

サイモンがぱっと向き直って、笑みを浮かべているチャリティを見た。「あなたは……もう怒っていないんだね？」

「もちろん怒ってるわ」とは言うものの、チャリティの目は依然としてほほえんでいる。「あなたはどうしようもない方――野蛮で高圧的で、根っからの暴君よ。そういうだんな様はわたくしの好みではないの」

「そういう夫はわたしの好みでもないよ。分別が足りなくて、軽率だった」サイモンはチャリティの額を撫《な》でた。薔薇《ばら》のはなびらみたいに柔らかな感触に胸をつかれた。「気を失わせたりしてすまなかった。いつもはご婦人に対してこんなに手荒で不器用じゃないんだよ」

チャリティの頬にいたずらっぽいえくぼが浮かんだ。「気を失ったのは、あなたが手荒だったからではないの。つまりその……それだけとも言えないということ」

「どういう意味なのかな？」

「息ができなかったのが直接の原因なの。きつく抱きしめられていたのと、踊ったすぐあとで息切れがしていたせいもあるわ。そのうえ怒って、息もできないほどあなたを責めてたでしょう。それで気が遠くなっちゃったの」

サイモンは驚いたように片方の眉をつり上げた。「怒って早口になったから失神したというのか？」

「いえ、そうではなくて」チャリティはため息をついた。「こんなお行儀の悪いことを言ったら母にさぞ叱《しか》られるでしょうけれど、実は、コルセットがきつすぎて呼吸ができなかったの」

「なんだって？」

「コルセットをあまりにきつく締めすぎたものだから。わたくし、こういう舞踏会にふさわしいドレスを持っていないので、姉から借りたんです。ところが、姉はわたくしよりもやせているでしょう。だから、コルセットをぎゅっと締めてようやく姉のドレスを着られたというわけです」

サイモンの視線がさまよい出して、布地がはち切れてドレスから飛び出しそうなチャリティの胸にとまった。「なるほど」

サイモンは、にわかにのどがからからに渇くのを感じた。さらに視線を移して、チャリティのウエストを眺めた。極端に細い。手を当てると、サテンの生地を通してコルセットの固さが指に伝わった。

「あなたの体がこんなに痛めつけられていると思うと我慢できない」サイモンの声音は微妙に低く、瞳の深い緑が色合いを増している。チャリティはぞくっとした。「あなたは十分に美しいんだから、息ができなくなるほど締めつけて子どもみたいなウエストにする必要はないんだよ。これからはコルセットをつけるのをよしなさい」

そのままサイモンは手をゆっくり動かした。サテン地はすべすべして冷たい。自分の口から妙な声がもれたのに、チャリティは気がついた。同時に不思議な感覚が体を貫いた。こんなふうに触られるのを許してはいけない。頭ではわかっていても、あまりにも心地よくて、やめてとは言い出せなかった。またもやサイモンに命令されていることさえ意識できなかった。

のぼせ気味の声で答えるのがやっとだった。「簡単にそうおっしゃるけれど、コルセットをつけなければドレスが破けてしまいますわ」

サイモンの手は上の方に移動して、胸の下半分をかすめる。「わたしの目には」サイモンは独り言のようにつぶやいた。「あなたが今にもこのドレスからはじけ出てきそうに見えるけれど」

　ブランデーのように温かくてとろりとしたサイモンの声音がなんとも快く、チャリティは目をつぶった。「デュア卿」

　ほんのり頬を染めてささやくチャリティから、サイモンは視線を離せなかった。目は閉じられ、ふっくらした唇は濡《ぬ》れている。恍惚《こうこつ》の表情を認めると、サイモンの欲情はいっそう刺激された。試しに片方の胸に手を当ててみた。口を丸く開けたチャリティの顔に興奮の色が走る。

「あなたとわたしはこんなに親しいんだから、堅苦しい呼び方ではなく、名前で呼んでほしいな」

　チャリティはかすかに声に出した。「サイモン」

　サイモンの腹部がうずいた。かがみ込んで唇を重ねずにはいられなかった。チャリティは逆らわない。振りほどくどころか、サイモンの首に腕を巻きつけてキスを返した。サイモンは低くうめき、チャリティの唇をむさぼった。口の中に舌をうずめて蜂蜜《はちみつ》のような甘みを味わう。欲望が突き上げた。だが、あからさまなキスにおびえたチャリティが身を引くことを恐れて、サイモンは待った。けれどもチャリティは、おずおずとではあるものの、逆に自分から舌を絡めてきた。サイモンは喜びに震え、チャリティの胸をさすった。乳首がぴんと張るのがわかった。

　チャリティの純朴なこたえ方をきっかけに、サイモンは自らを抑えられなくなった。角度を変えたり、いったん引いたりしては、何度も何度も口づけをくり返した。快感の波が押し寄せるたびに、チャリティは泣いているような小さな音をもらしつつ、サイモンにしがみついた。これほど激しい喜びは生まれて初めてだ。しだいに熱くなっていく甘やかな痛みを感じて、チャリティは両脚をしっかりと合わせた。ソファの上で無意識に腰を動かし、身もだえした。脚のつけねの火照りを触ってもらいたい。我ながらみだらだと恥じ入りながらも、新たな歓喜の高まりに打ちふるえるのだった。こんなことをサイモンに知られたら、ふしだらだと呆《あき》れられるだろうか？　そう思う間もなく、サイモンの唇がのどから胸へと滑っていった。

「サイモン……」チャリティは指をサイモンの髪にさし込んだ。息づかいが荒くなり、ひとりでに脚をよじっていた。すべて未知の領域に属することなので、この感覚がなんであるのか知らぬまま、ひたすら焦がれ求めた。

チャリティの技巧も邪心もない求め方に、経験豊かなサイモンが並たいていではなくかき立てられた。極度の欲望で全身がわななく。あらわな胸のふくらみを唇でたどりつつ、チャリティの名をささやきつづける。えも言われぬ快さに我を忘れかけ、柔肌に顔をうずめ、チャリティの匂《にお》いを吸い込んだ。

「チャリティ、ああ、チャリティ……」サイモンは不意に体を離した。

チャリティはびっくりして手をさしのべた。「いや、待って！　サイモン！」目を開けて、すがるようにサイモンを見上げる。ほのかな灯《あかり》の中で、青みを増した瞳がうるんでいた。

サイモンは低くうめき、両手で髪の毛を痛くなるほどつかんだ。こうでもしなければ、体の渇きをせき止められなかった。このまま欲求の奔流に身をまかせたら最後、行きつくところまで行くしかない。「なんてことだ……わたしとしたことが」

自らを静めるためにサイモンはがばと立ち上がって、室内を行ったり来たりし出した。チャリティも足を床に下ろして、起き上がる。困惑のあまり、心臓がどきどきするばかりでどうしてよいかわからなかった。こんな振る舞いをしたのがいけないことは頭では承知している。けれども、後悔する気にはなれなかった。サイモンの口づけにも愛撫《あいぶ》にも、このうえなく感動した。

それなのにサイモンは途中でやめてしまった。というよりも、邪険に突きのけるふうに離れていった。わたくしが慎《つつ》ましくしなかったのが不快だったのかしら？　ふしだらな女だと見られたの？　殿方は結婚相手には上品な女を好むものだと、母がよく言っていた。さっきのわたくしは上品ではないと思って、早くもいやけがさしてしまったのかしら？

チャリティはドレスの乱れを整えて、憂いのまなざしをサイモンの背中に投げた。

向き直ったサイモンの面もちは冷たく、無表情だった。「失礼しました。こんなことをすべきではなかった」両手を後ろに組み、よそよそしい口調でサイモンは言った。

チャリティはすっかりしょげてしまった。サイモンがなんだか見知らぬ他人みたい。それも、わたくしのことが気に入らない他人。「デュア卿……ごめんなさい」冷ややかなサイモンの顔を見るのがたまらなくて、目を伏せた。「わたくしのせいで不快な思いをなさったのでしょうね？　わたくしが厚かましすぎて——」

サイモンの目に光がともった。「いや」

サイモンはかすれ声で短く答えてチャリティのかたわらに腰を下ろし、その手を取った。熱っぽい感触が伝わってきて、チャリティは下からサイモンの顔をそっとのぞいた。まなざしは先ほどと同じ熱っぽさをおびている。心底ほっとしてチャリティはほほえんだ。いやがられたわけではなかったのだ。サイモンはチャリティの口元に視線を移した。

「あなたは何一つ不快なことなどしていないんだよ。悪いのはわたしだ。あなたが純真無垢《むく》なのをいいことにして、卑しい振る舞いをしてしまった。だいたい誰もいないこの部屋にあなたを連れてきたのが間違っていた。しかもここで、つい……」口ごもりつつサイモンの視線はさらに下がっていき、チャリティの胸にとまった。サイモンはぱっと立ち上がって、咳払《せきばら》いした。「つまりその、自分の欲望に負けそうになったのがいけなかったんだ」

「でも、あなたはわたくしのだんな様になる方だから」

「であっても、好きなようにしていいということではない」サイモンは声を震わせた。

「わたしとしたことが、さっきはもう少しであともどりできないところまでいっていた。

正気を失っていたのだ。あのドアの鍵《かぎ》はかかっていないから、いつ誰が入ってこないとも限らない。そうなれば、あなたの評判は取り返しがつかぬほどの打撃を受けることになる」

「あ、そうなると、わたくしとは結婚できなくなるのですね？」

「まさか、何を言うんだ！　どう考えたらそうなるんだろう？　いくらなんでもわたしはそんなひどい男じゃない」

「だって、もしわたくしの評判が悪くなったら、伯爵夫人としてふさわしくないでしょう？」

サイモンはじれったそうに答えた。「あなたと結婚することに変わりはないんだ！　ただ、噂《うわさ》や陰口で悩まされるのは、あなただって辛《つら》いだろう」

「そうよね。あなたはそれでさんざんいやな思いをなさったんですもの。わかりました。こういうことをしてはいけなかったんだわ」陽光がさし込んだように、チャリティの顔がほころんだ。「でも、だいじょうぶ。誰も入ってこなかったんだから安心していいのよ。これから気をつければいいでしょう」

「これからはもうないんだ」サイモンの口調は厳しくなった。「さっきのようなことは二度とくり返してはならない。わたしが自制心を失っていた」

「はい、わかりました、デュア卿」チャリティはため息をもらした。自制心を失ったところがよかったのに。とりわけ、わたくしのせいでデュア卿ほどの方が正気をなくすなんて、わくわくしてしまう。

「また、デュア卿にもどってしまったのかい？　サイモンと呼んでもらえるところまでいってたのに」

　チャリティはサイモンの口の端を微笑がかすめるのを見た。「あまりになれなれしいんじゃないかしらと思ったの」

「わたしの名前を口にするときのあなたの言い方が好きなんだ」サイモンはそばに寄ってきて、ソファからチャリティを立たせた。頬に手を当てて、じっと見つめる。「あなたとなれなれしくできるのを今から楽しみにしている。あなたがわたしの妻になったときには、さっきみたいなことだけじゃなく……もっといろいろ教えてあげよう」

「嬉《うれ》しいわ」チャリティはうっとりと答えた。

　サイモンの手が頬からのどへと滑り、急に離れた。「あなたを見てると、たまらなくなる。しかし約束は守らなくては。先にわたしが出ていくから、あなたも舞踏室へもどりなさい」ドアを開けてから振り返る。「いいかい、チャリティ、結婚式の夜はたっぷりと果てしないからそのつもりで」

　サイモンは出ていった。残されたチャリティは、思わずへなへなとソファに腰を下ろしていた。

ファラデー・リードには帰る前に一言くぎをさしておかなくてはならないと、サイモンは心に決めていた。満たされない欲求が怒りに形を変えて、はけ口を求めている。回廊に出て歩きはじめると、舞踏室の外でシオドラ・グレーブズと立ち話をしているリードが目に入った。けだるそうに扇子を使いながら、シオドラはリードに嫣然《えんぜん》と笑いかけている。リードはリードで、シオドラの胸の谷間に目を当てていた。

サイモンは、舞踏会に到着したときからシオドラがいるのに気がついて警戒していた。あの女はチャリティに接近しようとたくらんでいるのではないか。人前だろうがなんだろうが、派手な場面を演じて注目を集めるのが大好きなのだ。サイモンは、だいぶ前から人にどう思われるか気にするのはやめているので、シオドラがサイモン自身の名誉を傷つけるような行動に出たとしても、あきらめる覚悟はできている。けれども、チャリティが犠牲になることだけは許せない。もしチャリティに近づきそうになったら、すかさず追い払おうとひそかに見張っていた。

だが着飾ったシオドラは、これ見よがしの嬌声《きょうせい》をあげたり、男たちに媚態《びたい》を示したりしていたが、チャリティには近寄らなかった。わたしにやきもちをやかせようというむなしい期待を抱いてやってきただけなのだな。サイモンはひとまず安心した。こうしてリードと一緒にいるところを見ると、シオドラも似合いの相手を見つけたものだと思う。おそらくリードはシオドラの胸元をのぞき込みながら、彼女のダイヤモンドのネックレスはいくらぐらいかと計算しているのだろう。

サイモンは、リードに近づくのはやめて階段を下りた。シオドラとは口もききたくない。まして、ファラデー・リードとの仲を嫉妬《しっと》しているなどと、シオドラに勘違いされたくなかった。

一度も振り返らなかったので、サイモンは後ろ姿をファラデー・リードに見られているのには気がつかなかった。リードはしばし憎々しげに顔をゆがめ、シオドラに視線をもどしたときはいつもの愛想笑いにもどっていた。リードの好みからすれば、シオドラの味は濃厚すぎるように思える。とはいえ、近々、試食するつもりだ。サイモンの女の一人を我がものにすると思うと、こたえられない。これまでにも数回は同じことをしてきて、そのたびに小気味よい満足感を味わった。言うまでもなく、デュアのやつが結婚する前にあの花嫁を先取りできたら、言うことなしだ。

これだけは絶対に実行してみせよう。こと女に関しては絶大な自信がある。万が一、ミス・エマーソンが言いなりにならなかったとしても、力ずくでものにすればいい。ただしこれは今すぐというわけにはいかなかった。さしあたり、すぐにできる仕返しの方法はなんだろうか？　サイモン・ウェストポートと顔を合わせると必ず腹の虫がおさまらなくなる。これをなんとか解消したかった。

いくらもしないうちに、リードの頭に考えがひらめいた。これは面白いぞ。しかも、なかなか効き目がある。シオドラに断ってリードはぶらぶらと舞踏室へもどった。ひとしきりあたりに視線を泳がせたあげく、目当ての女性を見つけてほくそえんだ。その女性が人の群れから離れて一人になるのを待ち、さりげなく近づいて行く手をふさいだ。

「これはこれは、レディ・アッシュフォード!」さも偶然の出会いのように、リードはわざとらしい声をあげてみせる。

サイモンの妹は警戒の色をあらわにした。「ミスター・リード」

ベネシアは脇をすり抜けようとしたが、リードが位置を変えて立ちふさがる。「奥様、そう簡単にわたしを無視しようとしないでください」一息置いて、つけ加えた。「かつては、そんなことはあり得なかったのに」

「かつてのわたくしは世間知らずだったからです。今はそんなに愚かではありません」ベネシアは言い返した。

「気持が傷つけられるなあ。わたしはあのころがとても懐かしくて、よく覚えていますよ。現に、思い出のものも大事にしてるし」

ベネシアは青ざめた。「思い出のもの? それ、なんですか?」

「大したものじゃないが。手紙が二、三通と……指輪くらいだ。覚えてるでしょう?」

ベネシアの顔が今度は真っ赤になった。「取っておいたんですか?」

「それはもちろん」リードはにやっとした。「わたしは感傷的な男ですからね。ときどき取り出して自分を慰めているんです」

ベネシアの目に燃える憤りには不安が隠されていた。「あなたは何が欲しいんです？」

「わたしが何を欲しいですって？　なんでそんなことを言われなければならないんだろう。あなたは今や幸せな人妻でしょうに。ご主人は存じ上げないが、そのうちお近づきになれるかもしれない。共通の話題があるから話がはずむことでしょう」

「そこをどいて。それと、今後はわたくしに近づかないでください」ベネシアの低い声は怒りで震えていた。

「かしこまりました、奥様」リードは脇へ寄って、大げさなおじぎをした。

ベネシアは両手を握りしめ、振り向きもせずに早足で去っていった。見送るリードの口元は薄笑いでゆがんでいた。


その翌日、エマーソン一家をファラデー・リードが訪問した。キャロライン・エマーソンはすっかりリードを気に入っている。既婚者であるのは残念だけれど、少なくとも娘の一人は玉のこしに乗ることが決まったのだからそれほど気にしなくてもいい、というのがキャロラインの考え方だった。社交上のたしなみは身につけているし、ハンサムで人当たりがいいし、キャロラインはリードを喜んで迎え入れた。

ファラデー・リードに対するデュア卿の態度について、チャリティは母親に話してはいなかった。キャロラインはたまたま、前日の舞踏会での出来事を目撃していなかった。リードがデュア卿に嫌われていることをもしも知っていたら、キャロラインはただちに門前払いを食わせていただろう。いくら好青年だと思っても、デュア卿ほどの富裕な婿の機嫌を損ねてまで歓迎する価値はない。ただしチャリティは、母がファラデー・リードを追い払わないでくれればいいと思っていた。

ミスター・リードに特別の関心があるからではない。快活で愛敬《あいきょう》のある人だとは思う。歯の浮くようなお世辞には笑いをかみ殺すしかないときがあるけれど。それはともかく、サイモンのほうが比べものにならないくらい強烈な魅力がある。そばにいるだけでどきどきするサイモンとは違い、ファラデー・リードは、はっきりいって退屈だ。にもかかわらず交際を拒みたくないのは、チャリティがフィアンセの専制的な態度にまだこだわっているからだった。たとえデュア卿であろうと、誰とはつき合ってはいけないなどと指図されたくなかった。昨日の舞踏会で、無作法な振る舞いをして悪かったと謝りはしたけれど、チャリティ自身の考えや望みを無視した命令は撤回しなかった。納得できないのに従う必要はない。そんなことをしたら悪い前例をつくるだけだろう。というわけで、ミスター・リードを避けるつもりも、母にデュア卿に言われたことを打ち明けるつもりもなかった。

ロッターラム家の舞踏会の数日後、チャリティはミスター・リードに馬車でハイドパークへ行きましょうと誘われた。ミセス・エマーソンは、姉妹の誰か一人が同伴すれば馬車で出かけるのはさしつかえないと判断した。つき添い役にエルスペスを母が指名したときは、チャリティはつい顔をしかめてしまった。エルスペスお姉様ときたら、なんにでもけちをつけるんだから。とはいっても、ハイドパークを馬車で散策するのが今のはやりだとさんざん聞かされていながら、まだ一度もその有名な公園に行っていないので、ぜひ出かけたかった。それに、外の空気が吸いたくてたまらない。故郷のシドリー・オン・ザ・マーシュではどこにでも出歩けたのに、ここロンドンだと召使いのつき添いなしには表に出ることもできず息がつまりそうだった。もしもミスター・リードと出かけたことがデュア卿に知られたとしても、エルスペスと一緒ならばそれほどは腹を立てないのではないか。

チャリティは手持ちの帽子の中でいちばんかわいいボンネットをかぶり、エルスペスの支度ができるのを待った。外は寒いといけないからと、五月だというのにエルスペスはあれこれと身にまとった。ようやく身支度が整い、三人はリードの馬車に乗り込んだ。ビクトリアという床が低くて屋根のない軽四輪馬車は、うららかな春の日の外出にふさわしいし、見たり見られたりして公園を走らせるのに最適な乗り物でもあった。

ファラデー・リードは座もちが巧みな愛想のよい道連れだ。べたべたしたお世辞をまともに受け取っているわけではないけれど、父の知人たちにほめられるのと同じように、こそばゆくて悪い気はしなかった。父の仲間ほど年を取ってはいないものの、五つ六つ年上で結婚しているから同類にくっついてもいいだろうと、チャリティは思った。

ときどきすれ違う知人にリードが手を振ったりしながら、馬車はゆっくり走っていた。お互いの馬車を止めて話をする人々もいるために、なかなか進まない。といって、急いでどこかに行く用事があるわけでもないので、のんびり待っていた。

馬車を駆っていくうちに、女性二人、男性一人の馬上の三人連れに出会った。女性の一人がロッタラーム家の舞踏会でじっと自分を見ていた婦人であるのに気がついて、チャリティはのび上がるようにして視線を向けた。あの夜とはがらっと変わって、女性のいでたちはきりっとした軍隊調の乗馬服姿だった。豊かな黒髪を羽根飾りのついた小粋《こいき》な帽子で包んでいる。チャリティは畏敬《いけい》の念すら覚えた。なんて洗練された美人だこと。あんな妖艶《ようえん》なところが少しでも自分にあったなら。

「ファラデー！」婦人は声をあげ、馬車の脇へ馬を進めた。「お目にかかれて嬉しいわ」

さっと帽子を取って、リードは婦人に頭を下げた。「シオドラ、こちらこそ」

リードの横のチャリティとエルスペスにも、婦人は微笑を向けた。チャリティはにこっと笑みを返した。

ミスター・リードは気取って言った。「ご紹介が遅れて失礼いたしました。ミス・エマーソン、こちらはミセス・グレーブズです。ミセス・グレーブズ、エマーソン夫妻のお嬢様方です」

馬上から少しかがみ込んで、ミセス・グレーブズはチャリティと握手した。エルスペスには軽く会釈する。「レディ・ロッターラムの舞踏会でお目にかかりましたね。ファラデー、あのきれいなお嬢さんはどなたって、あなたにきいたのを覚えてるでしょう。そのときはミス・エマーソンを存じ上げていなかったはずなのに、さすがはファラデーね。早くもお近づきになったとは」頬にえくぼをきつく浮かべてシオドラはリードに流し目を送った。

「お見通しだね」

そんな場合につきものの世間話を二人が交わしていると、別の馬車が後ろから来て止まり、じりじりしているふうだった。リードは自分の馬車を道路の端に寄せさせた。ミセス・グレーブズも道をあけ、あとから追いかけるからと同伴の二人に告げて馬から降りた。

チャリティとリードは馬車の外へ出たが、エルスペスは大儀そうに扇子を手にして座ったままだった。「チャリティ、あんまり遠くへ行かないで。わたくしの見えないところに行っちゃだめよ」

「お姉さんは気分でも悪いの？　お宅へ送っていくべきじゃないかな？」リードが尋ねた。

「いえいえ、いいんです。姉はいつもあんなふうなの。うちへ帰ったとしても、ああやってだるそうに座ってるだけですわ」

「あなたは見るからに溌剌《はつらつ》とした方ですのね」シオドラが腕をチャリティの腕に絡め、押すように歩き出した。「あなたがきっと好きになると、わたくしにはわかってたの。ね、馬にお乗りになるわよね？　今度は朝のうちに、ご一緒に乗馬を楽しみませんか？」

「それが残念ですけど無理なんです。うちの馬はロンドンに連れてきていませんもの」チャリティは、実は馬に乗りたくてたまらなかった。

シオドラは大きな目をいっそう大きく見開いた。「え？　デュア卿は、あなたにご自分の馬を使わせてくださらないの？　立派な馬を何頭も持っていらっしゃるというお話なのに」

「ええ」チャリティは内心とまどった。正直にこんな答えを口にするのは作法に反することなのだろうか？　それとも、フィアンセに馬を使わせようとしないデュア卿が悪いのか？　わたくしを軽んじているという意味に取られるのかしら？　「デュア卿の馬は気性が荒くてわたくしの手には負えないと思います」

「そう？　それなら、わからないでもないわ。デュア卿は馬にうるさい方だから」

「デュア卿をご存じなのですか？」

ミセス・グレーブズはかすかに笑った。「お会いしたことはあるの。でも、わたくしの名などあの方は覚えていらっしゃらないでしょう」

「あなたのような美しい方の名を忘れてしまう殿方など、この世にいらっしゃるとは思えません」チャリティは本心からそう言った。

ミセス・グレーブズは一瞬びっくりしてから、くすくす笑ってチャリティの腕をぎゅっと握った。「優しいお嬢さんね！　あなたとわたくしは、いいお友達になれるという予感がするわ。ときどきうちでささやかなパーティを開くことがあるんですけど、あなたもいらっしゃらない？　もちろん大がかりなものではないのよ。でも、皆さん楽しんでくださってるのではないかと思ってるの」

「お宅のパーティは愉快だ」リードが口をはさんだ。

「堅苦しくなんかないのよ。若い方ばかりでゲームをしたり、即興の踊りをしたりする気楽なものなの。うるさいお目つけ役の老婦人方がいないから、そんなことをやってもだいじょうぶなのよ」ミセス・グレーブズはぐっと体を近づけて耳打ちした。

「楽しそうですね」社交界の決まり事が、チャリティには窮屈で仕方がなかった。少しの違反も見逃さないという目つきで舞踏会の踊りを監視している老婦人たちが、獲物に今にも飛びかかろうとする禿鷹《はげたか》みたいだと思うときがよくあった。「だけど母は、若い方ばかりのパーティは遠慮させていただくと思います」

シオドラはけげんそうにチャリティを見た。「あ、違うの。お母様ではなく、あなたをお誘いしているのよ」

チャリティもけげんな目を返した。「でも、母や姉たちと一緒でなければパーティには行けませんもの」ロンドンのしきたりに慣れていなくても、未婚の若い娘が一人でパーティに出かけたりしないことぐらいはわかっている。

「だけどあなたは婚約していらっしゃるでしょう。既婚のご婦人みたいなものですわ」

陽光のようなほほえみがチャリティの顔をよぎった。「デュア卿と結婚したらお宅のパーティにうかがえるという意味なのですね。それはすてきだわ」

シオドラの笑顔が心なしかゆがんだ。「あら、結婚なさる前のことよ。きちんとしたエスコートさえいれば、婚約したご婦人はもっと自由がきくと申し上げただけ」

「本当にそうお思いになるの？　でしたら、デュア卿がわたくしを連れていってくだされ
ばよろしいのね？」

「ええ。ただ、デュア卿のような方においでいただくほどのパーティではないので、こちらのファラデーにエスコートをお願いすればいいでしょうね」

すかさずリードが言った。「喜んでエスコートさせていただきましょう」

チャリティはどっちつかずの微笑を浮かべただけだった。ファラデー・リードがエスコート役を務めると知ったら、デュア卿は激怒するだろう。

「やっぱり、わたくしはさし出がましいことをしてしまったんだわ」がっかりした面もちでシオドラはチャリティの腕を放した。「ごめんなさい。無理強いすべきではなかったわ。わたくしたちのつまらないパーティにあなたのような方をお誘いしたところで、こんなパーティで満足しているとは哀れな連中だと思われるに決まっているのに」

わたくしが返事をしぶったためにこの方の気持を傷つけてしまった。チャリティは慌てて説明した。「そんなことないんです。わたくしは本心から行きたいのよ。もしうかがえたら、きっと楽しくてたまらないでしょう」

「わたくしはただ、あなたがあまりにかわいらしいお嬢さんなので、お友達になりたいだけなの。しつこくしてしまって許してね」

「とんでもない。わたくしもぜひあなたとお友達になりたいわ。わかってくださる？　問題は、母がやかましいのと、わたくしのフィアンセがたぶん……」ファラデー・リードの気分を害さずにデュア卿の意思を伝える言い方はないものだろうか。

言いよどんだチャリティに、シオドラは呆れたように眉をつり上げた。「デュア卿はいつからそんな聖人になったの？　知らぬ人はいないというのに……」不意に口をつぐみ、それから言葉をにごした。「そんなこと、もういいわよね」

「知らぬ人はいないって、何を？」またサイモンの悪い評判を聞かされるのか。今までに少なくとも十回は家族や友人から警告されたので、チャリティはある程度の心構えができていた。

「なんでもないの。ただ、諺《ことわざ》で言うでしょう。一方に当てはまることは他方にも当てはまると。そうお思いにならない？　男の人はいつでもどこのパーティにでも行けるのに、女は男の人が適当だと認めたところにしか行けないなんて情けないじゃない」

シオドラはデュア卿についてだけ言っているのか？　それとも、男性一般について？サイモンは一人でパーティに行ったりするのだろうか？　行くとしたら、どういう種類のパーティかしら。チャリティは疑問に思っても、口に出してきくことはできなかった。フィアンセが何をしているのか知らないのを自ら告白するようなもので、きまりが悪かった。

シオドラの表情は明るくなった。「あら、もう行かなくては。友達に追いつけないわ。あなたとのお話が楽しくて、つい時間を忘れてしまったのよ」

「わたくしもとても楽しく過ごせました。またお目にかかれると嬉しいですけれど」

「もちろんお会いできるわ。そのうちに必ずわたくしどものパーティにいらっしゃると約束してくださるわね」

これだけ頼まれているのに、約束できないと言うのは忍びなかった。「喜んで――母が許してくれさえすれば」

「お母さん族というのは厳格すぎるのよね。わたくしの母も似たようなものだったわ。だからむしろ、話さないのがいちばんかもしれない」

「母に黙ってこっそり抜け出すということですか？」チャリティは目を丸くした。わたくしがひそかに家を抜け出してデュア伯爵邸に行ったことを知っているのだろうか？　まさかそんなことはあり得ない。シオドラがチャリティの腕に触れた。

「あらあら、あなたをおびえさせてしまったようね。ごめんなさい。こんなにもお若い方だということを忘れていたのよ。あなたはまだ、お母様に逆らおうとなんか夢にも思ったことはないでしょう」

「いえ、そういうことじゃなくて……」子ども扱いされたようで、チャリティはむっとした。とはいえ開きかけた口をつぐんだのは、真意を説明してもわかってもらえないのではと思ったからだった。

母に逆らうのはおろか、世間のしきたりを無視することもいざとなればいとわない。ただしそれは、あくまでも重要な事柄についてである。誰にも相談せずに一人でサイモンに会いに行ったときのように。パーティみたいなたわいもないことで、家族やサイモンに迷惑をかけたくなかった。

チャリティは思いきって言った。「ごめんなさい。やはり一人ではうかがえません」

「そうよね。よくわかるわ」シオドラはにっこりしてみせた。けれどもチャリティには、悲しみを隠した微笑のように思われた。「ごきげんよう、ミス・エマーソン、ミスター・リード」

馬の方にゆっくりと歩いていくシオドラの後ろ姿にチャリティは胸を痛めた。こぶしを握りしめているのは、懸命に耐えているからではないか。チャリティは追いかけていって、パーティに行くことにしましたと言ってあげたくなった。「わたくしがいけなかったんだわ。そんなつもりではなかったけれど、結果的にあの方のお気持を傷つけてしまって」

「心配なさらなくてもだいじょうぶですよ。シオドラは小ばかにされるのに慣れてますから」

「えっ？　まさか、わたくしがあの方を小ばかにするなんて。そんなふうに思っていらっしゃるの？　とんでもない。ばかになんかしてません。母が厳しくて、つき添いもなしに一人でパーティに行くことはできないというだけなのに」チャリティはむきになって訴えた。

リードはもっともらしく説明した。「ミス・エマーソン、あなたがばかにしたという意味じゃないんですよ。上流のご婦人はシオドラのパーテイに行かないことを言おうとしただけです。特に年配のご婦人方はね。だから、あなたの母上もあなたを連れていこうとはなさらないでしょう。シオドラには、それがわかってるんです。まあ、厳密に言えば、シオドラは我々の仲間ではないですから。もちろん卑しからぬ家柄の出ですけれど、田舎紳士の娘にすぎません。しかし、シオドラはごらんのとおりの美女でしょう。男爵の子息のダグラス・グレーブズに気に入られて結婚したものの、ご主人は数年前に亡くなりました。騎兵隊の将校でしたが、男爵といっても長男ではないのでろくな財産はありません。それでも社交界では仲間外れにされることなどなかったのに、未亡人になってからのシオドラを冷たくあしらう人は多いんですよ」

「ご主人が亡くなったからですか？」

「貴族出身のダグラスのおかげで上流扱いされたけれど、そのご主人が亡くなってしまえば、シオドラはまたしがない女性に逆もどりです」

「そんなのひどいわ！　かわいそうじゃない」さっそくチャリティは義憤にかられて叫んだ。

「それはそうだけど、ロンドンの社交界はそんなところなんです。シオドラに対する友情が変わらない人もいるにはいますよ」

「あなたもそうなんですね？」ファラデー・リードは見かけほど軽薄ではないのかもしれない。チャリティはリードの顔を見上げて思った。

「ダグラス夫妻は友人でしたから、片方が亡くなったからといってシオドラを見捨てることなんかできません。そうでしょう？」

「ええ、わかります。そんな不人情なことができないあなたをお友達に持っている人は幸せね」チャリティはリードにほほえみかけた。どうしてデュア卿はこの人が嫌いなのかしら？

　チャリティはリードの腕に手をあずけ、一緒に馬車の方へ歩き出した。

# 6

待たせてあった馬車にかけ寄っている男の子の姿が、もどりかけたチャリティとミスター・リードの目に入った。汚れた身なりの男の子は、エルスペスに話しかけている。エルスペスは尻込みして、かぶりを振った。御者が振り向いて子どもに何か言い、追い払うしぐさをした。けれども子どもは離れようとしない。御者のそぶりを見て、男の子はチャリティたちの方へ走ってきた。

「ミス・エマーソン？」ロンドンの下町なまりで子どもは話しかけてきた。「ミス・チャリティ・エマーソン？」

チャリティはびっくりして答えた。「え、ええ。わたくしですけど」

「ほら」男の子は白い封筒を突きつけた。

ためらいながらも、チャリティは封筒を受け取った。「なんなのかしら？」

リードがポケットから小銭を出して子どもにほうり投げた。小銭を手にするなり、男の子は脱兎《だっと》のごとく走り去った。封筒の表には角ばった活字体でチャリティの名前が書いてある。

「おかしいわね。どうしてわたくしが……」チャリティは手紙を開封した。たたんだ便箋《びんせん》を広げたとたんに、口をつぐんだ。

「どうしたんですか？　真っ青ですよ」呆然《ぼうぜん》とした体のチャリティの手から、リードは便箋を抜き取って読み上げた。「〝奥さんや弟さんに何があったのか、彼にきいてみなさい〟これはいったいどういう意味なんだろう？」

チャリティは吐き気を催して、胃のあたりを押さえた。「わかりません。読まないでくだされればよかったのに」ひったくるようにしてリードから手紙を取りもどし、もう一度目を当てた。

「送り主は誰だろう？　この彼というのは、デュア卿《きょう》のことなのかな？」

「ええ、そうだと思います」チャリティは紙をくしゃくしゃに丸めた。「ああ、腹が立ってたまらないわ！　なんて卑劣で汚いやり方でしょう。あっ、あの子はどこに行っちゃったかしら？」あたりを見まわしても、すでに男の子は影も形もない。チャリティは悔しそうにため息をついた。「あの子をつかまえて、誰に頼まれたのかきくべきだったわ。とっさのことで頭が働かなかったけど」

リードが尋ねた。「こういう手紙を前にも受け取ったの？」

「ええ。レディ・ロッターラムの舞踏会で、わたくしが座っていたテーブルにいつの間にか置いてあったんです。最初は気がつきもしなかったけれど、そこを出ようとして立ったときに見つけたの。デュアと結婚するのをやめなければ後悔すると書いてありました」

「デュア卿に話した？」

チャリティは決然として言った。「いいえ、話しません。そんなもの見せられはしないわ！」

「しかし、フィアンセがそんな目に遭っているのは知っておきたいでしょうに」

「誰かにそんなにも憎まれていると知ったら、いくら男の人でもとても辛《つら》いと思うの。結婚を邪魔しようとするなんて、よほどの敵意ですもの」

「だったら、お父上には話したの？」

「いいえ、話してないわ。父や母が気に病むだけでしょうから。それに、デュア卿が怪しいと思われたりしたら困るし。とにかく今のところ手の打ちようがないんです。だって、誰の仕業かわからないんですもの。ごらんになって、この書体。筆跡をごまかすために、こんな書き方をしてるのよ。さっきの子どもにきけさえしたら……」チャリティは元気なく黙ってしまった。

「びっくりしたんだから当然ですよ。わたしもそこまで気がまわらなかった」

「でも、なぜあの子はここに手紙を持ってきたんでしょう？　わたくしが今この公園にいることは誰も知らないはずなのに、どうやって居場所がわかったのかしら？」

「なるほど、考えてみるとちょっと変ですね。だけどたぶんこういうことかな……ここに来てからあなたの姿を見た者がいる。例えば、すれ違った馬車からとか。それなら、急いで手紙を書いてそのへんにいる子どもに持っていかせるくらいのことは、簡単にできるでしょう。わたしの馬車の特徴と、あなたの名前を教えさえすればいいんですから」

「それにしても、なぜわたくしを脅すのでしょうか？　わたくしが憎まれているのか、それとも、デュア卿が目標なのか」チャリティは考え込んでいる。

「あなたが憎まれるはずはない。敵なんかいないでしょう、あなたには」リードは笑って言った。

「でも、デュア卿には敵がいますわ」

「そういうことを言えば、誰にだって敵はいますよ」リードは一息置いてつけ加えた。

「とにかく、お父上かデュア卿に話したほうがいい」

「話したところでどうにもできないし、両親やデュア卿の気持を煩わせたくないんです」

「それは違う。相談すべきだと、わたしは思いますよ」リードはチャリティの両手を握り、じっと目をのぞき込んだ。「しかしどうしても話したくないというなら、せめてわたしがあなたのお役に立ちたいんです。お願いだから、あなたの味方にならせてください」

チャリティはにこっとして、リードの手を握り返した。「ありがとうございます、ミスター・リード。味方になってくださるなんて心強いですわ」

リードはうやうやしくチャリティの片方の手を持ち上げ、その手にキスをした。「頼りになりますよ」

二通の短い手紙は誰かが悪ふざけのつもりで書いたか、デュア卿の敵の仕業のどちらかに違いない。チャリティはそう自分に言い聞かせた。やり場のない怒りに変わりはないし、パーティに出席するたびになんとも心休まらない感じに悩まされている。というのも、あの邪悪な手紙を書いた者がこの中にいるのではないかと、ついあたりを見まわしてしまうからだった。それ以外にあの手紙のもたらす実害は今のところない。おじけづいたチャリティが婚約を取り消せば、サイモンは恥をかくことになる。手紙の主の狙《ねら》いはおそらくそこにあるのではないか。おびえたりして、そんな下劣な人間を喜ばせてなるものか。

チャリティとてまったく怖くないというわけではなかったが、それよりも何者か突きとめられないもどかしさのほうが大きかった。サイモンについては一度たりとも不信の念を持たなかった。数えるほどしか会ったことがないサイモンをどうしてそんなに信頼しているのか、不思議に思うことさえない。サイモンは妻や弟を殺せるような人ではない。直感としか言いようがなかった。

ただし家族が手紙の存在を知ったら、チャリティのように動じないというわけにはいかない。デュア卿と姻戚《いんせき》関係になることを小躍りして喜んでいる母でさえ、例の悪い噂《うわさ》が本当だと思いはじめたら婚約破棄に傾くだろう。社交界特有の尾ひれをつけた噂と違って、手紙となれば現実味が増してくる。とにかくなんとしてもチャリティは、母に疑念を抱かせたくなかった。

そのために両親はもとより、姉妹たちにも手紙のことは話していなかった。セリーナは悩むに決まっているし、エルスペスはきっとヒステリーを起こす。デュア卿のことを前から危険な人だと言っていたベリンダは、また騒ぎ立てるだろう。

デュア卿にだけは打ち明けようかと何度思ったことか。話せば気が楽になることはわかっている。けれども、サイモンを痛めつけるという敵の思う壺《つぼ》になるのがいやだった。あれを読んだら当人であるサイモンは、わたくしよりもはるかに強い打撃を受けるに違いない。それればかりでなく、わたくしがあの手紙を信じたのではないかと思い煩うかもしれない。そんなことで幸せであるべき将来の結婚生活をむしばまれたくなかった。

手紙の他《ほか》にも、チャリティが意気消沈している理由がある。サイモンと二人きりで会えないことだった。朝から晩まで来客や他家への訪問、夜会、舞踏会、晩餐《ばんさん》会と日程がぎっしりつまっていて、休む暇さえないほどだった。どこかのパーティでサイモンと合流することはよくあった。そんなときでもまわりに人が大勢いて、二言三言、言葉を交わすか踊るかしかできなかった。サイモンと踊る喜びにもかかわらず、人の耳を意識した会話にはいつも不満が残った。午後の訪問客の一人としてサイモンが来訪しても、他の客や家族が必ず同席して、当たり障りのない話題から外れないように母が取りしきっている。

いつかみたいにサイモンと二人きりになって、気がねなくおしゃべりができたらどんなにいいだろう。客たちが雑談に興じているときのサイモンの退屈そうな面もちといったら。チャリティもひそかに同感した。あの光るまなざしでサイモンに見つめられているのに気づけば胸がどきどきするけれど、そこまでで甘んじるしかなかった。しきたりどおりの一年という婚約期間が、チャリティには飽き飽きするほど長く思われた。

とはいえ、他に楽しみがないわけではない。ある日の午後、ベネシアが約束していた買い物に連れていってくれた。おとなしいベネシアも、賑《にぎ》やかなチャリティに会うと伝染したてたちまち陽気になる。二人は愉快な半日を過ごした。チャリティは母から初めて、好きなように買い物をしてもよいという許しを得ていた。といっても、もとより予算は限られている。衣服は兄に買ってもらったらどうかとベネシアが勧めたが、チャリティはきっぱり断った。見るからに高級な店に入ってからベネシアがそこの女性を脇《わき》へ呼んでさりげなく何かささやいたが、チャリティは気がつかなかった。ロンドンのしゃれたドレスが故郷とさほど変わらない値段なのに驚くやら嬉《うれ》しいやらで、チャリティは数着のイブニングドレスやよそゆきの服を買った。

結婚していない若い女性のイブニングドレスの色は清らかな白と決まっている。それはしきたりに従ったものの、日中の社交用には水色や淡いピンクがふさわしいとチャリティは主張して、ベネシアも店員も納得した。さらに新しい手袋や、古いドレスをロンドンでも通用するように再生するためのリボンやレース類を買うお金もあまっていた。節約の必要に迫られた経験のないベネシアも、生地の質やスタイルについてああでもないこうでもないと笑いつつ吟味して、掘り出し物を見つける楽しさにわくわくした。それもさることながらベネシアがあとから思い当たるに、時のたつのも忘れるほど愉快な午後を過ごせたのは、田舎の屋敷での姉妹たちとの暮らしぶりをチャリティが面白おかしく話して聞かせてくれたおかげだった。

買った品物の数々はベネシアの馬車で届けさせることにして、二人はおしゃべりしながらぶらぶらとメイフェアのアーミントルード邸まで歩いて帰った。チャリティの賢い買い物の仕方に刺激されたベネシアも、見過ごすにはもったいない買い得品という理由でいくつか新たに買い込んでいた。

いい買い物をしたわね、とチャリティはにっこりベネシアにほほえみかけ、それから大まじめな顔をしてみせた。「だって、少なくとも五十ポンドは得したじゃない」

「そのためにほんの数百ポンドばかり余分にかかったけど」二人はわっと笑い出した。歩きながらベネシアは腕を絡めてきた。「チャリティ、うちの親類にあなたを紹介するための晩餐会を開こうと思うの。叔父のアンブローズと、その息子のイーブリンよ。アンブローズ叔父は、デュア家の相続人なの――現在のところは。この叔父はちょっと偏屈な人だけど、イーブリンとはあなたも気が合うと思うわ。わたくしたちきょうだいとは一緒に育ったようなものよ。そうそう、ジュヌビエーブ伯母も呼ばなくてはならないわ。それと、姉のエリザベスも。いとこのルイーザだけはロンドンにいないから、子どもたちについてのおしゃべりを聞かされずにすむけれど」

「親類の方々にはぜひお目にかかりたいわ。わたくし、サイモンについてほとんど知らないんですもの」

「兄は自分のことを話したがらない人だから。わたくしとはとても仲がいいとはいっても、兄が六つ年上でしょう。間にエリザベスがいるのよ。打ち明け話をするような兄ではないけれど、この数年間はあまり幸せではなかったことだけはわたくしもよく知ってるの」

「最初の奥様が亡くなってから？」

「そう。赤ちゃんが生まれるときに、義姉《あね》も一緒に亡くなったの。そのあと兄はロンドンに来て、主にこちらで暮らすようになったのよ。あなたはたぶん兄のよからぬ噂をお聞きになったでしょう。でもお願いだから、あんまり気になさらないでね」

チャリティは丁寧にあいづちを打った。目下のところ頭を悩まされているのはそういう噂ではないのだが、ベネシアにそれを言うわけにはいかなかった。

「確かに兄はいっとき悪いお仲間とつき合っていたし、すさんだ生活をしたことがなかったとは言えないわ。だけど、そうでもしなければ悲しみをまぎらすことができなかったんだと思うの。シビラが死んだとき、兄はまだ二十三の若さだったんですもの。もともと思いやりのない人ではないのよ。わたくしにはいつも優しい兄だったわ。兄のことを非情だとか冷酷だとか言う人は、よく知りもしないで非難するのよ」

「奥様をとても愛していらしたんでしょうね？」チャリティは独り言のようにつぶやいた。あの忌まわしい手紙に書かれていることとは正反対ではないか。サイモンは、妻の死がもとで悲嘆のあまり酒に溺《おぼ》れた。妻殺しどころか、シビラという女性を深く愛していたのだ。そこに思いがいたると、チャリティの胸はうずいた。サイモンが愛の伴わない結婚を望んだのは、いまだに亡き妻が忘れられないからではないだろうか。

「ええ、兄はシビラを愛していたわ」回想にふけるあまり、チャリティの表情の陰りはベネシアの目にとまらなかった。「恋愛結婚だったのよ。二人ともまだ若すぎると、父が反対したの。兄はまだはたちで、シビラは十七になったばかりだった。兄が頑として譲らず、父と激しく言い争ったものよ。勘当こそしなかったけれど、それ以後、父と兄はぎくしゃくしてしまってほとんど口もきかなくなってしまったわ。義姉が亡くなってからも、二人の冷たい関係はもとにもどらなかったの」

「どんな方だったの？」それまでは念頭にものぼったことがない女性について、チャリティは矢も盾もたまらずに知りたくなった。デュア卿の心を奪い、果ては悲しみの淵《ふち》に沈めたシビラとは、どういう人だったのかしら？

「シビラのこと？」ベネシアは眉根を寄せた。「あまりよくは知らないの。わたくしはまだ子どもだったし。シビラはわたくしより三つ年上で、もう社交界にデビューしていたわ。結婚してからも兄と父の折り合いが悪かったので、うちに訪ねてくることもめったになかったの。金髪で、とてもかわいらしい人だったわ。あなたの金髪とは違って、淡い色合いだったけれど。目は灰色、肌が真っ白でカメオの彫刻みたいだと思ったのを覚えてるわ」

ベネシアの話を聞いていると完璧《かんぺき》な美人が目に浮かんでくる。不屈の魂の持ち主であるはずのチャリティでも、いささかひるまずにはいられなかった。サイモンに愛されることは期待していない。契約結婚のような生活になんの不満もないと、最初に言ったのは本心だった。とはいえ、しだいに友情に似た親愛感が芽生え、絆《きずな》が固くなっていくのではないかと考えてもいた。けれども、サイモンの心にはそんな余地が残されていないのではないか。非の打ちどころがない理想の妻と常に比較されて一生を終わるのでは、あまりにみじめだ。

ベネシアはふっとため息をもらした。「でもね、シビラとわたくしはあまり仲よくなれなかったのよ。義姉から見れば、わたくしはまだ子どもっぽすぎたんでしょう。それと、正直に言えば、大切な上の兄を取られたという気持もわたくしにはあったの。小さいときからサイモンお兄様を崇拝してたから、やいてたのね。もっとも兄のほうでは、わたくしのことなんか眼中になかったけれど。サイモンお兄様は、下の兄のハルといちばん仲よしだったのよ。一つ違いで双子みたいな感じだったの。わたくしたち女のきょうだいに対抗して、男同士の結束を固めてたわ。わかるでしょう？」

　この点も、あの脅迫状と逆ではないか。サイモンは弟と固く結ばれていた。あの手紙を書いた人は、どうして事実をねじ曲げなければならなかったのだろう？　なぜそんなにもデュア卿が憎いのか？　チャリティは言った。「その弟さんも亡くなったのね。サイモンはどんなにか辛かったでしょう」

「もちろん家族みんなが悲しい思いをしたわ。でも、とりわけサイモンお兄様の衝撃は大きかったの。なにしろシビラと赤ちゃんが死んでから一年しかたっていなかったんですもの。何かに呪《のろ》われているのではないかと疑ったくらい。そこへもってきて、世の中には残酷な人がいて……。不幸続きの原因が単なる不運ではなくて、兄にあるようなことを言いふらす人たちが出てきたのよ」

「誰がそんなひどいことを？　なんのためなの？」もしかしてベネシアなら、あの手紙の主の見当がつくかもしれない。サイモンを中傷するための噂を流す人間と手紙の主とは同一人物ということもあり得る。

「それがわからないのよ。特定のしようがないの。わたくしにじかに言う人はいないし。それとなくほのめかしたり、わたくしが近づくとひそひそ話をやめたり。でもわたくしには何を話していたかわかるの。主人の耳にさえ入ってきたのよ」アッシュフォード卿に話題がいくと、ベネシアはかすかにほほえんだ。「かわいそうに、ジョージったら。あんなに冷静な人が、ある晩クラブで、殴り合いまでしそうになったのよ。主人はサイモンお兄様の味方だから」

「そんな噂をばらまく人は殴られて当然よ」

「その人は誰かから聞いた話をしただけで、悪気はなかったんだと思うの。最初に言い出したわけではないようよ」

「だったら最初に言い出したのは、どこの誰なの？」

「それがわかればねえ」ベネシアは不意に涙ぐんで横を向いた。「兄が気の毒で……。だから、たいていは一人で、ああいう近づきがたい雰囲気になるんだと思うの。内心よほどこたえているに違いないのに、うわべは超然としているでしょう。あのとおり傲然《ごうぜん》とにらみすえるから、みんなを敵にまわしてしまうんだわ。いまだに陰口をたたかれているのよ」

チャリティは目をちかっと光らせ、こぶしを握りしめた。「そういうことをこのわたくしに言ってごらんなさい。耳鳴りがするほどどやしつけてやるから！」

ベネシアはくすくす笑い出した。「そうね、よくわかるわ」

「だけど、そんなにまでサイモンが嫌われる理由が何かあるの？」

「ぶっきらぼうだし、人に何を思われようと気にしないからじゃないかしら。兄のせいで気を悪くした人はけっこういると思うの」

「それにしても、あんな悪質な嘘《うそ》まで言いふらすほど？」

「一度口から出た言葉は簡単に引っ込めることはできないでしょう。くり返しくり返し伝わっていくうちに、時間がたつにつれ話がまがまがしくふくらんでいったのじゃないかしら。兄はあのとおりプライドが高くて、一言も弁明しないし黙らせようともしないから、こんな結果になっちゃったのよ」

　サイモンの気質のそういうところは、チャリティにもよくうなずけた。

　二人がチャリティの家のすぐそばまで来たとき、柄が金色のステッキをついた男が角を曲がって足早にやってきた。

「これはこれは！」男は急いで帽子を取り、ベネシアとチャリティに頭を下げた。「思いもかけずお二人にお会いできるとは！」

「こんにちは、ミスター・リード」チャリティは笑顔を返した。かたわらのベネシアはぎごちなく会釈はしたが、声を出さなかった。

「ミス・エマーソン、たった今、あなたのすてきな母君にお目にかかってきたところです。あなたがお留守でしたので、がっかりして帰ってきたんですよ。でもこうして偶然お会いできるとは、なんたる幸運か。そのうえ、レディ・アッシュフォードもご一緒で……」リードはわざわざベネシアの方を向いて、笑いかけた。口をつぐんだままベネシアは顔をそむけた。リードはチャリティに向き直った。「ご紹介くださらなくてけっこうです。レディ・アッシュフォードとは長年おつき合いさせていただいておりますから」

リードの目を陰険な笑いがよぎったように見えた。気のせいかと、チャリティは深く考えなかった。リードが二人の女性を家まで送ろうとして歩き出す。チャリティをはさむ形になるように、ベネシアがさっと位置を変えた。チャリティは不審に思った。いくら兄のサイモンがファラデー・リードを嫌っているからといっても、それだけでは片づけられない態度だ。

チャリティが正面玄関の階段をのぼりかけると、ベネシアは立ちどまった。「わたくし……もう、うちに帰らなくてはならないので……」先に買い物の品々を運んできた馬車に視線を向けて口ごもる。

いぶかしげにベネシアを見やりながらも、チャリティはあっさり答えた。「そう、わかったわ。買い物に連れていってくださって、本当にありがとう」

「わたくしも楽しかったわ」

馬車の方に歩き出したベネシアのあとを急いでリードが追い、いんぎんなしぐさで腕を取った。「レディ・アッシュフォード、馬車にお乗りになるのに手をお貸ししましょう」

チャリティはそのまま階段をのぼった。

「この間の晩にわたしが言ったことについて考えてくれましたか?」リードは押し殺した

声できいた。

　ベネシアはぎくっとして、大きく見開いた目をリードに向けた。「いいえ。まさかあなたは本気でジョージに話をするのではないでしょうね？」

　四輪馬車の扉に手をかけたリードは、薄笑いを浮かべてベネシアに頭を下げた。世間の目には礼儀正しい紳士に見えても、この男の正体を知っているベネシアはぞっとした。

「もちろん本気です。あなたが少しわたしに融通してくだされば別ですがね。百五十ポンドもあれば十分ですよ」

「百五十ポンドですって！　そんなお金、わたくしには無理だわ」

「必要に迫られればなんとかなるものですよ」リードは馬車にベネシアを乗せるついでに、いやというほどきつく手を握りしめた。あまりの痛さにベネシアは唇をかんだ。「一週間の余裕をあげましょう」

「そんなこと、できません」

「できますとも」リードはにこりともしないで馬車の扉を閉めた。

　馬車は音をたてて去っていった。リードは向きを変え、階段の上で待っていたチャリティにほほえみを見せる。それから急ぎ足で階段をのぼってきた。

「お待たせしてすみません」

「いえ、とんでもない」チャリティは探りを入れることにした。「レディ・アッシュフォードはなんだか……気まずい感じでしたけれど」

リードはため息をついてみせた。「そうなんです。残念でなりません。あんなに親しかったのに、今は……。お兄さん思いなんですね」

「どうしてデュア卿はあなたが嫌いなのかしら？」チャリティはつい口に出してしまった。「わたくしにはどうも腑《ふ》に落ちないんです。あなたのほうは好意的なのに。この間だって公園であの手紙を受け取ったとき、デュア卿のためを思って送り主を突きとめる手助けをすると約束してくださったわね」

リードは肩をすくめて黙っていた。

「お願いですから、教えてください。何か理由があるはずだわ。デュアは話してくれないんです。子どもじゃあるまいし、理由も聞かされないで言われたとおりにするわけにはいかないでしょう」

何事か思案しているふうにリードはチャリティを見つめていた。それから腕を取って言った。「そのあたりを少しぶらぶらしませんか。歩きながら、お話ししましょう」

チャリティがもどってきたばかりの方向へ二人は歩き出した。リードが口を開く。「デュア卿とわたしは、友達というよりは単なる知り合いでした。ベネシア——レディ・アッシュフォードとはもっと親しい間柄だったんです。で、仲たがいしてからも、わたしは根に持ってはいませんでした。どうしてもわたしを許せなかったのは、デュア卿のほうなんです。勝ったのは向こうだから、おかしいんだが。しかしまあ、色恋の問題になると理屈どおりにいかないのが世の常ですよ」

チャリティはぱっと顔を仰向けてリードを見た。動悸《どうき》が激しくなり、なぜか、猛烈な怒りが込み上げてきた。「あなたとデュアは女の人のことで争ったんですね？」声がうわずっていた。

リードの口の端に笑みが浮かんだ。「争ったといっても、殴り合いとか夜明けの決闘なんていう劇的なものじゃありませんがね。それと、あなたの考えていらっしゃるようなご婦人ではないが……」思わせぶりに言葉をにごしたあげくに、つけ加えた。「我々が恋敵だったのは確かです」

そうだったのか。デュア卿とリードの間には、いかがわしい女を巡る恋のさや当てがあったのだ！　わたくしに説明したがらなかったのも当然だわ。チャリティは口を引き結び、デュア卿にこの次会ったときには何を言ってやろうかと考えを巡らした。痛烈な文句がいくつも頭に浮かんできた。もとより実行不可能だけれど。なぜかといえば、良家の子女はその種の女性の存在すら知らないことになっており、まして昔の関係についてフィアンセをなじるなどもってのほかだからだ。度を超えさえしなければ、男性の少々の過ちは許されている。だいいち、チャリティがデュア卿に出会う前の出来事だ。そのことで腹を立てるのは筋違いではないか。

実を言うとチャリティ自身、こんなにもかっとなったことに驚いていた。けれども嫉妬《しっと》の火花こそは、そもそも理性と相いれないもの。デュア卿がそのたぐいの女性とつき合っていたという事実よりも、ライバルだった男をいまだに嫌悪するほどその人を想《おも》っていたことのほうが、どうやらひどくこたえているらしい。サイモンはその女性をそんなにも深く愛していたのか？　それとも、ひょっとしたら今でも愛しているのだろうか？　サイモンが亡くなった奥様を熱愛していたとベネシアから聞いただけでも平静ではいられなかった。そのうえ、現在も愛する人がいるとしたら？　そんな状況では新しい妻との間に愛情を育《はぐく》んでいけるはずはない。こうしてわたくしと婚約した今も、どこかに愛人がいるのだろうか？

涙がこぼれそうになって、チャリティは慌てた。「ミスター・リード、事情を話してくださってありがとうございます。秘密にされるとかえって辛いというわたくしの気持をわかっていただけたのが嬉しいですわ。でも、わたくしはもう家にもどりたいと思います」

「お送りしましょう」リードはただちに、もと来た道を引き返した。「こんな話をお聞かせして、気分を害されなければいいのですが」

「そんなことはありません」チャリティは無理してほほえんでみせた。嫉妬にかられるのは愚かなことだと頭ではわかっている。恋愛結婚ではなくて、お互いの条件が合致したから夫婦になるだけのことなのに。デュア卿を愛していないのだから、愛されるのを期待できはしない。

とはいっても……夫に愛されていないだけならまだしも、夫が他の女を愛しているとなると、話はまるっきり違う！　たった今だって、愛人と至福のときを過ごしていないとも限らない。

# 7

二、三日後の朝、チャリティは妹たちのけたたましい声で目を覚ました。ホレーシャとベリンダが、またけんかしている。ロンドンに来てからというもの、アーミントルード伯母の屋敷に閉じ込められっぱなしで故郷の家のようには発散もできず、姉たちの娯楽にも参加させてもらえずで、二人の不満はつのっていた。ささいなきっかけで、たちまち言い争いになるのだった。今朝のけんかの原因はヘアブラシらしい。ベリンダのブラシをホレーシャが借りて返さなかった。それから始まって今や、きーきー声をあげての髪の毛の引っぱり合いに発展していた。

うるさくて頭が痛くなったじゃないと、エルスペスが文句を言いはじめた。セリーナとチャリティは寝室を飛び出して、妹たちを引き離そうとした。これがまた一苦労で、三人のどなり合いに対抗するためにはセリーナとて金切り声をあげなければならなかった。

「三人とも静かにしてよっ！　もうよしなさい！　あなたもよ、ホレーシャ。どうしたというの？　お母様を起こしちゃうじゃない」

母親を持ち出したのは効き目があった。眠りを妨げられて乗り込んでくるキャロラインの憤怒《ふんぬ》の形相が目に浮かばないわけはない。三人は声を殺してにらみ合った。

「ホレーシャが悪いのよ！　借りたものを返したためしがないんだから」ベリンダが妹をなじる。

すぐさまホレーシャは言い返した。「だけどわたしは、お姉様みたいにぐちぐち自分のことばっかり考えてないわ！」

「いいかげんになさいったら！」

あくびをしながらチャリティが取りなした。「この人たち、あんまり家にばかりいたからむしゃくしゃしてるのよ。わたくしもだけど。ロンドンに来てから、外に出ることがほとんどないんですもの――パーティなんかじゃなくて、散歩とか……芝生で転げまわるとかいうこと」

「お姉様たちは、舞踏会だの夜会だのオペラだのって行けるからいいけど」ふくれっ面のベリンダは不平を並べた。「わたしは昼も夜もこのちびと鼻つき合わせていなきゃならないんだから」

「自分の妹をちび呼ばわりするのはやめなさい」習慣になっているように、長女のセリーナがたしなめた。「チャリティ、あなたの言うとおりだわ。みんなに必要なのは外の空気を吸うことよね。ハイドパークに歩いていってみない？　ベリンダたちは、かけっこでもすればいいわ。日光浴は健康にいいし」

チャリティは即座に賛成した。「楽しそう」

「疲れそう」さっそくエルスペスがけちをつけた。

「あら、エルスペス、あなたの体にもいいことよ」セリーナはエルスペスの腕を取って、寝室へ連れていこうとする。「春のこんな陽気ですもの。頭痛が消えるわ」

「そうねえ……朝は冷えるからショールをすれば」

やれやれというため息を聞きとがめたセリーナは視線でチャリティを制しておいて、エルスペスにあいづちを打った。「そうそう、ショールをすればいいわ」

チャリティは、目玉をくるりと動かしただけで何も言わずに寝室へ行き、田舎の家から持ってきた古い服に着替えた。公園でかけっこをするというのに、よそゆきのドレスを着る必要はない。それに朝早くだから、くたびれた服を見て呆《あき》れるような知人にも会わないだろう。

三十分後に、五人姉妹はハイドパークをめざして歩き出した。アーミントルード伯母の召使いを一人連れていったほうがいいと、セリーナが出発前に言い出した。けれどもチャリティは長姉を説得した。「五人もいれば危ない目に遭うはずがないし、こんな時間に誰もいやしないわよ」

公園につくなり、エルスペスは厚いショールにくるまってベンチに腰を下ろした。並んで座ったセリーナは、故郷のウッドソン牧師にあてて手紙を書くことにした。チャリティは二人の妹と一緒に鬼ごっこを始めた。たちまち三人は興に乗ってはしゃぎ出し、ふだんはもったいぶったベリンダでさえ歓声をあげて芝生を走りまわった。転んでスカートにべっとり芝のしみをつけてしまうわ、髪はほどけて汗ばんだ顔に張りつくわで、チャリティはあられもない姿になっていた。

　そこへ、近くの木立から一匹の犬が走り出てきた。姉妹を見て止まり、耳をそばだてたかと思うと、一声嬉《うれ》しそうに吠《ほ》えて三人の方へ飛んできた。そのまま鬼ごっこに加わって飛んだり跳ねたり、急に止まるとお尻を上げてしっぽを勢いよく振ったりしている。姉妹は笑いころげた。

「なんてみっともない犬なの！」ベンチでエルスペスが大きな声を出した。「追っ払っちゃいなさい、そんな汚い犬」

「エルスペスお姉様、意地悪言わないで。かわいい犬じゃない」

「かわいいって、どこが？」エルスペスはむっとしている。

　チャリティは改めて犬を見て苦笑した。毛の長さはふつうだが、脚がやけに長い大型犬で、片方の耳はぴんと立っているのに、もう一方はぐにゃりと前に倒れている。毛の色は明るい色合いらしいけれど、全身ほこりと泥まみれで判別がつかない。歯をむき出して口を開け、舌をだらっと垂らしたところは、姉妹たちににっと笑いかけたように見えた。たとえ手入れがよくても、変な犬だと思われるのがおちではないか。まして枯れ葉やごみや泥はねがこびりついたこのありさまでは、みっともないとしか言いようがない。けれども、この犬にはなんとも憎めないところがあった。

「あなたたち、気をつけて。素性のわからない犬だから、何をするかわからないわ」セリーナが立ち上がって注意した。

「だいじょうぶ。遊びたいだけよ」チャリティはけらけら笑ってあたりを見まわし、地面に落ちていた棒切れを拾った。それをかかげて犬に見せてから遠くへほうり投げる。犬は喜んで走り出した。

棒切れを口にくわえてもどってきた犬はチャリティの足元にそれを落とし、しっぽを振って得意げに見上げた。「よしよし、おりこうさんね」チャリティは早くも野良犬にほだされてしまっている。犬は後ろ足で立って、泥だらけの前足をチャリティにもたせかけた。スカートがますます汚れるのもかまわず、チャリティは犬を手のひらで軽くたたいて、また棒切れを投げた。

初めはチャリティとホレーシャの二人が犬と遊んでいたところに、じきベリンダも加わった。やがてチャリティは木陰の芝生に寝ころんで、妹たちが犬と戯れるのを眺めた。

時刻はいつしか昼近くになり、おなかがすいてきた。五人はそろそろ引き上げることにした。

「これ以上長くいると、こんな格好のところを誰か知ってる人に見られないとも限らないわ」セリーナは自分も含めた姉妹のくたびれた衣服を見まわした。とりわけ、野良犬と遊んだチャリティを初めとする妹たちの泥んこがひどい。

チャリティは自分の服を見下ろして、くすくす笑った。「これじゃ将来の伯爵夫人に見えない？」

「伯爵夫人どころか、浮浪児よ」エルスペスが鼻を鳴らした。「そのうえ、あなたは妹たちをそそのかしたじゃない。ホレーシャはあなたそっくりになっていくわ」

「言いがかりをつけないで。ホレーシャはホレーシャらしくなっていくだけ。そのほうがずっといいわ」チャリティはすかさずやり返した。エルスペスとのいさかいは慣れっこになっていて、怒る気にもなれない。

「チャリティお姉様そっくりになれるんだったら、わたし、嬉しいもの」ホレーシャはエルスペスに向かって舌を突き出した。

エルスペスは末の妹を無視して、さっさと歩き出した。他《ほか》の姉妹たちもあとに続く。すると、例の犬までついてきた。

セリーナが眉をひそめて犬を見た。「あら、どうしましょう。ついてくるわ。チャリティ、追い払ってよ」

チャリティは姉の言うことを聞かない。「この犬、気に入ったから、うちに連れて帰らない？　きれいに洗ってやれば、そう捨てたものでもないと思うわ」

「そんなことできないわよ。アーミントルード伯母様は犬が嫌いじゃない」セリーナが言った。

「そうだったわ。伯母様は中に入れちゃだめとおっしゃるかしら？」

セリーナがチャリティのかたわらの犬を見下ろして、首を振った。「許してはくださらないでしょうね。仮にこの犬が汚れてなくてかわいくても」

「がっかり」

「ここに置いていけばいいのよ」セリーナは犬に向かって、しっしっと追い払うしぐさをしてみせた。犬は首をかしげてセリーナを見つめ、しっぽを振っただけで、チャリティのそばから離れようとしない。

「チャリティ、なんとかしなさい」エルスペスが口をはさんだ。

「なんとかっていったって、蹴《け》とばしたり石を投げたりするのはいや。どっちにしても、この犬はついてくると思うわよ」

そのとおり、まるで飼い犬のようにチャリティと並んでとことこついてくる。

チャリティは言った。「とにかくこの犬をどこかに連れていかなくちゃ。飼いたいという人がいるかもしれないし、そうでなくても、あずかってくれる人を探しましょう。お父様は田舎の家でなら飼ってもいいと言ってくださると思うの」

エルスペスがまた異議をとなえた。「結婚してからはどうするのよ？　伯爵ともあろう人が、そんな不細工な犬を奥さんが飼うのを許すと思う？」

「デュア卿《きょう》！」チャリティはたちまち元気になった。「そうよね！　どうして思いつかなかったのかしら？　さあ、みんなで綱の代わりになるものを見つけて。犬をつながないと、公園の外に連れていけないわ。走り出して馬車にはねられたりしたら大変だから」

セリーナは案じ顔できいた。「思いつかなかったって、何を？　チャリティ……どうするつもりなの？　デュア卿と何か関係があるの？」

「デュア卿に、この犬を引き取ってくださいと頼むのよ。田舎の別荘で飼ってもらえば、ラッキーも幸せになれるじゃない。兎《うさぎ》を追いかけたりして」

「ラッキー？」

「そう。ラッキーという名前にするの。わたくしたちがたまたまあの公園にいたときに現れるなんて、運がよかったとしか言いようがないんですもの」

「よかったじゃなくて、運が悪かったのほうでしょう」エルスペスが水をさした。「そんな汚い野良犬をデュア卿が家に入れてくれると、本気で思ってるの？」

「まずうちに連れて帰って洗ってやるの。それくらいはアーミントルード伯母様も大目に見てくださるでしょう。きれいになったら、わたくしがデュア邸に連れていくからいいわ」

エルスペスは呆れて声をあげた。「あなたが連れていくなんて、まさか！　気が変になったんじゃない？　いくら婚約していても、世間になんと言われるかわかりはしないわ」

「エルスペスの言うとおりよ」セリーナもチャリティを目で戒めた。

「わかったわよ。誰か使いの者にラッキーを連れていかせて、わたくしはデュア卿にいきさつを説明するお手紙を書くことにするわ」

「でもチャリティ、あの方は犬など引き取りたくないとおっしゃるんじゃないかしら？」

セリーナはなおも念を押した。

チャリティは落ちつき払っている。「そんなはずないわ。犬嫌いのアーミントルード伯母様のうちにラッキーを置いておくわけにはいかないことぐらい、きっとわかってくださるわよ。それに、これしか方法がないことも。デュア卿は絶対に犬好きだと思うわ。犬が嫌いだなんて想像できない」

セリーナはもう一度犬を見て、ため息をついた。どこから見ても、この犬は冴《さ》えない。たとえ田舎の別荘でもこんな犬を伯爵が飼うとは信じられなかった。それより何より、デュア卿みたいに冷たくて近寄りがたい感じの人にそんなことを頼む度胸はない。

ホレーシャが地面に落ちていた丈夫そうな長い紐《ひも》を見つけた。みんなでそれを二重にしてラッキーの首に結びつけ、チャリティが間に合わせの綱の端を持ってハイドパークを出ることにした。ラッキーはしごく満足そうだった。

意外なことに、街路に出てもラッキーは行儀がよかった。馬車や荷車、通行人が行き交うのを横目で見ながらおとなしく歩いている。たまたま給水用の荷馬車にでくわさなかったら、何事もなく伯母の家に帰りついていただろう。

その荷馬車は道端に止まっていた。引いている馬が前足を痛めて立ち上がれない様子だった。へたり込んだ馬の脇《わき》では赤ら顔のたくましい男がむちを手にどなりつけている。「立て、このろくでなしめ！」荷車の御者は馬の背中にむちを振り下ろした。「こら、立つんだ！　さもないと屠殺《とさつ》場行きだぞ！」

むち打たれた馬は体を震わせて立ち上がろうとするが、ひざが立たない。チャリティたちは驚いて、その場にはたと足を止めた。

男がまたむちを振り上げたのを見て、チャリティは叫んだ。「いけません！　むちで打つのはおよしなさい！」

御者は首だけ振り向いて、ちらと姉妹を見た。「あんたの知ったことじゃない。ほっといてくれ」

向き直った御者は馬にしたたかむちをふるった。チャリティはラッキーの綱を離して歩道から走り出し、さらに馬を打ちすえようとする御者の手からものも言わずにむちをもぎ取った。

「やめなさいってば！　なんというひどい人なの！　かわいそうに、この馬は具合が悪いのがわからないんですか？　あなたのためにへとへとになるまで働いたあげくの仕打ちがこれだというの？」チャリティの目は怒りに燃えていた。

「チャリティ！」セリーナが心配そうに呼びかけた。早くも物見高い人々が集まってきた。神経質なエルスペスはあたりをこわごわ見まわしている。

御者はつばを吐きかけんばかりにチャリティにつめ寄った。「いいかい、嬢ちゃん、あんたの出る幕じゃないんだ。引っ込んでろ。さもないと――」

脅し文句を言い終わらないうちに、ラッキーがうなり声をあげて御者の胸に体当たりした。新しい女主人を守ろうとした犬の体重をもろに受けて、男は後ろによろめいた。その拍子にかかとをでっぱった石に取られて、どすんと尻もちをついた。野次馬が笑いさざめく。

御者は顔を真っ赤にして悪態をつきつき、やっと立ち上がった。ラッキーはチャリティと男の間に陣取って頭を低くし、うーとうなりながら毛を逆立てている。御者が犬から目を離さずに石を拾った。それをラッキーめがけて投げようとしたとき、すかさずチャリティは御者の腕にむちをふるった。痛みで男が石を取り落とした。

打たれた腕を押さえ、御者は口をぽかんと開けてチャリティを見た。チャリティはむちを手に身構えている。ラッキーも依然として、二人の間に立ちはだかったままだ。

「あばずれめ！」我に返ったように御者はいきりたった。「おまえの首根っこを押さえてやるから覚悟しな。このダン・マッコニグルに逆らったらどんな目に遭うか、おまえにもその犬っころにも思い知らせてやろう」次から次へと御者がくり出す悪口雑言のあまりの汚さに、見物人の間からはどよめきが起こった。

幸い、そのほとんどの言葉を当のチャリティや姉妹たちは知らなかった。ただ、御者が激高して威嚇していることだけは伝わったので、姉妹たちはかばうようにチャリティのそばに近寄った。数が増えた野次馬は、どちらの側につくかを決めて、口々に応援したり冷やかしたりを始めた。

チャリティはむちを握りしめ、じっと相手をにらみつけていた。これからどうすべきか自分でもわからなかったが、こんな脅しにひるむつもりはみじんもなかった。

青い制服姿の男が見物人をかきわけかきわけやってくるのが目にとまり、チャリティはいくらかほっとした。

「いったい何事かね？」巡査は帽子の向きを正し、御者からチャリティ、姉妹たちへと視線を移した。

「お巡りさん！」助かった、というようにセリーナが声をあげた。

御者はチャリティを指さしてわめいた。「この娘っ子がおれのむちを取って打ちやがったんです！」

チャリティは侮蔑《ぶべつ》のまなざしで御者を見やり、むちを地面に落とした。「そのとおりわたくしが打ちました。この人が残酷にも、このかわいそうな馬をむちでひっぱたいていたからです。この馬があと一歩も歩けないのは、見ればわかるでしょう」

巡査の口元に薄笑いが浮かんだ。「なるほど。この娘さんならそれくらいはやれそうだ」

「娘っ子だけじゃない。あの畜生も一緒になって襲いかかってきたんだ」御者は犬を指さした。

チャリティは憤然として言った。「ラッキーは畜生なんかじゃないわ！　かみつきもしなかったじゃありませんか。あなたがわたくしを脅かしたから、助けようとしただけだわ」

「おれは指一本触れてやしない！」御者は巡査に訴えた。「この娘は頭がいかれてるんです。わけもなくおれを打ったり、こうしろああしろとおれの商売に口出ししやがって。正直に働く権利もないって言うんですかい？　獰猛《どうもう》な犬を放して騒ぎを起こしたのは、この娘のほうなんだ。病院から抜け出してきたんじゃないか」

「なんですって？　よくもまあ、そんなことを」チャリティは気色ばんだ。

「まあまあ、娘さん」巡査がじろじろとチャリティの全身を見渡した。チャリティはそのとき初めて、自分の身なりのひどさに思いがいたった。五人とも古ぼけた服装をしているうえに、とりわけチャリティのスカートは泥や草のしみだらけだし、髪もほどけてくしゃくしゃだ。これではおかしな女だと思われても仕方がない。巡査は説教を始めた。「娘さん、街をうろついて人の商売を邪魔するのはいけない。悪いことは言わないから、もううちへ帰りなさい」

チャリティは呆れて抗議した。「この人になんの注意もなさらないんですか？」

「おれにだって？　悪いのはそっちだろうが」巡査が肩を持ってくれたと見て取った御者は、ここぞとばかりに主張した。「だんな、この娘には時間を取られるわ、むちは奪われるわ、犬をけしかけられるわで、さんざんな目に遭わされました。このまま放免するつもりですかね？」

巡査は答えた。「危害を加えたわけではないんだから、つかまえる必要はない」

「そうですとも！」セリーナが声を張りあげた。他の姉妹たちも、いっせいにしゃべり出す。御者は御者で自分こそ被害者だと力説し、群衆からも口出しする人たちが出てきた。どちらの言い分が正しいか口論を始める男たちまでいる。このままでは収拾がつかなくなるかもしれない。巡査は困って、チャリティの腕に手をかけた。

「よろしい。では娘さん、犬と一緒に署へ行って話をつけることにしよう」

チャリティは巡査の手を振り払って、できる限り威厳のある姿勢をつくった。あごを突き出し、母親の真似《まね》をして巡査を見下すように申し渡した。「念のためおききしますけれど、あなたは伯爵夫人を逮捕するつもりなんですね？」

巡査は顔色を変えて黙り込んだ。一瞬、あたりが静まり返る。続いて、群衆の中から笑い声が聞こえてきた。

「いかにも、あなた様は伯爵夫人だ」御者が皮肉った。「だんな、だから言ったでしょう。病院から逃げたんだと」巡査に向かって意味ありげに自分の額をたたいてみせる。

チャリティは力を込めて言った。「わたくしは伯爵夫人です。もうしばらくしてからそうなるんですけど。デュア卿と婚約していて、間もなく結婚します」

巡査はチャリティの服装とかたわらの犬に視線を走らせ、ため息をついた。「娘さん……そういうことを言い出すと、ますます面倒なことになるだけだ。わたしと一緒に署へ行って、ご家族に迎えに来てもらえばいい」

チャリティは内心うろたえた。ロンドン警視庁まで娘たちを引き取りに来るようにと言われて、母がどんな顔をすることか。目に見えるようだ。そして、チャリティが逮捕されたという噂《うわさ》が広まったら、デュア卿は物笑いの種になるだろう。

胸をそらしてチャリティは前へ進み出た。「最初にデュア伯爵邸にまいりましょう。デュア卿にしても、わたくしの伯母のレディ・バンクウェルにしても、わたくしが警察につかまって喜ぶとは思えません。お巡りさん、あなたがご自分のお仕事を大切になさってるなら、まずわたくしの言い分が本当かどうか確かめてください」

巡査は迷っていた。チャリティの態度も口のきき方も育ちのよさを示しているし、こうして間近で見ると顔立ちも貴族的だ。貴族階級にはけっこう変わり者が多いというから……。この娘が本当に伯爵と婚約していて、今朝はほんの戯れにぼろを着て大きな雑種犬と街中をうろついていただけだとしたら？

「しかし、娘さんが誰かを確かめるために伯爵のお屋敷まで押しかけていくわけにはいかないだろう」

「でも伯爵にとっては、わたくしを迎えに警視庁まで出かけるよりはずっといいと思いますわ」

背後でエルスペスがうめくのが聞こえた。チャリティのそばにセリーナが来て穏やかに口添えした。「妹は本当にデュア卿と婚約しているのです」

「伯爵はお姉様に夢中なのよ」ホレーシャが脇から声を張りあげた。

チャリティは巡査を促した。「今すぐ、デュア邸にわたくしを連れていってください。アーリントン・ストリートですから、ここからすぐよ」

相手の意気込みにけおされて巡査はとうとう同意した。「わかりました、お嬢さん。しかし、いたずらはいけませんよ」

巡査はチャリティの腕を取ろうとした。チャリティは目でそれを制し、昂然《こうぜん》と胸を張って歩き出した。巡査はチャリティの横に並び、御者と姉妹たちが後ろに続いた。群衆の中からも数人が興味をそそられてついてきた。

うわべは泰然自若としていたけれど、デュア邸に向かうチャリティの胸を探れば、少々おじけづいていた。デュア卿になんと言われるかしら？

一行は、ほどなくデュア伯爵邸の正面玄関前についた。「さあ、つきましたよ」チャリティは空元気を出して、巡査の方を向いた。

堂々たる建物を前に巡査はためらった。道すがら、こんなことをしていいのかと、だんだん自信をなくしていった。伯爵を尋問することなど、通常の職務にはない。そんなくだらないことで煩わすなと、いきなり追い出されてしまうのではないか。巡査は弱気になってチャリティを見やった。

「ノックなさったらどう？」チャリティは促した。

巡査は気をつけの姿勢になって、青銅のノッカーを打ち下ろした。

玄関の扉が音もなく開き、いかめしい顔をした執事が現れた。執事は無表情な視線を巡査から御者、その後ろのまとまりのない一団へと移した。

「はい、なんでしょうか？」執事は冷ややかに尋ねた。

巡査は咳払《せきばら》いしてから言いはじめた。「わたしは、その、デュア卿に関することでうかがったんです。えーと、ここは伯爵のお宅ですね？」

「ええ、言うまでもなく」この男は薄のろではないか、とでも言いたそうな執事の口調だった。

「つまりその、こちらのお嬢さんがですね……」

「チェイニー」チャリティは巡査の脇に進み出た。「デュア卿に、わたくしたち姉妹がお目にかかりにまいりましたと伝えてくれませんか?」

初めて執事の視線がチャリティにとまった。うつろな目の色がすぐ変わり、半ば口が開いた。チェイニーはまじまじとチャリティを見つめ、その目を犬、巡査の順に動かし、そしてふたたびチャリティの顔にもどした。

「ミス・エマーソン!」

「そう、わたくしよ、チェイニー。わたくしの身元についてちょっとごたごたしているので、デュア卿に助けていただきたいの」

「はい、お嬢様」執事はいつもの尊大な表情を取りもどし、扉の脇へ下がった。

チャリティはさっと玄関広間に入った。ラッキーも機嫌よくついてきた。巡査が、姉妹たちのために道をあける。すっかりおとなしくなってしまった御者にも、巡査が入れと合図した。最後に巡査が入ったあとで、チェイニーは野次馬の鼻先で扉をきっちり閉めた。

こういう雑多な一団をどこに通そうか決めかねているふうに、執事は視線を巡らした。いくらみすぼらしいなりをしていても、エマーソン家の令嬢たちはもとより応接間にお通ししなければならない。だが、巡査とこっちのがさつな男は玄関広間で十分だ。しかし待てよ。執事は再度、チャリティのドレスと、くっついて離れない犬の汚れぶりに目を当てた。やはり全員ここで待ってもらうことにしよう。まずデュア卿を呼んできて、すべておまかせしたほうがよさそうだ。

チャリティは、巡査や御者に勝ち誇った視線を向けずにはいられなかった。二人ともそわそわして、ゆったりとした玄関広間や、執事が重々しくのぼっていった幅が広くて立派な大理石の階段に視線をさまよわせていた。

ほどなくサイモンが階段を下りてきた。真っ白なシャツの上に黒っぽい色の上等な紋織りのガウンをはおっている。見るからに身支度の最中か、朝食の途中で執事に呼ばれたという感じだった。階段を下りきったところで立ちどまり、一行の一人一人をゆっくりと見まわした。伯爵の視線をまともに受けて巡査は赤くなり、落ちつきなく襟を引っぱった。

サイモンの視線は最後にチャリティにとまった。

# 8

　デュア卿《きょう》はようやく口を開いた。「やあ、ミス・エマーソン。あなたに会えるとは、なんていい朝だろう。驚いたりして悪かった。いつもながらあなたのいでたちには――そのう、思わず息をのむよ。ごきょうだいたちもお揃《そろ》いでお出ましとは。ところで、こちらの方々はどなたかな？　わたしは存じ上げていないようだが」

「デュア卿！」チャリティはほっとため息をもらして、サイモンに近づいた。「こちらのお巡りさんに、わたくしが何者か説明してくださいい。あなたのフィアンセだと言っても、信用してもらえないんです。わたくしが病院から脱走してきたなんて言うのよ――それはこっちの御者の人が言ったんですけど。お巡りさんには、わたくしを警視庁へ連れていって身元を確認すると言われました。だから、わたくし、デュア卿と婚約していると話さなければならなかったの」

「なるほど」サイモンは動じない。その目はチャリティのかたわらの犬に注がれていた。

「で、このお友達は？」

「これはラッキーっていうの。公園で見つけたんですけど、ほうっておくわけにもいかなくて」

「それはそうだ」惚《ほ》れ惚れした様子でサイモンは犬を見つめている。「少々汚れてはいるようだが」

チャリティはくすっと笑った。「やめて。真剣なお話なんだから」

「わかっているとも。巡査殿にとっては、きわめて真剣な話だ」皮肉っぽいサイモンの視線を受けて、巡査は逃げ道でも探しているようにきょろきょろあたりを見まわした。「では、聞かせてもらおう。この犬とそちらのお二人とどんな関係があるのかを」

チャリティは、哀れな馬を御者が虐待していたところに通りかかったことから説明した。そんな無慈悲な行為を見過ごせずに止めようとしたことや、ラッキーが勇敢にもチャリティを守るために飛びかかっていったくだりにくると、デュア卿は痛快そうに目をきらめかせた。

「そうしたら、この人はラッキーに石をぶつけようとしたの。だからわたくしは、むちでこの人の腕を打つしかなかったんです」チャリティは憤慨してサイモンに告げた。

「あなたがむちで打ったって？」デュア卿は驚いたように眉をつり上げた。チャリティがこっくりすると、大笑いした。「いや、それはなんとしてでも見たかった！」

しかし、御者に顔を向けたときには、デュア卿は蔑《さげす》むような表情に変わっていた。

「たかが若い娘と野良犬にやられたくらいで、きみは巡査の助けを求めたというわけか」

チャリティがいきさつを話している間もじもじしていた御者は、今度は顔を真っ赤にした。「その娘は、関係もないのにおれの商売にくちばしを入れたんだ！　他《ほか》に方法があるというんですかい？　仕事の邪魔をされても黙ってりゃいいとでも？　いいとこの娘さんらしいのに、手を出すわけにもいかないし」

「むちを持ったお嬢さんと忠犬ときては、きみの気持はわかる」

御者は反抗的にあごを突き出しはしたものの、腕組みをして黙り込んでしまった。

セリーナがきっぱりと言った。「でもこの人は、ラッキーが飛びかかってなかったら、チャリティを殴っていたでしょう。現にそう言って脅してたし、ラッキーが間に入ってからも、チャリティにひどく下品な言葉を浴びせていたんです」

「そんなことをしたのか？」デュア卿は御者をじろりとにらんだ。「わたしのフィアンセに、きみはなんと言ったんだ？」

「なんにも」御者はデュア卿の顔から目をそらして、つっけんどんな返事をした。

「ということはつまり、わたしのフィアンセの姉が嘘《うそ》をついていると言いたいのか？」

「いや」御者は口ごもった。

デュア卿は鉾先《ほこさき》を巡査に向けた。「若い娘が男に脅されても勇敢な犬しか助けがなかったというのに、きみはその娘を逮捕しようとした。そういうわけだね？」

「このお嬢さんがどういう方か知らなかったもので」巡査は言い訳がましく答えた。

「ほう。すると、この人がわたしのフィアンセではなくて、ただ誠実で勇気のあるお嬢さんというだけだったら、警視庁に連れていっていたということなんだね？　罪名はなんだ？　思いやりの罪か、勇気の罪か？」

巡査の顔色は青くなっていく。「いえ、つまり馬はこの男の持ち物なんでして。お嬢さんは男のむちも取ったし、なんというか――乱暴な振る舞いにおよんだものですから」

デュア卿はチャリティに目をやった。スカートはしみだらけで、髪は乱れ、帽子ときたらリボンを首に結んだまま脱げて背中にぶら下がっている。口の両端を上げて、デュア卿はほほえんだ。

「それはそうだ。しかしわたしという人間は変わっているのか、良家の令嬢らしく見ないふりをしてその場を立ち去る冷たい女性よりも、気の毒な動物を救うために自分の二倍もある男に立ち向かっていく女性のほうが好きだな」

チャリティはほんのり赤くなって、にこっとした。「デュア卿、ありがとうございます。わたくしの味方をしてくださると思ってたわ」

「もちろん、どんなときでもあなたの味方になりたい。しかしこれからは、今以上にわたしがあなたを守る」デュア卿は巡査と御者を不興げに見すえた。「さもないと、こんな連中を相手に何をされるかわかったものじゃない」

デュア卿はつかつかと近づいて、二人の男をにらみつけた。「きみは巡査として、上司に報告する義務があるね。十八歳の娘と犬という凶悪犯からロンドン市民の安全を守ったとでも言うつもりかね？」

巡査のおどおどした様子を見かねて、チャリティは急いで取りなした。「デュア卿……お願い、あまり厳しくなさらないで。お巡りさんはわたくしのことを知らなかったんですもの。こんな格好だから無理もないわ。頭がちょっとおかしいんじゃないかと思い込んでしまったとしても、このお巡りさんを責められないと思うの」

「優しいんだね、あなたはいつも」デュア卿はチャリティにほほえみかけた。「では、巡査、これだけはきみに忠告しておこう。今度こういうことがあったら、まずよく考えてから行動したほうがいい」

「はい、今後は必ずそうします」これでやっと放免されそうだ。巡査は力強くうなずいて、玄関の方へ後ずさりを始めた。

「さて、きみについては……どうしたものか」サイモンは御者に言った。「外に連れ出して、むち打ちを食らわせたいところだが」

「だんなとやり合ってもいないのに」御者が不満げに言い返した。

「わたしとやり合うのは、きみも好まないだろう。きみは相手が動物や女だと痛めつける腰抜けの弱い者いじめだ」

「おれは娘さんに何もしてない」

「そう。だから今回は、きみを見逃してやろう。ミス・エマーソンは無事だった。それに、この出来事が原因でおかしな噂《うわさ》は立てられたくないからね。したがって、きみの馬はうちの厩舎《きゆうしや》で引き取ることにしよう。屠殺《とさつ》場と同額の金をうちの馬丁から受け取るがいい。しかし、今日あったことを誰かが一言でも口にしていたら、きみをただではおかない」

「おれじゃないやつが触れてまわったら、どうするんです？　あそこには他にも大勢いたんだから」

「それなら他の人間が誰にもしゃべらないように祈ることだ」

「だんな、それはひどい仕打ちだ！」

「ひどい仕打ちをしたのはいったいどっちなんだ。いいかげんに出ていきなさい！」御者がぐずぐずしているので、サイモンは声を荒らげた。「わたしの考えが変わらないうちに、出ていくんだ！」

男が巡査のあとを追って、そそくさと出ていった。畏敬《いけい》のまなざしで見上げているエマーソン姉妹の方に、サイモンは向き直った。「さあ、お嬢さん方、応接間にいらっしゃいませんか？　お茶でも用意させましょう」

「サイ――いえ、デュア卿、見事なお手並みでしたわ。デュア卿ならきっとうまく解決してくださると思ってたの」チャリティは例の陽光のような笑みをたたえて、デュア卿に腕をあずけた。応接間へ向かう二人に続いて、姉妹たちも歩き出した。

「デュア卿、まことに申し訳ございません。このようなことでご迷惑をおかけしてしまいまして、身の置きどころもございません」階段にさしかかったとき、セリーナが緊張の面もちで謝った。

チャリティは明るく言った。「セリーナお姉様、そんな堅苦しいご挨拶《あいさつ》はやめて。わたくしにはわかってたの。お巡りさんが面倒なことを言いはじめたとたんに、これはもうデュア卿に助けていただくしかないと」

セリーナは妹をとがめるように見た。「だってこんな厄介な問題を持ち込まれては、デュア卿もさぞご不快な思いをされたことでしょう」

「いやいや、むしろ……面白かったですよ」デュア卿は口元をほころばせてセリーナに答えた。

「すごく面白かったわ！」元気づいたホレーシャがデュア卿に追いついて話しかけた。「デュア卿があのいやな人に、出ていきなさいとおっしゃったとき、本当にいい気味だったわ」

応接間に入りかけたところで、エルスペスが額に手を当て弱々しい声で訴えた。「デュア卿、わたくし……気分が……」

「エルスペス、しっかりしてちょうだい。これ以上みっともないことできないわ」セリーナは妹の腕をつかんだ。

「でも、頭がずきずき痛くて……あんなにわめかれては、わたくしの神経じゃ耐えられないの」

「エルスペスお姉様なんか、なんにもしたわけじゃないじゃない」ホレーシャがいらいらして二番目の姉にぴしゃりと言った。「危ない目に遭いながらがんばったのは、チャリティお姉様なのよ。それなのにただ突っ立って、きまりが悪いとぐちぐち言ってたのはどなた?」

エルスペスは末の妹をにらみつけたかと思うと、ぐらりとよろめいてセリーナに倒れかかった。重みでセリーナもふらついた。「エルスペス!」

「よりによってこんなときに! エルスペスお姉様ったら、まったくもう!」チャリティがじりじりして声をあげた。

デュア卿がすばやく前へ出てエルスペスを抱きとめ、抱え上げてソファに寝かせた。セリーナが妹の頭の後ろにクッションをあてがい、扇子で顔をあおいだ。

「ベリンダ、わたくしのバッグから気つけ薬を出して」ベリンダが持ってきた気つけ薬の瓶を、セリーナはエルスペスの鼻先で振った。

小さく咳《せき》をして、エルスペスはしだいに意識を取りもどした。チャリティは苦々しげに二番目の姉を見ている。うんざりした表情がおかしくて、デュア卿は笑いをかみ殺した。

「お茶を飲めば、ミス・エマーソンも元気を取りもどすでしょう」デュア卿は執事を呼ぶためのベルを鳴らした。ラッキーがいつの間にかチャリティから離れてデュア卿のそばにうずくまり、脚に寄りかかっている。「ところで、この情けないわん公はどうするつもりなんですか？」

「情けないわん公！」チャリティはむっとしてみせてから、すぐ笑顔にもどった。「デュア卿ったら意地悪ね。からかわないでください。ラッキーはいい子ですもの。もちろん飼いたいの。あの乱暴な人からわたくしをかばってくれたのに、また野良犬にするわけにはいかないわ。泥だらけの体を洗ってやれば、器量はそんなに悪くないと思うの。ただ、伯母は犬が大嫌いなんです。大きな猫が二匹いるけれど、これがぐうたらの太ったペルシャ猫で、そこらじゅう毛だらけなの。犬はうちにも入れてもらえないと思うから、ラッキーを連れて帰るわけにはいかないわ。田舎の家なら飼えるけれど、父はまだ当分あちらにもどりそうにないし。だから……」

「だから？」サイモンは疑わしげにチャリティをじっと見た。「あなたが何をたくらんでるか、言ってごらんなさい」

「決まってるじゃありませんか。ラッキーをあなたにさしあげようと思うの。お宅はこんなに広くて、お部屋もいっぱいあるし、デュア卿は犬がお好きでしょう？」

「犬によるけれど」サイモンは憮然《ぶぜん》として、汚れ放題の大きな犬を見下ろした。ラッキーがサイモンのひざに頭をなすりつけるものだから、べっとりとズボンに泥がついてしまっている。

「それに、ここではお話し相手もいなくて寂しいでしょう。ラッキーがいれば賑《にぎ》やかでいいんじゃないかと思って」

「そんな心配までしてもらってかたじけない」デュア卿は皮肉っぽく返した。

チャリティはころころ笑っている。「そんなにげんなりした顔なさらないで。ラッキーは見どころがある犬なんだから。それに、もうあなたが好きになったみたいよ。ほら、すっかり安心して寄りかかっているわ」

さっきまでしみ一つなかったズボンを見て、デュア卿はため息をついた。

「この次、別荘にいらっしゃるとき、ラッキーを連れていけばよろしいじゃありませんか。お願いです。飼うとおっしゃって」チャリティは熱心に頼んだ。

チャリティの懇願のまなざしに負けて、サイモンもほほえまずにはいられなかった。きらきら輝く青い瞳の絶大な力を、チャリティは自覚しているのだろうか？　男ならこんな目で見つめられれば、むさくるしい犬を飼わされるのはもとより、どんなことでもうんと言ってしまうのではないかとサイモンは思った。

「よろしい。ラッキーを飼いましょう」

そこへ執事がお茶とお菓子を運んできた。サイモンは言った。「ああ、チェイニー、ちょうどいいところに来た」

「はい、だんな様、何かご用でしょうか?」チェイニーは銀製の大きなお盆をソファの前のテーブルに置いた。

「本日の英雄にも何かやらなくては。チェイニー、厨房《ちゅうぼう》にラッキーを連れていって何か食べさせてくれないか。それから、風呂が必要だ」

「ラッキーというと?」

「この犬だ。しばらくここに置くことにした」

「は、はい」職業柄、チェイニーは感情を表に出したりはしない。それでもわずかにひるんだ。「その犬を風呂に入れるのですね?」

「そう。ラッキーが恐ろしく汚れているのは、否定しようのない事実だ。こんな状態でうちに置いておくわけにはいかない」

「そのとおりです」今度は声に力が入っていた。チェイニーは犬を横目で眺め、背筋をのばして近づいた。「さ、おいで。こっちにおいで」

執事はかがんで指を曲げ、〝来い〟という合図をしてみせた。ラッキーはけげんな目を執事に向けてしっぽをゆっくり振りはしたものの、動こうとはしない。

デュア卿が声をかけた。「チェイニー、やはりじかに触るしかないよ」

「はい、だんな様」

「デュア卿、チェイニーをいじめないで。ラッキーに触ったら、真っ白な手袋が汚れてしまうじゃない。どっちみち、言うことを聞かないと思うの」チャリティは執事に言った。「ラッキーはわたくしになついているから、わたくしが厨房に連れていくわ。チェイニー、厨房はどこか教えてください」

「いいえ、お嬢様、めっそうもない！　わたくしが連れてまいります」執事は決意の面もちで、チャリティの手から間に合わせの引き綱を受け取った。

ラッキーは座り込んで、うーと低くうなった。チェイニーが綱を引っぱっても頭を低くして足をふんばり、てこでも動かない。チェイニーは歯を食いしばって、犬の首に巻いた綱を両手で力いっぱい引いた。腰を落としたままのラッキーを少しずつ引きずって大理石の床を横切り、ようやく応接間の外に出した。

サイモンとエマーソン姉妹は、お茶を共にすることにした。セリーナは硬くなって居心地が悪そうだし、エルスペスもしきりに扇子を使っては病弱そうに振る舞うのに大忙しだった。他の三人は若い娘らしくケーキをさっそく頬張り、すっかりくつろいでサイモンとおしゃべりを始めた。先ほどのチャリティの武勇伝をホレーシャがさらに詳しく語っている最中に、屋敷のどこかからすさまじい音と怒声が聞こえてきた。

サイモンとチャリティは顔を見合わせる。二人とも同じ考えが頭に浮かんだ。女の金切り声に、男の罵声《ばせい》が続いた。「もどってこい、このばか犬め！」

さらに、どしんとすごい音がした。さっきよりも近い。それから大理石のつるつるした表面に爪を立てようとする耳障りな音が聞こえたと思うと、ラッキーがものすごい勢いで現れた。床にとっかかりがないので、むなしく爪の音だけさせて横滑りで入ってくる。顔を真っ赤にした従僕がラッキーを追いかけてきた。白いかつらはひん曲がり、胸のあたり一面に泥水が跳ね散った跡がついている。従僕がラッキーに飛びかかった。ラッキーはさっと逃げる。もんどり打って倒れた従僕は、ううっとうめいた。ラッキーはチャリティめがけて突進し、三十キロを超える体躯《たいく》でどっかとひざにのっかってしまった。

セリーナとエルスペスは悲鳴をあげ、従僕はわめき、走ってきたチェイニーは慌てて身じまいをしながら謝り、サイモンは爆笑した。

「ラッキー！　かわいそうに」チャリティは犬の体に両腕をまわした。

信じられないことだが、ラッキーはさらに醜くなっていた。なまじ水をかけたせいか、ずぶ濡《ぬ》れの毛がよじれて張りつき泥にまみれ、目をおおいたいほどだった。

「チャリティ！　汚いじゃないの」セリーナが呆《あき》れて声をあげた。

「わかってるけど、ラッキーが怖がってるから」チャリティは図体《ずうたい》の大きい犬の背中を撫《な》で、あやすように耳元でささやきかけた。ラッキーが甘えてしっぽを振ったはずみに、脇《わき》テーブルの小さな花瓶が転がった。「見ず知らずのおうちで知らない人にお風呂に入れられてしまったんだから、おびえるのも無理ないわよ」

サイモンはいつまでも笑いやまず、とうとう目尻からにじみ出た涙を拭《ふ》いている。チャリティはサイモンをにらんだ。「もう笑わないで」

「止まらないんだから、しようがない」べったりとすがりつくラッキーのために、チャリティの服はますます汚れていった。

チェイニーがやってきて、チャリティのひざからラッキーを引き離そうとした。「だいじょうぶよ、チェイニー。わたくしが自分で洗ってやったほうがよさそうだわ」チャリティは犬を床に押しもどして、立ち上がった。

「いいえ、お嬢様、それだけはやめてください」

「だって、他の人ではラッキーがじっとしていないと思うの」チャリティはドアの方に歩き出した。ラッキーもおとなしくついてくる。

チェイニーは困惑して、デュア卿に目で指示を求めた。サイモンは肩をすくめた。「ミス・エマーソンの言うとおりにしよう。我々と違って、扱い方がうまいようだから」サイモンも立って、チャリティを追う。「よし、わたしが厨房にご案内するとしようか」

二人と一匹は応接間を出て、厨房に通じる廊下を進んだ。悲壮な顔をしたチェイニーがあとに続いた。

厨房は、まるで小規模の戦争があった場所みたいだった。石の床の真ん中にすえられた大型の浴槽には、半ばあたりまで泡だらけの汚れた水が残っていて、まわりは水びたしだ。ひっくり返った小さな戸棚の戸が全部開いて、中身がこぼれていた。まっすぐな背もたれの木の椅子が二脚横だおしになっていて、床には粉々に割れた水差しの破片が散らばっている。床を掃いている侍女の服はぐしょぐしょに濡れていた。もう一人の侍女はモップで水を吸い取ろうとし、従僕が倒れた戸棚を起こしているところだった。奥の大きなかまどのそばに立っている料理長は、苦々しげに腕組みをして惨状を眺めていた。

チャリティとデュア卿が入っていくと、その場にいた召使い全員がびっくりして二人を見た。

「だんな様！」太った年配の女性が声をあげた。ベルトに鍵《かぎ》を下げている服装から家政婦だとわかる。家政婦が急いでひざを曲げたおじぎをすると、召使いたちも慌ててそれにならった。

興味しんしんという視線がチャリティと犬にさっと集まる中で、料理長だけは黙っていなかった。派手な手ぶりをまじえ、フランス語でまくし立てる。

サイモンはなだめた。「わかってるよ、ジャン・ルイ、わかってるとも。きみの厨房はすぐに元どおりに直すことを約束するよ」

いくらサイモンが力説しても、フランス人の料理長はいっそう顔を赤くして声高になるだけだった。チャリティは前に進み出ると料理長の腕にそっと手をかけ、にこっと笑いかけた。「ごめんなさいね。わたくしの犬をどうか勘弁してやってください。あなたの厨房がこんなありさまになったのは、わたくしがいけなかったの。本当にごめんなさい」

フランス人はぴたと口をつぐみ、じっとチャリティを見つめた。怒りの色がみるみる消えた。料理長はチャリティに微笑を返して、なまりの強い英語で話し出した。「マドモワゼル、大したことじゃないんです。あなたの犬だとは知らなかったもので」

このやりとりを脇から見ていたサイモンは呆れたように片方の眉をつり上げ、料理長がかまどにもどってからチャリティに耳打ちした。「うちの料理長があんなふうにころっとあなたの言いなりになると知ってたら、ずっと前にあなたと結婚してたのに」

デュア卿がチャリティを紹介すると、召使いたちはおじぎをしながらそれとなく盗み見るのだった。チャリティは、陽光にたとえられる独特のほほえみを全員に返した。「はじめまして。どうぞよろしく。わたくしはこれからラッキーを洗ってやって、これ以上皆さんのお邪魔をしないようにしますね」

家政婦が声をうわずらせて言った。「いけません、ミス・エマーソン！　わたくしたちがいたします！」

「いいの、いいの。こういうことは慣れてるんですもの。それに、デュア卿が手伝ってくださるから。そうですよね、デュア卿？」

召使いたちは目を丸くして主人を見た。デュア卿は上機嫌で答えた。「もちろん、手伝ってあげるよ。ラッキーのためならズボンやシャツが濡れるくらいなんでもない。みんなはもうそれぞれの仕事にもどってよろしい。この犬の面倒は、ミス・エマーソンとわたしが見るから」

上着を脱いだデュア卿が図体の大きい汚れた犬を抱えて浴槽に入れるのを、召使いたちは遠くから唖然《あぜん》として見ていた。いつも一分のすきもない装いで冷ややかな顔つきのだんな様が、昔からこんなことをやっているといった風情で犬を洗っているとは。あんな姿は見たことがないと、従僕同士、陰で話し合ったりした。伯爵の身のまわりの世話をするそば仕えは、好奇心にかられ矢も盾もたまらずに厨房をのぞきに来た。ところがこの男が目にしたのは、だんな様がずぶ濡れになってげらげら笑いながら浴槽の雑種犬と取っ組み合いをしている光景だった。仰天のあまり、そば仕えは早々に厨房をあとにした。

チャリティが石鹸《せっけん》でラッキーをすみずみまで洗っている間、サイモンは懸命に体を押さえていた。ラッキーは片時もじっとしていなかった。身をよじり、もがいては浴槽から抜け出そうとする。そのたびに水しぶきでチャリティもサイモンもびしょびしょになった。二人の召使いがおずおずと運んできた水を、チャリティはラッキーの頭からざーっとかけた。ラッキーが全身を震わせるので、またしてもそこらじゅう水が跳ね飛ぶ。チャリティはきゃっきゃと笑って、顔をかばおうとした。つり込まれて笑ったサイモンの手がゆるんだすきにラッキーは浴槽を飛び出してぶるっと体を震わせ、チャリティの肩に前足をかけて顔をなめようとした。

チャリティは、サイモンの手助けでもう一度ラッキーを浴槽に押し込んだ。サイモンが前よりもしっかりと犬を押さえつけている間、チャリティはきれいな水を何杯も何杯も頭から浴びせた。しまいには溺《おぼ》れかけたような格好ながら努力の甲斐《かい》あって、さしものラッキーもきれいになった。

犬を押さえた手はそのままでも、サイモンの視線はともすればチャリティの胸にくぎづけになってしまう。ラッキーと格闘しているうちに、ドレスはおろか下着までびしょ濡れになっていた。布地が肌に張りついて、ふくらみの輪郭はもとより、固く締まった小さなつぼみのような乳首まで透けて見える。サイモンはごくりとつばをのみ込んだ。さっきまでの愉快な遊びに代わって、切ないほどの渇きが込み上げてきた。チャリティが欲しい。かがんだり向きを変えたりするたびに、チャリティの乳房がゆらりと揺れる。サイモンのうずきはつのった。

従僕が特大のバスタオルを持ってきた。二人で同時に受け取ろうとしたので、手が軽く触れる。それだけでサイモンはぞくりとした。一緒にラッキーをタオルでくるみ、体を拭いている間に、チャリティの胸がサイモンの腕をかすった。欲情を悟られないように、サイモンは顔を伏せたままでいた。

二人がようやく手を離すや、ラッキーは厨房内を走りまわったあげくに廊下に出た。くるくるまわっては体をぶるぶるさせたり、壁沿いに体を滑らせたり床に腹這《はらば》いになったりして、なんとか水分を払い落とそうとしている。そのさまが滑稽《こっけい》で二人は笑い出した。けれどもなお視線がチャリティの胸に吸い寄せられるのを、サイモンは抑えようがなかった。

召使いたちからは見えないように自分の体を盾代わりにして、サイモンはチャリティを厨房から連れ出した。二人のあとを追ってこようとしたラッキーを、うまい具合に従僕の一人がつかまえ、召使いがドアを閉めた。

二人は廊下を歩き出した。突然サイモンは方向を変え、奥の階段の下にある小さな空間にチャリティを引っぱっていった。チャリティはびっくりして、どうしたのかと尋ねようとした。その開きかけた口をサイモンがふさいで、巧みに質問を封じてしまった。

# 9

しばしチャリティは身じろぎもしなかった。それから体がとろけたかのように、サイモンにもたれかかった。爪先立ちになってサイモンの首に腕を絡め、くるおしげに唇を押しつけた。サイモンはのどの奥でうめき、両手をチャリティの背中から腰へと滑らせる。手のひらに力を込めて、彼女を自分の体に密着させた。二人の着ているものが濡《ぬ》れているので、じかに肌を接しているようだ。自分の固い胸板に、柔らかくてしかも弾力性のある丸みと、こりこりした小さな突起が当たるのを感じた。快感が全身に広がった。指をチャリティの髪にさし入れて、わずかに残っていたピンを取る。滑らかな髪の束が、絹糸の滝のように両の手にこぼれ落ちた。

震えが走った。サイモンは階段の下の空間のさらに奥に移動し、壁にめり込みそうなほどチャリティの体を圧迫した。温かくうるおったチャリティの口の中にくまなく舌を這《は》わせても、まだ飽き足りなかった。できることなら、このみずみずしい体の中心に自らをうずめてしまいたい。息もつまるほど抱きしめて、心ゆくまでチャリティを堪能《たんのう》したい。

口づけだけではなく、この手で触れたい。サイモンはわずかに身を引いて、胸のふくらみに手のひらをかぶせた。チャリティの呼吸が速くなる。サイモンはいっそう激しくかき立てられた。ぴんと張った乳首のまわりを親指でなぞる。チャリティが体を震わせ、恥じらいを含んだ声をかすかにもらした。欲情が突き上げてきた。サイモンとしては、この場にチャリティを押したおして我がものにしてしまいたい衝動を抑えるだけで精いっぱいだった。

「ああ、チャリティ……」サイモンはキスの雨を浴びせつづけた。「なんという美しい人……あなたが欲しくてたまらない」

口もきけないほどチャリティは動転していた。体の奥に火でもついたのか、このなんともいえず刺激的なすばらしい感じはなんだろう？　知らぬ間に息づかいが乱れている。

サイモンが人差し指と親指で乳首をはさみ、そっとひねった。すると、まるで稲妻に打たれたかのようにチャリティは激しくおののき、小さなうめき声をあげた。無意識に腰を動かすと、硬く隆起したものが肌に食い込む。無垢《むく》の乙女であるチャリティも、これはサイモンに求められているしるしだと感じ取っていた。

サイモンらしくもなくドレスのボタンにかけた指先が震え、動作がもたついた。ようやく胸がはだけるくらいボタンを外して襟元を広げ、チャリティの両腕を脇《わき》に押さえつけた。薄物のシュミーズでおおわれただけの胸のふくらみに、サイモンはじっと目を注いだ。布地が濡れているせいで、薔薇《ばら》色がかった乳房の先端がくっきりと透けて見える。しばらく見つめ、つぼみに似た先端をじらすようにかすめながら、ゆっくりとシュミーズを引き下げた。サイモンは胸の二つのふくらみを手でおおい、親指をそっと動かした。チャリティは壁に寄りかかり、うっとり目を閉じている。羞恥《しゅうち》と愉悦の入りまじった表情を見ているだけで、自制のたがが外れそうになった。

たった今、スカートをまくり上げて望みをとげてしまおうか？　サイモンは歯を食いしばって欲望の奔流をせき止めようと努めた。そしてしぶしぶシュミーズを肩まで上げて、一歩しりぞいた。このまま続ければ、今、この場で必ずチャリティの純潔を奪うことになる。そういうならずもののような真似《まね》はできない。汚れを知らぬチャリティには、ほの暗い環境と優しい心づかいが必要だ。妻になる人には礼節を守って接しなければならない。

まぶたがぱっと上がった。チャリティはおぼろな目をサイモンに向ける。「どうして……なぜ……わたくし、いけないことをしたの？」

「いや、ここでやめないと、いくところまでいってしまうから。あなたに対してそんなごろつきみたいなことはできない」サイモンは絞り出すような声で答えた。

「そう」あられもない自分の上半身にやっと気がついて、チャリティは顔を赤らめた。急いで襟をかき合わせ、ボタンをかけはじめる。「ごめんなさい……わたくし……結婚するのだから、かまわないと思ったの」

「そんな情けない顔をしないで。あなたの言うとおり、かまわないんだよ。いけないことなんかじゃない。ただし、あなたがいやがらないのをいいことにしてわたしの好き勝手にするのは、高潔であるべき紳士ならしてはならない行為だ。あなたにとっては神聖な初めての体験なのに、階段の下でせかせかとすますのはよくない。わたしは別に模範的な紳士ではないが、それくらいのことは知っている。いいね、チャリティ、いつでも好きなときに堂々とできるようになるまで待とう」

サイモンに諄々《じゅんじゅん》と説かれると、チャリティはますます赤面した。それでいて一方では感動さえ覚えていた。こんなにまで苦労して自制しなければならないほど、サイモンはわたくしを求めているんだわ。

「わかったわ」ボタンをかけ終わって、チャリティはサイモンの顔を仰ぎ見た。柔らかい光を放つ青い目のあまりの美しさに、サイモンは息をのんだ。

「本当にあなたはわかってるのかな。わたしとしては、婚約期間が長くないように祈るのみだ」

「しきたりどおり一年でしょうね。母はそう考えてるに決まってるわ」

サイモンは顔をしかめた。「いまいましいなあ！　あなたに手を触れずに我慢しなけりゃならないのは、あなたの母上ではないのに」

「デュア卿《きょう》ったら。そんなこと当たり前じゃない」チャリティはくすっと笑った。

デュア卿も苦笑して身をかがめ、チャリティの口にすばやくキスをした。「このいたずらっ子め。結婚を申し込んだのは失敗だったかな」

「後悔してらっしゃる?」上目づかいでデュア卿の表情をうかがいながら、内心は少しばかり心配だった。

いっとき間があって、サイモンの顔に笑みが広がった。「ああ、そうだと言いたいところだが、後悔する気にはなれないんだよ」

チャリティはほほえんだ。サイモンに寄りかかって、肩に頭をのせたい。もう一度キスしてもらいたい。なんともいえず気持のよいやり方で胸を撫《な》でてほしい。けれども、それがかなわないのはわかっていた。かすかなため息と共に、チャリティは階段の下から廊下へ歩み出た。

「そろそろ、みんなのところにもどらなくてはいけませんわね」

「そのようだ」サイモンはにわかに格式ばって、チャリティに腕をさし出した。ついさっきまでの人には見せられない場面を思い出すとおかしかったけれど、チャリティも重々しくサイモンの腕に手をあずけ、もったいぶった顔をつくって歩き出した。

とはいえ、応接間に向かうチャリティの足どりは軽やかだった。

ベネシアは帽子を深くかぶり、ベールを下ろして顔を隠した。アーシュラ伯母にもらったこの帽子はあまりあか抜けたものとは言えず、葬式に一回かぶったきりだった。ただ、ベールがいちばん厚いので、当面の目的にはかなっている。とにかく、知ってる人に会っても自分だと気づかれたくなかった。

召使いの誰にも見られていないのを確かめて、こっそり玄関を出た。小間使いには、昼寝中なので邪魔してはいけないと他《ほか》の召使いたちに伝えるように指示してある。ジョージはクラブに行っていて、夕方まで帰宅しないはずだ。

あたりに人影がないのにほっとして扉をそっと閉め、歩道に面した石段を下りた。顔を伏せて足早に歩き出す。誰かに会う恐れはもとより、お供も連れずに街を歩くのを見とがめられる懸念も大きかった。外出にはほとんど必ずアッシュフォード家の馬車を使う習わしだが、もとより今はそんなことはできない。

ベネシアは人目をはばかるのに夢中なあまり、流しの馬車から降りた男が自分をつけてきたのには気づきもしなかった。どこにでもいそうな平凡な風体のその男は、中流階級らしく茶色の上下と帽子といういでたちで、くるくる巻いた新聞を脇の下に抱えている。通りで何度すれ違おうと印象に残らないようなたぐいの男だった。

ベネシアがめざすハーディング・クレセントは家からほんのひとまたぎのところにあり、その名のとおり三日月状に湾曲した街路に沿ってこぢんまりした公園がある。低い木々がまわりにはえているので、中に入れば人目につかない。手入れの行きとどいた散歩道のあちこちにベンチが置かれている。ベネシアはそれとなく公園内に目を配りながら、北側の端にあるベンチへ歩を進めた。幸いそのあたりには今のところ人一人いない。このハーディング・クレセントにはミリセント・カーダウェイという知人が住んでいる。ミリセントは鷹《たか》に似た目つきの悪名高いおしゃべりで、男といるところを万一この知人に目撃されたら、もうおしまいだと覚悟しなければならない。そんなわけで、待ち合わせには他の場所を指定してほしいとリードに頼んだ。が、頑として聞き入れられなかったのだ。リードは懇願をはねつけることが嬉《うれ》しくてたまらないのだろう。

ベンチに腰を下ろし、公園内のどこからも顔が見えないように姿勢を変えた。リードはどこにいるのだろう？　金欲しさに少なくとも時間どおりに来ているのではないかと、ベネシアは思っていた。

「お忍びですか、奥様？」背後からの声に、ベネシアはびくっとして振り向いた。「おやおや、緊張してますね。知られてはまずい秘密のせいかな」

ファラデー・リードは相変わらずつるりとしたハンサムで、しわ一つない服を着込み、髪の毛一本の乱れも見せていない。ベネシアは、この男の顔を見るのもいやだった。

バッグから封筒を出して「はい」と押しつけ、さっそく立ち去ろうとした。そうはさせじとリードがベネシアの腕をつかむ。

「ねえ、ベネシア、そう急がなくてもいいだろう。数えるまで待ってくれよ」

「あなたに言われた額が入ってるわ。わたくしは嘘《うそ》をついたり、だましたりはしません」

リードはせせら笑った。「それはまたご立派なことで。だったらもう我々のことはすべて、ご主人に打ち明けたってわけだ」

ベネシアは唇をかみしめた。頬に血がのぼっている。

「なるほど、急所を突いたようだ」リードは封筒を開けて中身を数え、コートの内ポケットに突っ込んだ。「嘘を使いわける人もいるからね。わたしは、やくざでいこうと決めたからにはこれ一本槍《やり》です。まぎらわしくなくていいでしょう」

「けっこうですこと。でもあなたとそんなおしゃべりをしている暇はないわ。わたくしはもう行きます」ベネシアはリードに背を向けた。

「おっと、その前に次の支払いの時間と場所を決めなくては」

ベネシアはぎくっと足を止め、振り向いた。血の気が引いている。「え？」帽子のベールを持ち上げて、リードの顔をよく見ようとした。「なんですって？」

「あなたの次の……贈り物のことを話してたんですよ。一カ月あれば十分でしょう」

「まさか本気じゃないでしょうね！」

「本気だとも。わたしは何かと金のかかる男でね。近ごろ女房はあまり気前がよくなくなったものだから」

「あなたが国外にでも行ってしまうというのなら、奥様もお金を出されるでしょうよ」

「そんな話を女房に持ちかけたことはないが、言えば出すだろうね。しかし、わたしはまだロンドンを離れたくない。ここには友達がたくさんいるから」

「あなたにはお友達なんかいないじゃない！」

リードは眉をつり上げた。「失礼な。でたらめ言うなよ。例えばロンドン社交界の輝ける新星、愛らしきミス・エマーソンとか。あのお嬢さんは、わたしを友達だと思っている」

思わずベネシアは叫んだ。「チャリティに手を出さないで！　あんないい人を辱めたら承知しないわよ！」

「あなたがじたばたしたってしょうがない。若い娘がいったん破滅の道を突っ走り出したら誰も止められないのは、よくご存じだろうに」

「けだもの！」

リードはにやりと笑ってベネシアの腕をつかみ、ぐいっと引き寄せた。もがくベネシアを抱きすくめ、有無を言わせず唇を奪った。あまりにも強くこすりつけられたために、ベネシアは自分の歯で唇を切ってしまった。ようやくリードは手を離した。後ろによろめいたベネシアの顔には憎しみと嫌悪の色があふれていた。手を口元へ持っていくと、手袋に血がついた。苦いものがのどにぐっと込み上げてきた。

「二度とわたくしに触れようものなら殺すわよ！　どうしてこんなに薄汚い人にひかれた

のか、自分でも信じられない。あなたは邪悪なごろつきよ！」光るベネシアの濃い緑色の目が兄のサイモンそっくりなので、リードは思わず一歩下がった。

だが、すぐ気を盛り返してリードは反撃した。「言葉に気をつけるんだな。値を決めるのはこっちだということを、お忘れなく」

「今後はもうお金は払いません！」

「それならアッシュフォード卿に我々のことを話すから覚悟すればいい」

「やめて！」ベネシアの怒りは恐怖に代わった。「約束どおりお金をあげたでしょう。それなのに、もっと欲しいなんて。いくらなんでもひどすぎるじゃありませんか」

「へえ？　こういうことに何か決まりでもあるというのか？　わたしは知らないな。ひどすぎると言って、裁判官にでも訴えるんですかね？」

「こんなお金をまた工面するのは無理なんです。わかりませんの？」

「わたしが真に受けるとでも思ってるのか？　お宅のジョージ殿はお金がありあまってるというのに。サセックス州の半分はアッシュフォード家の持ち物だというじゃないか」

「それは主人の財産で、ほとんどは土地や、その活用に投資してあるんです。主人は小作の人たちから搾取なんかしませんし、どちらにしてもわたくしの自由にはならないお金です」

「ご主人から小づかいくらいもらってるんでしょう？」

「それはもらってるけど。でも、わたくしの衣服にあてるお金をたった今あなたにあげてしまったのよ。それ以外にはなんにもありません」

「家計費は？　そこから借りることができるんじゃないか？」

ベネシアは顔色を変えた。「まさか！　お料理の質を落としたり、お客様をお呼びしなくなったり、使用人をやめさせたりしたら、ジョージは気がつくに決まってるわ」

「延び延びになっていた支払いとか、ばかな買い物をしてしまったとか持ちかければ、ご主人は余分な金をくれるだろう」

「主人にそんな嘘はつきたくないわ！」

「とっくに嘘をついているくせに。ここでわたしと会うことはご主人に話してないでしょう？」

「もちろん言ってません」

「だったら、嘘を一つつくも二つつくも同じじゃないか。その気になれば、もっともらしい口実を思いつくさ。それに、あなたは高価な宝石をいろいろ持っているでしょう。例えば今つけているそのイヤリングだって、質屋に持っていけば相当な額になるに違いない」

今にもリードにエメラルドのイヤリングをひったくられるのではないかと恐れているふうに、ベネシアは両手で耳をおおった。「これはジョージからの贈り物なんですもの。絶対に――」

「それなら優しいお兄さんから金を借りればいい。前みたいに喜んで助けてくれるだろう」

「あなたはどうして兄を憎んでるの？　兄はわたくしを守ろうとしただけで、あなたになんの害も与えていないのに」

「わたしの計画を台なしにしたじゃないか。おかげであのでぶと結婚しなければならなくなった。惚《ほ》れてるふりしてね」リードは醜く顔をゆがめた。「何をするにも女房の言いなりにならなきゃ、どうにもならない。そばにはべってご機嫌を取り、ひれ伏してお願いしないと、びた一文くれやしない。金持ちのおやじがあいつにたっぷり金をやってるのは間違いないが、それはあくまで自分の娘にやったもの。その金をどう使おうが、女房の自由なわけだ。わたしは情けにすがるしかない。女房のおやじは全財産を信託にしてあるそうだから、あいつが指示しなければ管財人は金を出さない。あいつが死んだら、わたしは文なしだ」

「奥様と奥様のお父様は、あなたがどういう人間かおわかりになったようね。ごろつきと結婚してしまった人としては、当然の措置だと思うわ」

　リードは険悪な形相になった。「たった今、値上げすることにしたよ。来月は二十ポンド上乗せしてくれ」

「今の額だってできないと言ってるのに！」

「うちに帰って何か方法を考えるんだな。来月の一日には渡してもらおう」

「どうしてそんなに非道になれるの？　なぜあなたが好きだという気になれたのか、わたくしは頭がおかしかったに違いないわ」

ベネシアは身をひるがえして公園から通りへ出た。涙で目がかすんでものがよく見えない。その後ろ姿をリードは爬虫類《はちゅうるい》のような目つきで見送っていた。ベネシアから金を巻き上げていい気分だった。これ以上は払えないと泣きつかれたのも、さらに気分がよかった。だが、期待したほど愉快になれたわけではない。いつもこうだ。デュアに対してどんな形の仕返しをしても、思うようには満足できないのだ。そのたびに欲求不満が残る。

今日も同じだった。ベネシアからもっと絞り取ってやるのを今から楽しみにしている。彼女が悩めば悩むほどいい気味だし、自分も儲《もう》かるからこんないいことはない。しかしそれでもなお、デュアのやつに恥をかかせてやりたいという胸底に煮えたぎる欲望を十分に満たすことはできないだろう。かつてベネシアと一緒に宿屋にいるところをデュアに踏み込まれ、文字どおりたたき出された。あのときの屈辱感は忘れることができない。そうだ、偉そうな面をしているデュア卿への恨みを晴らせるとしたら、方法はただ一つ。デュアのフィアンセを誘惑して、世間にばらしてやることだ。

思っただけでぞくぞくする。おぼこ娘のミス・チャリティ・エマーソンなら、おれにぞっこんのようだからこっちのものだ。リードは薄笑いを浮かべて意気揚々と公園を出た。

取り乱したベネシアと同様、リードも自分のことで頭がいっぱいで、公園の反対側の大きめの灌木《かんぼく》に半ば隠れるようにして茶色の服を着たぱっとしない男が立っているのには気がつかなかった。まして、その男が自分をつけてきたのがリードの目に入るはずはなかった。

「アッシュフォード卿?」クラブの従業員である礼儀正しいホロウェイが、ジョージ・アッシュフォードの前にやってきて呼びかけた。アッシュフォードは葉巻の準備に余念がない。手のひらで転がして匂《にお》いをかいでから、凝った細工の小さな金のはさみで端を切る。いらだちを抑えてアッシュフォードは顔を上げた。ホロウェイは、こちらがクラブでくつろいでいるところを特別な用事もなしに邪魔するような男ではない。「何か用かね?」

「はい。アッシュフォード卿にお目にかかりたいという……人物が外で待っております」ホロウェイの口調と、言いよどんだすえに人物という言葉を使った点から、面会者はこういう会員制のクラブに出入りする紳士ではないことがうかがえる。

「人物とは?」

「茶色の服を着た男性です。アッシュフォード卿にこの名刺をお見せすれば、必ず面会を承諾なさるだろうと言っております」ホロウェイは銀製の小盆にのせた名刺をさし出した。

アッシュフォードは名刺を取り上げて読んだ。表情が厳しくなった。「ああ、わかった。ありがとう、ホロウェイ。この男の言うとおりだ。外で会うよ」ホロウェイのあとから喫煙室を出て、玄関広間へ向かった。

「かしこまりました」その男を中へ通すようにと言いでもしたら、ホロウェイは肝をつぶすだろう。言うまでもなくジョージ・アッシュフォードは、そんな感情の動きをおくびにも出さない。

重厚な木の扉を開けて、アッシュフォードはクラブの建物の外へ足を踏み出した。道路へ下りる階段に、男が一人、こちらに背を向けて通りをぼんやり眺めていた。

「ミスター・ウィーバーかね？」

男は振り向いて、緊張気味の笑顔を見せた。男爵に依頼されて仕事をするのは、そうしばしばあることではない。アッシュフォード卿は感じのよいタイプのようだが、まだいくぶん気おくれする。それに、今日持ってきた報告は、依頼主が実は知りたくないたぐいに属するものだった。

ウィーバーは咳払《せきばら》いを一つして切り出した。「今日、わかったことをご報告にまいりました」

「そうか」ウィーバーのそぶりから察して、アッシュフォードは早くも気落ちした。「そのあたりを少し歩かないか？」

「承知しました」ウィーバーは襟に手をやって整え、アッシュフォードと並んで階段を下りた。

二人は歩道を歩きながら、声をひそめて話した。人通りは多くはなかった。それでも、人が近づいてくると口をつぐみ、行き過ぎると話を続けた。

「奥様が今朝はいつもより早くお出かけになりました。馬車ではなくて、ハーディング・クレセントまで歩いていらっしゃいました。お宅からほんの数ブロックのところに、きれいな小公園があります」

「あのあたりは知っている」声がうわずらないように、アッシュフォードは下腹に力を入れた。「で、家内はそこに行って何をしたんだね？」

「ご推測どおり、男性にお会いになりました。しばらく興奮気味に話をしておられました。それから立ち去ろうとなさる奥様の腕を、相手の方がつかんで引きもどし、また少し話をして……キスをなさいました」

「ちくしょう！」思わず罵《ののし》ってしまってから、アッシュフォードはきっと口を引き結んだ。

「そのあとも言葉のやりとりがあって、奥様は怒った顔で公園を出ていかれました。わたしは奥様のほうはやめて、その紳士を尾行することにしました」

「紳士だって？」人妻にキスをして何が紳士なんだ。

ウィーバーは、アッシュフォード卿のいやみっぽい調子に気がつかない。「はい。まさに紳士という服装でしたから。それと、金の柄のステッキをついておられました。しゃれた方です」

アッシュフォードはじりじりした。「そんなことはどうでもいいんだ。それより、その男は何者かね？」

「その方をつけていった先は、メイフェアのなかなか立派なお住まいでした。向かいの家の前でご主人を待っている御者がいたので、うまくきき出しましたよ。あれはミスター・ファラデー・リードだと、その御者が教えてくれました。お屋敷からしても、わたしの想像どおり、お偉方だったんです」

ファラデー・リードとは！　アッシュフォードはこぶしを握りしめた。あの狡猾《こうかつ》な野郎め！　リードだとは夢にも思わなかった。デュアとリードが犬猿の仲であることは周知の事実だ。ただし、本当の理由は誰も知らない。人々の口にのぼるのは、噂《うわさ》や憶測ばかりだ。ベネシアとしたことが、仲のよい実兄が嫌っている男とねんごろになるというのも奇妙な感じがする。パーティなどでファラデー・リードが妻に話しかけているのを見たのは、たった一回、チャリティ・エマーソンをデュアに紹介された舞踏会の夜だけだ。

あのときはなんとも思わなかった。ベネシアとリードは二言三言、言葉を交わしただけだった。そのあとの妻の顔がいくらか青ざめて見えたのは、リードの厚かましさに気を悪くしたせいだと解釈していた。けれども今になってみると、まるきり違う意味合いがあったのではないかと思い当たる。

黙り込んでしまった連れを横目でうかがいながら、ウィーバーは遠慮がちに尋ねた。

「アッシュフォード卿、奥様の尾行は続けたほうがよろしいでしょうか?」

「何?　ああ、いや。もうけっこうだ、ミスター・ウィーバー。これで十分だよ」

ジョージ・アッシュフォードはウィーバーに金を払って、クラブへと引き返した。自分が自分でないような気分だった。今までのジョージなら、妻が不倫を働いているなどという妄想は念頭にも浮かばなかっただろう。このところ疑わざるを得なくなったのは、ベネシアの態度がおかしくて、何かというとうつろな目で宙を見すえていたり、そわそわびくびくすることが多くなったからだ。二、三日前には化粧室で泣いているところまで見てしまった。心配して問いただしても慌てて涙を拭《ふ》いて、なんでもないのと言うばかりだった。わけを話してくれないのも引っかかったが、自分に向けたベネシアの目がおびえたように揺らいだことは心底こたえた。

探偵のウィーバーに依頼しようと決めたのは、そのときだった。ウィーバーについては、いつかウィンストン・モンタギューから夫人の宝石を取りもどした非常に腕のいい男だと聞かされたことがある。妻を尾行して行状を調べてほしいと依頼はしたものの、ウィーバーには、奥様は潔白です、男と密通している証拠はありませんという報告を実は期待していたのだ。ところが、疑念が真実になってしまった。ベネシアは他の男を愛している。逃れようのない事実だった。

ファラデー・リードが憎い。それより何より、ベネシアに愛されていないと知ったことがアッシュフォードの胸を突き刺した。この場にリードがいたら、逆上して飛びかかっていただろう。殴ったりのどを絞め上げたりしたら、怒りはいくらかおさまるかもしれない。けれども心の痛みは決して癒《い》えないだろう。いっそウィーバーなど雇わなければよかった。

重い足を引きずってアッシュフォードは階段をのぼり、クラブの玄関に入った。喫煙室にはもどらずに誰もいない小部屋を探して、革の安楽椅子にぐったりと腰を沈めた。頭をもたせかけ、目を閉じて眠っているふうを装った。こうすれば人に邪魔されずに自分の悲しみに浸れる。

# 10

鏡に向かって髪にブラシをかけながら、チャリティはあくびをかみ殺した。

「もう飽きたのね？　こういう生活に」ベッドに腰かけて同じように髪をとかしていたセリーナがかすかにほほえんだ。

「それよりも疲れたわ。ゆうべの舞踏会、いつになったら終わるかと思ったくらい長かったんですもの」

「あなたがそんなことを言い出すとは思いもしなかったわ」

「わたくしだってそう」正直なところチャリティは退屈していたし、だいいち寂しかった。公園で拾ったラッキーを連れてデュア邸に行って以来、サイモンには一度しか会っていない。あれからほぼ一週間になる。その間に会ったといっても、晩餐会《ばんさん》でずっと離れた席に座り、言葉を交わす機会もなかった。時間がたつのがひどく遅く感じられた。サイモンがいない社交の席は面白くなかった。サイモンはラッキーを連れていったときのわたくしの言動が気に障ったのかしら？　あのときはそんなふうに見えなかったけれど、あとで慎みのない女だと考えるようになったのかもしれない。

妹の胸の内を見抜いたのか、セリーナが慰め顔で言った。「今晩レディ・アッシュフォードとお芝居を観《み》に行けば、少し気分もよくなるわよ」

「そうね」ベネシアのボックス席にはサイモンも姿を見せるだろう。チャリティはたちまち明るくなって、いろいろな形に髪を上げては鏡を見て効果を確かめる。「今夜は、とりわけきれいだと思われたいの。この髪型だったら、少し年を取って見えるんじゃないかしら？」

セリーナが笑った。「たいていの人は若く見せようとして苦心するのに、年を取って見られたいだなんて」

「ええ、それはそうね。だけどわたくし、サイ――デュア卿《きょう》に子どもっぽいと思われたくないの」

セリーナは意外そうに妹をしげしげと見た。「あなた、デュア卿が好きなのね？」

「もちろん好きよ。結婚する相手ですもの」チャリティのほうも、いささか驚いた。

「でも結婚する男女は、必ずしもお互いに好き合ってるとは限らないわ」

チャリティは真剣な面もちで、鏡越しに姉の表情を探った。「お姉様は本当にそう思うの――つまり、好き合ってると？」

「あら、どうして疑うの？　あんな変てこな犬を引き取ってくださったじゃない。あなたに気持がなかったら、わたくしたちは追い払われて婚約も取り消すと言い渡されるのがおちょ」

チャリティは笑顔を取りもどした。「でも、あれからずっとお会いしてないから。ここにいらしても、なんだか冷淡だし」

「お母様やわたくしやエルスペスも一緒じゃ無理ないわよ」

「そうそう、お母様とエルスペスにそばで見張られてたらおしまい。ちょっとでもありきたりじゃないことを言おうものなら、エルスペスが横からもごもごしゃべり出してつまらない話題に変えちゃうんだから。お母様は目をつり上げてわたくしをにらんで、デュア卿が帰られてから小言を言うの。それと、ものすごく退屈な他《ほか》のお客様たちのお相手をしなければならないのもうんざり。社交界に出る前のほうが楽しかったと思うときもあるわ」

「そのころはそのころでうんざりしてたじゃない」

「そう言われれば、そのとおりだけど。でも結婚すれば、ずっと楽しくなるわね。デュア卿と好きなときにおしゃべりできるから……どんなことでも話せるし。いいわねえ、結婚って。お姉様もウッドソン牧師様との結婚が待ちきれないでしょう？　毎朝、二人きりで向かい合わせに腰かけてごはんを食べたり、鏡台で髪を結いながらおしゃべりをしたり」

セリーナはぽっと顔を赤らめた。「チャリティ！　そんなこと考えるなんてはしたない」

チャリティはこともなげに肩をすくめた。「だって実際はそういうことでしょ？　なんでも一緒にするんじゃないの？　だって、ベッドを共にするんですもの。それ以上の親密な関係ってないじゃありませんか」

とうとうセリーナは真っ赤になった。「チャリティ、口を慎みなさいと何度も言われてるでしょう。そんなことを言ったらだめ」

「なぜだめなの？　お姉様に言ってるだけじゃない。うるさがたの公爵夫人の前で、そういうことをべらべらしゃべってるわけでもないのに」

「そのへんをわきまえてるならいいけど」セリーナはベッドから鏡台のそばにやってきて、妹の髪をピンでとめはじめた。「ね、チャリティ、あなたのそういう礼節の欠如はどこからきたのかと、ときどき不思議に思うことがあるのよ」

「さあ。きっとお父様の家系に誰か一門の恥みたいな人がいて、わたくしがその人から受け継いだのかもしれないわ。お母様の実家のスタナップ家には考えられないことですもの」

「そうね。エマーソン家にしても同じだけど」

「そんなことよりも、お姉様、本当は楽しみなんじゃないの？」

「もちろん楽しみよ。ミスター・ウッドソンとご一緒に……ふさわしい静寂の中で、晴れて心を通わせることができればどんなにか嬉《うれ》しいでしょう」

「心を通わせるですって！」チャリティは口をあんぐり開けた。大好きな姉だけど、なんでこんな上品ぶった言い方をしなきゃならないのと思うときがよくある。〝ふさわしい静寂の中で心を通わせる〟とはどういう意味かよくわからないが、なんだかあくびが出そうだ。わたくしが楽しみにしているのは、サイモンと二人きりでなんでも好きなことを話すこと。サイモンが笑ったり、そのまなざしに熱っぽい光がやどったりすれば、さぞ胸がわくわくするだろう。まわりに誰も人がいなくて、礼儀だの体面だのを気にすることなく、心ゆくまで口づけや抱擁ができれば……。奔放な物思いはこのあたりでやめないと、顔に出てしまうかもしれない。サイモンと二人だけになったとき、どういうことがあったか、万一セリーナが知ったら、卒倒してしまうのではないか。

「今晩は劇場でデュア卿と少しはお話しできると思うわ。人が大勢いても、うちの応接間で鷹《たか》みたいな目でお母様に監視されているよりましでしょう」

チャリティは立っていって、棚に飾ったピンクの薔薇《ばら》のつぼみを眺めた。今朝、姉妹を起こしに来た召使いがサイモンから贈られた花束だと言って、花瓶に生けて運んできた。かがんで匂《にお》いをかごうとしたとき、茎の間に小さくたたんだ白い紙がさし込まれているのにチャリティは気がついた。ぎょっとして、紙片を見すえる。今の今まで目にとまらなかったものだ。召使いが花瓶を運んできたときから、そこにあったのだろうか？

茎の間に深くはさまっていたので、気がつかなかったのだ。サイモンの添え書きかもしれない。そう自分に言い聞かせてから思い出した。いや、違う。サイモンからの小さなカードは、召使いがお花と一緒に渡してくれた。チャリティの動悸《どうき》は激しくなった。きっと例の手紙だ。

ちらと目をやると、セリーナはこちらの気配にまったく気がついていないらしい。チャリティのあとに腰を下ろして一心に髪をとかしている。チャリティは薔薇の茎の間から紙片を取り出し、広げてみた。

〝極悪人の次なる犠牲者はあなたです〟

チャリティは紙切れをくしゃくしゃに丸めて、くずかごに捨てた。怒りで手が震えていた。サイモンに対してここまで悪質な誹謗《ひぼう》をするとは、いったい何者だろう？　この手でつかまえてやりたいと、チャリティは本気で思った。面と向かって言えない卑怯《ひきょう》者の横っ面を思いきりひっぱたいてやりたい。

第三の手紙は、前の二通のように使いの子どもからじかに手渡されたのでも、舞踏会で持ち物の陰にさりげなく置かれていたのでもない。見つけた場所はなんとチャリティの寝室で、しかもデュア卿から贈られた花の中に隠されていたのだ。蛇がひそんでいるように。この家の誰かがここにこっそり入ってきて、手紙を隠したのだろうか？　自分もセリーナも、朝食や何かで寝室を出たり入ったりしていた。セリーナが母にブローチを借りに行っている間、自分もエルスペスに貸したスカーフを取りもどしに行って部屋を開けた。知らぬ間に私室に忍び込まれた場面を想像するだけで、チャリティは鳥肌が立った。

誰かがまだどこかにひそんでいるわけでもあるまいが、チャリティはついあたりを見まわしていた。

髪を結い終わったセリーナが立ち上がって、チャリティに声をかけた。「支度できたら、階下《した》へ行きましょうか？」

姉に打ち明ければ気が軽くなるかもしれない。が、やはりチャリティは思いとどまった。サイモンについてこんなにもひどい中傷が書かれている手紙を、セリーナに見せるわけにはいかない。無視できずに姉に話すこと自体、サイモンに対する裏切り行為のように思われたからである。笑顔をつくってセリーナにこたえ、午後の訪問客をもてなすために寝室をあとにして階段へ向かった。

応接間から男性の声がもれてくる。一瞬、ここに入るのもいやだという考えが胸をかすめ、チャリティはつと足を止めた。脅迫的な手紙のことで頭がいっぱいなのに、よく知りもせず好きでもない人たちに愛想よく振る舞わなくてはならないのはきつい。

セリーナはドアの前で振り向いた。どうしたの？　目で尋ねている。入りたくないと言えば、理由を説明しなくてはならない。そうすると必ず、母かアーミントルード伯母が様子を見に来るに違いない。その厄介さに比べれば、儀礼の仮面をかぶって何時間かやり過ごすほうがまだ楽だ。

チャリティは姉に続いて応接間に入っていった。アーミントルード伯母の他に、三人の男性がいた。母の姿が見えないので、ほっとする。伯母はキャロラインみたいに鋭い眼力の持ち主ではないから、チャリティの仮面の裏側まで見抜けるとは思えない。どちらにしても三人の男性に囲まれてすっかりご機嫌だから、そう気がまわらないだろう。さっと立ち上がった男性たちのうちの一人は、ファラデー・リードだった。チャリティの気分は明るくなった。少なくともこの人にだけは心配事を聞いてもらえる。チャリティはみんなに挨拶《あいさつ》をすませてから、どうにかうまくリードの隣の椅子に腰を落ちつけた。

「ミス・エマーソン、お元気そうで」と言いかけてリードはチャリティの顔つきに目をとめ、口をつぐんだ。

チャリティは小声で言った。「お話があるの」

「また手紙が来たんですね？」

「ええ。ついさっき、わたくしの部屋に」

リードは目を丸くしてみせる。「えっ？　あなたの寝室ですって？　それは――悪辣《あくらつ》だ」

チャリティはうなずいて、手紙を見つけたときの模様を話し出した。リードは安心して打ち明けられる相手であることを証明したと、チャリティは思っている。内心危ぶんでいたにもかかわらず、リードが見た手紙についての噂《うわさ》は誰の口からも聞こえてこない。折り合いの悪いサイモンをおとしめるにはもってこいの材料なのに、リードは機会に乗じて噂を広めようとはしなかったようだ。サイモンがあれほどこの人を嫌うのは不当ではないだろうか？　たまたま同じ女性が好きになったからといって、リードが悪人だとは言えない。その女性についてはもう恨んでいないと言っているのだから、サイモンのほうも過去のことは水に流すべきではないか。リードがこんなに親切で信頼できることをサイモンが知りさえしたら……。

チャリティは説明した。「前の二通と同じようにわたくしへの警告なんです。でも今度は、デュア卿のことは極悪人で、次の犠牲者はわたくしだなんて書いてあるの」改めて怒りが込み上げてきたが、声は低く抑えるように努めた。「そんな中傷を、このわたくしが信じるとでも思ってるのかしら？」

「あなたの誠実な人柄を知っている人だったら、そういうことはしないでしょう」

「どうしてそんなことをわたくしに訴えなくてはならないの？　なんのためにわたくしたちの婚約を邪魔しようとするんでしょう？」

「はねつけられた腹いせかな？　あなたみたいな美人には求婚者がいっぱいいて、デュア卿と婚約したと聞いたらがっかりする男は何人もいるでしょう」

チャリティは呆《あき》れた表情でリードを見た。「そんなことはあり得ないわ。わたくしがロンドンでパーティに行くようになったのは、デュア卿と婚約してからですもの」

「だったら、地元の誰かという可能性は？」

チャリティは故郷の若者たちを思い浮かべて、ついくすくす笑ってしまった。例えば地主の息子のウィルなんか、結婚よりもチャリティの父親の猟犬への関心のほうがずっと高かった。「いいえ、それも絶対にないわ」

しばらく黙っていたあと、リードは言った。「こんなふうに考えたことは？　つまり、あれを書いた人間の動機は悪意とは限らないという考えだけど」

「それはどういうこと？　悪意ではなくてなんなの？」

「純粋にあなたのことを心配しているけれど、じかに忠告するほど親しくない人とか。あなたがデュア卿と結婚したら危険な目に遭うと、本気で信じている人間もいるかもしれない」

「そんなこと常識では考えられないわ！　あなたまでそんなことをおっしゃるとは」

「でも現に奥さんが亡くなってからそういう噂が絶えなかったんだから」

チャリティはかっとして言い返した。「噂はあくまで噂で、事実だという証明にはならないわ。まさかあなたは本当だと思ってはいらっしゃらないでしょうね？」

「もちろん思ってませんよ。かつてわたしとの間にいさかいがあったにしても、デュア卿が奥さんを殺したと信じたことなんか一度もない。わたしが言おうとしたのは、敵意よりもむしろ、あなたを救いたいという一心からだった可能性もあるということなんです」

「もし本当にそうなら顔を見せてくれれば、わたくしも自分の考えを言えるのに。その人がまじめに心配しているとしたら、こそこそ変な手紙をよこさないでじかにわたくしに意見してくれるはずでしょう」

「実はわたしも、それとなく調べてみたんです。こんなことを公然とはきけないから」

「ああ、もちろん、このことは世間に知られたくはありません」

「わたしが探ったところでは、こんなことをしなくてはならないほどデュア卿に恨みを抱いている人間の見当はつきませんでした。言うまでもなく、デュア卿と不和だったり好意を持っていない者はいますよ。彼の態度は人なつっこいとは言えないものなあ。といって、誰もデュア卿に対して憎悪にかられているふうでもない。だからわたしは、手紙の送り主はあなたを慕っている男じゃないかと思ったんです。さっきも言ったけど、あなたに一目惚《ぼ》れした男はいっぱいいるに決まってる」

チャリティはほほえんだ。「ミスター・リード、あなたは人を喜ばせるのがお上手なのね。でもわたくしはやはり……」言いかけた言葉を急にやめて、ぱっと目を輝かせた。

「そうだわ、それに違いない！」

「誰か思い当たったの？」

「いいえ、そうじゃなくて、今あなたがおっしゃったことを聞いてひらめいたんです。手紙の送り主は、デュア卿を慕っていた誰かではないかしら。婚約前にわたくしにつきまとっていた人は一人もいなかったけれど、デュア卿ならそういう女性はいっぱいいたと思うの。デュア卿との結婚を望んでいる社交界にデビューしたばかりの花嫁候補や、そのお母さんたちとか」

当惑とも取れる目をチャリティにすえ、リードは口ごもった。「しかし、それは……」

「ええ、そういうことを軽々しく言ってはいけないのはわかってるわ。だけど今は、社交上の礼儀だのしきたりだのにかまっていられる場合じゃないんです。三通の手紙を誰が書いたのか、どうしても突きとめたいの」チャリティは下唇をかんでしばし考え込んでから、一気に締めくくった。「考えれば考えるほど、これは女性だという気がするの。いろいろ考えてくださってありがとう」

「いや、わたしが考えたことではなくて、あなたが突然――」

「ええ、わかってるわ。でも、ヒントを与えてくださったのはあなたよ。これでずいぶん気持が楽になったわ。デュア卿とわたくしの婚約を恨んでいる女性の仕業なら、わたくしでも対処できると思うの。自分で調べればいいから」

「ミス・エマーソン!」リードの顔に警戒の色が浮かぶ。「それはよしたほうがいい。どんな危険な目に遭わないとも限らないでしょう」

チャリティは一笑にふした。「危険だなんて。女の人がやきもちをやいているというだけなのよ。だいじょうぶ。そういう相手にならなら負けないわ。デュア卿と結婚しようとしているわたくしの耳にあれこれと忠告したがる人は多いでしょうから、こちらもききやすいと思うの」

「しかしデュア卿は、フィアンセであるあなたが昔のことを人にきいてまわるのは喜ばないんじゃないかな――しかも、過去の女性関係のことだし」

「ご心配なく。デュア卿に知られる恐れはないと思うのよ。だって、そういう噂をわざわざデュア卿に告げる人なんてめったにいないんじゃないかしら。それはともかく、わたくしが自分の信念や考えに基づいて行動することは、デュア卿も認めてくださってるの」

リードは好奇の目を向けた。「へえ、そう？　あなたは自立した女性だというわけだ」

「もちろん」言下に答えたチャリティだったが、ファラデー・リードに関しては自分の考えで行動するのをサイモンが認めるはずがないと、頭の隅ではわかっていた。けれどもそれは押しやって続けた。「手紙の送り主を突きとめるために、わたくしは明日、召使いたちと話してみるつもり。お花の中に手紙を見つけたときは、送り主自身がわたくしの部屋に忍び込んで茎の間に隠したものと思い込んでしまったけれど、実際はそうじゃなかったのではないかしら。だってそんなことをしたら誰かに目撃されてしまうでしょう。男性にしても女性にしても、送り主はきっと伯母の召使いの誰かにお金を使ってやらせたんだと思うの。だからわたくしは、みんなに当たってみるわ」

「簡単に白状しないでしょう」

「なんとかうまくきき出せると思うわ。悪いことを頼まれたという自覚さえないかもしれないでしょう。例えば、恋文のたぐいだと思った可能性もあるし」チャリティはリードに温かい笑みを向け、腕をぎゅっと握った。「いろいろ助けてくださってありがとう。おかげで元気が出てきたわ。それと、この話がもれないように配慮してくださったことにも感謝しています。こんなに親切で紳士的なあなたのことを、サイモンが誤解していて残念だわ」

「いつか誤解が解ける日が来るとは思えませんよ。だからあなたも、デュア卿を無理に説得しようとなんかなさらないほうがいい」

「だけど、こうしてあなたがわたくしと……サイモンのためにも尽くしてくださっているのに」

「わたしはあなたのためにしているだけですよ、ミス・エマーソン」リードはチャリティの手に手を重ねて、じっと目をのぞき込んだ。

こんなところで笑ったら気の毒なのに、チャリティはおかしくてたまらなかった。なんでこの人は、ぼーっと間の抜けた目つきをするのだろう？　力になってくれた人だから、もちろん笑ってはいけない。だけど、こういう子牛が熱を出したような表情で訴えるのはリード流の戯れ方なのかしら？　そもそもどんな流儀にせよ、既婚の男性がよりによって結婚を目前にした女性に色目を使うとは合点がいかなかった。とはいえチャリティもロンドン滞在の数週間の間に、社交界ではこの種のことが日常茶飯事であるらしいと思うようになった。母によれば、毒にも薬にもならないお遊びなのだそうだが。どうでもいいようなくだらないお遊びなら、なぜするの？　けれども、母にこういう質問をしようものなら、生意気だと小言が返ってくるに決まっている。

「大変ありがたいと思っています」チャリティは淡々と答え、そっと手を引っ込めようとした。が、リードはチャリティの手を放そうとしない。

ふと気がつくと、いつの間にか周囲の会話がとだえていた。どうしたのかしら？　チャリティはいぶかしげに、顔を上げた。室内の人々の視線はことごとくドアのあたりに集まっている。チャリティもその視線の先に目を向けた。

ドアのすぐ内側にサイモンが立っていた。チャリティを凝視している。

チャリティは意気消沈した。そのときになってようやく、ミスター・リードと話し込んでいた自分が人の目にどう映ったかが念頭に浮かんだ。頬も触れ合わんばかりにフィアンセでもない男性と顔を寄せて声をひそめ、他の人が入り込む余地もないほど二人だけの会話に没頭していたのだ。育ちのよい若い娘のすることではない。母がいたらたちまち見とがめて、一座に共通する話題に引き入れようと努めただろう。気がついていても、セリーナにはそんな技量がない。アーミントルード伯母にいたっては、気にもとめていなかった。

「あら、まあ」サイモンが近づいてくるのを見て、チャリティはつぶやいた。

# 11

サイモンは、アーミントルード伯母、セリーナ、そして二人の青年に挨拶《あいさつ》してから、チャリティとファラデー・リードに射すくめるような冷たい視線を浴びせた。

「デュア卿《きょう》、こんにちは」チャリティは悪びれずに話しかけた。何もしていないのに、びくびくする必要はまったくない。

「こんにちは、チャリティ。ミスター・リードに楽しませてもらってるようだね」

リードが落ちつきなく姿勢を変えたのに反して、チャリティは平然とサイモンを見返した。「ええ、そうよ」

「ミスター・リードはなかなか魅力的だから——無分別と言えるほど」サイモンはにやりとした。

チャリティは何も言わずにおいた。いつかの舞踏会みたいなみっともない騒ぎにならなければいいが。伯母を初め四人とも会話を中断して、こちらを注視している。面白い見世物を期待しているような空気だ。

デュア卿はリードに言った。「ご苦労でした。わたしのフィアンセの相手をしてくれて」

「どういたしまして。苦労などではありません。ミス・エマーソンはお話の面白い方ですから」

「そのとおり。しかしあなたにもいろいろ他《ほか》の約束がおありでしょう」デュア卿はリードをにらみすえて、視線を外そうとしない。とうとうリードが顔を赤くして立ち上がった。

「ミス・エマーソン、おかげで楽しいひとときが過ごせました」デュア卿とは目を合わせないようにして、リードはチャリティに別れを告げた。

「ごきげんよう」とげとげしたサイモンの応対のうめ合わせの意味で、チャリティはにこやかな笑みをリードに返した。

他の人々にも会釈をしてファラデー・リードが応接間を出ていった。デュア卿は厳しいまなざしでリードを見送り、それからチャリティに話しかけた口調はこわばっていた。

「ミス・エマーソン、庭を少し歩きたいでしょう？」

チャリティはサイモンの高飛車な態度がいやで、散歩などしたくありませんと、よほど言ってやりたかった。だが、断りでもしようものなら、みんなの前で説教を始めるのではないか？　どうせ叱《しか》りつけられるなら、人がいないところのほうがましだ。

「ええ、けっこうですわ、デュア卿」チャリティは大伯母に目顔で許可を求めた。

なんだ、残念。ここで派手な火花を散らせばいいのに。アーミントルード伯母はがっかりしたふうに応じた。「ああ、いってらっしゃい」

デュア卿はチャリティに腕をさしのべ、二人は言葉も交わさずに部屋をあとにして廊下を通り抜け、屋敷の裏手にある庭園へ出た。チャリティはちらとサイモンの横顔に目をやる。石像みたいに硬い表情だ。どうしてこの問題になると、デュア卿はこんなにもかたくなになるのかしら? 昔の恋敵というだけでファラデー・リードと口をきくなと命令するなんて、あまりにも心が狭いではないか。それに引き換え、サイモンに嫌われていながら手紙のことで親身になって相談に乗ってくれたリードのほうが寛大とさえ思える。

二人はしばらくの間、黙りこくって歩いた。腹立ちを抑えようとしてのことだろう。サイモンが歯がみしている音すらチャリティには聞き取れた。いつかのレディ・ロッターラムの舞踏会で、サイモンの自制がきかなかった様子をチャリティは思い出した。あのときサイモンは怒りにまかせて、がつがつとむさぼるようなキスをした。どうせまた平静を失うならば、あんな激しい口づけをしてくれたほうがましなのに。そんなことを考えている自分に赤面した。

けれどもサイモンは口づけではなくて、庭園の奥の石のベンチにチャリティを座らせた。自分はまるで厳格な教師みたいに腕組みをして、その前に立ちはだかる。「ミス・エマーソン、あなたは反抗のためにこういうことをするのか? それとも、わたしが本気で言ってるのがわからないほど理解力がないのか?」

チャリティはいささかもひるまずに、サイモンの目を見すえた。「あなたに反抗するためですって？　デュア卿、あなたと同じようにわたくしも自分の考えで行動しているだけですわ。わたくしたちの結婚生活はそれでいきましょうと合意したのではありませんか？」

「我々はまだ結婚していない」

「でしたらなおさら、わたくしがなんでもあなたの言いなりになると期待されても困ります」

デュア卿は鼻孔をふくらませ、目をぎらつかせた。「なんでもわたしの言いなりになれと誰が言った！　わたしは、妻をびくびくぺこぺこさせて得意になる野蛮な男じゃない」

「本当？」チャリティは涼しい顔で応じた。「でしたらなぜわたくしをここに座らせて、ご自分はぬっと立っていらっしゃるの？　言うことを聞かない子どもを親が叱りつけているみたいじゃありません？」

「なんたる言いぐさだ！　こっちは礼儀のつもりでこうしてるのに。だったら立ちたまえ！」デュア卿はチャリティの両腕をぐいっとつかんで立ち上がらせた。チャリティの顔を見下ろす目は光り、爪が食い込むほど手には力がこもっていた。

やがてデュア卿は手を離すと舌打ちめいた声をもらし、半ば顔をそむけて後ろへ下がった。

「このわたしがこんなにも粗暴になるとは。あなたのような人は初めてだ」

チャリティはのどを震わせて小さく笑った。デュア卿に腕をわしづかみにされたので、体を揺さぶられるか、息もつまるほどキスされるかのどちらかだろうなどと勝手に想像していたのだ。「わたくしはそんなにデュア卿をいらだたせていますの?」

「そのとおり。あなたは並たいていではなくいらだたしく——悩ましい存在だ。わたしがかっとなって見境がつかなくなるのは、あなたの中にそうさせるものがあるからだ。リードとぴったりくっついて笑い、腕まで触っているあなたを見たときは、伯母上の応接間であいつをたたきのめしてやりたいのを我慢するだけで精いっぱいだった」

「やきもちをやいてらしたの?」チャリティは驚いたように眉をつり上げた。サイモンがリードとの交際を禁じた動機が嫉妬《しっと》だとは考えていなかった。自分が嫌いだから妻にもそれに合わせることを求めているのだと思い込んでいた。愛の伴わない結婚を明言していたからには、嫉妬のような感情にサイモンがとらわれるとは予想もしていなかっただけに、嬉《うれ》しくなった。

「あなたはわたしの妻になる人だから、汚名のたぐいは許せない」

「汚名ですって!」そうか、こうまで干渉するのは自分の名誉と家名のためだったのか!わたくしの身を心配して過保護になったわけではないのだ。チャリティは背筋をすっとのばして、サイモンをにらみ返した。

「こうまで言っても、まだあなたがファラデー・リードのようなろくでなしとのつき合いをやめないなら、もっと悪いことになる」

「ミスター・リードは評判がいい方よ」

「社交界を牛耳ってる意地悪ばあさんたちを言葉巧みにちやほやしさえすれば、評判はよくなるものだ。あの男は狡猾《こうかつ》だから」

「でもあなたはだまされない。そういうこと？」

「そう。リードは邪悪な人間だ。すきあらば、あなたを辱めようとするだろう」

チャリティは気色ばんだ。「わたくしがそんな誘いに乗るようなだらしない女だというの？」

「誘いに乗らなくても汚名を着せられるから言ってるんだ。女性の操が破られたと世間が信じるように仕向けることなんか、リードはわけなくやってのける。それに、他に方法がなければ力ずくでも思いどおりにする男だ」

憤慨のあまり、声がすぐには出てこなかった。「サイモン！　違うわ！　あなたの誤解よ。ミスター・リードはそんなことしないわ。とても親切で、助けてさえくださっ……」

手紙のことを話していないのを思い出して、チャリティは急に口をつぐんだ。

二人の間に反目があったにもかかわらずミスター・リードがどんなに同情的だったかを語れば、サイモンも自分の思い込みを反省してくれるかもしれない。だがそのためには、手紙についても打ち明けなければならない。けれども、あんな忌まわしい手紙のことでサイモンの気持を煩わせたくなかった。あれを見れば、どうしても亡くなった奥様や赤ちゃんの辛《つら》い思い出が呼び起こされるだろう。自分の言い分を立証したいというだけで、サイモンにそんな思いやりのない仕打ちはできない。

サイモンは眉間《みけん》にしわを寄せてきいた。「助けてくださったとは、なんのことだ？」

「わたくしが……うまくなじめるように、社交界の人たちの背景とかつながりを教えてくださったのよ。何も知らないわたくしが困ることのないように助けてくださったの」

「リードに助けてもらう必要はない。何か知りたいことがあったら、お宅の母上かベネシアにきけばすむことだ。とにかくファラデー・リードは避けてほしい」

「母はミスター・リードを悪く思っていないので、ときどき訪ねていらっしゃるでしょう。そんなときに避けようがあるかしら？」

「母上に、わたしが言ったことを話せばいい。そうすれば母上は、以後二度とリードを家に入れないだろう。最初にこのことを注意したとき、わたしはあなたが母上に当然話すものと思っていた。しかし、そうはしなかったようだね」

「あなたの要求は理不尽だと思ったからです。今もそうだわ。ミスター・リードのことを非難なさるけれど、どうして邪悪だというのか理由をおっしゃらないじゃない。そんなにも嫌うのはなぜなの？　あの方が何をしたというの？　わたくしを辱めようとするに違いないとあなたが考えるわけは、いったいなんなのでしょうか？」

「わたしに仕返しするためにあなたを襲うつもりなんだ。わたしも嫌ってるが、あっちも同じようにわたしを憎んでる。いや、向こうのほうが憎しみはもっと激しいかもしれない。こっちが勝ったから」

嫉妬のほむらがチャリティの胸を焦がした。ミスター・リードと争ったというふしだらな女性のことを言っているのだ。わたくしという婚約者のいる前で、その女性を脳裏に浮かべることそのものが引っかかる。こわばった声でチャリティは尋ねた。「勝ったって、何にですか？」

サイモンは首を横に振った。「それは言えない」

「やっぱりそうでしょう。あなたはわたくしに命令して、やみくもに従えとおっしゃる。そのくせ、わたくしがあなたの言いなりになることなど期待していないと断言なさった。どういうわけなの？」

「わたしの口からは言えない事柄なんだ。ある婦人と、その名誉にかかわることだから」

チャリティはますます腹が立った。リードの話によれば、問題の女性は娼婦《しょうふ》であって貴婦人ではないという。それを婦人の名誉にかかわることだなんて、よくごまかせるものだわ。

「は！」チャリティは嘲笑《ちょうしょう》した。「男の人がしゃべりたくないときは、いつもその手を使うのよ。女は神経が弱いからそういう粗野なことは耳に入れられないとか、婦人の名誉にかかわることだからとか、女には理解できないことだとかいうのがお決まりの口実ね」

デュア卿はあごを突き出した。「わたしはそういう無意味なことは口にしない。たまたま事実だからそう言ってるだけだ。確かにある婦人の名誉にかかわる事柄で、紳士がそんなことを言いふらすわけにはいかない」

「わたくしは何も言いふらしてくださいなんて頼んでないわ。どうしてミスター・リードを避けなくてはいけないのか、理由を教えてとお願いしてるんです」

「つべこべ言わないでくれ。わたしが頼んでいるというだけで十分な理由になるじゃないか」

「あなたは頼んでなんかいらっしゃらない。命令してるのよ。大違いじゃありませんか。わたくしはあなたのフィアンセであって、召使いではないのよ。命令はされたくありません。頭ごなしに命令を下したいなら、他の方を妻になさってください！」

デュア卿はしばらく黙って、チャリティを見すえていた。もしかしたら婚約破棄を申し渡されるかとチャリティはひそかに懸念した。

だがデュア卿は、ぎごちなく頭を下げて言った。「よろしい、ミス・エマーソン。これは命令ではない。将来の夫に対する好意として、わたしの頼みを聞き入れてもらえないだろうか？　まず何よりも、わたしを信頼してほしい。たとえ理由を言えなくても、リードが悪い男だというわたしの言葉をそのまま信じてもらいたい。これがわたしのお願いだ」

デュア卿が話し出したとき、チャリティは勝利感を覚えた。誇り高く気性の激しいデュア卿がついにわたくしを子ども扱いせずに、対等の人間として頼みを聞き入れてほしいとまで言うようになった。けれども信頼という言葉を口にするのを聞いているうちに、デュア卿が求めているのは単にリードを避けることだけではなく、もっと深い魂にかかわる絶対的な信頼関係なのではないかと思いはじめた。サイモンは〝悪魔のデュア〟と呼ばれ、世間の心ない噂《うわさ》にどれほど傷ついているか知れないのだ。うわべは平然としているものの、内心の孤独をチャリティはすでにかいまみている。妻だけでも無条件に信じてほしいと願うのも当然だと、チャリティは思った。ふだんは自尊心ゆえ率直に人に頼むと言えないサイモンが、このように頭を下げるのはよくよくのことだろう。

チャリティは手をのばしてサイモンの手を握った。「わかりました。あなたを信じます。今後はミスター・リードを避けると約束するわ」

サイモンはチャリティの手を握り返し、唇へ持っていってキスをした。その手を裏返して手のひらにもキスをし、さらに自分の頬に押しつけた。

「ありがとう」サイモンの声はかすれていた。「指図がましく言うべきではなかった。ただ、リードと一緒のあなたを目にしたとたんにかっとして、彼が何をするかわからないという不安で、あなたの気持まで頭がまわらなくなってしまった。許してほしい」

「もちろん許してあげるわ」チャリティは爪先立ちになって、サイモンの頬に軽く唇を当てた。

サイモンはただちにチャリティを抱き寄せ、じれったそうに唇をまさぐった。すぐさまチャリティはサイモンの首に腕を絡めて、全身をあずけた。サイモンは唇を離さずに、片手をチャリティの胸のふくらみにあてがった。ぽってりした感触に思わず低くうめき、たちまち硬くなった乳首が手のひらを刺激すると、ぶるっと体を震わせた。

肩で荒く呼吸しながらサイモンは後ろへ下がった。顔に赤みがさし、こぶしを握りしめて、その場にとどまっていようと努めた。

「いや、こういうことをしてはいけないんだ。あなたを前にすると、まったく抑制がきかなくなる。折りあらば飛びかかろうとするわたしを、あなたは乱暴な男だと思っているでしょう」

チャリティの表情が柔らかくほころんだ。頬にえくぼが生き生きと浮かぶ。「そんなこと思ってないわ。あなたにキスされるのが大好き」

サイモンは苦しげな声を出した。「それは言わないで！　意志がくじけてしまうじゃないか」

「ごめんなさい」チャリティも一歩下がって絡ませた両手に視線を落とし、消え入りそうな声できいた。「わたくしが言ったことはとても下品なの？　厚かましすぎるかしら」

サイモンはぱっと向き直った。「そんなことはない！　わたしも……あなたにそう言われるのが好きなんだ。わたしのキスを喜んでくれていると知るだけでどんなに嬉しいか。ただ困るのは、あまりに嬉しくて、またあなたを抱き寄せてキスしたくなってしまうことだ。しかも、それだけでは満足できなくなって、結婚もしていないうちにあなたをわたしのものにしてしまう恐れがあるから」

どきっとして顔を朱に染めながらも、チャリティはきらきらしたまなざしと微笑でサイモンにこたえた。

サイモンはのどの奥を鳴らして視線を外し、両手で髪をかき上げた。「わたしはこれで失礼する」

「えっ、もう？」

「そう。さもないと、完全に我を忘れてしまう」サイモンはゆっくり息を吸い込んで、庭園に目をやった。やがてチャリティに向き合ったときは、表情も声音も改まっていた。

「実は、明日わたしは田舎の家に行くことにしたので、今晩の観劇会には出られなくなったと、そのことを言いに今日は来たんですよ。ディアフィールド・パークの屋敷には数週間いる予定です」

数週間も！　チャリティはしょげてしまった。「でも、どうして？」

「そんな目つきでわたしを見ないで。行くしかないんだ。このままロンドンにいれば――

あなたのそばにいながら何もできないのは拷問に等しい」サイモンはチャリティの真ん前に来て肩をつかみ、じっと目をのぞき込んだ。「お宅の応接間で、あなたや母上、姉君たちとたわいないおしゃべりをしているのが苦痛なんだ。あなたを抱きしめて際限もなくキスをしたい。内心それしか考えていないのに」

「そう……」サイモンに見つめられているとひざががくがくして、体の芯《しん》からとろけていきそうだった。

「たまに人目を忍んでキスができても、いっそうまずいことになるだけだ。きっと歯止めがきかなくなって、無頼漢みたいなことをしでかすだろう」

「だけど、あなたはわたくしのだんな様になる方よ」

「だからそのときがきたら、あなたにふさわしく大切に扱ってわたしの妻にしたい。身持ちの悪い女か何かみたいに、庭の薮《やぶ》の陰で慌ただしく望みをとげたくはないんだ」

「あなたがしばらくロンドンを離れていらしたら、そういうことにはならないの?」

「そんな事態を避けるための一つの方法だと思う。田舎の穏やかな環境で一人静かに過ごせば、煩悩を抑える力を取りもどせるのではないかとね。さっきご両親とお話ししたら、婚約期間を六カ月にすることに同意してくださった。それより短くしては体裁が悪いと、お二人は感じるらしい。わたしがしばらくロンドンを留守にすれば、試練の期間はもっと短くなる」

「あなたがいらっしゃらないと寂しいわ」

「本当かな？　今やあなたはロンドン社交界の人気者じゃないか」

チャリティは肩をすくめた。「それは、あなたのような有名な方のフィアンセだからよ。そうでなかったら、わたくしなんか見向きもされないわ」

「いや、そうは思わない。有名無名にかかわらず、あなたは必ず目立つ人だ」

「それ、ほめてくださってるの？」

「もちろん」サイモンはチャリティの手を取って、唇へ持っていった。「そろそろあなたを放免しなくては。さもないと伯母上たちが我々を捜しに来るでしょう。いくら叱責《しっせき》のためとはいえ、庭園の散歩にしては長すぎると勘ぐられないとも限らない」

チャリティの口から大きなため息がもれた。「田舎と違って、ロンドンには窮屈な決まり事がいっぱいあるんですものね」

サイモンは口元をほころばせ、チャリティに腕をさし出した。「わたしが留守の間、面倒なことに巻き込まれないように気をつけてくれないか？」

「ええ、もちろん」チャリティは目を大きく見開いた。「でも、面倒なことって、どんな？」

「荷馬車の御者やら、巡査やら。わたしがここにいないと、助けることができない」

チャリティの頬にいたずらっぽいえくぼが浮かんだ。「それに、誰それとは口をきいてはいけないと忠告もできないし」

サイモンは皮肉たっぷりにつけ加えた。「それに、どこかであなたが拾ってきた哀れな動物を引き取ることもできないし」

「ねえ、白状して。あなたはラッキーを気に入ってらっしゃるんでしょ？」

並んで家の方へ歩きながら、サイモンはやれやれというふうに目玉をぐるぐる動かした。

「あの犬のせいで、家じゅうてんやわんやの騒ぎだよ。散歩に連れて出ると暴走する機関車みたいに猛烈な勢いで走るから、誰も行きたがらない。家具が毛だらけになると召使いはこぼすし、どんなにやめさせようとしてもあいつはベッドで眠ってしまう」

チャリティはくすくす笑い出した。

「おかしいだろう？　だけど、読んでない新聞をびりびりに破かれたり、あなたの洗濯物に腹を立てて飛びかかっていかれたりしても、まだ笑っていられるかい？」

「本当にそんなことするの？」

「本当だとも。それと、夜眠る場所は当然わたしのベッドの足元だと決め込んでいるようだ。料理人には、この犬を追い出さなければ自分が出ていくと脅かされている。そうだ、思い出した。ちょうどいい機会だから、あいつを田舎に連れていくことにしよう」

「そうそう、それがいいわ。広いところで飛びまわれて、ラッキーも喜ぶでしょう」

「ロンドンも彼がいなければ安泰だし」

「まさか本当にラッキーが嫌いだなんておっしゃらないで」

「さあて、どうかな？」サイモンは異議をとなえるように片方の眉をつり上げた。「あいつは、まぎれもなく地獄の門の番犬だよ」

「でも、あなたがラッキーをとても気に入ってるという噂を聞いたわ」

「誰がそんなでたらめを言った？」

「あなたが馬でハイドパークにいらっしゃるときは、必ずラッキーを同伴するんですってね」

「向こうが勝手についてきて帰ろうとしないだけだ」

「それだけじゃなくて、あなたが飼い犬の最新の流行をつくり出したという話よ」

「なんだって？　みっともない雑種が流行の先端か」サイモンはのけぞって笑い出した。

「それなら、わからないでもない。なにしろロンドンっ子ときたら、どんな珍妙なきっかけでも、いったん流行になれば乗り遅れまいと目の色変えるんだから」

　扉の外まで来るとサイモンは足を止め、チャリティを引き寄せて、もう一度念を押した。

「わたしがいない間、くれぐれも気をつけると約束してくれないか？」

「約束するわ」

「よろしい。あなたの身に何か起きたら大変だから」

「どんなことが起き得るというの？」チャリティは無邪気な質問をした。

「それは、わたしにもまだわからない」サイモンはチャリティの額に軽く口づけした。「ただ、あなたなしの人生はさぞ退屈だろうと感じはじめたところだ」

チャリティはほほえんだ。「わたくしも、あなたがいらっしゃらなければ同じように感じるでしょう」

サイモンの口づけが、束《つか》の間、チャリティの唇をかすめた。「もっときちんとキスをしたいが、もしそうすればここで別れられなくなると思う」

唐突にサイモンが後ずさり、チャリティは小さなため息をもらした。二人はしばしの別れの言葉を交わしてから応接間にもどった。一座の人々に礼儀正しく挨拶をするやいなや、サイモンは去っていった。これからやってくる数週間という月日の長さを思うと、チャリティは泣きたくなった。どうやってサイモンのいない日々を切り抜けられるだろうか？

# 12

　妹の家にやってきたサイモンの気分は、上々とは言いがたかった。現在の自分の感情のありようが気に入らない。なんたることか！　事務的でさっぱりした結婚を望んでいたのに、事態はまるきり逆になりつつある。今日の午後、チャリティがファラデー・リードに寄り添って何やら話をしているのを目にしたときのあの激情はなんだったのだろうか。リードとつき合うなという自分の警告を、チャリティが無視したことへの怒りばかりではない。まして、知らず知らずにチャリティがデュア家の名声を傷つけるのではないかと憂慮しての憤りとも違う。はっきり認めるしかない。要するに、嫉妬《しっと》なのだ。猫をかぶったリードにチャリティが気持を移すのではないか？　何よりもまず、その恐怖に襲われた。リードを椅子から引きはがしてげんこつを食らわせたい衝動を、やっとの思いでこらえた。

　もともとは自制心の強い性格のはずなのに、今日はもう少しで制御がきかなくなりそうだった。この間チャリティに裏階段の下で口づけしたときも、同じような状態だった。あと数分もあのままでいたら、誰かが通りかかる危険も顧みず破廉恥な振る舞いにおよんでいただろう。

　チャリティに会ってから、何もかも変わってしまった。ときどき自分の世界が逆さまになったような感じさえする。パーティなるものを楽しみに待ったためしなどなかった。それが今はどうだろう。チャリティに会えるというだけで待ち遠しく思ったりするのだから。毎日のように一人の女性を訪問したくなるのを我慢するとか、その女性と同席して社交的な会話をするだけの集まりでも辞去するのが辛《つら》いとか、そういった経験は初めてだった。他《ほか》の人々のいないところに連れていって二人きりになりたい。チャリティの顔を見れば、それしか念頭になかった。

　机に向かって仕事をしているときでも、いつしかチャリティのことばかり考えている。馬車に乗るのを手助けしたときにかいまみたチャリティのくるぶしや、瞳をきらめかせて笑うときの表情がまざまざと目に浮かんでくる。夜は夜で、汗をびっしょりかいて夢から覚める。決まってチャリティを愛している夢だった。

　婚約期間がただただ呪《のろ》わしかった。たった今、まるごとチャリティが欲しい。どうしようもないこの欲求をなんとかこらえるには、チャリティから離れて田舎で時間をつぶすしかなかった。ところが、そうと決心して田舎行きを実行しようとすればしたで、向こうの生活が耐えがたくつまらないものに思えてくるのだった。チャリティの大伯母の家で彼女と別れるときは胸が締めつけられた。これもまた、なんともいえず腹立たしい。チャリティに会えなくて寂しいなどと思いたくはなかった。いつの間にかチャリティがいともやすやすと、自分にとって大切な存在になっている。この事実が気に入らなかった。こんなざまでは、情熱のない醒《さ》めた結婚生活ができなくなってしまう――それでいてサイモンは、どんなことがあってもこの結婚をあきらめる気はなかった。

道すがらそんなことばかり鬱々《うつうつ》と考えていたので、ベネシアの家についたときはやたらにむしゃくしゃしていた。そこへもってきて応対に出た従僕が「奥様がご在宅かどうか確かめてまいります」と答えるものだから、サイモンはその男をぐいっと脇《わき》へ押しのけた。

「ご在宅に決まってるじゃないか。さもなければ最初から外出していると言うだろうに」

「しかし、デュア卿《きょう》……」従僕は口ごもりつつ、タイル敷きの玄関広間を階段めがけてさっさと横切っていくサイモンを追いかけた。

「ベネシアはどこにいる？　二階か？　自分の部屋にいるんだな？」おろおろする従僕をサイモンは問いつめた。

「それがよく存じませんで……召使いを見に行かせます間、どうぞお待ちくださいますよう」

「そんな必要はないよ。ベネシアがわたしに門前払いを食わすはずはない」サイモンは階段を一度に二段ずつかけ上がった。

困惑している従僕を階段の下に残して、サイモンは妹の寝室の隣にある小さな個室へ入っていった。ベネシアは見当たらない。サイモンは隣の寝室のドアを強くたたくと同時にぱっと開けて、薄暗い室内に「ベネシア？」と声をかけた。

厚いカーテンが閉じてあったが、暗がりの中に妹の姿がぼんやり見える。ベネシアは、ベッドのかたわらの椅子に体を丸くして座っていた。「ベネシア、どうかしたのか？　どこか悪いのか？」

「ううん、もちろんどうもしないわ」ベネシアの声は涙声だった。立ち上がったときに、鼻をすする。「お兄様こそ、どうなさったの？　悪魔にでも追いかけられたように飛び込んでらして」

「そうとも言える。ただし、金髪の若い女性のなりをした悪魔だが」

「あら、まあ。お兄様を悩ませているのは、チャリティね？」ベネシアはハンカチを顔に押し当てた。

「うん。いや。ええい、ベネシア、どっちのせいかさえわからなくなってきた。悪いのはわたしだ。いや、誰が悪いとも言えない」サイモンは窓際に歩いていって、カーテンを引き開けた。「どうしてこんなに暗くしてるんだい？」

「あのそれは、頭痛がしたものだから」ベネシアはすばやく移動して、部屋の反対側の椅子に座った。「お兄様、お座りになって。で、チャリティが今度はどんな悪さをしたのか聞かせてよ。まさかまた、迷子の犬を拾ってきたんじゃないでしょうね？」

「いや、今のところは何もしでかしたわけではない。問題は、あのリードのやつだ。あいつがチャリティにつきまとっている。あんな男は相手にするなと言ったんだが、チャリティは頑固で、その……まるで……」

「お兄様みたいに、でしょう？」ベネシアはこともなげに締めくくった。

サイモンは、むっとして妹をにらんだ。けれどもユーモア感覚まで忘れてはいなかったらしく、くっくっと笑い出した。「そう。わたしみたいに頑固だ。まったく救いがたいよ、二人とも」さっきまでベネシアが座っていた椅子に、サイモンはどしんと腰を下ろした。「チャリティはリードの訪問を許してるんだよ。わたしの忠告をお母さんに伝えなかったらしい。ミセス・エマーソンは、頭の鈍いご婦人連中と同じく、リードがすばらしい紳士だと思い込んでる。あいつの正体がはらわたの腐った悪党だとは、誰も気がつかないのはなぜかね？」

「何人かは気がついていると思うわ。でもきっとそれは辛い経験を通してわかったことなのよ。その人たちも八年前のわたくしやお兄様と同じように、リードとのつき合いを断った理由を他人に話したくないんでしょう」

「だろうね。それにしても、チャリティにはどうやってわからせたらいいのか。今日は、もうリードとは口もきかないと約束してくれた。だけど、わたしを喜ばせるためにそうしただけではないかと思う。チャリティの顔色を見れば、わたしがリードはごろつきだと言っても信じていないのがわかるんだ」

「理由を説明なされればよかったのよ」

「八年前のリードとのいきさつを打ち明けろというのか？　ベネシア、それはできないよ。いくら相手がチャリティでも、きみの秘密をあばくわけにはいかない。とにかく彼女がわたしを信頼してくれるようになればいいんだが」

ベネシアは兄を慰めた。「だいじょうぶ、信頼するようになるわよ。ただ、もう少し待ってあげて。だって、婚約したばかりでしょう。お兄様がどんな人か、チャリティはまだよく知らないのよ」

「その婚約なんていう因習がばかげているんだ。どうしてこんなに長々と待たなきゃならないんだろう。その期間中によく知り合えるわけでもないのに。二人だけでいられるときなんか、ほとんどないんだよ。人に邪魔されずにゆっくり話したいと思ったら、結婚するしかないんだ」サイモンは妹に憤懣《ふんまん》をぶちまけた。

ベネシアはほほえんだ。「それでお兄様は荒れてるのね？　つまり、チャリティに思う存分会えないから」

「だってチャリティはわたしのフィアンセだよ。十分くらい二人きりになったというだけで、彼女をどこかにかっさらってものにしてしまうはずもないのに。婚約してるのに、なんであんなに目を光らせてるんだろう？」

「あら、そんなでもないわよ。婚約してるからこそ、一晩に二回以上チャリティと踊っても悪い評判を立てられないじゃありませんか。まだあるわ。チャリティに踊りを申し込む勇気のある青年たちを、隣に座ってにらみつけることだってできるし。念のために教えてあげますけれど、お兄様が一度ならずそうしているのをわたくしはちゃんと見たのよ」

妹にからかわれてサイモンは苦笑した。「わかった、わかった。それは特権だよ。悪かったね、ベネシア。きみに八つ当たりして。だけど別に愚痴を言いにここに来たんじゃないんだ」

「そう？　でも、そのために妹がいるんじゃない。愚痴の聞き役くらいなんでもないわ」

サイモンはそばにやってきて、ベネシアを椅子から立たせた。「優しい妹を持って、わたしは幸せだよ。今日ここに来たのは、二、三週間ほど田舎に行くことを知らせるためだ。しばらくロンドンを留守にするよ」

「なるほどね」ベネシアはうなずく。

「何がなるほどなんだ？」

「お兄様は結婚を間近に控えて、煩わしい婚約のしきたりから逃れるためにディアフィールド・パークにいらっしゃるのね」

「結婚が間近といっても、十分に間近じゃないからなんだが」

「でも、婚約の期間もそのうちに終わるから」

「それを六カ月に縮めることを、リットン・エマーソンも了解した」

「だったら、あっという間じゃないの」

「いいや、全然」

「いいえ、すぐ過ぎますって」ベネシアは兄と腕を組んで、ドアの方へ歩き出した。「だって、もう一カ月近くはたったじゃない。田舎からもどるころには結婚式はすぐそこよ。式の準備もあるから退屈してる暇はないわ」

「準備については、わたしはあまり関係しないし」

「それはそうね。でしたら、新婚旅行の計画を立てるのはいかが？」

チャリティと二人きりで水入らずの長い旅に出かける情景を思い描くと、サイモンの口元がひとりでにほころんだ。時間をたっぷり取ってイタリアあたりに行きたい。ヨーロッパ横断の汽車に乗って車輪の規則的な音を聞きながら、チャリティと共に個室のベッドに横になって……。

寝室よりも明るい廊下に出てから、サイモンは妹の顔に視線を向けた。そこで急に足を止める。「ベネシア、泣いてたんだね？」

ベネシアは反射的に両手を目元へ持っていった。「あら、わたくしの目、そんなに赤い？」

「その目を見れば、泣いていたことがわかる。ほっぺたに涙の跡もあるじゃないか。それなのにわたしは自分のことばかりにかまけて、泣くほどの問題でもないのにぶつぶつ言ってたとは、まったくあほうだよ。ベネシア、いったい何があったんだ？」

「なんでもないの。たまたま今朝は例のふさぎの虫が頭をもたげたというだけ。ちょっと……憂鬱になって。でも、本当になんでもないのよ」

「なんでもない？　カーテンをきっちり閉めた部屋に閉じこもって、一目でわかるほどひどい泣き方をしていたのに、なんでもないはずはないだろう」サイモンは妹を寝室に引っぱっていって、ドアを閉めた。「さあ、どうしたのか話してくれ。この二週間かそこら、きみは心ここにあらずだった。わたしですら気がついたくらいだよ。顔色も青ざめてなんとなく変だから、具合が悪いのかときいても、きみはいつもなんともないと答えた。ジョージも気がついてるに違いない。少なくとも彼にだけは打ち明けたんだろうね？」

「ジョージに？　まさか！　あの人に打ち明けるなんて、そんなことできないわ！」ベネシアは顔色を変えて、小刻みにかぶりを振った。

「自分の夫にも話せない？　兄であるわたしにも言えないというのか？」

「誰にも言えないことなの！」ベネシアは声を振り絞るように泣き出した。

妹のあまりの取り乱しように、サイモンは仰天した。「ベネシア、きつい言い方をして悪かった。勘弁してくれ。もうそんなに泣かないで。なんとかなるから」

ベネシアはいっそう激しくむせび泣くばかりだった。サイモンが真っ白なハンカチを取り出して渡すと、それを受け取って泣きじゃくりながら目に押し当てた。

「さ、落ちついて、わたしに話してくれないか?」

「でも、やっぱり……言えないわ」涙を拭《ふ》いているうちに、少しずつ嗚咽《おえつ》がおさまってきた。

「言えないことなんかあるものか。わたしにはなんでも話せるはずだったね。なあ、ベネシア、わたしに責められるとでも思ってるのか? 決してとがめたりはしないよ。きみはその——つまり、ジョージ以外に誰かいるのかな?」

ベネシアは呆然《ぼうぜん》としていたかと思うと、語気鋭くきき返した。「それ、わたくしが不倫してるという意味? お兄様! わたくしがそんなふしだらな女だと思うの?」

「ふしだらだなどとは思ってやしない。ベネシア、ちょっと考えてごらん。きみがあんまり隠し立てするものだから……」

「リードなの!」ベネシアはそう言うなり、ハンカチに顔をうずめて、また泣き出してしまった。「ああ、お兄様、わたくしどうしていいかわからなくて」

サイモンは眉間《みけん》にしわを寄せ、顔を曇らせた。「ファラデー・リードがどうしたって? またあいつのせいで悩んでるのか。まさか言い寄られたんじゃあるまいね?」

「言い寄られたりなんかしないわ! そういうことならわたくしでもかわせるけれど。もっとずっとたちの悪いことなの。あの人はジョージに告げ口すると脅すのよ! 口封じのためにお金を払うしかなかったの。それなのにまた、お金を出せというのよ。都合できるお金は全部やってしまったから、これ以上どうしようもないわ。このうえ払うとしたら宝石を売るしかないけれど、それだけはできない。わたくしの宝石のほとんどはジョージからもらったものだし、残りはお母様の形見ですもの。どれも売るわけにはいかないわ」

サイモンの顔色はたちまち険悪になった。「リードが金をゆすったのか！　あの野郎、たたき殺してやる！」

早くもドアに向かうサイモンに追いついて、ベネシアは腕をつかんだ。「お兄様！　待って！　殺すなんてだめよ」

「わかったよ。殺しはしない。手を下すほどの価値もない男だ。しかし、きみから金を巻き上げるのだけは必ずやめさせる」

「だけど、どうやって？　噂《うわさ》になるのは困るわ。ジョージの耳に入ったら大変だし、お兄様が怪我《けが》したらどうするの」

「心配するな。あんなうじ虫のような意気地なしに、誰がやられるものか。この前のことで懲りてるだろう」

「でも、ジョージに言いつけるでしょう」

「いや、きみとの件をばらしたりはしないと思う。そうしたところで自分の得にはならないから。いったん秘密を明かしてしまえば、きみは金を払わないし、ジョージには殴られるだろうし」

「だけど、ジョージはきっとわたくしを憎むわ!」

「それはどうかな。彼は七年来きみにぞっこん惚《ほ》れている」

「リードとのことを知らないからよ。もしもわかったら、必ずわたくしが嫌いになるわ」

「いいかい、ベネシア。ジョージに知られる恐れはないよ。リードはそんな危険なことはしない。わたしがどういう行動に出るか承知していて、あえてジョージや他の人間に告げるような暴挙には踏みきれないだろう。リード自身の行状がおおやけになれば、きみばかりでなく、あいつにとっても損害は大きすぎる。訪問先では出入りを断られるだろうし、社交界にいられなくなるかもしれない。きみを脅迫していることをわたしが知っているとわかれば、リードはこれ以上は手を出さないよ。とにかく悪いようにはしないから、わたしにまかせてくれ」

「お兄様!」ベネシアの表情はようやく明るくなった。リードとのいきさつが暴露されれば人生はおしまいだ。夫からは疎まれ、友人知己にも見放されるに違いない。そう思い込んで絶望していたところへ、サイモンが命綱を投げたようなものだった。ベネシアは兄を全面的に信頼していた。前にもリードから救ってくれたのだから、今度もきっと決着をつけてくれるだろう。「そうね。おっしゃるとおりだわ。もっと早くお兄様に打ち明けるべきだった。怖くて頭が混乱していたものだから……」

「わかるよ。しかし、もう思い悩むのはよしなさい。今晩さっそく片をつけよう。リードはもうきみに近づかないだろうが、万一またおかしなことを言ってきたら、ディアフィールドに連絡をよこすんだよ。すぐロンドンにもどってくるから」

感きわまってベネシアは兄の首にかじりついた。「世界一のお兄様だわ。正真正銘の」

サイモンはほほえみ、人差し指と親指でベネシアのあごをつまんだ。「だったらわたしのことをチャリティに取りなしておいてくれないか。彼女はわたしのことを暴君だと思っているようだ」

「そんなことはないと思うけど」

サイモンはかがんで妹の額にキスした。「まあ少なくとも、わたしの忠告を聞き入れてくれただけでもましだが――今まではそれもなかったから」

チャリティが素直に約束してくれたとき、何がそんなに胸を打ったのかは定かでないながら、サイモンは無性に嬉《うれ》しかった。ようやくこっちの意向に従ったからだろうか？　とはいっても、許しがなければ何もできないようなめそめそした女になってほしいとはまったく考えていない。むしろチャリティのきかん気なところが好きだし、反抗さえも憎からず感じたりする。いや、服従などではなくて、チャリティが信頼してくれたことが胸にしみたのだ。そうだ、間違いない。彼女は初めは信じたくない様子だった。だが、事情ゆえに説明はできないが、相当な理由があってのことだから信じてほしいと頼んだので、聞き入れてくれた。

そんなことをサイモンが思い返しているうちに、ファラデー・リードに対する怒りはいくらか和らいだ。それに、リードを捜しまわったので冷静になる時間もあった。そういうわけでペルメル街のクラブでやっとファラデー・リードをつかまえたときは、いきなり殴りつけるという社交上の違反を犯さずにすんだ。もっとも殴りつけたいのはやまやまだったが。ともかくサイモンは人々の好奇の視線をものともせず、周囲にぬかりなく目を配り、獲物をめざしてマホガニー材の鏡板を張った部屋をいくつも通り抜けた。

そしてとうとう喫煙室の一つで、男と話しているリードを見つけた。気配で察したらしく、リードがこちらを向いた。サイモンのこわばった表情を目にするなり、落ちつきのない視線をあたりに泳がせる。しかし、近くに他の会員が何人もいるのに意を強くしたのか薄笑いを浮かべ、さも無頓着《むとんちゃく》そうに腕を組んでデュア卿が近寄ってくるのを待った。

「やあ、デュア卿、またお目にかかれましたね。午後にはほとんどお話もできなかったが」リードはわざとらしく頭を下げる。

サイモンはそれを無視して、リードと話していた男に挨拶《あいさつ》した。「こんばんは、ヘリントン。邪魔して悪いが、ミスター・リードにちょっと話があるので失礼させてもらってよろしいか?」

「どうぞ、どうぞ。ご遠慮なく」ヘリントンと呼ばれた男はリードにあごをしゃくってみせ、離れていった。

リードはヘリントンの後ろ姿を目で追い、それからサイモンに向き直った。「なるほど、けっこうな人あしらいだ。フィアンセに対しても、そんな態度なんですかね？　どうりで、かわいそうなあのお嬢さんがわたしとつき合いたがるわけだ」

サイモンはじりじりしてやり返した。「わたしのフィアンセについては、きみの知ったことじゃない」

「しかし、退屈している美しいお嬢さんはほうっておけないのが、わたしの性分で」リードはにやにやしている。

「チャリティに近づくな」

リードは大げさなため息をついてみせた。「いかにあなたが退屈か、誰にも指摘されたことがないのかな？」

サイモンは微笑したものの、歯をむき出しにしたようにしか見えなかった。「わたしのフィアンセにつきまとうのをやめなければ、退屈なんてものじゃないことを思い知らせてやろう」

「おやおや、なんということをおっしゃる。わたしは、よその男の結婚に口出しするような人間じゃない」

「あいにく、わたしはきみという人間を知っているんでね。きみがわたしに意趣返しをする機会を狙《ねら》っているのは、よくわかっている。それは勝手にすればいい。しかし、わたしの妻に危害を加えたら承知しないぞ」

「そんなこと夢にも思いませんね」リードは芝居がかった身ぶりで胸に手を当て、心外だというふうに目を見開いてみせた。それとは裏腹に、口元に薄気味悪い笑みを浮かべている。「あんなにいいお嬢さんをいったい誰が傷つけられましょう」

「きみはどんなことでもやってのける男さ。しかし、きみも自分の身がかわいいだろうから、そういう卑劣な行いは慎むことと信じているよ」

「慎まなかったらどうするんですか？　フィアンセを巡って決闘かな？」リードはちっちっと舌を鳴らして嘲《あざけ》った。「そんな醜聞になったら、ミス・エマーソンはこたえるだろうに」

サイモンも蔑《さげす》んだ口調で応酬した。「きみみたいな哀れな男と決闘するほど身を落としたくはないね。尻にむちでもくれてやるのがふさわしいだろう」

リードは顔面を朱に染めて、こぶしを握りしめている。いつでも来いというふうにサイモンもこぶしをつくって、さりげなく身構えた。けれどもリードは投げやりを装った態度にもどり、つくり笑いで顔をゆがめた。

「せっかくだが、わたしはその手には乗らない。デュア卿相手のやり方なら他にもいろいろあるからね」

「ああ、陰険な悪だくみや二枚舌はきみの得意技だ。その件できみに注意しにここへ来たのさ。妹からきみのゆすり行為について聞いた。しかし、金はもう二度と受け取れないものと思え」

「へえ？　妹さんが世間の笑い物になったほうがいいというわけか」

「妹は誰の笑い物にもなりはしない。もしもきみがもらしたら、妹だけでなくきみ自身も社交界から爪《つま》はじきにされるんだ。きみがご機嫌を取り結んでいるご婦人連には門前払いを食わされるものと覚悟したほうがいい。覚悟といえば、アッシュフォード卿もわたしもベネシアが侮辱されて黙っていないことは、きみも肝に銘じているだろう。アッシュフォード卿は、うわべは穏やかでもなかなか腕が立つのがそのうちわかるだろうよ。ついでながら、銃の腕もだ。彼の後ろにはわたしも控えていることを忘れないほうがいい。こっちは経験ずみで、きみもよく承知しているはずだ」

リードは青くなった。襟が急にきつくなったようで息苦しい。ゆるめたいのをやっと我慢して、手を脇から離さなかった。室内の視線が自分とデュアに集中しているのがわかっていた。内心のおびえを誰にも悟られたくない。唇の震えを抑えて、どうにか声を出した。

「あんたも彼も醜聞は好まないだろうが」

「醜聞？　きみがベネシアについて噂をばらまいたあとなら、我々が何をためらうというのか。とにかくきみが八年前の出来事をばらそうものなら、自分で自分の罠《わな》にかかるだけだ」

リードは必死で虚勢を張った。「あんたの言ってることはばかげてる。わたしは一度もベネシアを脅してなんかいない。彼女から金を受け取るほど落ちぶれていないつもりだ。ちょっとした冗談を彼女が誤解しただけなのさ」

「そうか、なるほど」サイモンは皮肉たっぷりに調子を合わせる。「しかし、これからは冗談もほどほどにしたほうがいい」歩きかけた足を止めて振り返り、冷たい声できっぱりつけ加えた。「わたしが言ったことを覚えておくんだな――自分の身が大事なら」

言いきって向きを変え、サイモンは部屋を出ていった。

# 13

次の日、チャリティはサイモンとの約束を守って、ファラデー・リードと顔を合わせないようにした。リードは何一つ悪いことをしたわけでもないのに、あれほど親切にしてくれた人に対して自分がいかにも不人情のように思えて気がとがめた。といって、約束を破るわけにはいかない。

その翌日の思いもよらない早い時刻にベネシアがアーミントルード邸を訪れ、チャリティに会いたいと応対に出た召使いに告げた。

何事かとチャリティは急いで居間に下りた。モーニング・ルームと呼ばれるこの居間は、来客のいないときに女性たちがくつろいだ時間を過ごす部屋である。「ベネシア、ようこそ！　お目にかかれて嬉《うれ》しいわ」

ベネシアの微笑はぎごちなかった。「そのようにおっしゃってくださってありがたいこと。こんなに朝早く押しかけて、本当にごめんなさい。でも、あなたがお出かけになったりお客様をお迎えになったりする前に、ぜひお会いしたかったの。あなただけに聞いていただきたい大事なお話があるのよ」

「何かあったの?」チャリティはベネシアの顔をじっと見た。青ざめていて、サイモンそっくりの濃い緑色の目の表情もなんとなく様子がおかしい。

ベネシアは何かに取りつかれたようなまなざしをチャリティに向けた。「ええ。いえ、その――ああ、どこから話し出したらいいか。チャリティ、ここでは誰にも邪魔されずにお話しできる?」

チャリティはびっくりした。よほど重大な話らしい。「いえ、待って。母や伯母がいつ入ってこないとも限らないわ。あなたが訪ねていらしたと聞けば、なおさら」ちょっと考えてから言う。「そうだわ、書斎に行きましょう。あそこなら誰も使わないし、ドアに鍵《かぎ》もかけられるから」

ほっとしたせいか、ベネシアの笑みは前よりは自然だった。それでも憂い顔は晴れず、チャリティのあとから廊下に出て書斎へ行った。

なぜ書斎が使われないのか、入ってみれば一目瞭然《いちもくりょうぜん》だった。薄暗くて陰気な室内には、書物がぎっしり並んだ本棚や、快適さとはほど遠い家具が置いてある。けれども、部屋の感じなどはベネシアは気にもとめないふうだった。革のソファにいったんは座ったものの、またすぐ立って書斎の中を行ったり来たりしはじめる。そんなベネシアを、チャリティは困惑の面もちで眺めていた。

ドアの鍵をかけてから、チャリティは促した。「ベネシア、どうなさったの？　何かすごく……悩んでらっしゃるみたい」

「わたくし……これは、気楽にお話しできるようなことじゃないのよ。それでも思いきってここに来たわけは……あのう、兄がわたくしのためにいろいろやってくれたから、わたくしもせめてこれくらいのことはしなければと思って。だけど、やはりいざとなると辛《つら》いわ。この間あの人に会ったとき、あなたにお話しすべきだったのはわかってるの。今も言いにくくて……あなたに嫌われるわ、きっと」

「ベネシア、なんのことかよくわからないわ。わたくしがあなたのことを嫌うなんて、そんなことあり得ないわよ。こんなに思いやりがあってすてきな人を嫌いになるはずはないでしょう。初めてお会いしたときから、わたくしに優しくしてくださったじゃない」

「いいえ、思いやりが足りなかったのよ。最初は、あなたがファラデー・リードをご存じだとは知らなかったものだから」

「ミスター・リードですって？」チャリティは驚いたように眉を上げた。ベネシアの口からその名前が出てくるとは予想もしていなかったのだ。「あの方とはレディ・ロッタラムの舞踏会でお近づきになったのですけど」一息置いて続けた。「ミスター・リードの訪問をお断りするようにあなたからも口添えしてほしいと、デュア卿《きょう》がおっしゃったの？」

「いいえ、とんでもない。兄はわたくしがここに来たことも知りません。口添えどころか自分もあなたに言うつもりがないことを、わたくしに頼むはずはないわ。さっきも言ったように、いつか街で一緒に買い物をしてここにもどってきたときまでは、あなたがミスター・リードのことをご存じだとは気がつかなかったの。あのとき打ち明けるべきだったけれど、勇気がなくてどうしても言えなかった。それと、兄があなたにリードとのおつき合いをやめるように忠告してくれるものと思ってたの。ところが兄の話だと、リードはまだあなたの気を引こうとしているようね」

チャリティはくすくす笑った。「いやだわ、ベネシア。ミスター・リードには奥様がいらっしゃるじゃありませんか。わたくしの気を引こうとしてるんじゃなくて、親切にしてくださっただけ。でも、もうミスター・リードとは馬で外出したり踊ったりしないと、サイモンに約束したの。だから、あなたにまでそんなことをお話ししなくてもよかったのに」

内心チャリティはいい気持がしなかった。いくら妹だといっても、ファラデー・リードについてサイモンと言い争いをしたことまで知られたくはないし、約束を破らないか疑われているらしいのも癇《かん》に障った。

表情豊かなチャリティの顔を一目見て胸中を察したベネシアは、急いで説明した。「違うのよ、チャリティ。兄に頼まれて来たのではないのは、本当なの。リードにはもう会わないとあなたが約束なさったのは聞いたわ。ただ、もっと早くわたくし自身が事情を話さなくてはならなかったのよ。このことのために兄とあなたとの間にひびが入ったりしたら、すべてわたくしの責任なの。兄がなぜリードとつき合ってはいけないと言うのか、あなたには理由を知る権利があるわ」ベネシアの表情が厳しくなった。「ファラデー・リードはあなたの歓心を買おうとしているのよ。自分が結婚していようがいまいが、あの人はおかまいなしなの。それは兄への仕返しが目的なんです」

「それは違うんじゃないかしら」自分の責任とかサイモンへの仕返しとか、ベネシアの言ってることはチャリティにはどうしても腑《ふ》に落ちなかった。「デュア卿がミスター・リードを嫌っているのは見ればわかるけれど、ミスター・リードのほうからは悪口めいたことを聞いたことがないわ」

「ファラデー・リードには正直なところがまったくないからなのよ。チャリティ、あの人はあなたをだまそうとしているの。兄を破滅させるために何かたくらんでいて、あなたは人質みたいに利用されているのは確かよ」

ベネシアは二、三歩つつと離れていって振り返り、覚悟したように背筋をのばした。

「リードを嫌っている理由を兄があなたに言わなかったのは、兄自身のことではないからなの。兄は信義を重んじる人だから、わたくしの秘密をもらして裏切るようなことは決してできないでしょう」

「あなたを裏切るですって？」チャリティは愕然《がくぜん》とした。もしかしたらわたくしはよほどの愚か者だったのでは？

「そう。理由はわたくしなの。そのころのわたくしは若くて、考えなしだったのよ」ベネシアは青白い頬をさっと赤らめて顔をそむけた。「ファラデー・リードがわたくしに言い寄ってきたとき、兄はああいう男を信じてはいけないと注意したの。リードがどんなに悪辣《あくらつ》か、兄は勘でわかってたのね。でもわたくしは恋に目がくらんでいて兄には見えていたリードの邪悪さの徴候に気がつかなかったから、忠告には耳も貸さなかったの。リードはわたくしと結婚しようとしていると、一文なしのリードは財産目当てで結婚したがったけれど祖父が許してくれなかった。そのとおりだったのだけれど、わたくしは信じようとしなかったの。悲しいやら腹が立つやらで祖父と兄にひどいことを言ってしまって、今でも後悔しているの」

ベネシアが上気した頬に手を押し当てるのを見て、チャリティは急いでそばに行った。

「もうそれ以上辛いお話をしてくださらなくていいのよ。よくわかったわ。二度とミスター・リードと口をきかないし、母にもお通ししないように話すから」

「いいえ」ベネシアは頬から手を離し、チャリティの目をまっすぐ見つめた。「何もかもお話ししなくてはならないの。口のうまいリードの話に引っかからないように、あの人の正体がどんなものか納得してほしいのよ。兄をどれだけ憎んでいるか、復讐《ふくしゅう》のためならどんな手段も辞さないか、あなたによくよくわかっていただきたいの」深く息を吸い込んで、ベネシアは続けた。「リードはかけ落ちしようとわたくしに迫ったの。そうすれば祖父も結婚を許してくれるだろうと、リードは言ったわ。わたくしは祖父を恨んでいたし、愚かにも彼に夢中だったから、かけ落ちに同意したの。こっそり家を抜け出してリードと一緒に馬車に乗ってからやっと、自分がいかに無分別だったかに気がついたのよ。軽はずみな決断のせいで家族にも迷惑をかけることになる、なんてばかなことをしたかと後悔しはじめたの。実行する前はとてもロマンチックな感じがしていたのに、現実はなんだか……薄汚れて見えたわ。それで、こんなやり方で結婚はしたくないから引き返したいと、リードに言ったの。あの人は必死で説得しようとした。でも、わたくしはもどりたいと言い張ったの。そうしたらリードは、次の宿屋に立ち寄って馬を替えてから引き返そうと答えたわ。だけど宿屋についたらリードは、部屋を取って軽い夕食を食べていこうと言い出したの。それで……」ベネシアは顔をそむけ、声を小さくした。「わたくしを口説こうとしたわ。でも、言うことを聞かなかったら……力ずくで……」

一瞬、チャリティは声をのんだ。「まあ、ベネシア、なんてことを！　かわいそうに！　そんなひどいことがあったなんて！」無意識にベネシアの手を取って握りしめていた。

ベネシアは弱々しくほほえみ、チャリティの手を握り返した。「ありがとう。あなたは優しいのね。たいていの人は、わたくしがだらしないからそんな目に遭ったのだと言うでしょう」

「それは違うわ。だって、そういう悪い男だとは知りようがないじゃない」

「みんながみんな、あなたみたいに思いやりがあるとは限らないから。で、わたくしはそのときになってようやく祖父と兄が最初から言おうとしていたことがわかったの。リードはわたくしではなくて、わたくしのお金にしか関心がなかったのよ。こうなったらもう結婚するしかないと、リードはわたくしを脅したわ。わたくしが途方にくれているところに、兄が飛び込んできたの。わたくしとリードが逃げたのを知った兄はすぐに追ってきたんですって」

チャリティは目を輝かせた。「よかったわ。サイモンがあなたを見つけ出せて」

「そうなの。神様がわたくしのお祈りを聞きとどけてくださったみたいだった。兄は激怒して、リードを殴り出して。宿屋の主人が止めなかったら、何をしていたかわからないわ。結局リードは鼻の骨折ばかりでなく、かなりの傷を負ったようよ。人前に顔を出せるようになるまで何週間もかかったみたい。わたくしの名誉にかかわるから表沙汰《おもてざた》にしないように、兄は決闘を避けたのよ。それに、リードが紳士ではないからだとも言ってたわ。その代わりに、この出来事を世間にもらしたらロンドン社交界にはいられないようにしてやると、兄はリードにきつく言い渡したの。もちろん、リードは噂《うわさ》をばらまけはしなかったわ。だって、自分の評判に傷がつくことになって、お金のある結婚相手を見つけられなくなってしまうんですもの」

「だからサイモンは、わたくしがミスター・リードと話しているのを見て、あんなに怒ったのね！」自分がいかに単純で、リードにとってはいいかもだったか。チャリティはとても悔しかった。「なんという間抜けだったんでしょう。どうしてサイモンの忠告を信じられなかったのかしら。デュア卿が理不尽なことを言うはずはないのに。大変なへまをしてしまったわ。わたくしの態度や言ったことがどんなにか気に障ったことでしょうね。わたくしはただ、サイモンがわけもなく独善的なんだとばかり思ってたの。ベネシア、あなたのお兄様はわたくしを許してくださるかしら？」

ベネシアはほほえんだ。「もちろん。そんなことよりももっと重大な事柄であっても、あなたが相手ならどんどん許すと思うわ。だって、兄がこんなに首ったけになっているのはこれまで見たことがないのよ」

「本当にそう思うの？」チャリティの脳裏をかすめたのは、デュア卿の打算的な結婚の動機だった。自分の目的に合ってさえいれば、相手は姉のセリーナでもチャリティでもかまわなかったのだ。その一方で、サイモンの口づけや抱擁は熱烈で、理性も計算も入り込む余地はなさそうだ。ベネシアが言っていることは事実だろうか？　条件にかなう妻だというだけではなくて、サイモンはわたくしに情熱を感じるようになったのかしら？

「もちろん本当にそう思うわよ！　だからこそ誰にも、ジョージにさえも話していないことをあなたに打ち明けたんじゃない。ファラデー・リードがあなたと兄の仲を裂こうとするのも、あなたに取り入って兄を傷つけるために利用するのも絶対に許せなかったの」

「思いきって打ち明けてくださってありがとう。とっても辛い体験を思い出させてしまってごめんなさいね」

まなざしは一抹の陰りをおびているものの、ベネシアは明るい微笑でこたえた。「もう昔のことだわ。誰にも知られずにすんだのだし。アッシュフォード卿というすばらしい人に巡り合えて、今では愛する夫と幸せに暮らしているんですもの」

チャリティはけげんな顔で尋ねた。「それにしても、どうしてリードはサイモンをそんなにも憎んでいるの？　サイモンのほうこそ仕返しをしたいと思っても当然でしょう？」

「ファラデー・リードは自分のことしか考えない心の冷たい化け物だからよ。わたくしのことだって好きでもなんでもなかったのに、祖父が資産家だというだけで追いかけまわしたの。わたくしが相続するお金を当てにしてたのよ。虚栄心の強い人だから、兄にたたきのめされたのもよほど悔しかったでしょうし。わたくしとの結婚がだめになって、苦労して財産を継ぐ見込みのある女性を探さなくてはならなかったのよ。そんなこんなであれ以来、兄をものすごく恨んでいたと思うわ。兄についての悪質な噂も、わたくしはリードの仕業ではないかとにらんでるの。証明のしようがないけれど、あの人自身が噂の出所でなくても、ふくらませてまきちらしたに決まってるわ。リードは悪魔みたいな男よ」

「どうしてそれほど邪悪になれるのかしら？」

ベネシアは首を振った。「さあ。そういう人間だと言うしかないわ。なぜあんな人にだまされたのか自分でもわからないの。ただ、はっきりしてるのは、あの人は変わっていないということ。リードはあなたを奪い取って、兄に恥をかかせたい一心でつきまとっているのは確かだわ。結婚しているから誘惑したりはしないだろうと思ったら大間違いよ」

「だけど、わたくしが簡単にサイモンからリードにくらがえすると思ってるとしたら、不思議でならないわ」

「あなたや兄の人柄を知らないからでしょう。並外れたうぬぼれ屋だから、どんな女性でも自分になびくと思い込んでるの。それに、うまくいかなくても、暴力を使うのなんて平気よ——わたくしにもそうだったじゃない」

「見かけで人を欺くのがうまいのね。あんなに親切そうだったので、わたくしもまさかそんな悪人だとは夢にも思わなかったわ。サイモンについても決して批判的なことは言わないし、そんなそぶりも見せないでおいて、サイモンのほうに非があるとわたくしが思うように仕向けていたのね。リードはかつてある女の人のことでサイモンと争ったと言ってたわ。商売の女性だという口ぶりだったので、わたくしとしてもサイモンのことを快く思えなかったの。それなのに実はあなたがその女性で、しかも悪いのはミスター・リードだったとは！」突然、チャリティの頭にぱっと浮かんだことがあった。「そうだわ、あの手紙も！」

「どうして今まで気がつかなかったのかしら？　サイモンについて書いてあったあの手紙は全部、ミスター・リードから来たものだったんだわ」

ベネシアは目をぱちくりさせている。「なんのことかさっぱりわからないわ。兄についての手紙って？」

「手紙って？」

チャリティは手短に三通の脅迫状の説明をした。「三回ともファラデー・リードがそばにいたわ。最初がレディ・ロッターラムの舞踏会で、あのときもリードが来ていたから……気づかれないようにわたくしの席に置くことだってできたわ。次は公園で男の子がかけ寄ってきてわたくしに手紙を渡したとき。ミスター・リードが一緒だったの。どうしてあの子にわたくしの居場所がわかったのか不思議に思ったけれど、リードが前もって教えたに違いないわ。花瓶の花の中から最後の手紙を見つけたときも、そのあとすぐにリードが訪ねてきたのよ。あとで召使い全員にきいてみたけど、自分がしましたとか、誰かが部屋に入るのを見ましたとか認めた者は一人もいなかったわ。だけど、もしリードが頼んだとしたら、みんな変だとは思わずに引き受けるでしょう。心づけでももらったらなおさら。恋文だとでも思い込んだんじゃないかしら。わたくしに尋問めいたことをされたって、何かおかしいと感じても白状したりはしないでしょうね」

「その手紙はどこにあるの？　兄には見せたの？」

「もちろん見せないわ。そんなひどいことを書かれたものをサイモンの目に触れさせたくないですもの。このことを話せる人はほとんどいなかったの。両親にも見せたくなかったわ。もし両親がサイモンを疑いはじめたりしたら困るし、姉たちは怖がって母や父や別の誰かに告げるに違いないと思ったの」

ベネシアは微笑した。「兄をかばいたいというあなたの気持は優しくて嬉しいけれど、やはり見せるべきだったのよ。そうすれば、あなたの疑念も晴れたでしょうに」

「わたくしはサイモンを疑ったことなんかないのよ。疑われてるんじゃないかとサイモンに思わせるのもいやだったわ。だから話さないのがいちばんだと思ったのよ。それに、リードが親切ごかしに聞き役になっていたから。今になってみると、そのへんのからくりが納得できるわ。最初の手紙を見てもわたくしがおびえて婚約を解消しなかったので、リードの期待どおりにはいかなかった。それでリードは自分が一緒にいるときに二番目の手紙が届くように手配した。わたくしが疑念を抱くように仕向けるためよ。手紙の送り主は事実だと信じていて、わたくしの身を案じるあまりかもしれない、そんなことまで言ったりもしたわ。それでも思ったほど効果が上がらなかったので、リードはわたくしの信頼をかち得るための道具として手紙を利用しようとしたのよ。友達のふりをしてサイモンの弁護をしたのも、そうすればわたくしがリードを信用すると計算したからでしょう。この手紙の主を突きとめるための手助けをしてほしいと頼んだときは、あの人、陰でほくそえんでいたに違いないわ！」チャリティの頬が真っ赤になった。「ううーっ！　たった今あの人をこの手でつかまえたい！　わたくしがどう思ってるか聞かせてやりたい。あんな人にわたくしが好意を寄せるなんてとんでもないわ。今度リードの姿を見かけたら、そばに行って公然と非難してやる。どんなに下劣な男か、みんなに知らせたほうがいいのよ！」

ベネシアは慌てて言った。「チャリティ、そんなことしてはだめ！　世間が大騒ぎするわよ。誰が手紙をよこしたのか、ちゃんとした証拠がないじゃない」

「それはそうね。あなたのことは、もちろん表沙汰にできないし」チャリティはため息をついた。「黙っているしかないようだわ。リードの訪問を断るように母に話して、絶交するくらいで我慢しなくては。だいじょうぶ、あなたのことを母に言ったりはしないから。デュア卿の要望だと言えば、それだけで母は納得するわ」

ベネシアはほっとした笑みを見せ、チャリティの手を取った。「本当にありがとう」

「わたくしのほうこそ、あなたに感謝しなくてはならないわ。ありがとう。わたくしのために思い出すのもいやなことを打ち明けにわざわざ来てくださって」

「あんな過ちをしたとわかってもわたくしを見捨てないでくださったことが、とてもありがたいのよ」

「あなたを見捨てる？　まさか！　どうしてそんなことおっしゃるの？」

「そういう人が多いから。たいていはわたくしみたいな傷物を拒むものなのよ」

「あなたは傷物なんかじゃない！　悪いのはファラデー・リードよ！　あなたが人を信じて愛したとしても、それは過ちなんかじゃないわ！」チャリティの目は憤りで燃えている。「あなたみたいな人がもっとたくさんいたら、世の中はずっとよくなるでしょう。拒まれるべきなのはリードなのよ！」

ベネシアは涙ぐみ、目をぱちぱちさせた。「ありがとう。あなたが兄と結婚することになってわたくしはとっても嬉しいの。兄はあなたのおかげで幸せになれるわ」

感きわまって抱きついたベネシアに、チャリティも抱擁を返した。「そうだといいけど。わたくしもあなたのお兄様を幸せにしてあげたい」

「きっとそうなるわ。わたくしにはわかってるの」

数分後にベネシアは帰っていった。チャリティは椅子に腰を落ちつけ、ベネシアから聞いたことのすべてを胸の中で反復していた。ベネシアに対するリードの仕打ちや、サイモンを陥れるために自分をだまそうとしていたことを思うと、はらわたが煮えくり返りそうだった。ようし、見てなさい。わたくしのことを単純で無知な田舎娘だから簡単にたぶらかせるなどと、甘く見てたら大間違いよ。とんでもない誤算だったと思い知らせてやるわ。

以後、チャリティは大っぴらにリードを避けることにした。何かの集まりでリードが近づいてくると、はっきりそっぽを向いた。人と話しているときにリードが加わろうものなら、ただちにその群れを離れた。リードとつき合うことをデュア卿が好んではいないと母に話したとたんに、リードが訪ねてきても家族は不在だと言うようにと召使いたちに指示がいった。

パーティで遠くからリードを見かけると、口元に浮かべたほほえみがいかにも愛想笑いで決して目は笑っていないことに、今さらのように気づかされた。いんぎんな振る舞いは見え透いていて、まるで誠実味がない。リードの当たりは柔らかだが薄っぺらな容姿やうわべだけの洗練された身のこなしと、サイモンの素朴な男らしさを比べてみれば、魅力の差は歴然としている。リードがわたくしをサイモンから奪い取れるなどと思ったとしたら、滑稽《こっけい》としか言いようがない。

近ごろのチャリティはとにかくサイモンで頭がいっぱいだった。リードは依然としてパーティで話しかけてこようとしたり、偶然のふりをして劇場で待ちぶせしていたり、居留守を使われても訪ねてきたりと、煩わしくないことはない。けれども、それはそれだけのこと。ところが、サイモンには会えないだけにいっそう絶え間なく苦しめられていた。サイモンのいない晩餐会《ばんさんかい》、舞踏会、夜会、そのいずれもが恐ろしく退屈だった。一度だけサイモンから事務的な手紙が来た。その手紙を母が読みたがったので、よそよそしい文面なのはむしろよかった。にもかかわらずチャリティは、短くてもサイモンの心の内がうかがえるような手紙が欲しかった。こちらからも同様に形式ばった返信をした。寂しくてたまらないから、早く帰っていらしてください。そう書きたかったけれど、実際的な目的のために結婚する女からの手紙にしてはなれなれしいかと懸念して控えた。妻にしてほしいと最初にサイモンに頼んだとき、結婚後も夫にまつわりついたり邪魔したりせず、自分の楽しみを見つけてやっていけるなどと偉そうなことを言ってしまった。あのころは、そんな約束はいとも簡単に実行できると思っていたのだ。ところがデュア卿という人を知れば知るほど、そういう冷ややかな関係に甘んじてはいられなくなってきた。ベネシアはああ言っていたけれど、サイモンも自分と同じ気持でいるかどうかとなると自信がなかった。

デュア卿が田舎に行ってから、ようやく二週間が過ぎた。その晩チャリティは、アーミントルード伯母と伯母の老ボーイフレンドと一緒にオペラ見物に出かけた。舞踏会に出かける母や姉たちに同行しないで、伯母との外出を選んだのにはわけがある。サイモンの腕に抱かれて滑るようにフロアに出ていかれないのに、人が踊るのをただ見ていると気が滅《め》入《い》ってくるからだった。他《ほか》の紳士連と踊っても大して変わりはない。といって、オペラも特に好きではなかった。それでも華やかなパーティでわびしく退屈をかこつよりは、まだオペラのほうがましだという気がした。それにアーミントルード伯母は、白い口ひげが見事な退役軍人であるボーイフレンドに気を取られていて、チャリティが物思いにふけっていても何も言わないだろう。

オペラが始まって一時間ほどたったとき、ボックス席のドアを軽くノックする音が聞こえた。チャリティはアーミントルード伯母とポパム元将軍を見やったが、どちらにも聞こえていないようだ。伯母はオペラグラスで少し離れたボックス席をのぞいては、ひそひそとボーイフレンドに耳打ちしている。ポパム元将軍のほうも伯母にもたれかかるようにしてささやき返し、そのついでに鼻先で伯母の耳をかすったりしている。アーミントルード伯母はあだっぽく忍び笑いして、元将軍の腕を扇子でぽんぽんたたくしぐさをした。二人の間で交わされるこの種の戯れは、オペラの最初の調べが流れてからえんえんと続いていた。アーミントルード伯母が人々をのぞき見しているのは好奇心からというよりも、将軍とべたべたするための口実ではないかと疑うくらいだった。

ノックの音がしても二人が振り向きもしないので、チャリティはそっと席を外してドアを開けに行った。ドアの外には、デュア卿が立っていた。

# 14

　チャリティは思わず声をあげそうになり、手で口をふさいだ。考えるいとまもなく、ドアを大きく開けてデュア卿《きょう》の胸に飛び込んだ。反射的にデュア卿はチャリティを抱きとめ、髪に顔を近づけて甘い香りをかぎ、体に伝わる柔らかさに酔った。

「サイモン！　ああ、サイモン！　帰ってらしたのね。嬉《うれ》しい」

「わたしがいなくて寂しかった？」デュア卿の声もうわずっていた。

「ええ、ええ、もちろん。この二週間のようにみじめだったことはないくらい」まばゆいばかりに輝くチャリティの顔を見ると、サイモンは口づけせずにはいられなかった。

　サイモンの温かい唇が重なったときの喜びといったら。この感触、この匂《にお》い、この味わい。チャリティはしがみついて、ふたたびサイモンを肌で感じる幸せに浸った。サイモンはもどかしげにチャリティの顔から首へかけて、息つく暇もないほどキスを続けた。

　しばらくそうしてから、やっとサイモンは人の目を気にする余裕を取りもどした。たまたま廊下を通りかかった人に見られたら、なんという品の悪い振る舞いだとそしられただろう。オペラハウスのような公共の場所でこんなふうに抱き合うのは明らかに道徳違反だし、まして口づけは論外だ。サイモンはしぶしぶ抱擁を解き、後ろへ下がった。それでもまだ名残惜しくて、両の手だけはチャリティとつないだままだった。

二人はしばし、うつけたような笑みを浮かべて見つめ合っていた。ようやくチャリティが尋ねた。「どうしてこんなに早くもどっていらしたの？」

「あっちにいてもロンドンにいても、大して違いはないとわかったから。田舎に行ってからも考えることといったら、あなたのことばかりだった。寝ても覚めても、あなたが欲しくてたまらなかった。ただ向こうでは、あなたを見ることもできないし、あなたの声を聞くこともできない。そんなくらいならむしろ、どんなにじりじりしてもこっちにいたほうがましだという結論に達した。ロンドンにいれば少なくとも退屈はしないだろうし」

聞きたかった言葉がサイモンの口から出てくると、チャリティのほほえみはいちだんと輝きを増した。サイモンはチャリティの手を唇へ持っていって、そっと口づけした。

この二週間の辛《つら》さは想像を絶していた。チャリティに会いたくて会いたくて、生まれてこのかた誰かにこんな気持になることはあっただろうかと、考え込んだほどだった。チャリティによっていかに自分の生活が明るくなったか。チャリティに会うことがどんなに毎日の張りになっていたか。いやおうなくサイモンは気づかされた。離れていれば欲求も薄らぐのではないかと思っていたが、かえってつのるばかりだった。

チャリティを愛しているからではない。肉体的に欲しているだけだ。そう思い込もうとした。チャリティと暮らせば日々を面白おかしく過ごせるに違いない。陽気なチャリティのおかげで、失われた愛や苦痛、死の暗い影におおわれていた人生に光がさし込むだろう。チャリティを自分のものにしたい。妻としてベッドを共にしたい。自分の全存在をチャリティの中にうずめて解き放たれたい。結婚できる日まで待つのはもとより苦しいが、まったく会えないことのほうがはるかな責め苦だった。

チャリティはサイモンの手を引っぱってボックス席に入り、後ろの座席に座った。少し前にチャリティが席を外したのにも気がつかなかった伯母と元将軍は、二人が入ってきても振り向きもしない。サイモンはチャリティの手を握ったまま顔を寄せ合って、小声で話をした。

「いつロンドンに帰ってらしたの？」

「ついさっきだよ。帰ってから着替えをして、すぐあなたの家に行った。あなたがここに来ているというので、その足で来たんだ」

取るものも取りあえずかけつけてくれたのかと、チャリティは胸が熱くなった。「ラッキーはどうしてるかしら？　新しいおうちが気に入ってる？」

「ああ、もちろん。田舎だといろいろ楽しみがあるからね――羊を追いかけたり、牛に吠《ほ》えたり、池に飛び込んでは家に帰ってきて、家政婦のミセス・チャニングがせっかく磨いた床を泥水びたしにしたり」

チャリティはくっくっと笑った。「あちらで幸せならよかったわ」

サイモンは姿勢を変え、咳払《せきばら》いしてからやっと言った。「いや、実は……ラッキーは連れて帰ってきた」

「やっぱりあなたはラッキーをあちらに置いてきぼりにはできなかったのね！　わかってたわ」チャリティは青くきらめく瞳をサイモンに向けて、手をぎゅっと握った。サイモンの脈拍は速くなった。

「だったらあなたのほうが、わたし自身よりもわたしのことをわかってるようだね。ラッキーは田舎に置いてくるつもりだったんだ。だけど今日、わたしがこっちにもどることを勘づいたのか、つきまとって離れないんだよ。わたしが馬車で出発すると、ラッキーは吠えながらずっと追っかけてくるんだ。家に連れもどしても、また追ってくる。これのくり返しなんで、仕方なく馬車に乗せて帰ってきた。ロンドンの家の者たちはラッキーが一緒なのを見てげんなりしていた」

チャリティは声を忍ばせて笑った。

「で、ミス・エマーソン、わたしがおよそ名前にそぐわないラッキーに手こずらされている間、あなたは何をしていた？」

「あら、そぐわないどころか、ぴったりの名前じゃありませんか。哀れな野良犬が高貴なお方にかわいがられるようになって、こんなに幸運《ラッキー》なことはないと思うわ」

「だったら見当違いの命名の犠牲になったのは、飼い主だと言うべきだったね」

「それでもわたくしよりは、田舎にいらしたあなたのほうがまだましよ。この二週間、ものすごく退屈なパーティに行く以外には、なんにもしてないんですもの」チャリティは少しためらったあげくに口に出した。「あなたがお出かけになってから、ミスター・リードには会っていません」

サイモンは吟味するようにチャリティの表情を見た。「ありがとう」微笑と共に言った。「約束したとおりミスター・リードを避けていたんですけれど、ベネシアが……どんなことがあったのか話してくださったの」

驚いたようにサイモンは眉をつり上げた。「ベネシアが話したって？」

「ええ。わたくしがあなたの忠告どおりにしないのではないかと、心配なさったようなの。ご自分のためにわたくしたちの仲が気まずくなったりしてはいけないとおっしゃって、何もかも打ち明けてくださったのよ。おかげでいろいろなことがわかったんです。わたくし……あなたにまったく隠し立てがないわけではなかったの」

何事かというふうに、サイモンの声音は硬くなった。「それはどういう意味？」

「お願い、気を悪くなさらないでね」チャリティは例の悪質な手紙について説明し、リードがいつもそばに居合わせて親切ぶっていたことも話した。「本当にごめんなさい。わたくしがばかだったの。あなただったらリードの仕業だとすぐ見破ってたでしょうけれど」

「あの野郎。この間みたいにただ脅しただけでは効き目がなかったんだ」ほの暗いボックス席でも、サイモンの目が危険な光をおびているのが見て取れた。

「リードを脅かしたの？」

「ああ。あいつは昔あったことを脅しの材料にして、ベネシアから金を巻き上げていたんだ」

チャリティは唖然《あぜん》とした。「自分がひどいことをしておいて、そのうえお金をゆすろうというの？　なんという恥知らずなのかしら！」

「ファラデー・リードはまさに鉄面皮さ。八つ裂きにしたいくらいだよ。どうやらまた、懲らしめてやらなければならない。黙っていれば、それこそやりたい放題だ」

「いいえ、サイモン、それはやめて。あなたがどうしてそんなことをしたのかと噂《うわさ》の種にされるだけよ。ベネシアも表沙汰《おもてざた》になるのを恐れてたわ」

「そうなんだ。それでわたしも今まで手出しができなかったんだよ。世の中には口さがない噂好きが多いから。それにあの男のやることは陰険でしっぽをつかみにくい。しかしそのうち必ずぼろを出すだろう。そのときは決着をつけてやる」サイモンは一息置いて尋ねた。「ところで、そんな手紙を受け取ったことを、なぜ話してくれなかったんだい？」

「あなたの気持を傷つけたくなかったの」

あっけにとられたように、サイモンはチャリティを見ていた。「それは、わたしをかばおうとしてくれたという意味？」

「そうよ！」チャリティは歯切れよく答えた。「どうして不思議そうな顔なさるの？　そんなに変かしら？　手紙に書いてあることを読んであなたが傷つくのを見るのが、わたくしはいやだったの。自分のことについてあんなでたらめを誰かがばらまいていると知ったら、とっても不愉快でしょう」

「でたらめだと、あなたは確信している？」

チャリティはむっとしてサイモンをにらんだ。「当たり前じゃありませんか。三人はおろか、あなたは一人も殺せるような方じゃないわ。それができるくらいならファラデー・リードはとっくにこの世にいないわ」

サイモンの口の端を笑みがよぎった。「あなたは誠実で、威勢がよくて、勇気がある」チャリティの頬を、サイモンは手の甲で撫《な》でた。「今までに、誰かがわたしをかばおうとしてくれたことなんかあっただろうか。女性にかばわれたことがないのは確かだ。わたしは……光栄だと思う」

「光栄？」

「そう。あなたがわたしを夫として選んでくれたことを。そして勇気と真心をわたしに捧《ささ》げてくれていることも。わたしがそれにふさわしい人間かどうか、自信があるわけではないが」

「それを判断するのは、わたくしよ」チャリティはにっこりした。

オペラ劇場のボックス席でなければ、心ゆくまでキスができるのに。いくらずぼらなアーミントルード伯母でも、ここでチャリティを抱きしめたら肝をつぶすだろう。そこでサイモンは、チャリティの手を口元へ持っていって唇を押しつけるだけで我慢するしかなかった。人にとやかく言われずに夫婦になれるまで、あと四カ月もある。どうやって切り抜けたらいいだろうか。

チャリティは舞踏室の内部をさっと見まわした。デュア卿の姿はまだ見当たらない。今夜のバナーフィールド舞踏会には出席すると、サイモンは言っていた。どのパーティでも、サイモンはこんなに早い時刻には現れないのがふつうだった。それでも会いたい一心のせいか、すでに何時間もたったような気がする。何時間どころか、オペラ劇場で会ってから、もう何日も過ぎたとしか思えなかった。

テラスに面した扉は開け放たれているのに、舞踏室は風通しが悪くて暑かった。そればかりではなく、おろし立ての靴をはいてきたものだから足が痛い。悪いことは重なるものでファラデー・リードが来ていた。チャリティが家族と一緒にここに入ったときから、リードはなんとかして近づこうとしている。そのたびにうまくかわしてはいるものの、煩わしいことこのうえない。サイモンと鉢合わせしたら、どんなことになるか。それもチャリティは心配でならなかった。

ため息をついて、チャリティはテラスへ視線をさまよわせた。喧噪《けんそう》から逃れて夕方の涼しい風に当たったら、どんなに気持がいいだろう。隣にいる母をうかがってみる。キャロラインはミセス・グリーンブリッジと話し込んでいた。グリーンブリッジ家の令嬢は二カ月前に結婚したばかりなので、娘の結婚についての先輩としていろいろと参考になる話を聞いているようだった。

二人からそっと離れて振り返ると、母はまだ結婚衣装の話題に夢中になっている。室内をくまなく見渡したところ、誰もこちらに視線を向けてはいなかった。今のうちだわ。チャリティは話好きな人々の群れを巧みに避けて、庭に面した扉の方へ足早に向かった。途中で崇拝者の一人から踊りの申し込みを受けたけれど、にこやかな笑みと共に断った。もう一度それとなくあたりを見まわして確かめてから、すばやく石畳のテラスに出た。

火照った顔を撫でる涼気が心地よい。テラスには一組みの男女がいた。手すりのそばで声をひそめて話をしている。二人ともこちらを見もしなかった。チャリティは忍び足で低い階段を下り、庭の小道へ進んだ。満月の夜で、庭園は月光に包まれていた。手入れの行きとどいた花々や植え込みの間の散歩道をたどっていくと、中央に小さな噴水のある花壇があった。花壇に沿った道端には低い石のベンチもある。チャリティはベンチに腰を下ろして、目をつぶった。水が奏でる優しい響きに耳を傾けつつ、ひたすらサイモンの声音やまなざし、たくましい腕の感触を思い起こしていた。

靴のかかとが地面をこする音がして、チャリティは我に返った。顔を上げると小道をやってくる男の姿が目に入った。なんと、ファラデー・リードではないか。

チャリティは慌てて立ち上がり、反対方向に視線を巡らした。そちらへ行けば、庭のさらに奥へ入り込むだけだ。しかも必ずリードに追いつかれる。とっさの判断で逆にリードが来る方へと歩き出した。つんと頭をそらし、黙ってさっとリードのそばを通り抜けようとした。

そうはさせじとリードがすばやくチャリティの前に立ちはだかり、行く手をさえぎった。

「チャリティ！　口もきいてくれないとは」

チャリティは冷たい目を向けた。「ミスター・リード、そこをどいてください。わたくしは部屋にもどりたいんです」

「話をしてからでもいいでしょう。何がいけないのか、説明してください。この二週間ほど、どうしてあなたはわたしを避けているんですか？　わたしはあなたの友達だと思っていたのに。あなたに信頼されていると思っていた」

「残念ながら信頼していました。わたくしが愚かだったんです。さあ、もう通してください」

「いやだ！」リードがチャリティの二の腕をつかんだ。「わたしに会おうとしないのはなぜか、理由を聞かせてくれるまではあなたを放さない。お宅に訪ねていっても断られる。パーティでも、顔を見ただけで避けられる。これはどういうわけなんですか？　デュア卿に何か言われたのか、わたしの中傷でも聞かされたのか。どうなんです？」

「いいえ、何も言われてやしません！」チャリティはリードの手をもぎはなした。こんなとき、育ちのよい娘なら彼と言葉を交わしてもいけないものだ。だが、サイモンを悪く言われて黙っているわけにはいかなかった。「デュア卿は嘘《うそ》をついたりしません。あなたみたいな卑しい人とは違うんです！　あなたについて警告はしてくれましたが、それ以外には何も言いませんでした。それほどまでも女性の名誉を大切にしたからよ。本当のことを話してくれたのはベネシアです。あなたが何をしたか、どうやってベネシアをだまし、裏切ったか。みんな聞きました」

「ベネシアか！」リードは不気味な眉のしかめ方をした。いつもの愛想のよさが消えて口元をゆがめ、陰鬱《いんうつ》で凶悪な顔つきに変わっていた。両目には憎悪がみなぎっている。「あの女め！　おれと勝負できると思ってるのか！」

「勝負なんかじゃありません。女にとってああいうことを人に打ち明けるのがどれほど辛いか、あなたにわかるはずもないでしょうけれど。ベネシアは気高くて勇気のある女性です。なぜわたくしがあなたと会ってはいけないか、わざわざわたくしのところにいらして、説明してくれました。あなたのよこしまなたくらみを阻止したデュア卿を、あなたがどんなに恨んでいるかも教えてくださいました。あなたは何年にもわたってデュア卿についての悪質な噂をばらまきつづけてきたそうじゃないですか。あの卑劣な手紙をわたくしに送ってきたのも、どうやらあなたのようですね」顔色を変えているリードに、チャリティは乾いた笑いを投げつけた。「そうよ、わたくしにはすべてお見通しです。あなたの正体がわかってからは、簡単だったわ。あの手紙によってわたくしがデュア卿に不信感を覚えるように仕向けたけれど、うまくいかなかったので、必ずその場に居合わせてわたくしの信頼をかち得ようと努めた。で、それとなくデュア卿に対する疑念をわたくしの胸に植えつけようとしたのでしょう。だけどそんなことは成功するはずがありません。たとえあなたの本性を知らなかったとしても。なぜって、わたくしのデュア卿への信頼は揺るがないし、あの方の名誉を汚すようなことは絶対にしないからです」

リードは目をぎらつかせた。「絶対にしないと思ってるだと、純潔姫様？　きみは熟れていて食べごろだ。いくらもしないうちに、おれに抱かれてうっとりするだろうよ」

あまりの言いぐさに、チャリティは唖然とした。それから呆《あき》れたように笑みをもらした。「わたくしがあなたにうっとりするなんて、本気で思ってらっしゃるの？　しかも、サイモンを裏切ってまで。念のために申しますけど、あなたを信用していたときでさえ、ただの一度もあなたに異性としての感情を抱いたことなんかありません。サイモンという立派な婚約者がいるのに、なんであなたに関心を持ったりできるものですか」

　チャリティの言葉、笑い声、表情。そのすべてがリードの怒りに火をつけた。目を血走らせ顔を赤黒くしたリードは、低いうなり声と共にチャリティを引き寄せた。片方の腕でチャリティの体を抱きかかえ、イブニングドレスの深い襟ぐりから胸へともう一方の手をもぐり込ませた。

「デュアの名誉を絶対に汚さないだって？　どうだかね。あんたの中に初めて種をまいたのがこのおれだと知ったとき、ご立派なデュア卿はどんな顔をするやら」

　一瞬、チャリティは身動きもできなかった。リードの頭が下がってきて、乱暴に唇を奪われた。舌を押し込まれそうになり、嫌悪感で吐き気が襲ってきた。サイモンの抱擁とは似ても似つかず、こんな男に触られているだけで芯《しん》から汚されてしまった感じがする。これ以上のことをされてたまるか。

　チャリティは必死でもがいた。体をねじり、両手をリードの胸に当てて力いっぱい突っぱるが、やはり体力の差にはかなわない。くっくっとおかしそうに笑いながらリードは片手でチャリティの髪をつかんでぐいと後ろへ引き、抵抗をはばんだ。

　こうすればおびえておとなしくなるとリードはふんだらしい。しとやかに育ったお嬢さんたちなら、リードの予想どおりになるだろう。なんといってもリードは経験を積んでいた。けれどもチャリティは、以前に自分からデュア卿に語ったように、もともと恐怖とは子など男の子ばかりだった。おまけに子どものときの遊び相手ときたら、近所の地主や管理人の息子など男の子ばかりだった。自分よりも体格が大きくて強い相手とどうやって戦うか、そのこつを早くから会得していたのだ。どこが男性の急所かも心得ている。

チャリティは悲鳴をあげなかった。テラスから庭に大勢出てきた人々に、ファラデー・リードの腕の中でもがいているところを見られるのだけはなんとしても避けたかった。いやがっているのは一目瞭然《いちもくりようぜん》にしても、若い娘が一人で庭に出るべきではなかったと噂されるに決まっている。自分だけではなく、デュア卿にとってもさらなる醜聞の材料にされるだろう。助けを求めて叫ぶのは、他《ほか》に手段がない場合に限りたかった。つまりチャリティは攻勢に転じたのである。

まず、靴の細いかかとで思いっきりリードの足の甲を踏んだ。リードは苦痛の声をあげ、手の力をゆるめた。そのすきにチャリティは、ひざでリードの股間を強く蹴《け》り上げた。スカートやペティコートが邪魔をして勢いは弱まったが、それでも効き目は十分あった。リードはうめいて、痛いところを押さえようとする。チャリティは肘を曲げてこぶしを握り、リードの鼻めがけて一撃した。鈍い音が聞こえ、鼻から血が噴き出た。リードは獣のような声をたて、よろよろっと後ろへ下がった。チャリティは向きを変えると、たっぷりしたスカートのすそを持ち上げて走り出した。

テラスで葉巻を吸っていた二人の紳士が、くるぶしもあらわに階段をかけ上がってくるチャリティにけげんな視線を注いだ。

二人のうちの一方が言った。「もしもし、今の音はなんだったんですかね？」

チャリティは首を横に振って二人の脇《わき》を通り過ぎ、歩きながら髪やスカートを整えた。憶測や批判を招きたくない一心で助けを呼ぶ声さえあげなかったのだから、身なりの乱れで人目を引いてはならない。舞踏室に入ったところで、母や姉たちを視線で捜した。チャリティの目にとまったのは家族ではなくて、部屋の反対側に立ってあたりを見まわしているデュア卿の姿だった。

「サイモン！」安堵《あんど》と嬉しさが込み上げた。

急ぎ足で人々の間を縫って近づいてくるチャリティに気がついて、デュア卿の表情はたちまち和らぎ、熱いもので胸がいっぱいになった。歩み寄って両手をさしのべたサイモンのその胸に、いきなりチャリティがしがみついた。

「チャリティ？」びっくりしてサイモンはチャリティの顔をのぞき込んだ。「どうした？だいじょうぶか？」

二人のまわりでざわめきが起こり、ひそひそ声が聞こえてくる。人前で抱擁している自分たちが視線を浴びているものと覚悟して、サイモンは顔を上げた。ところが人々の目はテラスに通じる扉に集中している。サイモンもその方向を見ると、ファラデー・リードが入ってくるところだった。衣服も髪の毛もくしゃくしゃだ。顔にハンカチを当て、おぼつかない足どりで歩いている。

何が起きたのか、サイモンはたちどころに察した。「あいつに襲われたのか？　よくもあなたに手を出せたものだ」怒りで声がかすれている。

「え？　どうしてわかったの？」チャリティが驚いてサイモンの視線の先をたどると、リードが目に入った。

「あの野郎、殺してやる！」サイモンは決然とした面もちで歩き出した。

「やめて！　サイモン、待って！」チャリティはサイモンの腕をつかんで引きとめた。

「お願い、早まったことなさらないで。なんでもなかったんだから。わたくしは本当にだいじょうぶよ。ね、サイモン」

だがサイモンは耳も貸さずにチャリティの手を振り払い、人々の間を大股でリードの方へ突き進んだ。ほんの一メートルというところまで近づいたとき、リードはサイモンに目をとめ、身をひるがえして扉の外に逃れようとした。けれども、気がつくのが遅すぎた。サイモンは間髪を入れず後ろからリードの腕に手をかけ、自分の方に振り向かせざま、あごに一発食らわせた。

# 15

　リードは後ろへよろめき、ぶざまな格好で床に尻もちをついた。サイモンは一歩踏み出してリードの上着の襟をつかみ、ぐいっと引っぱり上げて立たせた。

「この野郎め！」サイモンは罵《のの》り声をあげ、腕を引いてさらに殴りかかろうとした。

「だめ！」チャリティは叫んで、サイモンの腕を両手で押さえつけた。「サイモン、やめてちょうだい！　場所を考えて。ここは舞踏会じゃない！」

「チャリティ、放せ。こういうごろつきはやっつけるしかないんだ」

「いいえ、それはよして。何もなかったのよ。わたくしは無事だったんだから」物見高い人の群れに困惑した目を走らせ、チャリティは懸命に説得しようとした。

　けれどもサイモンはますますいきりたってチャリティの手を振りきり、ふらふらしているリードに飛びかかっていく。

「殺してやる！」サイモンは悪罵《あくば》を連発した。

　男が三人がかりでようやくサイモンをリードから引き離した。別の男性がリードを助け起こす。リードの顔面にはチャリティの一撃による鼻血のみならず、血で縞模様《しま》ができていた。それを目にした数人の女性が悲鳴をあげ、せわしく扇子を使っている。気が遠くなり都合よく隣の紳士の腕に倒れ込む婦人まで現れた。

そんな手合いには目もくれずに、チャリティはすがりつくようにサイモンの顔を仰いだ。「サイモン、わたくしの言うことを聞いて。本当に何事もなかったのよ」これほどまでに逆上したサイモンを見るのは初めてだ。

「あいつがまた指一本でもあなたに触れたら、今度こそぶっ殺してやる」ようやくサイモンの目つきが平常にもどってきた。「本当にだいじょうぶか？　怪我《けが》してないね？」

「怪我なんかしていないわ。どこもなんともないのよ。わかるでしょう？」チャリティはほほえんでみせた。「サイモン、わたくし、もう帰りたいの。うちに送ってくださる？」

「もちろん。悪かったね」サイモンは深呼吸して気持を落ちつけようとした。上着のしわをのばし、チャリティに腕をさし出した。「では、ミス・エマーソン、行きましょうか。ここは期待したようなパーテイではないようだ」

チャリティは安堵《あんど》の笑みをもらす。「デュア卿《きょう》、おっしゃるとおりですわ」サイモンの腕に手をあずけ、並んで歩き出した。

人々は好奇心をむき出しにして、部屋を横切る二人のために道をあけた。明日は、どこに行ってもバナーフィールド家の舞踏会の噂《うわさ》でもちきりだろう。屋敷を出て馬車に乗るまで、サイモンは無表情に無言で通した。

　馬車の座席に向かい合わせに腰を下ろしてから、サイモンはチャリティの頬を軽くさすり、気づかわしげに尋ねた。「本当にだいじょうぶなんだろうね？　こんなことをされたからには、あの男に決闘を挑むつもりだ」

「いや！　サイモン、決闘なんかしないと約束して」チャリティはサイモンの手を握った。ずいぶん前から決闘は法律で禁じられているし、実際にピストルで果たし合いをしたという話も聞いたことはない。だが、サイモンの今の心境からすると、リードに決闘の申し込みぐらいしかねなかった。

　サイモンは気を悪くしたように言った。「なんだって？　するとあなたは、わたしの射撃の腕ではあいつを負かせないとでも思ってるのか？」

「そんなことないわ。もちろんあなたが勝つでしょう。だけど、その代わり投獄されてしまうのよ」

「ファラデー・リードの息の根を止められるなら、それくらいなんでもないと思うけど」

表情がふっと暗くなったが、サイモンは肩をすくめて続けた。「まあ、実現はしないだろうよ。決闘となれば、リードのやつはあたふたヨーロッパ大陸へ逃げていくだろうから」

「だったらよかったわ」

「それでさっきは、あいつに何をされたんだい？」

チャリティはため息をついて話し出した。「お庭に出たわたくしをつけてきたの。何もおっしゃらないでね。一人でお庭をぶらついたりしてはいけないのは、よくわかってるんだから。でも中はとても暑かったし、あなたがいらっしゃらないのでつまらなかったの。それに、ミスター・リードを近づけさせないようにするのに疲れていたこともあるわ。こっそり外へ出れば、あの人をまけるだろうと思ったの」

「ところが、あいつは見逃さなかった」

「そう」チャリティは上目づかいでサイモンの顔色をうかがった。「ごめんなさい。わたくしがばかだったの」

サイモンは身を乗り出し、ほつれて額にかかったチャリティの髪をそっとかき上げた。

「チャリティ、わたしは責めてるわけじゃないんだから、謝らなくていいんだよ。リードがどういうことをしたのか知りたいだけなんだ」

「といっても、実際には大したことはしてないわ。どうしてわたくしが会おうとしないのか理由を聞きたいというので、何もかも知っていると答えたの。たとえ知らなくても、あなたに関心はありませんと言ってやったのよ。だって、ばかばかしくてお話にならないじゃありませんか。うぬぼれもいいところよ。わたくしがあんな人に夢中になると思うなんて！　そうしたらいきなりわたくしをつかまえたの。不意を突かれたのよ。あんなふうに力ずくで来ると予想してたら、かわせたでしょうけれど。とにかく、きつく抱きすくめられてキスされたの」

「よくもそんな無礼なことを！」サイモンはこぶしを握りしめた。「やっぱりあんなやつは絞め殺してやればよかったんだ」

「いいのよ。わたくしがやっつけてやったから。その瞬間はびっくりして身動きもできなかったけれど、それから思いっきりあの人の足の甲を踏んだの。こんなふうに」チャリティはスカートを少し持ち上げて、靴の細いかかとで踏みつけるしぐさをしてみせる。「それに気を取られてるすきに、わたくしはひざで、そのう……つまり、リードのいちばん痛い場所を蹴《け》り上げてやったのよ」

　サイモンはあっけにとられて、チャリティの顔をまじまじと見た。「へえ、またしてもあなたは、わたしをびっくり仰天させてくれるね」その場のありさまを目に浮かべたのか、口元が笑いでほころぶ。「なるほど、さすがの悪党も悲鳴をあげたわけだ。いや、見たかったなあ」

「それから一発食らわしたわ」

「ん？」

「鼻によ」チャリティはげんこつをつくってみせた。「こんなふうにして。でも、もしかしたら鼻の骨を折っちゃったかもしれないわ。鼻血がたくさん出てたから」

「あなたがやつの鼻の骨を折ったって！」サイモンは口をあんぐり開けたかと思うと、爆笑した。「なんとなんと、わたしの花嫁はボクサーだったのか」笑いながらサイモンはチャリティを引き寄せ、ひざの上にのせて抱きしめた。「あなたには降参だよ。あの男の鼻をへし折るとは！　もしそれが知れ渡ったら、リードはロンドンじゅうの笑い物になるぞ。わたしが殴ったのなんか比較にならない」ぎゅっとチャリティを抱くと、髪に頬をすり寄せる。「ああ、チャリティ、あなたのおかげでわたしは退屈知らずになりそうだ」

サイモンの腕に包み込まれて、チャリティも幸せそうなため息をもらした。「よかったわ、あなたがロンドンに帰ってらして」

「わたしも嬉《うれ》しい」サイモンは、チャリティの頬から首、肩へと手を滑らせた。さらに腕を軽くさすり、ふたたび首を通って顔へともどる。「あなたとすぐにでも結婚できたらなあ。明日でもいい。こんなに待つのはいやだ」

「わたくしも同じ気持」チャリティはうっとりと答えた。サイモンの指先が触れるところがなんとも快い。

仰ぎ見ると、サイモンと目が合った。サイモンの顔はうっすらと赤らみ、まぶたが重たげで、胸が大きく上下している。チャリティは手をのばしてサイモンの頬をそっと撫《な》でた。肌の火照りが伝わってくる。サイモンは首を傾けてチャリティの手のひらに唇をつけた。

「あなたがあんまり魅力的なのでたまらなくなる」かすれ声でささやいてサイモンは、ドレスの深い襟ぐりからあらわになったチャリティの柔肌をまさぐった。

チャリティが鋭く息を吸い込み、目を閉じる。その表情を見つめつつ、サイモンは片方の胸のふくらみに手をかぶせた。かがんでチャリティの真っ白な肌を唇でさする。チャリティは低くうめいて、サイモンの髪に指をさし込んだ。

胸元に何回も唇を行ったり来たりさせながら、サイモンはドレスの上から手のひらをチャリティの腰や腹部に移しては、また二つの丸みへともどした。キスや愛撫《あいぶ》をくり返すうちにサイモンの官能が高まっていくのがチャリティにも感じられた。サイモンは部分的な快楽では満足できなくなり、ドレスに手をさし込むと、片方の乳房をドレスの襟ぐりから押し出した。

濃い薔薇《ばら》色のつぼみを中心にした滑らかで白い半球状の盛り上がりを、サイモンは息をのんで見つめた。それから、舌の先を乳首につける。つぼみはたちまち硬くなって、ぴんと張りつめた。それを見たサイモンはほほえんでつぼみを口の中に入れ、うるおった温かい舌で円を描いた。チャリティがうめいた。サイモンはいっそうそそられ、手を下に滑らせてチャリティのスカートとペティコートを持ち上げ、脚を探り当てた。

チャリティは一瞬びくっとした。けれども、サイモンの手の動きがあまりに心地よく、されるがままになっていた。サイモンはゆっくりと脚を指でたどった。薄地の下ばきに包まれた肌は熱かった。サイモンの指が尻に達したとき、チャリティはびくっと身震いした。こんな感じは生まれて初めて。いつか階段の下で熱烈に口づけされたときでも、こうまでせっぱつまってはいなかった。サイモンの唇と手による優しく熱い愛撫に身をまかせていると、しびれるような物ぐるおしい感覚に満たされ、笑いたいのか、叫びたいのか、むせび泣きたいのか、わからなくなってくるのだった。

チャリティの脚や腹部をまさぐっていたサイモンは、やがて両腿が合わさった部分に指を当てた。チャリティはあえいだ。けれども体を離そうとはしなかった。そのようなところをサイモンが触るとは信じられない。それに本来は恥ずかしがるべきだと思う。にもかかわらず羞恥心《しゅうち》は感じず、むしろこのうえもない喜びを覚え、自分からサイモンの手に体を押しつけたい衝動にかられた。

「チャリティ、どうしよう。あなたが欲しくてたまらない」サイモンはチャリティののどに顔をうずめた。「だけど、やめなくては」

「いえ……やめないで……」

サイモンはうめき声をもらして体をまっすぐにし、チャリティから手を離した。「紳士はこんなことをしてはいけないんだ。ただ、あなたがあまりに美しいので……悪かった」

「謝ったりなさらないで。わたくしは、あなたにされたことが好き」

サイモンはしばしチャリティに目を注ぎ、それからもう一度ぎゅっと抱きしめた。「あなたは宝石のように得がたい人だ」

大げさな賛辞がくすぐったくて、チャリティは思わず笑った。そのとき、馬車が止まった。ため息をついてサイモンは、窓のカーテンの端を少しめくった。「なんだ、もうあなたの家についたよ」

チャリティもため息をつき、サイモンのひざから座席へ腰をずらした。伯母の屋敷に入る際にみっともなくないように、急いで服と髪の乱れを直した。

外から御者の声が聞こえた。「だんな様、レディ・バンクウェルのお屋敷に到着いたしました」

「ああ、ボトキンズ、わかってるよ」デュア卿の口調はいつになく不機嫌だった。

サイモンは馬車の扉を開けて地面に降り、チャリティを助け降ろした。チャリティはサイモンの腕を取り、ずっと模範的な道中であったかのように、折り目ただしく正面玄関へ向かった。暗いのが幸いして、愛撫の余韻の残る目のきらめきや上気した頬には誰も気がつかないようだった。

従僕が扉を開けると、サイモンはしきたりどおりチャリティの手を取っておじぎをした。ただしチャリティにしかわからないように指先に力を込めた。「おやすみなさい、ミス・エマーソン。安眠されますように」

「デュア卿、おやすみなさい。あなたも安眠なさいますように」チャリティもまじめくさって応じた。

サイモンは意味を込めて、いたずらっぽく目を光らせた。「それには、少々時間がかかることでしょう」

チャリティはくすっと笑った。「わかります。わたくしも同じでしょうから。いつもそうですわ……あれほど楽しいことのあとでは」

「おてんばさん」サイモンは声をひそめてからかい、向きを変えて馬車の方へ歩いていった。チャリティはサイモンを見送ってからうっとりしたまなざしで階段をのぼり、自分の部屋へ入った。家族がもどってくるまで、まだ間があるだろう。ベッドに横たわって、思う存分サイモンの夢を見よう。

翌日の始まりは悪くなかった。目が覚めたときからチャリティは浮き浮きしていて、前夜のサイモンの口づけや愛撫を思い返しては幸せに浸っていた。今晩また会えると思うと午前中いっぱい何も手につかず、空想にふけってばかりいた。今宵《こよい》のレディ・サイミントンの夜会には、サイモンがエマーソン姉妹をエスコートすることになっている。

午後は他家訪問にあてようと、母が主張した。ここ数日はよそを訪問していないので、お返しに訪ねる約束がたまっていた。チャリティは母と共にメイフェア地区をまわった。

午後遅くなってから、二人はキャロラインのいとこであるレディ・アサートンの優雅な住まいを訪れた。この婦人の父親が現公爵で、キャロラインの伯父に当たる。チャリティの母でさえうんざりするくらい、レディ・アサートンという人はお高くとまっているが、一族の義務感からキャロラインは定期的な訪問を欠かさなかった。レディ・アサートンにとっては家柄ほど重要なものはなく、この話題になるとほうっておけば何時間でもしゃべりつづける。自分の親族や姻戚《いんせき》はもとより、いやしくも貴族の名に値する名家すべての系図に通じていた。爵位を得てから少なくとも五世代はたっていないと貴族とは呼べないというのが、レディ・アサートンの持論だ。

アサートン家の応接間には、奥様のおっしゃることならなんでも〝お説ごもっとも〟と答えるのが仕事である白髪まじりの婦人と、英国議会の実力者であるジョン・ベランキャンプを夫に持つやり手のマリアンがいた。キャロラインとチャリティがレディ・アサートンや二人の婦人となんということもない儀礼的な挨拶《あいさつ》を交わしているところへ、アラミンタ・ビショップが訪ねてきた。興奮した面もちで勢いよく入ってきたアラミンタは、エマーソン母娘《おやこ》を見るといっそう目を輝かせた。この婦人は根っからの噂好きで、聞き手の数が思いのほか多いことが嬉しくてたまらないのだ。

「アラミンタ、おかけなさい。ご機嫌いかが？」レディ・アサートンは例によって尊大に声をかける。

「おかげ様で大変元気にしておりますわ。お心にかけていただきまして、ありがとうございます」

レディ・アサートンは重々しくうなずいた。ミセス・ビショップは一座の一人一人に挨捗してまわり、それから思い入れたっぷりに間を置いた。

「さあ、アラミンタ、おっしゃいな。何かわたくしたちにお話しになりたいことがあるのは見え見えですよ」

「まあ、奥様ったら。実は、つい先ほど恐ろしいことを聞きましたのよ。わたくしは一瞬耳を疑ったのですけれど、この話を教えてくれたデイドア・カーディンガムは嘘《うそ》をつく方ではありませんからね……」劇的効果を高めるために、アラミンタ・ビショップはまたいったん口をつぐんだ。一同はいつしか身を乗り出していた。「ファラデー・リードが亡くなったんですって」

聞き手の反応は、まさにミセス・ビショップの狙《ねら》ったとおりだった。みんな口もきけずにアラミンタを見つめている。

誰も反論したわけではないのに、ミセス・ビショップはしっかりとうなずいてみせた。

「本当なんです。今朝、従僕が書斎の床に倒れているご主人を見つけたんですって」

「でも、わたくしがゆうべ見かけたときは元気そうでしたよ」死んでいるはずがないということの証明になるとでも思ってか、ミセス・ベランキャンプがまず口を切った。

アラミンタ・ビショップはもったいぶって続けた。「自然死ではなく、殺されたんです」

「殺された！」キャロラインが声をあげた。レディ・アサートンや他《ほか》の女性たちはただ呆《ぼう》然《ぜん》としていた。

　チャリティは青ざめた。胃が突然むかむかしてくる。まず頭に浮かんだのは、ゆうべサイモンがファラデー・リードを殴ったことだ。あれが原因でリードは死んだのだろうか？

「どんなふうに殺されたんですか？　何が……何が原因だったのでしょう？」チャリティは尋ねた。

「眉間《みけん》を撃たれていたそうですのよ」

「なんてことを」レディ・アサートンはつぶやく。「泥棒の仕業かしら？」

「奥様、そのへんはわかっていないようですわ」ミセス・ビショップはチャリティと母親に意味ありげな視線を投げた。「でも、敵の多い人だということはみんな知っておりますからね」

　チャリティは思わず口に出してしまった。「わたくしが撃ったとおっしゃりたいのですか？」

「まさか、ミス・エマーソン――」言いかけたミセス・ビショップをレディ・アサートンがさえぎった。

「チャリティ、ばかなこと言うんじゃありませんよ。あなたはスタナップ家の人間じゃありませんか」

　白髪の婦人がすぐさま同調した。「そのとおりですわ。スタナップ家は決して――」

「でも」アラミンタ・ビショップは食い下がった。「デュア卿とミスター・リードはゆうべ激しく争われたとかうかがいましたけれど」

チャリティの顔色が変わった。「デュア卿はわたくしの名誉を守ろうとしてくださったのです。ミスター・リードが紳士としてあるまじき振る舞いをなさったからですわ」

「おや、まあ」キャロラインは青くなった。こんなに度を失った母を見るのは、チャリティも初めてだった。「おや、まあ」

「まったく、おや、まあだわ」何かいやな臭《にお》いでもかいだように、レディ・アサートンは鼻にしわを寄せている。「これはまさに、第一級のスキャンダルですよ」

「まさに、第一級ですとも」さっそく白髪の婦人がかぶりを振ってくり返した。

「スタナップ家の人間の縁組の相手としては、そんな——」

「サイモンはそんなことをしていません！」チャリティはぱっと立って、母のいとこをにらみつけた。

「チャリティ！　無礼なことは許しませんよ。レディ・アサートンにお詫《わ》びなさい」

「だって、サイモン——いえ、デュア卿が——ミスター・リードを殺したかのようにおっしゃるんですもの。どなたであろうと、そんなことには黙っていられません！」

キャロラインは娘に代わってレディ・アサートンに謝った。「ごめんなさい、ビアトリス。娘は動転してしまっただけで、悪気はないんです」

「そうそう。こんなことを聞いて、びっくりしない人なんかいませんよ」マリアン・ベランキャンプが取りなした。

「サイモンは殺人なんか絶対にするはずがありません。たとえ、殺されても仕方がないようなミスター・リードでも」チャリティは言い張った。「お母様だって、そんなこと考えられないでしょう？」

「それはもちろんよ」とはいえ、キャロラインの声音は頼りなかった。「でもレディ・アサートンは、デュア卿が殺したとはおっしゃってないのよ。なんといっても、ウェストポート家は名門ですもの。たしか、十五世紀の薔薇戦争以前から伯爵のお家柄でしたよね」

「そのとおりよ」レディ・アサートンは、待ってましたとばかりに答えた。

「そうですわ、奥様」ここぞとばかりに、白髪のお相手役も大きくうなずいた。「ただし、立派なお家柄とはいえ、スタナップ家にはとうていかないませんよ」

「ちょっと、エビー、黙っててちょうだい」レディ・アサートンは、お相手役をじろりとにらんだ。

「あ、奥様、失礼いたしました。どうもわたくしはつい……」白髪の婦人は口ごもって、ひざの編み物に目を落とした。

「ですけれど、デュア卿とミスター・リードの争いは相当なものだったとか」ミセス・ビショップはさりげなく、しかし並々ならぬ関心を持って尋ねた。

チャリティが不快そうに反駁《はんばく》しようとすると、母に足を強く踏まれた。母の意図がわかるので、チャリティは口をつぐむ。アラミンタ・ビショップの生き甲斐《がい》といったら、人の噂しかない。そんなアラミンタにチャリティが応答したら、噂の材料が増えてますます彼女を喜ばせるだけだ。しかも、ただでさえ悪質な噂に悩まされているサイモンをもっと苦しめる結果になりかねない。

キャロラインはミセス・ビショップに、わざとらしく鷹揚《おうよう》な笑みを向けた。「わたくしはデュア伯爵とミスター・リードとの間にあった出来事と、ミスター・リードがお亡くなりになったこととはなんの関係もないと思いますわよ。たぶん、レディ・アサートンがおっしゃったように泥棒でしょう。ふつうは、伯爵ともあろうものが人を撃ったりはしないものです」あなたのご主人は爵位をお持ちではないから、ご存じないでしょうけれど。キャロラインの言い方にはこんな含みがあるのは明らかだった。ミセス・ビショップの頬が赤らんだのを見定めて、チャリティの母はこう締めくくった。「ミスター・リードに敵意を抱いている人は大勢いるでしょうし」

たった今悔しい思いを味わわされたことも忘れて、アラミンタ・ビショップは餌《えさ》に飛びついた。「あら、そうなんですか？」

「ええ。わたくしどもがロンドンにまいりましてから、あの方のことについてはいろいろ聞きましたわ。初めはそういうことを知らないものですから、お客様としてお迎えしておりました。でも、だんだんわかってきたので未婚の娘がいることですし、訪問をお断りしたんです」

　好奇心むき出しの目つきでミセス・ビショップはさらにきき出そうとした。けれども、キャロラインは先手を打った。

「言うまでもなく、奥様はそういう噂をすべてご存じでしょうけれど」

　ミセス・ビショップは、のどがつまったような変な音をもらして、口を閉じた。チャリティにはミセス・ビショップの胸の内が手に取るようにわかった。リードについてキャロラインが何を知っているのか、聞きたくてたまらない。といって、ロンドン社交界の最も新しい噂に通じているはずの自分が、リードのスキャンダルめいた話を知らないから教えてくださいとはみっともなくて言えないではないか。

　結局自尊心が許さず、ミセス・ビショップは無頓着《むとんちゃく》を装って言った。「ええ、もちろん存じておりますわ。そうはいっても、ミスター・リードはどこのお宅でも歓迎されていたようですが」

　キャロラインは肩をすくめた。まるで、倫理感に欠けた連中のことは話しても仕方がないと言わんばかりだった。「よそ様はともかく、こと娘の評判という問題になりますと、わたくしはとりわけ慎重にならざるを得ませんのよ」

　内心の衝撃や憤りにもかかわらずチャリティは、ミセス・ビショップをしりぞけた母の手際のよさには笑い出しそうになった。

それから間もなく、キャロライン母娘はレディ・アサートンとその仲間に別れを告げた。リードが殺されたと聞いた驚きのあまり、二人はほとんど言葉も交わさずに歩いて帰った。ファラデー・リードが本当に死んだなんて信じられない。今までにチャリティは知っている人――それも、まだ若い人の死に遭遇したことがなかった。しかもリードとは一緒に歩いたり、話したり、踊ったりしている。ゆうべ会ってからほんの数時間後にはもう生きていないという事実が、どう考えてもあり得ないことのように思われた。いくら大嫌いで昨夜は腹を立てて別れたファラデー・リードといえども、その死まで望みはしなかった。

サイモンがリードを殺したのではないかという疑念は、もとよりチャリティの頭にはない。そんな突拍子もない考えを信じる愚か者はいないだろう。

帰宅してリードが殺されたことを伝えると、エルスペスは気を失い、ベリンダとホレーシャは二人に質問を浴びせかけた。といって、チャリティも母も答えようがなかった。ふだんは冷静なセリーナまでうわずって、口数が多くなった。

夜会に姉妹をエスコートしていくためにサイモンがやってきたのを聞いて、チャリティは階段をかけ下りた。「サイモン、リードが殺されたのをご存じでしょう？　何かわかったことはあるの？」

サイモンは肩をすくめた。「ロンドン警視庁の人から聞いたことしか知らないよ」

「ロンドン警視庁ですって？」チャリティは思わず口をぽかんと開けて、サイモンの顔をじっと見た。「警察の人があなたのところに来たの？　なぜ？」

「なぜって、いろいろききにさ。昨日リードとわたしがけんかしたことを、わざわざしゃべった人間が何人もいたようだよ」

「まさか、あなたが犯人だと疑っているんじゃないでしょうね？」

「疑いようがないというわけでもないからね」サイモンの口調は淡々としていた。

「そんなことないじゃない！　リードを憎んでいる人はたくさんいるはずよ――あんなごろつきですもの」

「そうはいっても残念ながら、デュア家の紋章を刺繍《ししゅう》したハンカチを持っている人間となると、どれだけいるか」

# 16

チャリティは言葉を失って婚約者に目を当てていた。やがて、消え入りそうな声で尋ねた。「どういうこと?」

「リードの遺体のそばの床にわたしのハンカチがあったそうだ」

「嘘《うそ》。何かの冗談でしょう」

「だといいんだが」

チャリティは額に手を持っていった。周囲がぐるぐるまわり出したような気がする。

「でも、どうして? あなたのハンカチがそこにあるはずがないじゃない?」

「ああ、チャリティ。あなたみたいな人はめったにいない」サイモンはチャリティの両手を持ち上げて、唇に当てた。「わたしのことをそんなにまで信じていてくれるんだね?」

「あなたがファラデー・リードを殺したんじゃないということ? もちろん信じてるわ。だって、何年も前に妹さんがあんなひどいことをされたときに手を下さなかったあなたが、なぜ今になって突然リードを殺したりするの? 考えられないじゃありませんか」

「ゆうベリードがあなたに乱暴しようとしたので、わたしはかっとなって殴った。あそこにいた何人かは、わたしが脅迫したと言っている。もっともわたし自身は逆上していたので、どんな文句を口にしたのか覚えていないが」

「脅迫といったって、怒っているときは誰でもそういうことを口にするものなのよ。わたくしもベリンダに死んでしまえというようなひどいことを言ったけれど、もちろん本気じゃないわ。それに、あなたの性格を知っている人だったら、かっとなったら人前で殺してしまうことはあり得ても、何時間もあとになってから冷然と眉間《みけん》を撃つなどということをするはずがないと思うでしょう。だいいち、自分のハンカチを現場に残してくる犯人なんていえます？」

「わたしの弁護をしてくれてありがとう、チャリティ。警視庁からやってきた男も、あなたみたいにわたしを信じてくれるといいんだが。その男は、のぼせていたわたしが額の汗を拭《ふ》くためにハンカチを使ったあと、ポケットにもどすときにたまたま落っことしたんじゃないかというんだ」

「その人、とんまよ。わたくしにも何かききに来たら、ご本人にはっきりそう言ってあげるわ」チャリティは首をかしげた。「それにしても、あなたの紋章だということははっきりしているの？」

「その点は間違いない。実物を見せてくれたんだから。わたしのハンカチだよ」

「だったら、誰かがわざとそこに置いたのよ。あなたの仕業だと見せかけるために」

「だろうね」

「だけど、どうして？　そんなにもあなたを憎んでいる人って、いったい誰なの？」

サイモンは苦笑まじりに言った。「思いつくとしたら、ファラデー・リードしかいないな。ただ、下手人がわたしを憎んでいるとは限らない。なんの関心もないか、ちょっと嫌いなだけかもしれないよ。自分の犯行を隠すためには、別の人物に嫌疑がかかるようにすればいい。それにはわたしがおあつらえ向きだったわけだ。何年も前からリードとわたしが不和だということは、みんなが知っている。そこへ持ってきて、ゆうべのけんかだ……まさに天の恵みだったんじゃないか」

「でも、どうやってあなたのハンカチを手に入れたの？」

サイモンはかぶりを振って、視線を宙にさまよわせた。刑事から現場に残されたハンカチについて聞かされて以来、頭から離れない疑念がある。数週間前、リードから金をゆすられているとベネシアが泣き泣き打ち明けたときサイモンは自分のハンカチを貸したが、あれはどうなったのだろう？　ベネシアが人を殺すことなどあり得ない。仮に殺したとしても、ベネシアは兄に罪を着せるような人間ではない。少しでも妹を疑うこと自体、サイモンは気がとがめてならなかった。

「わたしのたんすから盗み出しでもしない限り、他人がわたしのハンカチを持っているはずがないんだが」

チャリティは考え込んでいた。「こういうことは考えられない？　地方のお宅を訪問したときに、そこの引き出しに忘れてきたとか。それとも、パーティやオペラ見物のときか何かに、ポケットから落としてしまったこともあり得なくはないでしょう」

サイモンは眉をひそめた。「それはそうだが、やはりありそうもないな。ポケットからハンカチが落ちるなんてめったにないだろうし、まず気がつくと思う。それに、わたしの衣服の世話をする男は実にきちょうめんなんだよ。よそのうちに泊まったときに彼が何かしまい忘れるとは信じられない」

「ふつうはそうでしょうけれど、絶対にないとも言えないわ。だいたい殺人までしようとする人間なら、お宅に忍び込んでハンカチを盗むぐらいやりかねないし……あるいは、召使いを買収したかもしれないじゃない」

「うちの召使いには問いただしたんだが、誰も知らないと言っている」

「知っていたとしても、白状しないでしょう。殺人現場にそのハンカチが残されていた事実を考えれば、今さら取ったとは言えないし、認めたらただちに首になるのはわかっているでしょうから」

「それはそうだが……」サイモンはため息をついた。「いずれにしても、どうやって証明したらいいのかわからないので困るんだよ」

「刑事さんは、あなただと確信しているの？」

「確信まではいかなくても、疑っている。といって、完璧《かんぺき》な証拠もなしに貴族を殺人罪で訴えるわけにもいかないというところじゃないか」

「そんな証拠は見つけようがないんだから、あなたに対する疑いは間もなく晴れるでしょう。そのうち必ず容疑者が現れるわよ」

「だといいんだが。どっちみち噂《うわさ》になるのは確実だ」

チャリティは肩をすくめた。「しばらくの間はね。でも、あなたがリードを殺したと本気で信じる人がいるとは思えないわ。噂もやがておさまるでしょう」


けれど、楽天的で前向きなチャリティも、さすがにその晩のパーティではくじけそうになった。サイモンの腕に手をあずけてセリーナと共に入っていくと、室内は一瞬静まり返った。その場のすべての視線がこちらに集中したように感じた。かなり長い沈黙が続いたあと、人々はふたたび話しはじめた。

サイモンの腕にかけた手がこわばりはしたものの、チャリティはにこやかな笑みを崩さずに知人の一人一人に挨拶《あいさつ》してまわった。ほとんど例外なく人々は、サイモンを探るような目つきでうかがっている。チャリティやサイモンにまともに問いかける人はいなかったけれど、どちらを向いても小波《さざなみ》のようなひそひそ話が耳をかすめるのだった。

「……なんと頭を撃ち抜かれたんですって」

「……うまくいってなかったから……」

「やっぱり怪しい……」

「よくも人前に出てこられるものだ」

「チャリティ・エマーソンが気の毒」

「ウェストポート家もおしまいなのでは？」

「……頭文字を刺繍《ししゅう》したハンカチが……」

「リードはいつも悪口を言っていた」

　世間は早くもサイモンがリードを殺したと決めてかかっている。なんといういいかげんな連中なのだろう。チャリティは憤懣《ふんまん》やる方なかった。とはいえ誰も直接そんな噂をぶつけてはこないので、否定も抗議もしようがない。時間がたつにつれ、サイモンの表情は厳しくなっていった。チャリティたち姉妹を馬車で家まで送ってきて別れるときも、言葉は極端に少なかった。

　チャリティの期待に反して、噂は二、三日のうちに下火になるどころかさらに広がった。訪ねてくる人もパーティで会う人も、決まってその噂を話題にした。そのたびにチャリティは憤然としてサイモンを弁護した。デュア卿《きょう》が逮捕されるのは時間の問題だろうなどと、あるお茶の席でエマ・スコーギルが言ったりしたものだから、チャリティは受け皿にのせた茶碗《ちゃわん》をテーブルにがしゃんと置いてすっくと立ち上がった。

「事実は何か、あなたはまったくご存じないんでしょう。人に聞いたことに尾ひれをつけて、また誰かに伝える。あなた方のお話を聞いていると、ファラデー・リードは聖人で、デュア卿は極悪人みたいじゃありませんか。実際は逆で、極悪人はファラデー・リードなんです。でも、デュア卿は殺してなんかいません！」

そう言い捨ててチャリティは部屋を飛び出し、呆《あき》れている母もその屋敷もあとにして、精いっぱいの早足で家に帰った。

無礼だったと母に叱《しか》られたチャリティは、翌日は口をきっと引き結んで何も言わずに訪問客に応対していた。ありがたいことに応接間に召使いがやってきて、チャリティお嬢様を父上がお呼びですと告げた。ほっとしてチャリティは父の書斎に急いだ。わたくしがちょうどよかったと喜んでいるのを、お父様はご存じかしら？　そんなことを思いながらドアを軽くノックし、書斎に入った。父の部屋に思いがけなくデュア卿がいたので、チャリティの表情はぱっと明るくなった。

「まあ、サイ――デュア卿、こんにちは。びっくりしましたわ」

父もサイモンも椅子に座っていた。サイモンはむっつりと床に目を落とし、父は父で向かい側の壁にかかった絵に見入っているふうを装っている。二人とも立ち上がって、チャリティを見た。サイモンの訪問の目的が愉快なものでないのは、その表情から一目瞭然《いちもくりょうぜん》だった。

チャリティは父からサイモンへと視線を移し、それからドアを閉めて二人の方へ向き直った。

「何かあったのでしょうか？」

「チャリティ、かけなさい」リットン・エマーソンはまじめくさって言った。父らしくない口調だ。

チャリティはいちばん近くの椅子に座り、婚約者と父の双方を不安げに見やった。父は机に向かって腰を下ろしたが、サイモンは立ったままだった。

「デュア卿は大事な用件で見えたんだよ。おまえに関することなので、来てもらったわけだ」リットンは食い入るようなチャリティの視線を避け、サイモンを促した。「デュア、話してやってください」

サイモンは無表情ながら目だけは異様に光らせ、背中にまわした両手をきつく握りしめている。「あなたはもうわたしに拘束されないでいいということを、今、父上に話したところだ」

「え？」とっさに意味がわからず、チャリティはサイモンを見すえた。「拘束されないって？」

「わたしとの約束を守らなくていいということだよ」

チャリティは顔色を変え、目を大きく見開いた。「結婚の約束のこと？　つまりあなたは……婚約を破棄なさりたいのね？」

「破棄したいとなんか言ってない」サイモンは声を荒くして言いかけたものの、口をきっと結んで顔をそむけた。「あなたにその機会をあげたいだけだ。婚約であなたを縛るつもりはないという意味なんだ」

「でもわたくしは婚約を破棄なんかしたくないのに」チャリティは困惑の表情を父に向けた。「お父様、どういう意味なの？　何があったんですか？」

リットン・エマーソンは沈鬱《ちんうつ》な面もちで答えた。「デュア卿は紳士としてこういうことをおっしゃってるんだよ。おまえも知ってるとおり、ウェストポート家の名誉にかかわる噂が広がっている。そういう汚名をおまえが着せられずにすむように、婚約を解消しようという意味なんだ」

「殺人事件のこと？　デュア卿がファラデー・リードを殺したと人が噂しているので、婚約を解消するというの？」

娘の問いにリットンがうなずく。

「そんなばかな！」チャリティは椅子からぱっと立ち上がった。憤りのあまり胸をはずませている。「あの……あのけだものを殺したのはデュア卿じゃないわ！　まさかお父様まで、そんなことを信じてるんじゃないでしょうね？」

「信じてはいないよ。しかし、デュア卿の言われることはもっともだ。デュア卿と結婚すれば、おまえも同じように中傷の犠牲になるだろう。デュア卿もわたしもそれを望まないから、こうしておまえに話しているんだ」

「じゃあ、お父様は婚約解消をもう承諾なさったということ？」信じられないという顔でチャリティは父を見た。

リットンは首を縦に振った。「おまえのためを思えばそうするしかないよ。噂の餌食《えじき》にされ、名前に泥を塗られ、後ろ指をさされながら結婚生活を始めるというのはよくない」

「でも、そのうち警察が真犯人を見つけるでしょう。そうすれば、みんなが誤解していたことがわかって、サイモンに対する疑いも晴れるわ」

サイモンは言った。「いや、そううまくはいかないと思う。わたしにとって不利な証拠があるし、刑事はわたしがやったと考えているからね」

「だけど、決定的な証拠ではないじゃない。あなたが犯人だと警察は証明できる？　逮捕なんかしようがないでしょう」

「逮捕はされないだろう。であっても、人の口に戸は立てられないんだ。この間の夜会で経験して、あなたもわかってるだろう？　集まりに行けば必ず、みんながいっせいに話をやめてこちらをじいっと見る。中にはおせっかいな人間がいて、陰でみんながしゃべっているることをわざわざあなたの耳に入れてくれる。そんな目に遭うのは実に不愉快だろう」

「よくわかってます。でも、わたくしは無視するの。昨日も、あのおしゃべりエマがでたらめばかりしゃべるから、わたくしはぴしっと言い返してやったわ。誰に何を言われても、わたくしは平気。撃退するから」

サイモンの口元をかすかな笑みがよぎった。「その話は聞いた。チャリティ、あなたはテリアみたいな人だね。相手が自分より大きくてもかまわず飛びかかっていく。あなたは勇敢で誠実だから、わたしのために戦ってくれるに決まっている。しかしわたしは、そこまであなたに負担をかけたくないんだ。もしもわたしが裁判にかけられたらどうする？　考えてごらん。被告席に立つわたしを目にしたり、わたしの名前が大きく出ている新聞を読んだり、人殺しの妻だと触れてまわられたり。わたしはあなたにそういう辛《つら》い思いをさせるのがいやなんだよ」

「いやなのは、あなたなんでしょう！」チャリティは、脇腹《わきばら》に両のこぶしを当てた挑戦的な態度でサイモンから父へと視線を移した。「で、お父様はいったんわたくしたちの結婚を許可していながら、それを撤回なさった。うかがいますけれど、わたくしにはこの問題についての発言権はないんですか？」

「これは紳士と紳士の問題だから」デュア卿の口調はぎごちなかった。

チャリティは即座にやり返した。「でしたらあなたはわたくしの父と婚約なさればよかったんですわ。もしも紳士だけの問題だというなら」

「チャリティ、聞きなさい！　デュア卿との結婚を許可したのはわたしだし、それを撤回すると決めたのもわたしだ。今週中に新聞に告知を出すことにする」父の言い方はいつになくきっぱりしていた。

チャリティは言葉もなく、父を見つめた。おおらかな父は、ほとんどいつも言うことを聞いてくれたのに。今度に限って絶対に譲ってくれそうになかった。

息を深く吸ってチャリティは反論した。「わたくしが結婚の約束を破ったりしたら、我が家にとって不名誉なことではないの？　これはスキャンダルにはならないのかしら？　エマーソン家の人間が約束を守らないなんて恥ずかしいことではないの？」

「事情が事情だから、世間は納得するよ」

「事情によっては誓いを破ってもいいのね？　だったら、他《ほか》にどんな場合なら不名誉な行動をしてもかまわないの？」

「チャリティ、屁理屈《へりくつ》をこねるのはよしなさい」

「屁理屈なんかじゃないわ。だって、こういうことが考えられませんか？　もしわたくしが婚約を破棄したら、サイモンにとってもっと不利になるんじゃないかしら？　みんながこう言い出すでしょう。やっぱりデュア卿は怪しい。エマーソン家が交際を断ったところを見ると、フィアンセでさえデュア卿が犯人だと思っているに違いないと。でも、わたくしはそんなこと思ってません。デュア卿を信じています。みんなにそれを知ってもらいたいの。わたくしは婚約を破棄するつもりもないし、サイモンと結婚したいんです！」

むせたような低い音が、サイモンののどからもれた。見ると、サイモンの表情には苦渋の色が濃く出ていた。ここぞとばかりにチャリティは一歩近づいて、穏やかにきいた。

「あなたは、もしかしてわたくしと結婚なさりたくないのね？　一度はそう決めたけれどいやになったので、今度の事件をしおに婚約を解消すれば楽だというのではないかしら？」

「楽なものか……」

「だったら、まだわたくしとの結婚がいやになったわけではないのね？」

「もちろん。ますます結婚したくなったくらいだ」

「でしたら、そうなさればいいのに」チャリティは腕を大きく広げた。「わたくしは、あなたにすべてを捧《ささ》げる覚悟ができております」

室内に沈黙のときが流れた。サイモンは息を深く吸っては吐き出している。ひょっとしたら決意をひるがえして、わたくしを抱きしめてくれるかもしれない。チャリティの望みにもかかわらず、サイモンはくるりと背を向けて窓辺に歩いていってしまった。

その後ろ姿を見つめるチャリティの目から涙があふれそうになる。わっと泣き出して部屋から走り出てしまいたかった。けれどもチャリティは、そう簡単に降参するたぐいの女ではない。片手で乱暴に涙を払いのけ、背筋をぴんとのばした。

瞬時に考えを決め、嘲《あざけ》るような口ぶりで言った。「なるほど、あなたは意気地なしみたいにこそこそと逃げ出すというわけね」

デュア卿はぱっと振り返った。「わたしはこそこそ逃げ出したりはしない」

「チャリティ！」リットン・エマーソンが慌てて間に入った。「そういうことを言うもんじゃない」

「事実でも言ってはいけないの？　だって、意気地なし以外に形容のしようがないでしょう。わたくしはデュア卿のためにも結婚のためにも進んで闘おうとしているのよ。それなのにサイモンはわたくしと一緒に立ち向かおうともしないし、そんなわたくしの行動まで禁じようとする。デュア卿が誓いを破る日が来るとは夢にも思わなかったわ」

サイモンは見るからに気持を落ちつけようと努力している様子で、チャリティに近づいた。「あなたに対する誓いを破ろうとしているわけではないんだ。わたしがそんなことをする人間かどうか、あなたにもわかっているはずだ」

「わかっていると思っていたわ。あなたは若い娘をもてあそんで、悲しませるような人ではないと思っていたの」チャリティはサイモンの目をまっすぐ見て、ずばりと言った。

「チャリティ！」父がおろおろ声でたしなめた。「デュア卿、勘弁してやってください。この子は動転してるんです」

チャリティは昂然《こうぜん》とあごを突き出した。「わたくしがそうたやすく動転する女でないことは、デュア卿もご存じです。それから、これは口実であるとわたくしが見抜いていることもお察しだと思うわ。デュア卿はわたくしに飽きたので、この機に乗じたのでしょう」

「チャリティ、いいかげんにそういうたわ言はやめてくれ！　そんなことではないと、あなたもわかっているくせに」

「いいえ、わかりようがありません。あなたはわたくしを追い払おうとしていらっしゃる。それしか考えられないわ。少なくともあなたにはスキャンダルをものともせずにわたくしと結婚するだけの度胸がないということはわかりました。わたくしのほうが勇気があるようね」

デュア卿の顔は青ざめた。怒らせることに成功したかしら？　チャリティは期待に胸をふくらませた。サイモンが激怒しても怖くないし、今までの経験からして、サイモンが怒りを爆発させるときは理性よりもチャリティへの激情が先に立つことが多い。

だがデュア卿は口を引き結んで後ろへ下がり、チャリティの父親に話しかけた。「しばらくの間、席を外してもらえませんか？　チャリティと二人だけで話したいんです」

リットン・エマーソンは、ためらうような視線を伯爵とチャリティに向けた。チャリティはしっかりとうなずいてみせる。「お父様、だいじょうぶですから、サイモンの言うとおりになさって」

デュア卿は苦笑まじりに言った。「チャリティのかわいい首を絞めてやりたいのはやまやまだが、決して手出しはしないと約束します」

「家内がなんと言うか……」

「心配なさらないで。デュア卿とわたくしは、今のところはまだ婚約している間柄ですもの。お母様が反対なさるとは思えないわ」

父は娘とその婚約者の顔を交互に見て、ため息をついた。両方とも強情な顔つきをしている。「よろしい。わたしは廊下にいるから、用があったら呼びなさい」

父が部屋を出ていくなり、チャリティは挑戦的な姿勢でサイモンに向き直った。

サイモンはしばしチャリティを見つめると、低い声で話した。「チャリティ、この件ではわたしに逆らわないでほしい。こうするしかないんだよ」

「なぜ？　こうするしかないとは思えないわ」チャリティは両手をさしのべてサイモンに近づいた。

「わたしと共にあなたまでが汚名を着ることを許すわけにはいかない。あなたを人殺しと非難されている男の妻にはしたくない」サイモンはかたくなに両手を背中で組んで、チャリティの手を取ろうとしなかった。

「許すわけにはいかないだの、したくないだの、全部あなたの考えや気持ばかりじゃありませんか。わたくしがどう思うか、どうしたいかは関係ないの？」

「あなたのことを思うからこそ、わたしはこう言ってるんだ。わたしが望んでこんなことを言い出したと思ってるのか？　自分本位にしか考えなかったら、噂なんか気にせずにあなたと結婚するだろう」

「それなのよ、わたくしが望んでいるのは。何がいけないのか、わたくしには理解できないんです」

「あなたがあまりにも意地を張りすぎるのがいけないんだよ。結婚を押し通した結果がどうなるか、あなたにはまるでわかっていない。あなただけではなく、我々の子どもにも影響がある。そんなに大変なことをあなたに頼むわけにはいかないよ」

「あなたは頼んでるのではなくて、命令してるじゃありませんか」

「あなたはまだ子どもで、これがどういうことかよくわかっていないんだ。あなたにとって最善の方法は何か、父上とわたしは考えなくてはならない」

「二、三週間前に庭園で口づけや愛撫《あいぶ》をなさったときは、わたくしを子どもではなく大人の女として扱っていらしたんじゃありません？」

「やれやれ。あなたはそうやって、わたしの軽率な行動をいちいちあげつらわなきゃならないのか？　あなたに対してもっと自制すべきだった」

「それはそうだけど、実際には自制できなかったでしょう。あなたは紳士的とは言えない触り方をなさったわ」ひょっとしたら突破口になるかもしれないと思って、チャリティは勢いづいた。位置を変えてサイモンの真ん前に立ち、しっかと目を見すえた。「わたくしの唇にキスなさったわよね」

サイモンの視線は心ならずもチャリティの唇に吸い寄せられる。

「あなたはわたくしのドレスのボタンを外して、中へ手を入れたわ」

サイモンの目の方向は、唇から胸元へと下がった。濃緑色の瞳に炎がちらついた。

「その手でわたくしの肌を優しく撫《な》でてくださった」

「やめてくれ」サイモンは荒っぽい声を出して、チャリティから離れた。「そういうことをしてはいけなかったんだ。だから……田舎へ行ったのは、あなたも知ってるだろう」

「わたくしたちは結婚する仲なのだからいいと思っていたの」チャリティはため息をついてみせる。「だけどこうなったら……もう誰とも結婚できないんじゃないかしら。他の男の人にさんざん触れられたあとでは」

サイモンは疑わしそうにチャリティの顔を見た。「チャリティ、お芝居はよしなさい。わたしをうまく丸め込もうとしてもだめだ。いつもはそれでもよかったが、今度みたいな重要なことではそうはいかない。わたしがキスしようと触ろうと、あなたは誰とでも結婚できる。そういうことを相手が知るはずがないし、わたしとベッドを共にしたのではないから、あなたの純潔は守られているじゃないか」

長い沈黙が続いた。もはやチャリティはサイモンの決意を変えさせるどんなすべも思いつかなかった。絶望に襲われ、胸の奥がきりきりと痛んだ。

「でしたら、もうどんなことがあってもわたくしとは結婚なさらないつもりね」

「したくても、できないと言ってるんだ。チャリティ、そんな目つきで見るなよ。あなたにとってよかれと思って決めたことだ」

「それは、相手を傷つけることをするときに使うせりふね」涙があふれそうになるのを、チャリティは必死でこらえた。サイモンの前で泣くものか。顔を伏せたりせず、まばたきもせずにサイモンを見すえた。

サイモンはかすれた声で言った。「あなたを傷つけたくてこんなことを決めたのではない。わたしこそ死ぬまで責め苦を負うだろう」

ドアに向かって歩きかけた足を、サイモンが不意に止めた。ぱっと振り返り、つかつかともどってくる。いきなりチャリティを抱き寄せて顔を近づけ、激しく唇を求めた。

チャリティはのび上がって絶対に放すまいとするかのようにサイモンにしがみつき、熱烈な口づけを返した。けれどもサイモンは、すぐさま後ろへ下がってしまった。なおも追いすがろうとするチャリティの腕をつかんで、近寄らせなかった。

「さようなら、チャリティ」

「サイモン、お願い……」

「いや、こうするしかないんだ」

サイモンは身をひるがえすようにして部屋を出ていった。その場に立ちつくして、チャリティはサイモンを見送った。現実だとは信じられなかった。そばの椅子にぐったりと腰を下ろし、曲げたひざをしっかり抱いて顔をうずめる。そして、こらえきれずにむせび泣いた。

# 17

二、三分後、リットン・エマーソンがそっと部屋に入ってきた。すすり泣きがおさまっていたチャリティは、顔を上げて父をなじった。「どうしてお父様は同意なさったの？」
父は当惑の表情で近づき、チャリティの背中を不器用な手つきでたたいた。「なあ、チャリティ、こんな場合は他《ほか》に方法がないんだよ。そのうちおまえにもわかるときが来る」

「いいえ、そんなときは来ないわ。だって、わたくしはあの方を愛しているんですもの」

チャリティは思わず口走っていた。

父娘《おやこ》ともびっくりして、顔を見合わせた。とりわけ本人の驚きようといったらなかった。けれどもいったん言葉にしてしまうとそれがいかに真実であるか、チャリティは初めて自覚した。わたくしはサイモンを愛している。最初はそんな気持はなく、サイモンが望むようなお互いに干渉しない便宜上の結婚をするつもりでいた。それがいつの間に変わったのだろう？　思えばこの数週間のうちに、絶望的と言っていいくらい身も心も恋に落ちてしまった。それなのに今、サイモンから婚約の解消を申し渡されたとは！

チャリティは決意を胸に秘めて立ち上がった。サイモンを愛しているのに、どうしてこのまま引き下がれようか。サイモンのほうでは、わたくしを愛していないかもしれない。とはいえ、結婚式の日取りを早めるよう母を説得したくらいだから、サイモンがわたくしを求めていることは確かだ。その気持がなくなったから結婚を取りやめたのではないだろう。サイモン自身が言うように、チャリティの名誉を重んじる心がこの決断に踏みきらせたのだ。だがわたくしは、黙ってそれを受け入れるつもりはない。

さっきは思いつく限りの手を使ってサイモンの翻意を促そうとしてみたけれど、ことごとく失敗した。こうなったら別の手段を考えなくてはならない。姉の幸せを願って奮闘したことだってあるのだから、今度は自分自身のためにがんばろう。

チャリティは、いまだに驚きからさめやらない父の顔に目を向けた。この父が助けにならないことはわかっている。娘が不幸せになってもいいと思っているわけではないにしても、サイモンの申し出に同意した以上その決定を変えはしないだろう。母も賛成するに決まっている。さもなければ父が一人で決めるはずはない。セリーナに話せば、同情はしてくれると思う。だけど姉はまじめすぎて、たくらみ事は苦手だ。こうなったら、誰にも相談せずに独力で事態を変えるしかない。

「チャリティ、何を考えてるんだね？」父が探るような目つきになった。

「なんにも」チャリティはうわの空で答える。「あのう……もうわたくし、自分の部屋に行っていいかしら?」

「もちろん」早くもチャリティは父の脇《わき》をすり抜けていた。引きとめでもするようなしぐさで、リットンは手をさし出した。「チャリティ……」

「はい?」チャリティは足を止め、父を見た。

リットンは力なく手を下ろした。「いや、いいんだ。ただ、かわいそうではあるけれど、おまえのためを思って決めたということだけはわかってくれ」

「わかってるわ、お父様。でも、わたくしも自分のことを考えなくてはならないの」

チャリティは急いで階段をのぼり、姉と二人で使っている寝室のベッドに横になった。どうやったらあの頑固なサイモンの決意を変えさせられるだろうか? 懸命に頭を働かせても、なかなかよい考えが浮かんでこない。説き伏せようとしても無駄だった。それに、誰かのためによかれといちずに信じ込んだ人の考えをくつがえすことは難しい。一つ二つ策略を考えつかないでもないが、ややこしかったり突拍子もなかったりでうまくいくとは思えなかった。どうしたらいいだろう?

不意に、あるもくろみがひらめいた。チャリティは、がばと跳ね起きた。考えを巡らしながら、部屋を行ったり来たりする。そう、これなら成功するかもしれない!

人に話したら、正気とは思えない計画だと言われるだろう。これに比べれば、一人でこっそりデュア邸を訪れて姉の代わりに自分と結婚してくださいとサイモンに頼んだことなど、まだまともなほうかもしれない。こんなもくろみを実行したら家族にばれないはずはなく、全員が心の底から驚愕《きょうがく》するに違いない。だが、自分の将来はひとえにこの計画にかかっている。失敗したら最後、身の破滅だと覚悟しなければならない。その危険を冒してもチャリティは、もしかしたらサイモンと結婚できるかもしれないという望みに賭《か》けて試してみたかった。

そう心に決めると、さっそく支度に取りかかった。侍女に入浴の準備をさせてから手持ちの衣装を調べ、今夜着ていくものを選ぶ。いろいろ迷った末に、舞踏会用にあつらえた光沢のある真珠色のサテンのドレスに決めた。これを着れば、ふくらませた短い袖《そで》や深くくった襟からあらわに出る肌が雪のように白く滑らかに見えて、こんもりした胸のふくらみが襟ぐりの上に顔をのぞかせる。優美なひだになって後ろへ垂れているスカートは、細いウエストをいやがうえにも際立たせる。この装いを見たときのサイモンの目に浮かぶ光を思い描いて、チャリティはほほえんだ。

ほんのりした香りの石鹸《せっけん》で髪と体を念入りに洗い、暖炉の前で長い時間をかけてブラシを当てながら髪を乾かした。セリーナの手助けで、金色に輝く髪の束が一方の肩にふんわりと渦を巻いてこぼれ落ちるように結い上げた。姉の青い目には、いたわりの心があふれていた。仕上げに純白の小さな花々をまとめて、巻き毛の根元になる耳の後ろに飾った。それからいちばんきれいな下着を身につけ、ドレスをまとった。無数の小さい真珠貝の前ボタンをかける際にも、姉の手を借りた。

チャリティはほっぺたをつねったり上下の唇をすり合わせたりして血色をよくし、姿勢を変えては四方八方から鏡に映して自分の姿を点検した。

「とってもすてきよ」セリーナが元気づけた。髪やドレスを乱さないように気をつけながら、妹をそっと抱擁してつけ加えた。「今夜の舞踏会に出かけようとするあなたは勇気があるわ。わたくしだったら、できないことよ」

「行きたくなくても、行かなければ。でも、自信はないんだけど」姉をだましていることに気がとがめて、チャリティは目を伏せた。

「かわいそうに」セリーナは妹の両手を握って言った。「今晩はあなたのそばから離れないわ。踊りの申し込みも受けないつもり」

チャリティは涙ぐんだ。悲しみよりも、親切な姉に対する後ろめたさのほうが大きかった。それに、これから実行しようとしていることで頭がいっぱいで悲哀を感じている余裕はなかった。「お姉様はいつもわたくしに優しいのね」

時間がたつにつれ、チャリティの緊張はどんどん高まっていった。それゆえに、いよいよ出かける時刻になり両親の待つ階下へ姉と共に下りていったときは、気分が悪くて舞踏会に行きたくないという口実はほとんど事実に近かった。真っ青なチャリティの顔を見るなり、家族はみんな納得した。

母は嘆いた。「具合が悪そうだわ。うちで休んでるしかないわね。そのドレスを着たあなたはとりわけきれいだから、誰にも見てもらえないのは残念だけど。だって、またあなたのお相手を探さなければならないことになったんですもの」

「お母様、そのことを今晩どなたかにお話しになるんじゃないでしょうね？」のどがつまったような声でチャリティはきいた。

「もちろん、話すものですか。間もなく新聞には発表するけれど、自分からそんなことを話題にしませんよ。ただでさえこの何日か、あなたについて俗っぽいことをきかれて腹にすえかねているのに。近ごろ行儀作法なんてものはどこにいったんだろうと思うことがよくあるわ。個人的なことを根掘り葉掘りきき出すのは、育ちのよい人間のすることなのかしらね」キャロラインはため息をついた。「それはともかく、チャリティ、階上《うえ》へ行って横になりなさい。じっとしてれば気分がよくなるわよ」

「はい、お母様」

「わたくしも残るわ」セリーナが突然言い出した。「チャリティのそばについていてあげたほうがいいでしょう？　ココアでもいれて、おしゃべりすればきっと落ちつくわ」

チャリティは慌てた。「いいえ、いいの……お姉様！　心配かけてごめんなさい。でも、ちょっと眠りたいだけなの。せっかくの舞踏会に行かないなんてもったいないわ。アクランド伯爵夫人の会はいつもすばらしいというお話よ」

「チャリティの言うとおりよ。セリーナ、あなたまでうちにいるなんてばかげてるわ」母が断を下した。「エルスペスはあれこれとお薬をのんで寝てしまっているし、チャリティも出かけられなくなったのだから、少なくともあなたは行かなくてはいけません。それに、チャリティの婚約が取りやめになった今、あなたも貧乏な牧師さんと一緒になれるとは限らなくなったんですよ」

キャロラインの最後の一言で、セリーナはしゅんとなってしまった。

「さあ、行きましょう、セリーナ」

「はい、お母様」

セリーナは気づかわしそうに妹を振り返ってから、両親に続いて家をあとにした。寝室にもどったチャリティは、姉あての置き手紙を走り書きしてベッドに置いた。

ふたたび足音を忍ばせて階段を下り、あたりに人がいないのを確かめる。主人一家が出かけたものと思い込んで、召使いたちは控え室か厨房《ちゅうぼう》に下がっているに違いない。

チャリティは外出用のマントをはおり、顔が隠れるようにフードを深くかぶって、そっと玄関を出た。通りを歩き出して間もなく流しの馬車を見つけて、止まるように合図した。御者のけげんな顔にはかまわず、チャリティはさっさと乗り込んで、「デュア邸に行ってください」と命じた。

サイモンは、ブランデーのお代わりをグラスにたっぷり注《つ》いだ。口元へ持っていって、強烈な香気を胸いっぱいに吸い込む。これを干せば、むなしさが少しはまぎれるかもしれない。一杯目はまったくきかなかった。酔っ払って今日の出来事をすべて忘れてしまえればいいのだが。

一口ごくりと飲み、ブランデーが口の中やのどを熱く焦がしつつ体内へ落ちていくのを感じながら、これでは上等な酒を無駄にするだけだとサイモンは思った。今夜みたいなときは、最も安いジンで十分だろうに。書斎の椅子にどっかと腰を沈め、もう一度グラスを持ち上げた。

不意に廊下から声高なやりとりが聞こえてきた。いったい何事か？　サイモンは顔をしかめた。外へ出てみようかとも思ったが、おっくうさが先に立った。執事のチェイニーにまかせておけばいい。

書斎のドアがぱっと開いた。召使いたちにはあれほど邪魔をするなと厳命しておいたのに。叱《しか》りつけてやろうと身構えて、サイモンは不機嫌な顔を上げた。一瞬、言葉が唇の内側で止まってしまった。

戸口に立っているのは、なんとチャリティだった。ドレスの上にマントをはおり、フードのせいで顔に陰影ができて神秘的な雰囲気を漂わせている。サイモンは、ただ目を疑っていた。

「申し訳ありません、だんな様」チャリティの背後に執事が現れ、両手をもみ合わせて困惑している。「今晩はお目にかかれませんと、ミス・エマーソンにはお断りしたのですが……」

「チェイニーの言うとおりなんです。でも、わたくしが責任を取るからと無理にここまで来ました」チャリティは書斎の中に入って、フードを脱いだ。

ほのかな照明を浴びたチャリティの純白の肌といい、大きく見開いた青い瞳といい、あまりの美しさにサイモンの胸は締めつけられた。小さな花輪で飾られた金色の髪が柔らかく波打って一方の肩に垂れている。

サイモンは立ち上がった。なぜか震えを覚えた。「チェイニー、気にせずに下がってよろしい」

「かしこまりました」執事は腰をかがめて書斎のドアを外から閉めた。

しばらくの間、チャリティとサイモンは見つめ合っていた。一方的に婚約を解消された憤りや自分の意志を通そうとする決意にかり立てられてここまでやってきたが、今になってチャリティは急にきまりが悪くなった。上着を取ってシャツの上のボタンを外したサイモンの襟元から、赤銅色の肌と縮れた黒い胸毛がかいまみえる。こんなにくだけた格好のサイモンを見るのは初めてだった。ほの暗い明かりのもとに二人きりでいると、秘め事の実感が胸に迫ってくる。

机の上に手をついてサイモンが言った。「何をしに来たんです？　こんなところに来てはいけない」

チャリティはあごを突き出した。今ではすっかり見慣れたきかん気らしいそのしぐさがなんともかわいらしくて、サイモンは思わずチャリティを抱き寄せそうになった。

「どこであろうと、わたくしは自分が選んだところにまいります。あなたがわたくしの将来を決めればいいと父もあなたも思い込んでいらっしゃるようだけれど、そうはいかないわ。何をどうすべきかを決定するのは、わたくし自身よ」チャリティはしなやかな子山羊《やぎ》の革でできた手袋を脱ぎはじめた。

「手袋は取らないでいい。ここに長居はしないんだから。お宅まですぐに送っていきましょう」サイモンはかすれ声でつぶやき、机の横をまわってチャリティに近づいた。

「そう？」チャリティは一方の眉をつり上げてみせただけで、手袋を脱ぐ動作をやめようとしない。ちょうど間近まで来たサイモンがさし出した手に、まるで召使いにでも対するような態度で、脱いだ手袋をぴしゃりと押しつけた。それからさっさとサイモンから離れ、今度はマントの紐《ひも》をほどき出した。「サイモン、おかけになったら。お話をしに来たんですから、それがすむまではわたくしはどこにも行きませんよ」

「話すことなんてない」サイモンは手袋を握りしめる。手袋はすべすべして柔らかく、ほのかにチャリティの香りがした。サイモンの下腹に火がともった。ややこしいことになった！　なんでこの娘はここにいるんだ！

　チャリティはマントを脱ぎ捨て、真珠色のサテンのドレスをまとった体をサイモンの方に向けた。肩から胸にかけて真っ白な肌をさらした姿態はたとえようもなく清らかで、しかも、なまめかしい。怒りに燃えたまなざしすら刺激的だった。

「いいえ、話すことがあるんです。あなたと父は婚約を解消することで意見が一致したかもしれませんが、わたくしは賛成していません。今もあなたの妻になるつもりでおります」

　チャリティは歩き出した。ドレスのすそが流れるように脚にまとわりつき、一歩進むごとに胸のふくらみが揺れる。サイモンの目は、いやおうなくあらわな胸元に引き寄せられた。

「そんなことを言ってないで、マントを着て手袋をはめなさい。送っていくから」サイモンの口調はぐらついていた。

「いいえ。わたくしはまだ帰りません」

「こんなことはよすんだ」のどがつまり、口が乾いて声を出すのがやっとだった。「夜ここに来たことが人に知れたら、あなたの評判は台なしになるぞ」

　チャリティは嫣然《えんぜん》とほほえんだ。「わかってるわ。だから帰らないことにしたのよ」

　真ん前でチャリティは立ちどまり、サイモンの胸から肩、首のまわりへとゆっくり手を滑らせた。薄地のシャツを通して温かい感触が伝わり、チャリティの手が触れるところはことごとく火照った。

「そもそも、姉の代わりにわたくしと結婚することに同意なさったのが間違いのもとだったのかもしれないわ。わたくしは欲しいものは必ず手に入れると、以前お話ししましたよね。あなたはもうわたくしから離れられないのよ」

チャリティは爪先立ちになり、唇でサイモンの口をかすった。サイモンは荒っぽく息を吸い込む。「チャリティ、やめるんだ。危ないことをしてるのがわからないのか？」

「わかってます」チャリティは唇をサイモンののどのくぼみに押しつけた。

戦慄《せんりつ》が全身を貫く。サイモンは両手でチャリティの顔をはさみ、仰向けにして目の奥をのぞいた。次の瞬間には唇を重ねていた。舌を深くさし込んで、渇きを癒《いや》すようにチャリティの口中をむさぼる。一度だけだ。これっきりキスできないのだから、いつまでも忘れられないように一度だけは自分に許そう。けれどもチャリティから甘く熱い反応が返ってくると、どうしても唇を離すことができなかった。いけないと思いながら、何度も何度も口づけをくり返した。

やがて、ようやくサイモンはチャリティから我が身を引きはがした。「チャリティ、勘弁してくれ。さもないと、わたしは最低の男になってしまう。そうはなりたくないし、といって、このままでは我慢できなくなる。頼むから、もう帰ってくれ」

チャリティはあでやかな笑みをたたえ、ゆっくりかぶりを振った。こんなにもサイモンはわたくしを求めている。それが確認できたおかげで勇気がわいてきた。頭に両手を持っていき、髪をとめてあるピンを外していった。重たげな髪の束が波を打って滑り落ちる。飾りの花の房を脇へとほうりなげ、指先で豊かな髪をすいた。

絹糸のような髪の毛がチャリティの細い指をすり抜けて肩にかかる。そのさまにサイモンは見とれていた。欲望が突き上げてくる。乱れた長い髪に自分の指を絡め、繻子《しゅす》のような光沢に顔をうずめてチャリティの匂《にお》いをかぎたい。知らず知らず指を動かしているのに気がつき、懸命にこぶしを握りしめて脇に押しつけた。

チャリティが頭を一振りすると、背中から腰まで髪がおおった。それから手をドレスのボタンに移す。真珠貝の小さなボタンをかすかに震える指先で外していった。サイモンは息をのみ、目はくぎづけになった。一つ、また一つと、チャリティはボタンを外していく。そして、ドレスの前が縦に割れた。しっとりした白い二つのふくらみを包んでいるのは、薄いシュミーズだけになった。

サイモンはごくりとつばをのみ込み、動くことも口をきくこともできずに、みずみずしく匂い立つ胸元をひたすら眺めていた。レースに縁どられたシュミーズを押し上げて、きめの細かい肌が曲線を描いて盛り上がっている。レースを透かして、濃い色の輪に囲まれた丘の頂が見えた。サイモンの視線が当たると、その頂はつんと首をもたげる。唇や舌でじかに触れたら、どんなふうにこたえるだろうか？

サイモンののどから低い音がもれ出た。体に火がついたような感じだった。「チャリティ、頼むから……」かすれた声でサイモンはささやいた。

みぞおちのあたりまで外したボタンの列の途中でチャリティの手が止まった。ドレスは肩から半分ずり落ち、短い袖《そで》で肘に引っかかっている。シュミーズのみの上半身はむき出しだった。

「どうしたの？　おいやなの？」チャリティは小声できいた。

サイモンはじりじりした。「いやじゃないのはわかっているくせに。あなたのせいで気が狂いそうなんだ」

「だったら、おしまいまでやらせて。気が狂わないようにしてさしあげるわ」チャリティは、今一度ボタンを外す作業に取りかかった。

「チャリティ、よせったら！　正気の沙汰《さた》じゃない。もうやめるんだ。でないと、あなたをだめにしてしまう。このままでは自分を抑えられなくなるんだよ」

「抑えないでいただきたいの」ついにドレスが、かすかな衣《きぬ》ずれの音をたてて床に滑り落ちた。チャリティが身につけているのは、ペティコートとシュミーズだけになった。

# 18

チャリティはペティコートの紐《ひも》に手をかけた。一本一本ほどいていくごとにふわりと床に落ちて、足元にはペティコートの小さな山ができた。とうとう下ばきとシュミーズを残すだけになり、チャリティは顔を赤らめながらも、サイモンの熱をおびたまなざしから身を隠すそぶりも見せなかった。

サイモンは少しずつ視線をチャリティの脚へと移動させた。布地越しとはいえ、脚を見るのは初めてだった。頭に血がのぼるのがわかった。今にも抑制がきかなくなりそうだ。この部屋を出ること。この場でチャリティを我がものにせずにすますには、それしか方法はない。だが、どうしても目が離せなかった。顔の向きを変えることすらできなかった。

チャリティの指先はシュミーズの紐にかかった。青いサテンのリボンを引っぱると、小さな蝶《ちょう》結びがほどけた。前がはだけて、乳首がのぞきそうになる。くぐらせてある紐を一つ一つ引き抜くたびに布地が割れて、最後に完全に開くと、そこから帯状の白い肌が現れた。チャリティはシュミーズの両端を指ではさむ。サイモンはかたずをのんだ。

「いいえ、ここはあなたがなさって」チャリティはかすれ声で言った。

首を横に振りつつも、サイモンは見えざる大きな力に引き寄せられるようにチャリティに近づいた。目の前まで行ったところでかろうじて踏みとどまり、いきなりシュミーズをはぎ取らずにすんだ。チャリティがサイモンの両手を取り、自分の腹部に当てる。じかに触れたとたんに、サイモンの体を強烈な電流が走り抜けた。チャリティがサイモンの顔をじっと見上げる。しっとりとうるんだ目も、半ば開いて浅く呼吸しているふっくらした口も、薄桃色に染まった頬も、情欲のしるしとしか言いようがない。それを目の当たりにしたサイモンの下半身はうずいた。

チャリティはサイモンの手首を握って、シュミーズの布地すれすれまで持っていった。腕の内側が薄い綿の布地をかすめると、サイモンはぞくっと震えた。手が胸のふくらみのふもとに達したときが自制の限界だった。サイモンは低くうめいて、シュミーズを取った。それから一瞬立ちつくして、濃い薔薇《ばら》色の乳首を頂点とするふくよかな二つの乳房をただ見つめた。そのまま目を離さずに両手で包んで、弾力のあるむっちりした感触の快さに浸った。

「美しい」

チャリティを抱き上げてソファに運び、そっと寝かせた。サイモンはかたわらにひざをつき、かがみ込んで一方の乳首を口に含んだ。舌でまわりをなぞると、跳ねるようにつんと硬くなった。もう一方に片手をのばし、とがった先端と対照的な柔らかい隆起をたどった。サイモンの舌の動きが速くなるにつれ、チャリティは小さなあえぎをもらしては腰を高く持ち上げた。サイモンはもはや考える力を失い、チャリティはたぎる欲望のとりこになっていた。脚のつけねが濡《ぬ》れているのを感じてチャリティはまごついた。サイモンも気がつくに違いない。けれどもそれにはかまうふうもなく、サイモンは愛撫《あいぶ》の範囲をいっそう広げている。そもそもチャリティがここに来た目的は結婚だった。それが今では全身がうずいて、サイモンが欲しいということしか考えられなくなっていた。どうしてこんなふうになってしまったのか？　自分でもわからない。ひとりでに体が動き、ソファの上で腰がくねるのを止めようがない。サイモンに下ばきを下ろされても、恥ずかしさを覚えなかった。下ろしやすいように自分から腰を上げ、足を使って靴と共に脱ぎ捨てさえした。

サイモンは裸になったチャリティの腿の内側に手を滑らせ、合わせ目を指でまさぐると、熱を持って息づく中心を探り当てた。チャリティは身をよじってうめいた。滑らかなひだの重なりを指の先でかきわけると、うめき声はいっそう切なげになる。指がもぐり込んできたときは、びっくりしてチャリティは声をあげた。乳首へのキスに調子を合わせて、サイモンはひだの奥を愛撫しはじめた。チャリティの体はすみずみまで火照り、脈打つ。うるおったひだの間の固くて小さな塊をサイモンがさすると、チャリティはこらえようもなく喜びの声をもらして体をきつく押しつけた。

サイモンは上半身を起こし、片方の手はチャリティの内腿にあてがったまま、赤みがさした胸や細くくびれた腹から腰へと目を這《は》わせていった。夢中で腰をひねりながらチャリティが低くもらす喜びの吐息に耳を奪われ、自らも我を忘れそうになるのをやっとこらえていた。視線を下に移すと、まだ脚に絡みついているストッキングと白いレースの靴下留めが目に入る。なんとも刺激的な光景だった。両脚から順々にストッキングと靴下留めを取り去りつつ、腿の内側に何度も口づけをした。

「お願い、サイモン、どうか……」チャリティはのび上がってソファの肘をつかみ、背中をそらしてせがんだ。

ふたたびチャリティがお願いをくり返す必要はなかった。サイモンはもどかしげに衣服を床にかなぐり捨てた。これほどせっぱつまった、荒れ狂う欲求にかり立てられたのは生まれて初めてだ。経験のないチャリティに手荒なことをしてはいけない。それだけは頭に残っていたので、衝動のままに振る舞わないよう懸命だった。

サイモンは立って、最後の一枚を脱ぎ捨てた。そそり立つ男のしるしを目の当たりにしたチャリティは目をみはった。「サイモン……」

「わかってるよ。焦らないで」ソファに仰向けになっているチャリティの体に、サイモンはおおいかぶさった。

一糸まとわぬサイモンを目にした驚きにもかかわらず、突き上げてくるチャリティの渇望は激しかった。サイモンが欲しい。いまだ味わったことのない無上の喜びをサイモンがもたらしてくれると、自らの肉体が告げていた。何か体内に空っぽなところがあって、満たされたがっている。チャリティはひとりでに脚を広げていた。サイモンは片手をチャリティの腰の下にさし入れて少し持ち上げた。脚の間に硬く熱くなったものが当たるのを感じて、チャリティは息をのみ、閉じていた目をぱっと開いた。

サイモンは唇を合わせたまま、ゆっくりと入った。チャリティにとっては、このうえもなく不思議な感覚だった。ぞくぞくと怖いような、それでいて、たとえようもない快感を覚える。これこそが求めていた感覚に違いない。痛くもあった。体をこわばらせるチャリティにサイモンは優しくささやいた。「よしよし……かわいい人……だいじょうぶ。少しずつにしよう。ちゃんとわたしが気をつけてるから、そんなに痛い思いはさせないよ」

その言葉を聞いてチャリティは安心した。力を抜き、官能の高まりに身をまかせた。鋭い痛みが走り小さな叫びをもらす。そのときはすでにサイモンが奥深くまでさし込んでいた。こういうことができるとは夢にも思わないほど、チャリティの内部にきっちりとおさまっている。あんなにも焦がれていたのは、これだったのだ。そのままサイモンが動きはじめた。体の中にサイモンを感じるだけでもすばらしいのに、それをうわまわる陶酔があることにチャリティは感嘆した。サイモンが身を引いたり押したりするごとに、チャリティはあえいだ。もはや苦痛はなく、甘い刺激がたまらなく心地よかった。サイモンは何度も何度も突いては引き、チャリティの身内を震わせる渇きはつのっていった。もっと、もっと……。チャリティは息もたえだえに、ほとんどむせび泣きながらもだえ欲していた。絡み合った二人の体の間にサイモンが手をのばし、もう一度、あの魔法のような力を秘めた小さい突起を探り当てた。そのとたんにチャリティは達した。至福の大波が全身を揺さぶり、ひたすら忘我の波間に漂った。叫び声と共にサイモンはチャリティをひしと抱きしめ、さらに深く自らをうずめて果てた。チャリティもサイモンにしがみついて、まじわりの余韻に浸った。

しばらくの間、二人はそのままの姿勢で横たわっていた。やがてサイモンは位置をずらして、体重がかからないようにチャリティを自分の体の上にのせた。うっすらと汗のにじんだチャリティの肩に口づけをしながらささやく。「これできみは、自分で自分の運命を決めたね。きみはわたしのものだ。もう放さない」

望みがかなったチャリティは、ただほほえむだけだった。

次の日曜日にエマーソン家の故郷シドリー・オン・ザ・マーシュの小さな教会で結婚の予告が公表され、サイモンとチャリティは二週間後に結婚式をあげた。

あの夜、サイモンはチャリティをアーミントルード伯母の屋敷に連れて帰り、両親が舞踏会からもどってくるのを待った。チャリティの純潔を奪ったとサイモンが簡潔に告白すると、リットン・エマーソンは驚きのあまりものも言えなかった。

　キャロラインのほうはチャリティをじろりと見やって、表情も変えなかった。「デュア卿《きょう》、あなたのせいばかりとも言えないと思いますよ。まあ、どちらでもいいことですけどね。とにかく今となっては、うちの娘と結婚なさるしかないんですもの」

　華やかな結婚式の計画をあれこれと思い描いていた母は嘆いたけれど、チャリティは幸せだった。幼いときから通いなれた教会で式をあげるのは嬉《うれ》しかったし、家族とベネシア夫婦が参列しただけで満足だった。当日の装いが、レースをたっぷり飾り、小粒の真珠をちりばめたような新しいウエディングドレスではなかったのも気にならなかった。祭壇の前に笑顔で立っているサイモンに向かって通路を歩いていけるだけで、何一つ不満はなかった。

　結婚式のあと新婚夫婦は、何代にもわたってデュア伯爵家の田舎の邸宅であったディアフィールド・パークへ出かけた。常に親類に囲まれていた二週間ののちに、ようやく馬車の中で二人きりになれたわけである。サイモンはさっそくチャリティをひざにのせ、心ゆくまで口づけした。

「ああ、よかった！　きみではなくて、きみの母上と結婚したのではないかと疑いはじめたくらいだったよ。指一本触れるすきさえなかったんだから」

　チャリティはくすくす笑った。「そのために母がへばりついていたんじゃありせんか。

晴れてレディ・デュアになる前に、またわたくしがお行儀の悪いことをしでかすのではないかと見張っていたのよ」

「わたしは頭がおかしくなりそうだった。あの夜きみがうちに来てからあとのほうが辛《つら》かったな。以前は少なくとも、きみと愛し合うのがどんなにすばらしいか知らなかったからね」サイモンはドレスの上からチャリティの胸に手を当て、耳たぶを軽くかじった。

チャリティはぞくっとした。内腿のつけねに、例の熱いうずきが襲いかかる。「わたくしも同じ」耳の中にサイモンの舌の先が入るのを感じて息をつめた。「ああサイモン……」

「なんだい？」サイモンはうわの空で答えた。片手でチャリティのスカートのすそを持ち上げ、重なり合った布をかきわけて脚に触る。けれども下ばきを隔てているので、とうてい満足できない。

触れたり口づけしたりはもとより、サイモンはチャリティを見ているだけでたちまち体が反応してしまう。冗談めかして言いはしたものの、この二週間は実にじれったかった。

「下ばきを脱いで」かすれ声でサイモンはささやいた。

「え？　今、ここで？」チャリティはびっくりして、背筋をのばした。それでもサイモンの光をおびたまなざしを見るなり、すぐさまひざから滑り下りて向かい側の座席に移り、腰をよじって下ばきを脱いだ。「ペティコートも？」

「いや、それはかまわない。こっちに来なさい」サイモンはチャリティの腰に手をかけて、自分のひざにまたがらせた。真っ赤な火かき棒のように下腹部が熱くなっていた。

チャリティは目を見開きながらもサイモンのひざにのり、最適の位置を探すかのように少し体をずらした。その動作にサイモンがうめく。

「こら、おてんば」言葉とは裏腹にサイモンは、いかにもいとしげにキスしはじめた。

二人の舌が絡み、サイモンは両手でチャリティの胸を撫《な》でまわした。親指でなぞると、乳首が立って布地が押し上げられた。その手が今度はスカートとペティコートの下にもぐり込み、滑らかな素肌をくるぶしから腿へと上がっていく。

ついには火照って、しかも、しっとりとうるおった中心にたどりついた。サイモンは感きわまってため息をついた。「わたしのいとしい人。こんなにも早くきみはわたしを歓迎してくれる」

「ごめんなさい」チャリティは恥じらって、サイモンの胸に顔を隠した。

「謝るなんてとんでもない。すてきだと言ってるんだよ」サイモンのかすれた声や荒くなった息づかいに、チャリティは欲望をかき立てられた。

じっとしていられなくて、チャリティは腰を動かしはじめた。サイモンも指をそっと行ったり来たりさせる。鼻にかかった小さなうめき声と共に、チャリティは体を震わせた。

サイモンはいっとき手を離してズボンの前ボタンを外し、怒張してきつくなっていたものを外へ出した。脈打つ先端がチャリティの肌に突き当たる。チャリティにとっては新しい種類の刺激だった。どきどきしながらも腰を揺らし、塊を自らの熱い部分でさするようにした。サイモンは音をたてて息を吸い込み、目をつぶった。

　そのうちこれ以上の戯れには我慢できなくなったサイモンはチャリティを誘導し、そのまま彼女の腰を沈ませていった。貫かれ、完全に満たされるまでゆるゆると腰を下げていくチャリティの表情の変化にサイモンは見とれた。はっとしたように驚き、それから満足の色を見せたかと思うと、白くて細長い首をのけぞらせてうっとりする。自分自身もチャリティの中に深くうずまった感覚がたまらず、今にもはじけそうだった。焦ってはいけない。この一瞬一瞬を楽しまなくては。そう思いながらも、チャリティと一つになって身もだえしつつ頂をきわめる恍惚《こうこつ》の時が待ちきれなかった。

　サイモンは、チャリティの背中に手をまわしてドレスのボタンを外した。肩からドレスがずり落ちて、胸をおおうのはシュミーズだけになった。まずあらわになった部分に唇を這わせ、それからシュミーズに手をさし入れて柔らかくて真っ白なふくらみを二つとも取り出した。水気のたっぷりある新鮮な果物のように乳房を両手で大切に支え、胸の谷間に顔を近づけて甘い匂《にお》いをかぎ、同時に頬と唇をこすりつけた。それから口を開けて舌や歯を使い、なめたり、かんだり、つついたりして優しくもてあそんだ。

　未知の快感に打ちふるえてチャリティが無意識に体を揺するたび、サイモンも新たな歓喜を味わった。チャリティはサイモンの髪をつかむと、腰をまわしはじめた。荒い息を吐きつつも、サイモンはのぼりつめていく段階の一つ一つを楽しもうとこらえた。チャリティの腰に手をかけ、動きをゆるくしたり速めたりして自分も相手もじらしにじらす。そして、ついにチャリティは声をあげて激しくけいれんした。もはやサイモンも持ちこたえられず、チャリティの胸に顔をうずめて声を殺し、腰をしっかりつかんで一気に放出した。二人とも消耗しつくして、ぐったりした。頭をサイモンの肩にもたせかけ、チャリティは幸せに酔っていた。サイモンはチャリティの背中に腕をまわし、頬を髪に寄せる。二人の体はぴったりと密着したままだった。ときどきサイモンはチャリティの顔や髪に軽くキスしたり、そっと撫でたりした。

「こんな姿勢でだいじょうぶかい？　楽にしたいんじゃないか？」

チャリティはかぶりを振った。「ううん。あなたが、どけとおっしゃらない限り」

サイモンは含み笑いした。「いいや、いつまでもこうしていたいよ」

「わたくしも」チャリティは猫みたいにサイモンの肩に頭をすり寄せた。「中にあなたがいる感じって、すごくすてき」

サイモンはのどを鳴らして、チャリティをぎゅっと抱きしめた。

「あ、ごめんなさい。こんなことを言ってはいけなかったのね？」気になってチャリティが見上げると、サイモンは満ち足りた表情をしている。

「いけないどころか、きみにそう言われるのが嬉しいんだよ」サイモンはほほえみ、人差し指でチャリティの唇をなぞった。

　チャリティは微笑でこたえ、大胆にも舌の先でサイモンの指をなめた。サイモンの目に熱い炎がやどるのを見て、衝動的な自分の行為が間違ってはいなかったと知った。

「あなたのせいで、もう硬くなってしまったじゃないか」

「本当？」びっくりしたチャリティは、上半身をサイモンから少し離した。驚嘆すべきことのように思われたが、事実らしい。早くも身の内に膨張が伝わってきた。

「本当だよ」上体を後ろにそらしたチャリティの胸を、サイモンはじっくり眺めた。ドレスもシュミーズもずり落ちてむき出しのままの白い丘とその頂に、指を滑らせてみる。ほんのりと薔薇色がかって張りがあり、吸われた形跡がまだ残っていた。半裸で髪がほつれているチャリティの姿ほど美しく、そそられるものは見たことがない。楚々《そそ》としていて、そのくせみだらで、絶妙な魅力を発散している。

　サイモンは感慨を込めて尋ねた。「よかったんだね？　きみにとっても」

「ええ、とても！　あなたはよくなかったの？」チャリティは目をぱちくりさせた。

　サイモンは笑った。「それはもちろん。初めてきみに会ったときから、わかっていたんだ。でも、きみも同じように感じるかどうかは、自信がなかった」チャリティの肌の白さと、日焼けした自分の浅黒い皮膚の色を見比べて、サイモンは念を押した。「わたしがこんなふうにきみを見ていても、いやじゃないね？」

チャリティは顔を赤らめた。「ちょっと恥ずかしいけれど、いやじゃないわ。あなたに見つめられるのも、表情が変わるのを見るのも……ぞくぞくするほど気持いいの」

サイモンは、人差し指と親指でチャリティの乳首をはさんで軽くもんだ。

かすかにあえぐチャリティをサイモンは抱き寄せた。「ああ、チャリティ、きみはめったにいない女性だ」

「それは……たいていの女の人はこういうことが好きではないという意味？　わたくしは異常なの？」

「それはわからない。だけど、きみはこのままでいてほしい。変わらないでくれ」

「変わらないわ」チャリティは正直に言った。「というよりも、わたくしは変われないいんじゃないかと思うの。だって……さっきわたくしたちがしたこと、大好きなんですもの」

サイモンは低く笑った。「わたしもだ。どうやら我々は大いにうまくやっていけそうだね」

涙ぐみそうになって、サイモンは目をぱちぱちさせた。こんなにもこだわりなく幸福だったことはあっただろうか？　何年もこういう安らかな気分になった覚えはない。これに比べれば、殺人の疑いをかけられている事実など大した悩みではないように思われた。

「シビラは、いやがったんだ」我ながらサイモンは驚いた。喜びのない亡き妻とのまじわりについては、今まで誰にも語ったことはなかったからだ。

「奥様？」チャリティはけげんな顔できき返した。「亡くなった奥様のことね？」

「そう。彼女はわたしに触れられるのが嫌いだった」

チャリティはぽかんとした。「冗談ね？　わたくしをからかってらっしゃるんでしょ？」

「冗談だといいんだが。シビラは体で愛し合うことを嫌悪していた。わたしではなくて他《ほか》の男なら彼女を幸せにできるのだろうかと、よく悩んだものだ。わたしはシビラを愛していたし……彼女もわたしを愛していた。しかし、結婚してから何もかも変わってしまった。シビラがわたしを避け出したんだよ。ベッドでの彼女は体をこわばらせて、黙りこくっていた。しまいにわたしは……なんだか無理やり奪っているみたいな気持にさせられたよ」

サイモンは見慣れた暗い表情になって、ため息をついた。「実際それと同然だったわけだ。シビラはベッドを共にすることを拒みはしなかった。しかし、わたしが強制しているのが自分でもわかっていた。結婚の誓いを交わしたことや、しきたりや義務に縛られて、シビラは無理していたんだ。我慢してわたしを受け入れていただけで、喜んでわたしに身をゆだねたのではない。しだいにわたしは彼女に近づかなくなった。たまに必要に迫られたときは、今度こそは違うかもしれないと自分をだまそうとした。終わったあとはいつも必ず罪悪感に襲われ、自分をけだもののように感じた。そのうちとうとうシビラに触れるのはやめてしまった。耐えられなかったんだ。ところが、すでに彼女は妊娠していた。そして結局、そのお産がもとで死んでしまった」

「で、あなたは自分が奥様を殺したように感じたのね？」チャリティはずばりと言った。

サイモンは驚いてチャリティに目を向ける。「どうしてわかった？」

「お顔に書いてあるわ。奥様を殺したという噂《うわさ》を、あなたは積極的に打ち消そうとはなさらなかったでしょう。なぜかというと、あなた自身が内心そう感じてたから」

サイモンはうなずいた。「原因は、わたしにあるんだ。シビラがいやがっているのを知っていながら、わたしが無理にしなければ――」

「いいえ、あなたが原因で亡くなったんじゃないわ。お産で死ぬ女の人はいっぱいいるわ。そういう運命だったのよ。運命を決めるのは神様であって、あなたではないわ。あなたはシビラを抱きたかっただけじゃない。妻を抱きたいと思うのは自然なことでしょう？」

「それはそうだが」

「あなたのシビラみたいに、夫婦の営みを嫌う奥様をだんな様が抱く例はたくさんあると思うの。だけどそれが原因で、その奥様方がみんなお産で亡くなるとは限らないわ。それと、ベッドで愛し合うのが大好きな女の人でもお産で命を落とすことはあるでしょう。それは人の力ではどうしようもないさだめなのよ。あなたの欲求がいけないんじゃないわ」

サイモンは深く息を吸って、チャリティの手のひらにそっとキスした。「チャリティ、嬉しいことを言ってくれるね。きみは、わたしにはもったいない人だ」チャリティの目をじっと見つめ、おくれ毛を優しくかき上げる。「あの夜きみとベッドを共にするまでは、シビラがふつうではないのか、それとも、ほとんどの女性は体の接触を好まないものなのか、わたしにはわからなかった。あるいは、わたしが獣みたいに粗野で乱暴で、女性を楽しませてあげられないだけなのか。わたしの品性が下劣だから、他の人間なら嫌悪するようなおぞましいことをしたがるのか」

「違うわ！」ただちにチャリティは強く否定し、サイモンの手を取って頬に押しつけた。「あなたは獣みたいに乱暴なんかじゃなくて、とても優しいわ」チャリティの目に涙が光っていた。サイモンの指の関節に一つ一つ口づけをしながら、チャリティは言葉に力を込めた。「あなたは品性が下劣でもなく、あなたがすることはおぞましくもないのよ。決してそんな考え方はなさらないで」

サイモンの顔を見上げるチャリティの目に、なまめかしい笑みが浮かんだ。

「だってわたくしも、あなたにあんなことをされるのが大好きですもの」

微笑を返すサイモンの目も触発されたように暗く光った。「だったら、またさっきみたいなことをする？」

チャリティは目を丸くした。「え、もう？」

「いやかい？」

「いいえ、ちっともいやじゃありせんわ、だんな様」

「よろしい」サイモンは妻の唇をキスでふさいだ。

# 19

ディアフィールド・パークでは、サイモンもチャリティもかつてないほど幸せな日々を過ごした。日曜日ごとに二人は蔦《つた》でおおわれた小さな教会に通い、新しいレディ・デュアを地元の人々に紹介するためのパーティも開いた。それ以外は、のんびりと森を散策したり、川沿いに馬を走らせたり、近くのディアフィールド村を訪れたり、ラッキーと一緒に走ったりする気ままな毎日だった。生まれて初めて親に頭を押さえられることもなく、好きなときに好きなことができて、しかもかたわらには愛する人がいる。この世にこんなすばらしいことがあるだろうかとチャリティはつくづく思った。サイモンも、少年のように笑い声をあげながら遊ぶのは絶えて久しくなかったと感じていた。

夜はもとより、ときには昼間も二人は愛し合った。絶好の相手を得たサイモンは新しい楽しみ方を考えついては試し、チャリティも喜んで従った。そうして、お互いの体や好み、最も敏感なところを学んでいった。昼下がりのベッドで新婚夫婦は飽かず語りつづけ、戯れ合った。こんな喜びを知らずに今までよくも生きてきたものだとチャリティはいぶかり、サイモンも便宜結婚で事足りると考えていた自分の浅はかさに呆《あき》れるのだった。

人一倍心が温かくて、野良犬を見るとほうっておけず家に連れて帰る、ちゃめっけたっぷりでおてんばなチャリティとの暮らしは便宜結婚とは似ても似つかぬものだろう。チャリティ以外の女性と結婚したら、退屈で死にそうになるに違いない。妻になる女性に望みも期待もかけていなかったにもかかわらず、チャリティはまさに理想の女性だった。サイモンは亡妻との悲痛な記憶に縛られて、二度と女を愛せるようになれないと思い込んでいたし、そう口にも出した。ところがどうだろう。今や、人を愛する危険に向かってまっしぐらに突進し、それに歯止めをかけたいとも思わなくなってしまったのだ。チャリティのほうも最初は愛なき結婚になんの不服もなく、誰かを恋するようになるとは思えないとけろりと言ってのけた。あれは本心だったのだろうか？　そうではないことをいつの間にか念じている自分に、サイモンはしだいに気づかされているのだった。

初めは三週間の予定だった滞在が、あと一週間、さらにもう一週間と延びていった。二人がようやくロンドンにもどったときは、結婚式から六週間もたっていた。その間は別世界に住んでいたようなものだった。ディアフィールド・パークにいれば、殺人事件も噂話《うわさ》もなく、一挙一動を見張られて批判されることもない。楽園の暮らしだったことを、ほどなく夫婦は思い知らされた。

ロンドンにおける最初の日に、ハーバート・ゴーラム刑事がデュア邸を訪れた。チャリティは一人で家にいた。執事の取り次ぎに、即座に会うと返事した。どういう男なのか、自分の目で確かめたいと思ったからだ。

ゴーラム刑事は小柄で、いたちのように細くとがった顔が油断ならない印象だった。髪の薄さを補うつもりか、とてつもなく太いひげを口元にもじゃもじゃはやしている。気の毒にも、子どもがつけひげをつけているみたいで、いっそう小さく間抜けに見えた。けれども淡い緑の目は、間抜けどころか周囲のすべてを見通してしまいそうに鋭かった。

チャリティは入ってきた刑事にうなずいてみせ、母をまねた口調で重々しく挨拶《あいさつ》した。

「ミスター・ゴーラムとおっしゃいましたね」

刑事は帽子を取り、チャリティに頭を下げた。「奥様、お目にかかる機会を与えてくださってありがとうございます」

「わたくしはミスター・リードを殺した真犯人を早くつかまえていただきたいと思っております。皆さん同じお考えでしょうが」

「犯人以外は、ですな」ゴーラム刑事は人をばかにしたような薄笑いを浮かべた。

「それはそうでしょう」チャリティは椅子を勧めるしぐさをした。「ただ、お役に立つような情報をわたくしは持っておりませんのよ。何も知らないんです」

「しかし、自分では気がついていない場合もあるんですよ。危険なことですがね」刑事は意味ありげな目つきをチャリティに送った。チャリティは、にこりともせずに刑事を見返した。しばらくしてゴーラム刑事は続けた。「率直に申しますと、あなたがデュア卿《きょう》と結婚なさったことを新聞で読んで驚きました」

　チャリティは動じない。「あら、どうしてでしょう？　わたくしにはわかりませんわ」

「ミスター・リードが殺されたすぐあとだったからです」

「でも、なぜかしら？　わたくしはあの方と親しくもないし、喪に服していたわけでもありませんのに」

「わたしが言ったのは、亡くなった人のことではありません」ゴーラム刑事は一息置いて続けた。「二度殺人を犯した人間にとっては、二度目はずっとやりやすいという話です」

「するとあなたは、殺人犯がわたくしを狙《ねら》っているとでもおっしゃりたいんですか？」チャリティはわざと、とぼけてみせる。この小男がほのめかしているのは、サイモンが犯人だということだ。それは十分に承知しているけれど、気がついたそぶりを見せて喜ばせたくはなかった。

「ミスター・リードのことはよくご存じないかもしれませんが、殺人犯についてはどうでしょう」

「殺人犯がミスター・リードをよく知っているという意味ですか？　それはあり得るでしょうね」

「いや」ゴーラム刑事が顔をしかめた。じりじりさせてやっていい気味だと、チャリティは内心ほくそえんだ。

「奥様が殺人犯をよくご存じかもしれないという意味ですよ」

「わたくしがですか?」なんて無作法なと蔑《さげす》むような顔つきを、チャリティはそれとなくした。「ミスター・ゴーラム、あいにくですけれど、エマーソン家の人間は殺人犯とのつき合いはございませんのよ」

「では、死体のそばにデュア家の紋章入りのハンカチがあったことは、デュア卿からお聞きになっていませんか?」

「そのことは聞きました。実におかしなことですね。どうしてミスター・リードが主人のハンカチを持っていたのでしょう? 盗んだと、お思いですか? 必ずしも紳士とは言えない方でしたが、そういう男性用の小間物を泥棒する趣味がおありとは夢にも思いませんでした」

ゴーラム刑事は見るからにいらだちをこらえているふうだった。「犯人が落としたのは明らかです」

「ということは、犯人がデュア卿のハンカチを盗んだというわけですね。それなら考えられますわ。泥棒が殺人もしたと。でも——」

「奥様」ゴーラムの口調は、子どもか頭の弱い人に言い聞かせるようになった。「つまりですね、あの夜リードの家に行ったのはデュア卿だという結論になります。デュア卿がリードに向けて引き金を引いたんですよ」

チャリティは驚きの目で刑事をしばらく見つめ、おもむろに言った。「なんて突拍子もないことをおっしゃるんです！　そんな無意味な捜査をなさってるから、真犯人がつかまらないんですわ。もっとましな手がかりを探すべきでしょう」

「ミスター・リードが殺された晩に、奥様はご主人とご一緒にパーティにいらっしゃいましたね。そのパーティにはミスター・リードも出席しておられました。ミスター・リードはデュア卿に殴られて、血だらけになって帰ったと聞きました」

「デュア卿が殴っただけで血だらけになったのではありません」チャリティはまじめくさって説明した。「ミスター・リードが鼻血を出したのは、わたくしのせいなんです」

ゴーラム刑事はぽかんとしてチャリティを見つめた。「奥様、あなたのせいで？」

「ええ」チャリティは澄ました顔で話した。「あの晩にミスター・リードと争ったという事実が殺害の理由になり得るなら、わたくしも主人と同じように容疑者の一人と言えるわけです。つまりわたくしが言いたいのは――ミスター・リードを嫌っていた人間は大勢いるということですわ」

「しかしデュア卿は、殺してやるとあの晩リードに言ったそうじゃありませんか」ゴーラムはやっと勢いを取りもどした。

チャリティは首をかしげて考え込む。「かっとなってデュアが何を言ったかは、わたくしもよく覚えておりません。そういう場合はたいてい途方もないことを口走るものでしょう。そんなたぐいの文句じゃないかと思います」

「ご主人が脅した事実があったことは、あなたもよく覚えておられるでしょう」ゴーラムは腹が立ってきた。こしゃくな。このいっぷう変わったべっぴんの口車に乗せられてなるものか。貴族の娘が男に鼻血を出させるはずがない。「奥様、あなたは事の重大さに気がついておられないようですな。人殺しと同じ屋根の下に暮らすのは楽じゃありませんよ」

チャリティは顔色も変えずに言った。「この家に人殺しはおりません」

刑事は微笑を浮かべた口の形にしたつもりらしいが、瀕死《ひんし》の鳥のくちばしみたいに見えた。「奥様は問題の人物と同居しておられるのです。何か見たり聞いたりして気がつくことがあるに違いありません。その場合は、ご自分の身の安全を第一に考えられて、わたしどもに連絡してください。大変無防備な状況にあるということをお忘れなく」

「主人がわたくしを守ってくれます。それで十分ですの。先ほども申しましたように、ミスター・リードを殺した人がなぜわたくしを狙わなければならないのか、理由がわからないのです。その人はきっと、何かミスター・リードのよこしまなたくらみにかかわっていたんでしょう。ミスター・リードが立ち入ったこともないデュア邸ではなくて、そちらの方面をお調べになったらいかがですか？」チャリティは立ち上がった。「ミスター・ゴーラム、おいでくださいましてありがとうございました。この次は何か有益な情報をお持ちいただけたらと存じます」

ゴーラム刑事との面談の様子をチャリティが詳しく話すと、サイモンは頭をのけぞらせて笑った。

チャリティは顔をしかめた。「サイモン、笑い事じゃないわ。あの人は、あなたがファラデー・リードを殺したと思い込んでいて、わたくしにあなたのことを探り出すように求めたのよ」

「最初からわたしを疑っているのはわかっている。しかし、例のハンカチ以外には物証がないから逮捕できないんだ」

「でも、もし何か他《ほか》に怪しげに見える証拠を見つけたらどうなさるの？」

「例えば、どんな？」

「それはわからないわ。そもそもハンカチがどうしてそんなところにあったのかも謎《なぞ》じゃありませんか。とにかく、あの刑事さん、感じが悪いわ」

「またやってきたら断ればいい。奥様は外出していると言うように、チェイニーに注意しておくよ」

「それでは解決にならないわ。わたくしたちがリードを殺した真犯人を突きとめなくては。あなたの汚名をそそぐには、それしか方法がないでしょう」

「だが、どうやって突きとめる？ ロンドン警視庁もいまだに犯人をあげられないのに」

「それは当たり前よ。ミスター・ゴーラムみたいな間抜けの刑事さんが担当しているんですもの。それにわたくしたちのほうが警視庁やミスター・ゴーラムより有利よ」

「ほう、どこが有利かな？」

「真犯人はあなたじゃないとわたくしたちはわかっているから。ミスター・ゴーラムは、あなたの犯行だという証拠を見つけようとして時間を無駄にしてるじゃない。その間にこちらは別なことを調べはじめるの」

決然としたチャリティの顔に、サイモンはほほえみかける。「我々ができるとしたら、どんなことだろう？　リードの使用人を尋問するとか？」

「それも悪くないわね。チェイニーか、あなたのそば仕えを向こうへききに行かせたらどうかしら？　警察やわたくしたちの質問に答えさせられるよりは、仲間に対してのほうが話しやすいでしょう。口を割らせるためには、お金をあげてもいいんじゃない」

「きみは、なかなか抜け目ないんだね。今まで気がつかなかったのはなぜだろう？」

「さあ。でも、前にもお話ししたでしょう？　わたくしは欲しいと思ったものは、必ず手に入れずにはいられないたちですって」

「そうそう、覚えてるよ」チャリティがその話をした夜のことを思い出して、サイモンのまなざしは和んだ。

「一方、わたくしとあなたは生前のリードを知っていた人たちとお話をするの。あの人がごろつきだということはよくわかっているけれど、今まで知らなかったことも出てくるんじゃないかしら。できるものなら、あんな男は撃ち殺してしまいたいと思っていた人も何人かいるに違いないわ。例えばリードの奥様。でなかったら、リードにお金をゆすられていた人とか」

サイモンはきっとしてチャリティを見た。「ベネシアがリードを射殺できるはずがない」

「まさかベネシアが殺したなんて言ってないわ。ただ、あんな卑劣なやり方でベネシアを脅迫したんだから、他の人たちからもお金をゆすっていたんじゃないかと思うの。ミスター・リードは、お金も人の弱みにつけ込んで言いなりにするのも好きだったようだから」

「しかし、リードが誰かの弱みを握ってゆすっていたとしても、どうやってその被害者を探し出せばいいんだろう？　なかなかの大仕事だよ。無から出発するわけだから」

「そう、ちょっと大変のようね」チャリティは考え込んだが、じきに快活さを取りもどした。「パーティやよそのお宅を訪問するときに、リードの話題を出してみんなの反応を観察するの。誰かそわそわしたら、その人を追及できるじゃない」

「殺人事件の話をしてのんびりする人はそうざらにはいないだろう」

サイモンの返事など耳に入らないふうにチャリティは続けた。「ハンカチの問題もあるわよね。誰があなたのハンカチを手に入れることができたか。こちらも追及しなくてはならないわ」

サイモンはため息をついて立ち上がると、チャリティに背を向けて歩き出した。「ハンカチのことは、何度も何度も考えたんだ。どこかに置き忘れたとは思えないから、うちから盗まれたに違いない。そうなると、疑わしい人間はますます特定のしようがなくなる」

「ここに訪ねてきた人が盗《と》ったんじゃないかと思うの。しかも、この家の中で誰かに見られても怪しまれない人」

「見当つかないなあ……」

チャリティはソファに腰を下ろした。「そうよね。あなたに罪に着せるために、知っている人がハンカチを盗むなんて信じられないわ。わたくしいろいろ考えたんだけど、もしかしたらリードのことなんかどうでもいいと思っている人間かもしれないわ」

「それはいったいどういう意味なんだ？」

「つまり、リードはたまたま利用されただけなんじゃないかということ。あの晩リードが殺されれば、その前に激しいけんかをしたあなたがまず疑われると予測していた人だとしたら？　いかにも怪しく見せるためにあなたのハンカチを盗み、それからリードの家に行って射殺し、そばにハンカチを落としてくる。あなたを陥れるのが目的なのよ」

「いい線いってる推理じゃないか。ただし、そんなにもわたしを陥れたがっている人間がいたとしたら、リード以外には考えられない。それに誰かはわからないが、わたしを憎むにしてもよくよくの動機がなければ、人殺しまでするだろうか?」

「両方かもしれないわ。リードも亡き者にしたいし、あなたのことも憎んでいる。真犯人にとっては一挙両得だったというわけ」チャリティは眉間《みけん》にしわを寄せて考えている。「それとも、あなたに対する憎悪が原因ではないのかもしれない。あなたが殺人で有罪になれば得をする人たちというのはどう?」

「わたしが殺人罪で絞首刑になれば得をするのは、わたしの死によって利益を得る人間のことだね。きみを除いては――」

「サイモン!」チャリティは顔色を変え、目をむいた。「何をおっしゃるの!」

「冗談だよ」サイモンはチャリティのそばに行って、抱きかかえた。「意地悪でからかったんじゃない。そういう推論は意味ないと言いたかっただけだ。わたしが死ぬことによって利益を得るのは親族以外にはいないよ。世襲以外の莫大《ばくだい》な財産はきみが相続するし、伯爵の位と世襲財産は叔父が継ぐことになっている」

「でも、犯人はわたくしじゃないわ。リードが殺されたときは、結婚もしていなかったじゃありませんか」チャリティはサイモンから身を引いて言った。

「だったら、わたしの叔父を疑ってるの?」

「さあ、叔父様にはお会いしたこともないんだから、なんとも言えないわ。だけど、誰かがそのハンカチを現場にわざと残したのは確かでしょう。叔父様が伯爵になれば、あなたのいとこのイーブリンが次の爵位継承者になるわけよね。でもあなたが結婚して跡継ぎが生まれると、イーブリンが爵位を継承する見込みは非常に少なくなるじゃない」

サイモンはしばらくの間、黙ってチャリティの顔に目を当てていた。「いや、それは考えられない。二人とも、とうてい殺人なんかできる人じゃないよ。アンブローズ叔父はまともすぎるし、どう考えてもイーブリンがそんな面倒くさいことをするとは思えない」

「おそらく、あなたのおっしゃるとおりなんでしょう。だとすると犯人探しはますます難しくなりそうね。それはそれとして、わたくしたちもロンドンにもどったことだし、パーティを開いたほうがいいんじゃありません？　レディ・デュアとしてわたくしが催す最初の晩餐会《ばんさん》というのはいかが？　あなたの親戚《しんせき》の方々だけをお招きして」

「チャリティ！」サイモンはこらえきれずに笑い出した。「きみはうちの親戚を整列させて、片っ端から尋問するつもりかい？」

「そんなに露骨なやり方じゃなくてよ。いけなくはないでしょ？　あの晩どこにいたかとか、そういったことをそれとなくきき出すくらいは」

「きみがそんなことをしたら、わたしは親類から仲間外れにされてしまうぞ」サイモンは苦笑いして首を振りながらも、いとしげにチャリティの額に口づけした。「よしよし。いいから、ディナー・パーティを開きなさい」

翌日からさっそくチャリティは調査に乗り出した。まず、執事のチェイニーとじっくり話をした。チェイニーは例のもったいぶった表情で、リードの召使いたちから情報をきき出す役割を引き受けてくれた。チャリティ自身は、社交的な集まりや他家訪問、来客接待などのあらゆる機会をとらえて、大胆にもファラデー・リードの事件を話題にしてみた。どことなくおさまりの悪い顔をされるのがおちだった。ミスター・リードはなんの罪もない人なのにと考えている女性が多く、少数だけが冷ややかな反応を示した。結局のところ、収穫はほとんどなかった。

その一方でチャリティは、来るべき晩餐会の準備にたっぷり時間をかけた。家政婦、チェイニー、料理人の他に、母やベネシアにも相談しながら献立を決め、招待状を発送した。屋敷を隅から隅までちり一つない状態にするために、家政婦と侍女たちをきりきり舞いさせた。パーティで自分に課した務めは、好奇心はそそられるが、相当に難しい仕事である。なにしろ伯爵夫人になってからサイモンの親戚を接待するのは初めてだからホステス役をつつがなくこなしたいし、同時に殺人事件についての探りも入れなければならない。さすがのチャリティも、薄氷を踏む思いだった。ベネシアとのおしゃべりもパーティの話題になると、いつものように気楽には話せなかった。下心のあることは打ち明けられないからだ。

晩餐会まであと二、三日を残すある日、チャリティは気晴らしの買い物に出かけることにした。まず最初に帽子屋に寄り、ボンネットをあれこれと物色する。最後にかぶってみたのは、頭をおおうというよりもてっぺんにのせる感じで、額に斜めにかしいでいるさまがなんともしゃれていて心が動いた。もとより帽子を新調する必要に迫られていたわけではない。でも捨てがたいわ……これをかぶって見せたらサイモンはなんと言うかしら？

「レディ・デュア、そのお帽子、よくお似合いですわ！」背後から女性の低い声がした。

内心を見透かされたようで、チャリティはぎくりとして振り返った。黒髪の美人がほほえみかけている。その美人が誰かは即座に思い出したものの、名前がすぐには出てこなかった。一度だけだけれど、公園で会った人だ。

黒髪の美人はへりくだった言い方をした。「さし出がましいと、お思いにならないでくださいませね。前にお目にかかったことがありますので、つい……」

「さし出がましいなんて、とんでもない」チャリティはにっこりした。やっと名前を思い出して、ほっとする。「ミセス・グレーブズとおっしゃいましたわね。公園で馬に乗っていらしたときに一度お会いしました」

「覚えていてくださって、ありがとうございます」

「ミスター・リードが紹介してくださいましたわ」この人はミスター・リードと親しかったのだろうか？

「ええ」ミセス・グレーブズは表情を改めた。「あの方、大変なことになりましたのね」身震いをして続ける。「言うまでもなく、わたくしが以前に考えていたような立派な方ではなかったのですけれど。殺されても仕方がないかもしれませんわね」

「あなたもだまされていたのですか？」

ミセス・グレーブズはうなずいた。「ええ。でも、だまされていたのはわたくしだけではないと思いますよ。社交上でも金銭上でもわたくしが助けにならないと見きわめるや、ミスター・リードはさっさと離れていってしまったんです。それでわたくしは初めて、どういうたちの方かわかりましたの」

「そうでしたか」

黒髪の女性はふっと悲しげな顔になった。「残念ながら、男の方たちにはよくあることなのかもしれません。とりわけ、紳士と呼ばれる殿方の間では」それから、無理してほほえんでみせる。「まあ、ごめんあそばせ。幸せいっぱいでいらっしゃる奥様に、つまらない愚痴などお聞かせして。デュア卿とご結婚なさったんでしょう。伯爵は幸運な方でいらっしゃいますね」

チャリティは満面に笑みを浮かべた。「幸運なのはわたくしのほうですわ。あんなすてきな人に巡り合えたんですもの。実を言いますと、結婚がこんなに楽しいものだとは想像もしませんでした」

ミセス・グレーブズの表情が凍りついた。

すぐさまチャリティは言った。「ごめんなさい。何かお気に障ることを申し上げましたか？」

「いえ、そんなことはございません。新婚の若い奥様がそうお思いになるのは当然ですわ」

「でも、あなたは……わたくしの気のせいか……一瞬、悲しそうなお顔をされたので」

「とても敏感でいらっしゃるのね。あなたのせいではありませんことよ。ただ、ちょっと思い出したことがあっただけで……」ミセス・グレーブズは不意に口をつぐみ首を振って、再度けなげにほほえんでみせようとした。「いいえ、あなたのお気持を煩わせてはいけませんわ。それに、奥様とお話ししているところを人に見られたら、ご迷惑をかけることになるんです」話しながらも、あたりに不安そうな視線を走らせている。

「どうして迷惑などとおっしゃるの？」チャリティは年上の女性に近づいて、気づかわしげに腕を取った。「なぜあなたとお話ししてはいけないんですの？　どういうわけですか？」

　ミセス・グレーブズの目に涙が光った。「お優しい方。でも、どうしようもありませんのよ。わたくしはもう……今は……言えないわ、辛《つら》くて」とうとう涙がこぼれ落ちた。ミセス・グレーブズはポケットからレースの縁どりをしたハンカチを取り出して目を押さえながら、こっそりと周囲をうかがっている。

「さ、わたくしと一緒にいらして」チャリティはとっさに判断した。この人は、かわいそうに泣きじゃくっている。人目もある帽子屋の中では、さぞ恥ずかしいだろう。「外に馬車を待たせてあるの。ちょっとそのへんを走らせてみません？　いかが？」

「申し訳ございません」ミセス・グレーブズはハンカチから目をのぞかせてつぶやいた。

チャリティは買おうかと迷っていたボンネットを脇《わき》に置き、ミセス・グレーブズを店の外へ連れ出した。「馬車はこちらよ。さあ、乗りましょう」御者にはそのあたりを適当に走るよう命じて、ミセス・グレーブズと向かい合わせに腰かけた。

「ご親切、ありがとうございます。わたくしったら、お店で泣き出すなんて、本当にはしたないことをしてしまいました」

「よくあることだと思いますわ――新しい帽子を買ってと、お母様にせがんで泣くお嬢様とか、気に入った帽子がお洋服に合わなくて悲しくなるとか」

「あなたは本当に思いやりのある方ね。でも、わたくしの世話をしてくださったことは、どなたにもお話しになってはいけませんよ」

「あら、どうして？　かまわないじゃありませんか」

シオドラ・グレーブズは首を振って、寂しげにほほえんだ。「いいえ、かまわなくないの。あなたがわたくしのような目に遭うことがないようにお祈りしますわ。わたくしの評判はずたずたですから、きちんとしたお宅でのパーティにお招きを受けることはもうないんですのよ」

「でも、なぜなのですか？」

「わたくし……」シオドラはまた涙声になって、ハンカチを目に持っていった。「わたくし、ある方に裏切られましたの。たとえお生まれは高貴でも、あの方を紳士と呼ぶことはできません」

「すると、あなたは……」

「ええ」シオドラは両手を頬に当てた。「恥ずかしいことです。こんなこと言い訳にもなりませんが、主人が亡くなったばかりで誰も頼る人とてなく、みじめでたまらなかったの」

「わかりますわ、お気持」

「主人の喪が明けてもいないうちから他の男の方の腕に抱かれるなんて、故人に対する背信行為だとお思いになるでしょうね。でもダグラスへの愛が消えたからではなくて、むしろ主人を恋しく思うあまりあんなことをしてしまったんです。その方に抱擁されると、まるで主人が生き返ったみたいに感じました。主人とごっちゃになってしまって、愛しているとかきれいだとか言われたときにはすぐ信じてしまったんですの。甘い言葉や優しい愛《あい》撫《ぶ》に寂しさを忘れてすっかりその気になって……結局、されるがままになりました。もちろんわたくしがばかだったんです。結婚していたとはいえ世間知らずでした。わたくしは小さな町の出身で、ダグラス以外の男の人は知りませんでした。愛しているという言葉をうのみにしただけではなく、わたくしもその方をとても愛してしまいました。罪深いことだとは思いましたけれど、幸せな気分になれたのが嬉《うれ》しかったの」

「当然なことで、誰にも責められないと思います」

「たとえそうにしても、女がそういうことをしたら悪く言われるでしょう。どんなに相手の男性を愛していたとしても、ふしだらだという評判を立てられてしまうんです」

「そんなの、公平じゃないわ」

「公平も何も、割りを食うのはいつも女。男の方と違って女は結果から逃れられないですから」

チャリティはぴんときた。「えっ、まさか！　もしかして、あなたは赤ちゃんが……」

「ええ、たぶん」シオドラは、チャリティと目を合わせられないというふうに、ひざに視線を落とした。「まだはっきりはわからないんですけれど、きっとそうだと思います。それでわたくしは……彼に相談にまいりました。愛していると言われたのですから、喜んで結婚してくださると思ったの。ところが、あの方は……」感情が高ぶったのか、シオドラは急にしゃくり上げた。「他の女性と婚約していたんです。わたくしと違って、家柄もお金もある方のようだったわ。ゆくゆくは結婚するものと思っていたと言ったら、あの方はわたくしを嘲笑《あざわら》ったの。身分が違うじゃないかと。わたくしの親は田舎の商人にすぎませんから、ダグラスみたいな准男爵の三男ならいざしらず、あの方にはふさわしくないんですって。わたくしのような女を妻にするのは家の恥だというんです」

チャリティの正義感はたちまち燃え上がった。「なんというひどい人！　どうして男って、そんなに身勝手なの」

「わたくしもそんな人だとは思いもしなかった。でもようやく大変な思い違いをしていたと気づきました。いくらかお金をくれて、これでおしまいだと一方的に言い渡されたの」

あまりのことに、チャリティは息をのんだ。

「愛されていると信じていたけれど、彼にとってわたくしはただの浮気相手だったというわけ」シオドラは肉感的な口元をゆがめた。「あげくに、わたくしの家賃を払ってやったとか、上等なドレスを買ったじゃないかとか言い出しました。事実そのとおりなんですけれど、わたくしはそんなふうに考えていなかったの。ダグラスはしょっちゅうわたくしにすてきな贈り物をくれましたから、愛情のしるしだとばかり思ってたんです。でも彼はわたくしを買ったつもりでいたのね――まるでそのへんの娼婦《しょうふ》みたいに」

とうとうシオドラは手で顔をおおって、わっと泣き出した。チャリティはなすすべもなく、号泣するシオドラを眺めていた。男に対する怒りがふつふつとわいてくる。二、三カ月前だったら、紳士たるものが女にそんな仕打ちをするとは信じられなかっただろう。悪人は顔つきや態度でおのずからわかると思い込んでいたのだ。けれども、ファラデー・リードの正体を知ってからは、自分がいかに無知であったかをいやというほど実感した。立派な貴族を装っていても、一皮めくれば極悪人かもしれない。

チャリティはミセス・グレーブズの隣に移動して肩に腕をまわし、優しく慰めた。「お気の毒でたまらないわ。助けてさしあげられるといいんですけど。本当に不公平ね。その不埒《ふらち》な男がそしらぬ顔でどこにでも行けてちやほやされているというのに、あなたは不当にもふしだらな女の烙印《らくいん》を押されてしまうなんて」

シオドラは泣きやみはしたが、びしょびしょのハンカチで打ちしおれた顔を拭《ふ》いている。

「わたくしは、あなたに冷たくなんかしませんわ。だって、あなたが悪いんじゃないですもの。わたくしたちが開く最初の舞踏会にあなたをお招きします。二日ほどしたら親族の晩餐会があって、そのあとになるけれど、もうじきだから」

「いいえ、そんなことなさらないで。わたくしを招待なさったら、あなたが中傷されることになるでしょう」

チャリティは考えた。「それならまず、デュアに相談してみるわ。反対しないと思うけれど」

シオドラは顔色を変えた。「いいえ、それはだめ！　デュア卿にはおっしゃらないで！」

「でも、どうしてだめなの？　彼はとっても聡明《そうめい》で公平な考え方をする人だから、あなたを非難したりしないわよ」

「お願い、わたくしのことはご主人にも誰にも話さないと約束して。あなたとわたくしだけの秘密にしていただきたいの。もしも噂になったら、わたくしはどうやって生きていけばいいかわからないわ。このことは、あなたにしか打ち明けていないのよ」

「そう、わかったわ」チャリティは不本意ではあったが承知した。よるべない境遇の女性をデュア卿がとがめるとは思えないし、むしろ何かよい助言をしてくれるかもしれないのに。とはいえ、人に、それもとりわけ男性にこの種のことを知られるのを恥ずかしがるミセス・グレーブズの気持も理解できる。ただでさえ気の毒な立場の人をこれ以上悲しませたくはなかった。「デュアには話さないと、お約束します」

シオドラはいくぶんほっとした様子ながら、さらに念を押した。「本当に約束してくださるのね？」

「もちろん。デュアにも、他の誰にも言わないと約束するわ。でも、わたくしはあなたのお友達でいたいの。わたくしのことを信頼できると思ってね」

「本当にありがとうございます。そこまで言ってくださるなんて、どれほど心強いことか。厚かましいお願いだとは思いますけれど、またお話しできたら嬉しいわ」

「厚かましくなんかあるものですか。わたくしもお話ししたいと思ってます。あなたの力になりたいの」チャリティはシオドラの手をぎゅっと握った。

「奥様、ありがとうございます」シオドラは顔を伏せて、ひそかにほくそえんだ。「ご親切は忘れません」

## 20

晩餐会《ばんさん》の日の夕方、サイモンは妻の行方がわからず、応接間でやきもきしていた。マントルピースの時計を見るのはこれで四度目だった。何回見たところで、時間の進行を止められはしない。ディナー・パーティが始まるまであと一時間足らずだというのに、チャリティは二時間ほど前に出かけたきり帰ってこなかった。玄関の扉を開閉する従僕パトリックに、ドレスのためのリボンを買いに行くから数分でもどると言いおいて出ていったのだ。

サイモンは感じたことのない不安にかられた。御者のボトキンズと共に馬車で出かけたのだから、チャリティの身の上に何か起こる恐れはほとんどあり得ないのだが。それでもなぜか妻のこととなると、理性が働かなくなってしまう。もしもチャリティがいなくなったら？　そんな懸念がわずかでも頭をよぎろうものなら、心配で矢も盾もたまらなくなる。リードを射殺した犯人を見つけ出してサイモンの汚名をそそぎたいとチャリティが決意して以来、また例の無鉄砲なやり方でとんでもないごたごたに巻き込まれているのではないかと絶えず不安に襲われるようになった。

正面玄関の扉が開く音がしたので、サイモンは急いで廊下に出た。風のようにチャリティが飛び込んできて、上気したまばゆいばかりの笑顔を従僕に向けた。

「ただいま、パトリック。すごく遅くなってしまったわ。だんな様はどこ？」

「おかえり、チャリティ」サイモンは歩を速める。晩餐会を控えて夫が気をもんでいるというのに、どこをほっつき歩いていたんだという顔をしてみせなくては。そのとき何やら小さな動物がひょいとチャリティの肩にとまったので、サイモンはぴたと足を止めた。その動物は、どうやらマントの背中に垂れたフードに隠れていたらしい。「なんだ、それは？」

チャリティは陽気な笑い声をあげた。「あら、お猿さんよ。まさかあなたは初めて猿を見たんじゃないでしょうね？」

「もちろん初めてじゃないよ。しかし、この家では見たことがない」

猿はきいきいと鳴き、頭にのせた大きさも形も指抜きそっくりの赤い小さな帽子を持ち上げた。それから片手でチャリティの髪の毛をつかみ、首の後ろをまわって、もう一方の肩に移った。

「チャーチル、お行儀よくしなさい」髪を引っぱられて顔をしかめながら、チャリティは猿を叱《しか》った。

「チャーチル？」

「ええ、マールバラ公爵の名前をいただいたの。ちょっとおかしいかしら？」

「ちょっとどころじゃなくね」猿がチャリティの胸を滑り下りて大理石の床に着地するのを、サイモンは憎らしそうに見やった。

床を走り出したチャーチルは、壁際に立っている重厚なマホガニーの帽子掛けにするするのぼった。

「どうしてわたくしがこの猿と巡り合ったのか、あなたもお聞きになりたいでしょう？」

「聞きたくてうずうずしているよ」

「チャーチルをこれからどうするかは考えていないけれど、わたくし、あそこに置いてくるわけにはいかなかったの」

「そのあそことは？」

「飼い主のところよ。ま、自分で飼い主だと言ってるだけだけど。だって、大切に扱うことができない人は動物を飼うべきじゃないとわたくしは思うの」

「その飼い主は大切に扱っていないんだね？　だからきみはチャーチルを飼い主から、その……救い出してやることにした」サイモンはあきらめ顔で言った。

チャリティはにこっとして前に進み、サイモンの頬にキスをした。「きっとわかってくださると思ってたわ」

「それはそれとして、この動物を飼うことに……」猿は、樹木型の帽子掛けのてっぺんからクリスタルガラスのシャンデリアに飛び移り、ぶら下がって体を揺すり出した。サイモンは低くうなった。「こいつと一緒に暮らすことに賛成したわけではない」

「チャーチル、下りてきなさい」チャリティは威厳をもって命令した。猿は知らん顔で、きらきら光る多面体のガラス片に囲まれて何やら楽しそうな声をあげている。「この子はあまりお行儀がよくないのは確かだけれど、あの手まわしオルガン弾きが虐待したせいよ。そのうちに慣れてわたくしたちを信頼すれば、だんだん言うことを聞くようになるわ」

「でなくても、ラッキーが夕飯代わりにしてしまうかもしれない」

チャリティはぎょっとして夫を見た。「サイモン、まさか！　本当にそんなことになるの？」

照明器具でぶらんこ遊びをしている猿をサイモンは見上げた。「そんな悪さができるほどラッキーがあいつをつかまえておけるかどうかは疑問だ。だからといって、あの犬が初めからあきらめるとも思えないが。なにせラッキーは自分のことを猟犬と勘違いしてるようだから。パトリック！」サイモンは扉のそばに立っている不運な従僕を呼んだ。「あの猿を下ろして、どこか犬が入れないところに閉じ込めてくれ」

「はい、かしこまりました」けなげにも従僕は表情を変えなかったが、猿を見上げる目は内心を語ってあまりある。

「もう一人手助けが必要だな……それと、梯子《はしご》も」

「はい」

チャリティは夫に感謝のほほえみを向けた。「ありがとう、サイモン。きっと引き取ってくださると思ってたわ。さ、わたくしは大急ぎで支度しなくちゃ」階段をかけ上がって自室へ行った。

よりによって晩餐会の夜に帰宅が遅くなってしまうとは。今夜のパーティでは二重三重に気を張っていなければならない。新しい親戚《しんせき》に対してにこやかに振る舞い、パーティの進行にぬかりなく目を配る一方で、客からリード殺しについての役に立つ情報を集める。そんな大事なパーティに、客が到着するぎりぎりの時刻に慌てふためいて階段をかけ下りてくるなどというみっともない真似《まね》はしたくなかった。

ありがたいことに、そば仕えのリリーが水色のサテンのイブニングドレスや揃《そろ》いの靴を出して、いつでも着られるように用意してくれていた。鏡台には、香水やヘアブラシ、髪飾りなども並べてある。

「まあ、リリー、助かるわ」チャリティは安堵《あんど》のため息と共に、侍女に声をかけた。鏡台の前で控えていたリリーは、さっそくチャリティのマントを脱がせ、背中のボタンを外しはじめた。

リリーのかいがいしい手助けのおかげで、チャリティは服を脱ぎ、顔や手を洗って、最高の姿に見えるよう苦労してコルセットを身につけた。何枚ものペティコートの上にドレスをまとい、鏡に向かって座った。リリーに髪をとかしてもらっている間、目をつぶって気持を落ちつけようと努めた。ブラシをかけて艶《つや》を出した髪をリリーが巧みに結い上げ、一騒動まで起こしてチャリティが買ってきたリボンで飾った。そのころにはチャリティの気も静まり、難しい課題に立ち向かう心構えもできた。

チャリティは急ぎ足で階段を下り、夫が待っている応接間に入っていった。サイモンは目をぱっと輝かせて立ち上がり、近くまで来て足を止めると熱っぽい視線を妻に浴びせた。「チャリティ……おいしそうだ」サイモンはかがんで、チャリティのあらわな白い肩に唇を当てた。「お客たちは適当にやってもらうことにして、我々は早めに部屋に引き上げてしまおうか」

サイモンの息が肌をくすぐったとたんに、チャリティはかすかに震えた。わたくしみたいに夫を愛している妻は世の中にいるのだろうか？

「サイモン、なんてことを……」サイモンをたしなめようとするそばから、くすくす笑いが込み上げてくる。チャリティはいたずらっぽい目で夫をにらんだ。「そんなことできませんてば。お客様に失礼じゃない」

「失礼だろうがなんだろうが、わたしは妻と二人きりになりたくなった」サイモンはまた、かがみ込んで唇を重ねようとした。チャリティも顔をうわ向けて、待ちかまえる。

「ネイサン・ウェストポートご夫妻のご到着です」戸口から執事の声がした。

サイモンとチャリティは慌てて離れた。チェイニーが戸口に立っている。顔にも目にも、いささかの表情も表さない。すぐ後ろに、サイモンのいとこのうちでいちばん若いネイサンとその妻がいて、肩幅の広いチェイニーの陰からしきりにのぞこうとしていた。チャリティは赤くなって夫を見上げた。

「まったく！　ネイサンときたら、いつでも間が悪いときに現れる」サイモンが声をひそめてささやく。

チャリティは笑いをかみ殺して夫の腕に手をかけ、最初の客を迎えるために歩き出した。晩餐会が終わって、客が帰ってからが待ち遠しい。サイモンのまなざしが約束している寝室での幸せをあれこれと思い描いては胸をどきどきさせつつ、気持を引きしめて客の応対を始めた。

もとより、ファラデー・リード殺しの手がかりを探すというひそかな目的も忘れてはいけない。不必要に相手の好奇心を刺激せずにこの話題を持ち出すのは、容易なことではなかった。それというのも、パーティの主催者であるサイモンに疑いがかかっているのだから、そんな話をわざわざ自分から口にする客がいるはずはない。

チャリティは丁寧な受け答えをしながらも、その話題に触れる機会をつかめなくてしだいにじりじりしてきた。遠まわしに話をリード事件に持っていこうとするたびに、会話の方向がそれてしまうのだ。もしかしたらこれは誰かが故意にやっているのかもしれない。

デュア夫妻を傷つける結果になるのを恐れて話をそらそうという心づかいなのか。もっとくだけていて、噂《うわさ》好きの人はいないかしら？　歯がゆくなったチャリティは客の群れをそれとなく見まわした。

ベネシアの夫のアッシュフォード卿《きょう》、アンブローズ叔父、息子のイーブリンの三人が話しているのを見つけて、チャリティは近づいた。アンブローズ父子《おやこ》には、サイモンを陥れようともくろむ動機はある。といって、もったいぶったアンブローズ叔父にしても、勘がよくて皮肉屋のイーブリンにしても、人殺しをする犯罪者のようにはとうてい見えない。

チャリティは、サイモンの叔父にほほえみかけた。「アンブローズ叔父様、お越しくださいまして本当に嬉《うれ》しゅうございます」

アンブローズ叔父は鷹揚《おうよう》にうなずく。「なんのなんの、こちらこそ。身内の顔を見るのは楽しいものですな」

「まことに」

いとこのイーブリンは斜に構えた笑みを浮かべて、礼儀正しくチャリティの手に挨拶《あいさつ》のキスをした。「こんばんは。いつもながら大変お元気そうで」

「まあ、ありがとうございます」チャリティは一呼吸置いて、せっかくのきっかけに飛びつくことにした。「ですけれど正直に申しまして、わたくしがしおれているように見えないとしたら、我ながら驚いてしまいます。この二、三週間ほど、とてもきつかったんですもの」

「え？　具合が悪かったんですか？」アッシュフォード卿が心配そうにきいた。「そんなこと、ベネシアは言ってなかったが」

アンブローズ叔父が咳払《せきばら》いして、気の優しそうなアッシュフォード卿に意味ありげな視線を送った。「きみに話すようなたぐいのことではあるまいに」

「あら！」チャリティは気がついて、顔を赤らめた。具合が悪かったのは妊娠したせいかもしれないと、叔父はほのめかしているのだ。「いえ、そういう意味ではありませんの。このところサイモンを悩ませている問題で、大変だったと言いたかっただけなんです」

「それはまたどんな問題で？」アンブローズ叔父はけげんな顔で尋ねた。

息子が父親をじれったそうに見やった。「ほら、ミスター・リードがあんな死に方をされたことだと思いますよ」チャリティは胸の内で拍手した。

「誰だと？　リード？　ああ、あのいかさまか」アンブローズは鼻を鳴らした。「あんな男はいないほうがましだ。家柄も何もない成り上がり者さ」

「だからといって、殺されてもいいというものでもないでしょう」イーブリンはけだるい口調で言った。

「うむ、それはそうだが。しかし、なにも大騒ぎするほどのことじゃないだろうに」

イーブリンは呆《あき》れたように眉をつり上げてみせる。「それにしたって、殺人事件なんですよ。いくら悪いやつだといっても、見過ごせる問題ではない」

「誰が殺したにしても、よくぞやったとわたしは言いたいね」ベネシアの夫の発言だった。語気の激しさにチャリティはびっくりした。常に変わらず温厚だと思っていたアッシュフォード卿が、表情険しく目を不気味に光らせている。

イーブリンも驚いたふうにベネシアの夫の顔を見た。アッシュフォードは気配に気がついて、「いや、失礼」と謝った。自分の発言に距離を置こうとでもするように少し後ろへ下がり、ばつが悪そうにつけ加えた。「レディの前でこんな話題を口にすべきではなかった」

「いやいや」イーブリンは薄笑いを浮かべたまま言った。「この話題こそレディ・デュアがお聞きになりたいことではないかと思う」それからチャリティに、いたずらっぽい目を向けた。「奥様は探偵ごっこをなさっているのでは?」

チャリティはつんとあごを突き出した。イーブリンは感じのいい若者だけれど、この瞬間は、向こうずねを蹴《け》とばしてやりたくなった。あまりにも気がまわりすぎる。「とっぴなことおっしゃらないで」

アンブローズが息子をたしなめた。「そのとおりだ。おまえは生意気だぞ。こちらの奥様は、あんなやくざな男が死のうが生きようが関心あるものか。そんな話を持ち出したのはおまえなんだ。ご婦人方もおいでの席なんだから慎みなさい」

「そうでしたね。無礼のほどはご勘弁を。それはともかく、あの晩ぼくがどこにいたかくらいはお聞きになりたいでしょう。遺憾ながらぼくは、あんまり上品とは言えない連中と一緒にセシル・ハーベイのところにいたんですよ。それも、一晩じゅう。お父さんはどうですか？　誰からも悼まれないファラデー・リードが殺された夜、どこで何をしていたか説明できますか？」

アッシュフォードはたまげた顔でイーブリンを見た。「ウェストポート、きみはまさか、我々がレディ・デュアに疑われていると言おうとしてるんじゃないだろうね？　このうちの誰かがリード殺しの犯人ではないかと」

「そんなことではない。せがれ一流のつまらん冗談だよ」イーブリンに返事をするすきも与えず、父親が口をはさんだ。チャリティには笑顔を向ける。「レディ・デュアみたいなうら若くて優しいご婦人がそんなことを考えるものか」

チャリティはアンブローズ叔父に笑みを返す一方、イーブリンを目顔で制した。

それでもなおアッシュフォードは、探るような視線をチャリティに当てていた。アンブローズが離れていったのをしおに、ベネシアの夫はまたその話を持ち出した。「やはりあなたは、我々の中に犯人がいると疑っているんですね？」

「いえ、とんでもない。わたくしはただ、つまりその……」

イーブリンが助け船を出した。「デュアが犯人でないとすると、他《ほか》の誰かに違いないと思うのは当然でしょう」

「それはもちろんそうに決まってるが。しかし、なぜウェストポートや、このイーブリンに疑いをかけなきゃならないのか？」

「あるいは、きみにも」イーブリンの茶色の目は笑っている。

アッシュフォードはきっとなった。「わたしにもだって？　冗談だろう！」

「誰にでも怪しいところはあるんだよ」イーブリンは、いわくありげに声をひそめた。「例えば、うちの父。結局、あの晩のアリバイを言わなかったのに気がつかなかった？」

チャリティは苦笑した。「もうやめて。それじゃなんだかわたくしがばかみたいじゃありませんか」

「いや、そんなことはない。とにかく下手人は確かにいるんだし、遅かれ早かれいずれ明らかになるでしょう。問題は、疑わしい者が多すぎるということ。ぼくはリードなんか厄介払いにしてしまいたい人間が、おそらく何百人もいたんじゃないかと思いますよ」イーブリンはアッシュフォード卿に向かって言った。「ジョージ、あっちへ行こう。ぼくは知っている限りのことは話した。親愛なる新しいいとこのチャリティが、密偵の仕事をする邪魔をしてはいけない」

イーブリンはチャリティに会釈をして、アッシュフォードを伴い歩き去った。その後ろ姿を見送りながら、チャリティは胸にわいた疑念を振り払うことができなかった。冗談めかしてイーブリンが、きみも疑わしいと言ったときのアッシュフォード卿の態度は実に変だった。びくびくしていたと言ってもいい。とはいっても、まさかベネシアの夫があんな大それたことをするはずはないと思うが……。

どう考えても、物静かなアッシュフォード卿が人殺しなどするとは信じられない。けれどもチャリティは、ジョージ・アッシュフォードが妻を熱愛していることを知っている。ひょっとして、妻がリードにゆすられていた事実をつかんだとしたら？　過去のことはいえ、ベネシアとリードとの関係を知るにいたったとしたらどうだろう？　恋情と嫉妬《しっと》は、あれほど柔和なアッシュフォード卿さえも狂わせるだろうか？　その一方で、友人であり義兄でもあるサイモンに疑いがかかるように謀ったとしたら、その理由はなんだろう？

チャリティはベネシアを捜すことにした。応接間には見当たらない。廊下にも数人の客が行ったり来たりしていた。夫の姿を見かけて、にっこり笑みを送る。デュア卿は、母方のいとこと話し込んでいた。このいとこには不運にもさっきつかまってその退屈さに苦労したので、夫に押しつけられないうちにとチャリティはそそくさと通り過ぎた。そのまま急ぎ足で図書室の前を歩いていると、中のソファのあたりに人がいるらしいのに気がついた。チャリティは足を止め、明かりのついていない室内をのぞいてみた。

ふくらんだスカートからして女性らしい。暗いし、顔が奥を向いているので、誰だかわからなかった。鼻をすすっている音が聞こえる。

「そこにいらっしゃるのは、どなたですか？　どうかなさいました？」チャリティは図書室に足を踏み入れた。

人影はびっくりした声を出して、ぱっと振り返った。「あ、チャリティ！」

「ベネシア！」近くまで行っていたので、廊下からの明かりでも顔立ちの判別がついた。

「こんなところで、どうなさったの？」

チャリティはベネシアのかたわらに腰を下ろして、手を取った。ベネシアのもう一方の手には、刺繍《ししゅう》入りのハンカチが握りしめられている。身動きした拍子に、ベネシアの頰にこぼれた涙が光った。

ベネシアは弱々しい笑い声をもらした。「ひどい顔でしょう。ここは暗いからいいけど」

「いったいどうしたの？　どうして泣いてるのか教えて」

「泣いてなんかいない——泣いたとしても、ちょっとだけ。ささいなことでも気持が乱れるときってあるでしょう。それなの」

「それはわかるけど、あなたらしくないじゃない。ふだんはあなたもサイモンみたいに冷静なのに」

ベネシアはかすかに首を振り、ため息をついた。「チャリティ、わたくし、どうしたらいいかわからないの。リードは死んだのだから、何もかもよくなると思ってたんだけど」

義妹の言葉を聞いて、チャリティは背筋が寒くなった。これはどういう意味？　リードを殺したのは、ベネシア？　そんなこと信じられない。それに、万が一そうだとしても、愛する兄に罪を着せるはずはないし。けれどもベネシアはあんなむごい仕打ちを受けて、リードを憎悪していたのは事実だ。

ベネシアがチャリティに顔を近づけた。「どうしてそんな目つきでわたくしを見るの？あっ！　わたくしがリードを殺したのではないかと思ってるのね？」

「ううん、そんなこと思ってないわ」

「でも、わたくしには十分な動機があるんですものね。だけど、わたくしはやってないわ。それだけの勇気がないの。リードのことはまかせておけと、お兄様に言われたから、わたくしは安心していたし。でも正直に言うと、殺されたと聞いても気の毒だとはまったく感じなかったの。我ながら、なんと不人情なと思うけれど、自業自得だという気がしてならないのよ」

「そのとおりだわ。ただ、サイモンが犯人だと疑われてさえいなければねえ」

ベネシアの目の縁に新たな涙が盛り上がった。「そのこともわたくしの悩みの一つなの。お兄様がそういう目で見られるのが悔しくてならないのよ。あんなやり方でリードを射殺するなんて考えられない。お兄様は殴りはしても、不意打ちをするような卑劣な人ではないわ」

チャリティはうなずく。ファラデー・リードを殺したのはベネシアではない。兄にまかせたという言葉は本当だろう。ましてサイモンのハンカチを犯行現場に置いてくるなど、ベネシアの性格からしてあり得ない。

「リードにゆすられたこと、アッシュフォード卿はご存じなの？」

「いいえ、知ってるはずがないわ！」ベネシアは強くかぶりを振った。「ジョージは、リードとわたくしの間にあったことも知らないのよ。だからこそ、お金を出すしかなかったんじゃない。あのうじ虫みたいな人がジョージに昔のことを言うといって脅すから」

義妹には何も言わなかったけれど、チャリティは疑わずにいられない。もしかしてアッシュフォード卿は、妻とリードの過去の関係について知っているのではないか？　リードとサイモンの仲が悪いことは世間では周知の事実だ。噂好きが多いことだし、ベネシアとリードのかかわりを召使いなどの話からかぎつけた者もいたかもしれない。噂に尾ひれがついて、長い歳月のうちには巡り巡ってベネシアの夫の耳に入る可能性もある。あるいは、リード自身がアッシュフォード卿に話してしまったのでは？

チャリティは頭をめまぐるしく働かせた。ベネシアに手を出すなとサイモンに厳重に言い渡されたとしても、仕返しのためにリードがアッシュフォード卿のところに出かけていって秘密をばらしたとも考えられる。それを知ったらサイモンは激怒するだろうから賢明とは言えないわけだが、悔しまぎれに無謀な行為に走ったかもしれない。でなければ、リードはアッシュフォード卿からお金をゆすれると計算していたのではないか。上流階級では、たとえ結婚前の出来事とはいえ、妻にまつわるその種の噂が世間に流れるのを喜ぶ夫はいないだろう。一門の名折れになるからだ。それを承知のリードは、口封じのためにアッシュフォード卿が金を払わざるを得ないとにらんだのかもしれない。ところがアッシュフォード卿は、逆上のあまりリードを殺してしまった。

それればかりではなく、長年にわたって自分をだましつづけてきた妻とその兄への怒りにかられて、サイモンの犯行に見せかけるための工作までした。その推理が当たっているとしても、アッシュフォード卿はどうやってサイモンのハンカチを手に入れたのだろうか？それに、かっとなってリードを射殺したとしたら、前もって死体のそばに置くハンカチを用意していたとは考えにくい。

またしても同じ疑問がわいてくる。アッシュフォード卿の人柄が、どうしても凶悪な殺人と結びつかないのだ。チャリティはため息をついて立ち上がり、ベネシアに手をさしのべた。

「行きましょう。パーティにもどらなくては」

ベネシアは力なくチャリティにほほえみを返し、涙でよごれた顔を拭《ふ》いた。「そうね。パーティの途中でホステスのあなたが消えてしまってはおかしいもの」

「そうそう」チャリティは歯を見せて笑った。「それに、もうお食事が出るころよ。わたくしたち、食べはぐれたくないじゃない」

「仰せのとおりよ」ベネシアはチャリティの手につかまって立ち、髪のほつれやスカートのしわを直してハンカチをポケットにしまった。「どう、みっともなくない？　ここで泣いていたのがわかっちゃうかしら？」

「だいじょうぶ。いつもと変わらず、すごくきれいよ」

「ありがとう」ベネシアはまた泣きそうな顔になり、不意にチャリティを抱きしめた。「本当にありがとう。あなたみたいな心の優しい人が兄の奥様になって、とても嬉しいの」

「わたくしも、サイモンと結婚できてとっても嬉しいわ」

ベネシアは笑ってチャリティと腕を組み、二人揃って廊下へ出た。

# 21

晩餐会《ばんさん》の間じゅうチャリティは、相手に悟られないように神経をつかって客人たちに探りを入れた。けれども、成果はほとんどなかった。誰が怪しいか、誰が潔白かを示す証拠のようなものを見つけることができなかっただけでなく、あれこれきかれて気を悪くした親類もいるのではないかと心配になってきた。

食事中はおおむね退屈きわまりなかった。なにしろチャリティの両隣は、ウェストポート家の年長者たちの友人である面白味のない牧師と、自分を重要人物だと思い込んでいるアンブローズ叔父の夫人、ホーテンスだったからである。夫人は歯を食いしばったような調子のしゃべり方で、相手が誰であれ、いつもあごを突き出して見下した顔つきをしている人だ。これではいつ果てるとも知れぬディナーになるものと、チャリティは観念した。

スープの途中まで食事が進んだとき、けたたましい吠《ほ》え声が聞こえた。その直後にすさまじい音がした。ラッキーだ。また何かしでかしたに違いない。チャリティは身がすくむ思いでテーブル越しに夫を見やった。サイモンがいぶかしげな視線を返してくる。今度は、かなり近くで甲高い声があがった。続いて男のわめき声がしたものの意味は聞き取れない。配膳《はいぜん》室に通じるドアの脇《わき》で給仕人たちの監督をしている執事に、チャリティは目を走らせた。ふだんは泰然自若としているチェイニーが、いつになく不穏な面もちになっている。ただならぬ物音に意を決して、チェイニーは給仕人が料理を運ぶために出入りする配膳室へ向かった。自在戸を執事が押し開けたとたんに、小さな毛皮の塊みたいなものが滑り込んできた。

チャリティは思わずうめきそうになった。猿が逃げてきたのだ！　おまけに吠え声と木の床に爪が当たる音からすると、ラッキーが猛然と追いかけてきているらしい。

猿は床を走りまわったあげくに、マホガニー材の戸棚によじのぼった。それを見て、数人の女性が悲鳴をあげた。そこへ犬がすごい勢いで飛び込んできた。つるつるした大理石の床に後ろ足を取られたラッキーは、尻もちをついたまま横にずずっと滑った。そのあとを顔を真っ赤にして髪振り乱した従僕が追ってきて、犬をつかまえようとする。

「なんたることだ」アンブローズ叔父が息まいた。

従僕はテーブルを囲んだ大勢の客に恐縮したまなざしを向け、サイモンとチャリティに謝った。「申し訳ございません、だんな様、奥様……どうやって逃げ出したのか、見当もつかなくて……」

「デニス」執事の声は低かったがとても冷ややかで、チャリティは従僕がかわいそうになった。チェイニーは、犬と従僕の方へ歩き出した。

　猿は床にのびているラッキーに嘲《あざけ》りの一瞥《いちべつ》を投げつけ、それから犬に背を向けて戸棚の裏の細い鏡に映っている自分の姿に見とれている。首をかしげ、何やら独り言を言いながら前足で顔と頭の毛づくろいを始めた。とうとうイーブリンが笑い出した。

　体勢を立て直したラッキーがわんわん吠えつつ、猿をめがけて戸棚に飛びかかっていく。ちょうど犬に手をかけようとしていた従僕は前につんのめって、ぶざまに倒れてしまった。代わりにチェイニーが手をのばしたが、ラッキーはさっとすり抜け、猿に向かってやたらに吠える。ラッキーに向きを変えた猿も戸棚の上からきいきいと毒づき出した。猿の行く先々に犬が追っていくことに遅ればせながら気がついた執事は、今度はチャーチルをつかまえようとした。けれども猿はやすやすと戸棚から飛び下りて、テーブルへ走っていった。

　テーブル掛けの布をとっかかりにして、チャーチルはぴょんと食卓にのった。全力で追ってきたラッキーも、客と客の間に割り込んで前足をテーブルにかけた。

「チャーチル！」チャリティは声をあげて叱《しか》った。「なんてお行儀が悪いの！　ラッキー、お座り！」

　従僕と執事は二人がかりで犬の首輪をつかみ、やっと部屋から引きずり出した。猿のほうは、そううまくはいかない。チャーチルは食卓中央の飾り皿から葡萄《ぶどう》を一粒つまみ、絶え間なく鳴きながらチャリティの席へちょろちょろとやってきた。チャリティは口をナプキンで押さえて笑いをこらえ、そっと夫の様子をうかがった。客人の前での醜態に当惑しているか、腹を立てているか、あるいはその両方に違いない。ところがサイモンは、傍若無人な小猿をさもおかしそうに眺めている。

中には椅子を引いてテーブルから体を離し、猿を目で追いながら警戒を怠らない客もいた。イーブリンを初めとして笑っている者もいれば、人によっては口をあんぐり開けて唖《あ》然《ぜん》としている。満座の注目の的であるのを意識してか、もともと芸をするのに慣れているチャーチルは、指抜きみたいに小さくて赤い帽子を脱ぎ、テーブルの片側の人々に挨拶《あいさつ》した。次に向きを変え、もう一方の側にも同じ動作をしてみせる。一同爆笑した。得意になった猿は、小銭を投げ入れてもらおうとするかのようにさっと帽子をさし出した。ここでまた、笑いのどよめきが起きた。

猿はふたたびチャリティの方へ来る途中で、ホーテンス叔母のきらきら光る髪飾りに目をとめた。電光石火の早業でチャーチルは叔母の肩に飛びのり、宝石をはめ込んだ櫛《くし》を抜き取った。ホーテンスは金切り声をあげ、猿をたたこうとする。早くもチャーチルは、隣の席のチャリティの肩に移っていた。丹念に結い上げたチャリティの髪につかまってバランスを取り、もう一方の手で獲得品をためつすがめつ眺めている。

「チャーチル、悪い子！」

チャリティは飾り櫛を猿の手からもぎ取った。罵《のの》り言葉そっくりに聞こえる鳴き声を吐きつづけて猿はテーブルに飛び下り、チャリティのスープの皿に手をのばした。

「だめ！　いけません！」チャリティはスープ皿を猿の手が届かない高さに持ち上げた。

チャーチルは女主人をじいっと見つめたあげく、向きを変えてワイングラスを取り、中身を飲んだ。

「まあ、呆《あき》れたこと！」ホーテンス叔母は目をむいている。

「こらっ！」チャリティは櫛をテーブルに置いて、ワイングラスに手をのばした。ひったくろうとしても、チャーチルはグラスをしっかりつかんで放そうとしない。

「奥様！」犬の始末をつけてもどってきた執事がこれを見て血相を変え、チャリティのそばに急いだ。チェイニーはまず、何をまごまごしてるのだと言わんばかりに、目の前の光景になすすべもなく壁際で棒立ちになっている召使いたちをぐっとにらんだ。

危険を察知したチャーチルはグラスから不意に手を離した。その拍子にまだグラスを引っぱっていたチャリティの勢いがあまって、グラスの中身がホーテンス叔母のドレスに飛び散った。夫人は息が止まりそうな声を出した。ひざのあたりに広がった濃い赤のしみに、チャリティは言葉もなく目を当てていた。テーブルのそこここから、押し殺した含み笑いが聞こえてきた。大っぴらにげらげら笑っている人さえいる。チャリティはしどろもどろに、ホーテンスに謝った。

テーブルの向こう端でサイモンが立ち上がり、逃げる猿を手際よくつかまえた。「チェイニー、ここだ」サイモンは慌てるふうもなく、チャーチルを執事に手渡す。「レディ・デュアのグラスは変えてくれたまえ」

「かしこまりました」チェイニーは腕を前にのばして猿を持ち、まじめくさって部屋を出ていった。

イーブリンが最初に口を開いた。「いやあ、レディ・デュア主催の晩餐会では、めったにない余興で我々を楽しませてくださるんですね」

チャリティは、ううっとうなって、顔を手でおおった。

全員が何事もなかったかのように食事にもどりはしたものの、拍子抜けしたせいか最後まで盛り上がらなかった。食後に婦人たちは応接間に集まり、紳士連はサイモンの書斎でブランデーや葉巻を楽しんだ。やがて男女の客が合流して、しだいに帰りはじめた。もしかしてみんなは新しいレディ・デュアの奇抜な晩餐会について早くおしゃべりをしたいがために引き上げるのではないかと、チャリティは勘ぐりさえした。サイモンと共にようやく寝室に向かったチャリティは気が滅入《めい》りがちだった。

サイモンは、いち早く妻の胸の内を察して言った。「ねえ、きみ、なんにも案ずることはないんだよ」

「でも、あなたのご親戚《しんせき》が皆さん揃《そろ》っていらしたのに。アンブローズ叔父様はとっても堅苦しい方じゃない。その叔父様の奥様にワインをたっぷりかけてしまったんですもの――チャーチルが櫛を盗《と》っただけでももってのほかなのに」

「櫛はきみが取り返したじゃないか」サイモンはさらりと答えた。「叔母のドレスにしても、あんなみっともないのはお払い箱にするちょうどいい機会なんだよ」

チャリティの口元はほころびかけたが、また表情を引きしめた。「冗談はやめて。あなたのご親戚の機嫌を損ねてしまったんだから」

「中にはそういうのもいたかもしれない。しかし、何人かは笑ってたよ。イーブリンなんか大喜びだったじゃないか」

「そうだったわね。でも、他《ほか》の方たちにはどう思われたか」

サイモンはチャリティの寝室のドアを開け、脇へどいて妻のために道をあけた。「いずれにしても、わたしはうちの親戚連中にそんなに関心がないんだ。きみも気がついているかもしれないけれど、親類も含めて他人がどう思うかに、一喜一憂はしないたちなんだよ」あとからサイモンも寝室に入ってドアを閉め、チャリティを引き寄せて自分の方を向かせた。妻の鼻の頭に軽く唇をつける。「それに、あんな騒ぎになったのは、きみのせいじゃない。チャーチルもラッキーも閉じ込めてあったはずなんだから」

「ええ。だけど、そもそもわたくしがお猿さんなんかうちに連れてこなかったら、こんなことにはならなかったんだわ」

「それはそうだ。しかしその代わりに、うちの親類連中との退屈なパーティが面白くないままで終わっていたわけだ。それともっと大事なのは、そうなったらきみがきみでなくなってしまうことなんだよ」サイモンは上着を脱いで椅子にかけた。

「わたくしはもっと礼儀作法を習ったほうがいいと、お思いにならない？」

サイモンはチャリティに首を横に振ってみせ、ネクタイをほどきにかかった。「きみの母上ならそう言うだろうね。だが、わたしが結婚したかったのは母上ではない。うわっつらの礼儀作法じゃなくて、きみのそういう内面の美しさがいいんだ」

かがんでキスをしたサイモンの唇が離れてから、チャリティはほほえみかけた。「ほんとに？」

「本当だ」サイモンはチャリティの手を口元へ持っていき、まず手のひらに、それから手首、腕の内側へと、熱い口づけをゆっくりと移していった。

口づけがイブニングドレスの短いパフ・スリーブのきわまでのぼっていくにつれ、体の芯《しん》からとろけそうになって、チャリティは夫の胸に頭をもたせかけた。

「そのドレスを着た今夜のきみはとりわけきれいだったと、わたしはもう言ったかな？」

サイモンは顔を上げ、チャリティの髪に鼻を押しつけた。

「さあ、聞いたかしら」チャリティは夫にいっそう寄り添って、物憂げなため息をもらした。「念のため、もう一度おっしゃって」

「きみは美しかった」単語を一つ口に出すたびに、サイモンは髪から頬、そしてうなじへ唇を移動させていった。「輝くばかりの、目が覚めるような美しさだった」

　ドレスの深い襟ぐりのあたりでサイモンは動きを止め、それから優しく胸の盛り上がりに沿ってキスをした。チャリティは深い満足感を覚え、夫の耳元でささやいた。「あなたにそう言われるの、大好き」

　サイモンの唇は、もう一方の柔らかいふくらみに移った。「口で言うよりも、身をもって教えてあげたいな」低い声がかすかな震えをおびていた。

「うん……」チャリティはサイモンの髪に指を絡ませた。「それもいいわね」

　口の端に官能的な笑みを漂わせたサイモンの目には、欲望が色濃く表れていた。「きみは実に敏感で、なんともすばらしく……」

　熱い求めにこたえて、チャリティも口を開いてサイモンの口づけを受け入れた。互いの舌が絡み合い、欲情の炎はしだいに燃え上がっていく。

　ようやく二人は抱擁を解いた。サイモンはシャツのボタンを外しはじめ、チャリティは髪をとめたピンを抜き取って、豊かな巻き毛が肩先に波打つにまかせた。

「申し訳ないけれど、手伝ってくださる?」チャリティは夫に背中を向け、髪の毛を一方にたぐり寄せて長いボタンの列を示した。

「わたしはいつでも喜んで手伝うよ」サイモンの指先はいちばん上のボタンにかかり、順番に下がっていった。近ごろ、この仕事はしばしばサイモンが受け持っている。実際、チャリティの侍女は、奥様が寝室に引き上げるのを待たないようになった。侍女の存在は必要というよりは、たいてい邪魔になるからである。サイモンは、妻の衣装についている無数の小さなボタンやホック、留め金類の扱いにだんだん習熟していった。

最後のボタンをサイモンが外し終わると、ドレスはチャリティの足元に絡みつくように落ちた。ドレスの下にまだ固いコルセットがあるのを見て、サイモンは不満をもらした。じれったそうにコルセットの紐《ひも》をほどいて脇へほうり出し、締めつけられて密着していた薄地のシュミーズをそっと肌から引きはがした。

部屋の向こう側に姿見がある。二人の姿が鏡に映っていた。正面を向いたチャリティはシュミーズとペティコートのみを身につけて立っており、その背後にサイモン自身がいる。鏡の中の自分たちを眺めるのは妙に刺激的だった。サイモンは鏡を見ながら、後ろから両手をチャリティの肩にかけ、そのまま胸に下ろした。乳房をおおった手を少しずつ腰へ滑らせてそこで止め、ペティコートの紐もほどいた。ペティコートを脱がせた両手をさらに腹部、そして下ばきでおおわれた脚へと這《は》わせる。「なんて美しいんだろう」サイモンは顔を妻の髪にうずめた。

薄い布地越しにあちらこちらに触れるサイモンの手の感触と動きがなんとも心地よく、チャリティは体を後ろへそらさずにはいられなかった。すでにじっとり下ばきを濡《ぬ》らしている両脚の間を、サイモンの手が行ったり来たりし出した。その動作を見るために、サイモンが顔を上げて鏡をのぞく。チャリティの表情がみるみる艶《つや》めくのを鏡で確かめると、サイモン自身の火照りも激しくなった。

サイモンはいったん妻から離れてシャツを脱ぎ捨て、その他の衣類も次々にはぎ取った。その間にチャリティは手早く下ばきを脱いでいたので、向き合ったときは二人とも一糸まとわぬ姿になっていた。夫婦は互いの裸身にしばし見とれた。今では相手の体にかなり親しむようになったとはいえ、細部の一つ一つが愛し合った記憶を呼びさましていっそういとしくなるのだった。

チャリティは両手をのばして、サイモンの胸に置いた。脇の下から腰骨へゆるゆると手を滑らせていく。快感をあらわにしたサイモンの様子を楽しみつつ指先を肋骨《ろっこつ》の線に沿って動かし、硬い乳首をもてあそんでから、縮れた黒い胸毛を指に絡みつけた。微妙にじらされるような刺激がたまらず、サイモンは息をはずませる。ようやく下腹部にチャリティの手がたどりついた。両のこぶしを握りしめ低くうめいて、サイモンは欲情の奔流をせき止めた。怒張した部分の皮膚を、チャリティのきゃしゃな指の腹がそっとさする。その指が下がって、柔らかい袋に行き当たった。

サイモンの呼吸は乱れ、汗がにじみ出た。今ただちに、チャリティの内部に自らをうずめてしまいたい。けれども、あとしばらく待ったほうが愉悦はさらに大きいことがサイモンにはわかっていた。チャリティが顔を寄せてサイモンの乳首に舌の先をつけた。サイモンは体をぴくんとけいれんさせ、チャリティの髪に指をさし込む。チャリティの舌は何度も何度も平らな胸の突起をまさぐった。そのたびにサイモンの興奮が高まっていくのが手に取るようにわかる。乳首を口に含みながら、チャリティはふたたび両手を下へ動かしてすっぽりつかんだ。手と唇による愛撫《あいぶ》で、サイモンは全身を震わせた。

こらえきれずにサイモンはチャリティを抱き上げてベッドに運び、仰向けに寝かせた。チャリティは腕を広げて、その間に割り込んでくるサイモンを迎え入れる。奥深く、すき間なく、サイモンは熱いくぼみを満たし、チャリティは脚をしっかりと巻きつけた。二人は共に体を動かし、汗ばみ、張りつめ、激していき、叫び声をあげて愛の頂に達した。

翌朝、チャリティは夫に寄り添った格好で目を覚ました。サイモンの腕が背中にまわり、体温が伝わってくる。こんなふうに一日が始まるのは、なんてすばらしいことだろう。チャリティは一人ほほえんだ。

しばらく横になったまま、ゆうべのパーティについて思い起こしていた。サイモンの親戚からなんとか情報を集めようと意気込んでいたけれど、どうやらあきらめなければならないらしい。あれだけ客の一人一人に探りを入れたのに、ファラデー・リード殺しの真犯人や動機の手がかりはつかめなかった。リードの召使いたちにききに行ったチェイニーも、主人を好いていた者はいないようだということ以外には、大した収穫はなかったという。

何かもっといい方法があるに違いない。例えば、そのたぐいの事柄に通じている人間に依頼して、リードの過去や、彼を殺害する動機のある者がいるかどうか調べさせるとか。そんな仕事をしている人がいるとしても、どうやって見つけたらいいのかチャリティには見当もつかず、出るのはため息ばかりだった。

サイモンを起こさないように気をつけて、ベッドをそっと抜け出した。ガウンをはおり、隣接の化粧室へ行った。ドアを開けたところで立ちすくむ。目の前の床に視線がくぎづけになっていた。

チャリティは悲鳴をあげた。

眠っていたサイモンが、ベッドからただちに飛んできた。「どうした？　何があったんだ？」もしや武装した男が侵入してきたのではという顔つきで、サイモンはあたりをせわしく見まわした。

口に手を当て、恐怖のまなこを大きく見開いて、チャリティは床を指さした。その指の先をサイモンが見下ろす。

「チャーチル？」

小さな猿は床にじっと横たわっている。目を凝らして猿を見つめてから、サイモンはチャリティに視線を移した。「どうしたんだろう？」

「わからない」チャリティはすでに涙声になっていた。「サイモン、死んでるんでしょう？　違う？」

ぴくりとも動かない動物に、サイモンはもう一度、視線を注いだ。「そうらしいな」サイモンはかがんで、猿を持ち上げた。チャーチルの体は冷たかった。窓際に運んでいってカーテンを開き、よく見えるようにした。

「ラッキーが殺したのかしら？　ああ、やっぱりうちに連れてこなければよかったんだわ。ラッキーに襲われるなんて、わたくし、考えもしなかったの」

サイモンは猿に目を当てたまま答えた。「いや、ラッキーではないと思う。かみ跡や傷がまったくない」

「かみついて振りまわすか何かして、首の骨を折っちゃったんじゃない？　遊びのつもりでやったんでしょうけれど」

「そんなことではなさそうだ。首の骨は折れていないようだし。それに、化粧室にいたんだろう？　ドアが閉まっていたじゃないか。ラッキーが入れっこないよ」

「それもそうね。だったら、うちの召使いの誰かの仕業だとお思いになる？」

「殺してから、きみが最初に見つけるようにここの化粧室にほうり込んだ？　まあ、それはないと思うな」サイモンは顔を猿に近づけて、匂《にお》いをかいだ。

「サイモン、何してらっしゃるの？」

「かすかに匂うような気がするんだが……」サイモンは不意に口をつぐみ、隣の自分の寝室に通じるドアへ向かった。運んできた猿を椅子にそっと置き、急いで着替えはじめた。

「サイモン、どうなさったの？　どうして急に自分で着替えてらっしゃるの？　そば仕えのトムキンズをなぜ呼ばないの？　チャーチルはどうすればいいの？」チャリティは矢継ぎ早に質問した。

「トムキンズを呼んでる暇はないんだ。カーギル先生に会いに行こうと思う」

「カーギル先生？」

「ああ、カーギル先生はうちの長年の主治医だ」

「でもなぜ突然、お医者様に会いにいらっしゃるの？　どこか具合が悪いんじゃないでしょうね？」

「わたしはどこも悪くないよ。チャーチルの死体を先生に診てもらうんだ」

チャリティは目をみはった。「だって、先生は獣医さんじゃないんでしょ？　それなのにどうして……もしかしてチャーチルは、あなたに移るような病気だったということ？」

「いや、わたしの推測は間違っているかもしれないが。ただ、チャーチルがこんなふうに突然死んだことが、どうも腑《ふ》に落ちないんだよ。外に出てこないように、召使いが化粧室に閉じ込めたには違いないが。どうしてあそこで死んだのか？　傷もなく、骨も折れていないのに」

「ひょっとすると、何か体に合わないものを食べたせいかしら?」

「それなんだ、疑ってるのは。体に害のあるものを口に入れた――つまり、毒だ」

「それこそ腑に落ちないわ。お猿さんに毒を盛るなんて。誰がそんなことするの?」

「猿を狙《ねら》ったんじゃない。ゆうべ、チャーチルがきみのグラスからワインを飲んだのを覚えてるね? ホーテンス叔母さんのドレスにこぼす前に。チャーチルの死因が毒を飲んだせいかどうか、先生に調べてもらうつもりだ。なぜなら、誰かが毒殺しようとした相手は、きみじゃないかと思うから」

# 22

チャリティは驚きのあまり言葉を失った。急いで着替えをすませたサイモンは、布にくるんだ哀れな小猿を持って医師に会いに行った。チャリティは考え事に気を取られて、いつもより長く身支度に時間をかけた。誰かが自分に毒を盛ろうとしたなんて、とても信じられない。わたくしを殺そうとした理由はなんなのか？　どう考えても理屈に合わない。サイモンが過保護なだけではないだろうか。そんなにも妻の身の安全を気にかけてくれるのはありがたいが、取り越し苦労だとしか思えなかった。朝食のテーブルについたとき、一抹の不安が頭をかすめた。けれどもすぐ疑念を押しやって、食事を口に運んだ。ただし、飲み物にはいっさい手をつけなかった。

やがて帰宅したサイモンは厳しい面もちだった。その顔を見るなり、チャリティは動悸《どうき》が激しくなるのを感じた。

「やっぱりわたしの推理が当たっていたよ」チャリティが居間で刺繍《ししゅう》をしているところへやってきたサイモンは、開口一番に言った。「猿が毒物で死んだことを、カーギル先生が確認してくれた」

思いすごしだと勝手に決めて自分を安心させていただけに、チャリティの衝撃は大きかった。「でも……毒物だとしても、わたくしのワインに入っていたとは限らないじゃない。それより前に、誰かに毒を飲まされたのかもしれないわ。チャーチルのああいう滑稽《こっけい》なしぐさが気に入らない人とかに。動物嫌いの冷酷な人っているじゃない。召使いの誰かがチャーチルにうんざりして、毒の入った食べ物を与えたかもしれないわ。人がくれるものはなんでも口に入れたでしょうから。甘いものか何かに混ぜて――」

サイモンは深刻な口調でさえぎった。「毒物はワインに入っていたんだ。先生が開腹したら、チャーチルの胃にはワインと毒物しか残っていなかったという。毒物を混入したワインを飲んだために、チャーチルは死んだんだ。となると、きみが狙《ねら》われたのは間違いない」

「だけど、どうして？」チャリティは両手を握りしめて立ち上がった。「なぜわたくしを殺さなきゃならないの？」

「きみがロンドンじゅうをかけずりまわって、ファラデー・リード事件の真犯人探しをやってるからかな？　それがけっこういい線をいっているので、身の不安を感じている人物がいるのかもしれない。チャリティ、きみは危なく殺されるところだったんだぞ！」

チャリティの顔から血の気が引いた。「だとしたら、サイモン、ゆうべのパーティに来ていた人たちのうちの誰かがワインに毒を入れたことになるじゃない。あなたのご親戚《しんせき》の――」

「なんということだ」サイモンは立って、室内を行ったり来たりし出した。「あり得ないとは思うが。待てよ。必ずしも客とは限らないじゃないか。やろうと思えば、召使いでもできないわけではない」

「召使いですって！」

「そう。何者かが金をやって、やらせたとか。あるいは……チェイニーは臨時の給仕人でも雇ったんじゃないだろうか？」

「そうよ」チャリティは血色を取りもどした。「そうだったわ。臨時の給仕人が来たのよ。あの大柄な人がそう。もう一人いたはずだわ。お客様の人数が多かったんで、人を頼んだの」

呼ばれてやってきた執事は、前夜のパーティのために二人雇ったと答えた。両人とも、これまでに何度も人を斡旋《あっせん》してもらったことのある業者から派遣されたという。

「今日のうちにその斡旋所に行って、二人の身元を調べてくれ。わたしが自分で尋問したい。チェイニー、もう一つ頼みたいことがある。今日からレディ・デュアの食事はすべてきみ自身の手で用意して、給仕もきみがやってほしい」

「はい、承知いたしました」めったに動じないはずのチェイニーも、さすがに驚きの色を隠せない。

「何者かが家内の命を狙ったんだ」

「だんな様、それはどういうことで!」

「事実なんだ。あの小さな猿のおかげで命拾いしたんだよ」サイモンはいきさつを説明した。「また何かたくらむとしても、今度も毒を使うかどうかはわからない。どんな手段で来るか予想できないので、レディ・デュアの見張りもやってもらいたい。わたしが不在のとき、家内の身に何事もないよう、しっかり頼むぞ」

「かしこまりました。パトリックかわたくしのどちらかが必ず、奥様のお部屋の前で見張りにつくことにいたします。パトリックはわたくしの甥《おい》ですから、絶対に信用できます」

「そうか。よかった」

「では、わたくしはこれからすぐ斡旋所に行ってまいります」チェイニーはおじぎをして、部屋を出ていった。

「サイモン、そこまでしなくてもいいと思うんだけど」チャリティが夫に話しかけた。

サイモンはぱっと振り向き、しっかとチャリティを見すえた。「しなくていいだって?こんな事態になっても、わたしがきみを守ろうともしないで、ただ手をこまねいていられると、本気で思ってるのか?」

「そんなことはないけど、ただ――」

「ただも何も、これに関しては議論の余地なしだ。実のところ、きみはまたディアフィールド・パークにもどったらいいんじゃないかと、わたしは考えているんだ」

「そんなのいや！　あなたと一緒でなければ、わたくしは行かない。それに、あそこに引っ込んでしまうと、犯人探しなどできっこないわ。どうしてもロンドンにいなくては。あの感じ悪いゴーラム刑事を呼んで、このことを話してみません？　そうすれば、自分の捜査の方向が間違っていたと悟るでしょう」

「それより、我々が彼の目をくらまそうとしているくらいにしか取らないんじゃないかな」サイモンは眉間《みけん》にしわを寄せ、また部屋を行ったり来たりしはじめた。やがて、唐突に言った。「わたしはベネシアのところに行かなくてはならない」

「ベネシア？」チャリティは首をひねった。「どうしてなの？　それに、ベネシアは留守よ。今朝起きたらすぐに田舎のお屋敷に出かけるとおっしゃってたわ」

「なに、サセックス州のアッシュフォード・コートへか？　しまった！」サイモンは、さらに二、三度行ったり来たりをくり返してから言った。「それなら、そっちへ行くしかない。明日の朝まで帰れないと思う。チェイニーとパトリックに護衛をするよう念を押しておくよ。きみはこの家から一歩も出ないと約束してくれないか。どんな理由があっても、絶対にだよ。いいね？」

「サイモン！」

「わたしは本気なんだよ、チャリティ。もしもきみに何かあったら、わたしはどうしていいかわからない」

　チャリティは口がきけなかった。サイモンが言ったことは愛の告白に等しい。そこはかとない不安に襲われながらも、チャリティの心は浮き立った。この瞬間なら、サイモンが何を持ちかけてこようと一も二もなく賛成してしまうだろう。

「わかったわ、サイモン。約束します。どこにも出かけません。チェイニーとパトリックが護衛してくれるなら、わたくしのことは心配なさらないで」

「きみの食べ物は全部まずラッキーに少しやって、毒味させるといい」

　チャリティは目を丸くした。「わたくしの食事はすべてチェイニーが支度するんでしょう？」

「念のためだよ」

「それにしてもなぜ、サセックス州までベネシアを訪ねなければならないの？　ベネシアがあんなことできるとは、あなただって思っていらっしゃらないでしょう？」

「もちろん、思いたくはないが」サイモンは目を閉じた。苦渋の色が隠せない。「つまり、こういうことなんだ。妹にわたしのハンカチを貸したんだよ。ディアフィールド・パークにわたしが行く前のことで、リードが殺されたのはそれから二週間ほどしてからだ。田舎に出発する前に会いに行くと、ベネシアが泣いてたんだよ。それでハンカチをさし出したんだが、返してもらわずにわたしは帰ってきたというわけだ」

「まあ、サイモン！　かわいそうに！」チャリティは急いでそばに行って、夫の背中に腕をまわした。「あなたはずっとそのことを悩みつづけていらしたのね？　犯人探しに乗り気じゃなかったのは、そういう懸念があったからでしょう？　わたくしがリード事件について人に話すのをしぶったのも、そんな理由があったからなのね？」

　サイモンはうなずく。「ある程度はね。たとえリードといえども、あの妹が人を殺せるとは信じられないんだ。ベネシアには、リードのことはわたしが始末をつけるから心配しなくていいと言ってやった。そうはいっても、ベネシアはあの男をひどく嫌っていたし、怖がってもいた。そこへもってきて、わたしのハンカチを持っていたという事実もある。自分からベネシアに確かめる気にはなれなかった。一瞬でも我が妹を疑ったのを彼女に知られたくはなかった。ベネシアが犯人である可能性が皆無というのでない限り、刑事にはわたしを疑わせておけばいいと思った。妹に刑事の注意を向けさせたくなかったんだ」

「あるいは、ジョージという可能性もあるわ。ベネシアが持っていたなら、あのハンカチを手に入れる機会もあったと考えられるでしょう。ゆうべわたくしがリードの名前を出したとき、アッシュフォード卿《きょう》の様子が変だったことは、あなたに話したわよね」

「ベネシアよりはまだジョージのほうが人を殺せるかもしれない。しかしそれもまた、少少こじつけっぽいし」サイモンはソファに歩いていって、チャリティと一緒に腰を下ろした。「だがこうなったら、どうしても確かめる必要がある。妹がリードを殺したとしても、わたしは平気だ。あんなやつは八つ裂きにされて当然なんだから。しかしベネシアがきみに危害を与えようとするなら、絶対にやめさせなくてはならない」

間もなく、サイモンは馬車で出発した。午後いっぱい全力で馬を走らせ、ベネシアと夫が夕食のテーブルについたころ、アッシュフォード・コートに到着した。応対に出た召使いのあとからサイモンが食堂に入っていくと、ベネシアはびっくりして椅子から立った。

「やあ、デュア！　これは驚いた！　いったい何事かね？」アッシュフォードも立ち上がった。

「話があって来たんだ。ベネシアに、と言ったほうがいい」

ベネシアは兄の顔をまじまじと見た。「でも、お兄様、ゆうべ会ったばかりじゃない。いったいどういうお話があって、わざわざこんな遠いところまでいらしたの？　わたくしたちもさっきついたばかりなのよ」

「大事な話なんだ。チャリティのことだよ」

「チャリティ？」ベネシアはたちまち憂い顔になる。「チャリティがどうかしたの？　何かあったの？」

サイモンは妹にぴたと視線を当てた。「どうしてそんなことをきく？　なぜ、何かあったとわかるのかね？」

　ベネシアは困惑している。「でも今、お兄様はチャリティの話があっていらしたとおっしゃったじゃない。だからわたくしはもしかして……ね、お兄様、何があったのか教えて」

「そうだよ。きちんと話してくれたまえ。さもないと、わからないじゃないか」脇《わき》からアッシュフォードも促した。

「ゆうべ、何者かがチャリティに毒を盛ろうとしたんだ」

「まあ、大変！　お兄様！」ベネシアは小走りにやってきて、兄の腕に触った。「それで？　チャリティはだいじょうぶなの？」

「奥方がそんなことになっているのにそばにいてあげないで、こんなところまで我々を追いかけてくるとはどういう気なんだ？」アッシュフォードは諫《いさ》めるように言った。

　妹を見下ろすサイモンの顔を、恐れに似た表情がよぎった。「チャリティは毒を飲まなかったから、だいじょうぶだ。代わりに猿が死んだ」

　ベネシアは安堵《あんど》のため息をもらした。「それならよかった」

「あの猿が死んだって？」アッシュフォードが仰天した声を出した。「なんのことか、さっぱりわからない。デュア、説明してくれないか？　とにかく座って、お茶でも飲んで。ベネシア……」

「そうよね、まずお茶をあがって」ベネシアは兄を自分の向かい側に座らせ、自分も腰を下ろして、琥珀《こはく》色の紅茶を注《つ》いだ。「お兄様、わたくしもどういうことなのか、よく理解できないわ。猿が毒を飲んだというのは、どうしてわかったの？　それに、本当はチャリティが標的だったということも」

「今朝、猿がチャリティの化粧室で死んでいたんだ。初めは犬にやられたのかと思った。パーティで追いかけていただろう？　しかし、猿の死体には傷跡がまったくなかった」

「首でもひねられたんじゃないか？　毒殺なんて考えられないが」アッシュフォードが意見を言った。

サイモンの口元を微笑がかすめた。「わたしもそう思って猿の体を調べた。だが、首の骨は折れていなかったよ。もともと具合が悪かったわけでもないし。食事の席であいつが走りまわっていたところを見ただろう？　問題は、死んだ猿からアーモンドの匂《にお》いがしたことだった」

「アーモンド？　毒入りのアーモンドだったのか？」

「いや。そういう毒物があるんだよ。匂いがアーモンドに似ている。わたしにはぴんときた」

ベネシアが尋ねた。「でも、それとチャリティとはどんな関係があるの？」

「食卓で猿がチャリティのグラスからワインを飲んだのを覚えてるだろう？　あれこれい

たずらして、みんなにいやがられてたじゃないか」

「そうだ、そうだ、覚えてるよ。しかしだね……」アッシュフォードは首をかしげた。

「何者か知らないが、なぜチャリティを殺そうとしたんだろう？　みんなに好かれる人気者なのに。猿が取ったのは、きみの叔母さんのホーテンスのグラスじゃなかったかい？　あの人なら、毒でも入れてやりたいと思う人間がいても不思議じゃないが」

「ジョージ！」ベネシアが慌てて夫をたしなめる。

義弟の皮肉にサイモンは思わず笑いはしたものの、またしても行きづまったことに気づいて髪をかきむしった。「やれやれ、どうしたらいいか」

「ところで、お兄様はなぜわたくしたちのところにいらしたの？」ベネシアがいぶかしげにきいた。「もちろん、知らせに来てくださったのは嬉《うれ》しいけれど」

サイモンは顔を上げて、妹に暗いまなざしを向けた。「ききたいことがあったから、来たんだよ。ベネシア……わたしのハンカチはどこにいった？」

「ハンカチだって！」アッシュフォードは呆《あき》れ返ったように声をあげた。「なにもこんなときにハンカチとは！　腐るほど持っているだろうに」

けれどもベネシアには、兄の質問の含みが通じた。顔面を蒼白《そうはく》にして、よろよろと立ち上がる。「お兄様はまさか……わたくしがやったとでも……」

「ロンドンの家で話したあの日、きみは泣き出した。それで、わたしは自分のハンカチを渡したね」

「ハンカチ、ハンカチって、いったいなんの話だ？」アッシュフォードがじりじりして口をはさんだ。「ベネシア、なんできみは幽霊でも見たような顔をしてるんだ？　いったいどうなってるんだ？」

「できれば、妹と二人きりで話したほうがいいと思うんだが」サイモンは言いにくそうに義弟に声をかけた。

「いや、それはやめてもらおう！　ベネシアがこんなに動揺しているのに、そんなことできるもんか！　サイモン、話というのは何か知らないが、男同士でじっくり話し合って解決しようじゃないか。ブランデーでも飲みながら。ベネシア、きみは二階に行ってなさい。我々の話し合いがつくまで」

ベネシアは答えた。「いいえ、あなたが話し合っても仕方ないのよ。兄はわたくしが殺したと疑ってるんですもの。そうでしょう、お兄様？」

「それがわからないから、来てるんじゃないか！　信じられないことだし、信じたくないんだ。しかし、ハンカチのことがあるから……そのことが頭を離れなかった。あの男を憎む理由もあることだし」

ぽかんとしてきょうだいを凝視していたアッシュフォードが、急に我に返った。「ひょっとしてきみは……ベネシアが……あのリードのやつを……なんたることだ……自分の妹を人殺しだと責めているのか?」

「責めてなんかいない。わたしはただきいているだけだ。事実を知りたいんだ。わからないのか! チャリティの命がかかっているんだよ! 知らずにすますわけにはいかないんだ」

「とにかくベネシアじゃないよ。なぜかというと、あの晩、彼女はわたしと一緒だった。一晩じゅう。誓って言うよ」

ベネシアは驚いて夫の顔を見た。「でもジョージ、それは違うじゃない」

「いいから、きみは黙ってろ。一緒だと言ったら、一緒なんだ」

ベネシアはほほえんで、いとしげに夫の手を取った。「ジョージ、優しい方。わたくしのために嘘《うそ》までつくの?」

「しかし、それは通用しないよ」サイモンはきっぱり言った。「ベネシアはあの晩、ウィリンガム家のパーティにいたのをみんな見てるんだから。そのとき、きみは一緒じゃなかった」

ベネシアも穏やかに口を添えた。「そうよ、ジョージ、あなたはご自分のクラブにいらしたじゃない。それを証言できる殿方は何人もいらっしゃるでしょう」

「だが三時にはクラブを出て、うちへ帰っている」アッシュフォードはかたくなに言い張った。

「でもあの夜、あなたはわたくしと一緒に寝たわけではなかったわ。ご自分のお部屋に入る音は聞こえたけれど、わたくしの寝室にはいらっしゃらなかった」

アッシュフォードは妻から目をそらした。「遅かったから、きみを起こしたくなかっただけだ」

「この二、三カ月はずっとそうね」夫の顔が赤らむのを見て、ベネシアは首を振った。「いえ、今こんなことを話しても仕方ないわ。問題は、わたくしがファラデー・リードを殺したかどうかということなんですもの」それから、まっすぐサイモンに向いて言った。「お兄様、ちょっと待ってらしてね。すぐもどってくるから」

ベネシアはさっと部屋を出ていった。残されたサイモンとアッシュフォードは、気まずい面もちで向き合っていた。サイモンは向きを変え、窓辺に行った。外の闇《やみ》に視線を固定する。室内には沈黙が重苦しく垂れこめた。

アッシュフォードが先に口を開いた。「ベネシアがやったはずはない。リードを殺す動機があったのはこのわたしであって、家内にはないんだから」

「きみに動機があったって？　それはまたどういうことなんだ？」

「嫉妬《しっと》に狂った夫。これこそ最大の動機だろう？　きみのハンカチなら、ベネシアの引き出しからこっそり取ればいいわけだ。きみが犯人だと疑われるように、リードを殺してからそばにそのハンカチを落としてくる。ベネシアよりも、わたしのほうがずっとやりそうなことだろう?」

「ほう」サイモンは穴のあくほど義弟の顔を見つめた。「すると、殺したのはきみだというのか?」

アッシュフォードの口元には決意がみなぎっている。「きみがベネシアを告発するなら、わたしはそう言って名乗り出るつもりだ」

「ジョージ!」

二人の男は声のする方を向いた。戸口にベネシアが立っている。青ざめた顔に目ばかりが燃えていた。「わたくしを救うために、あなたは自分がしてもいない罪を告白するとおっしゃるの?」

アッシュフォードは照れくさそうに咳払《せきばら》いをした。「だって、きみが刑務所にぶち込まれるのを黙って見過ごすことなんかできない」

「まあ、ジョージ!」ベネシアは泣きながらそばに行って、涙がこぼれ落ちるのもかまわず夫の顔を仰ぎ見た。「そんなにわたくしを愛していてくださるの?」

「もちろんさ。きみはわたしの妻だもの。当たり前だ。きみに……わたしは……わかっているだろう、初めて会ったときからきみにぞっこん惚《ほ》れてるのは」

「ジョージ!」ベネシアは夫の首に腕を絡めてしがみついた。「だったらなぜ——なぜあなたはこの何週間かわたくしに冷たくなさるの?　どうして?」そこで絶句し、一歩下がって夫の顔を探るように見た。「あなたも、わたくしが殺人の罪を犯したと思ってらっしゃるんじゃないでしょうね?」

「何を言う。そんなこと思うはずがないだろう。きみはあの男を愛していたんだから。毎晩ベッドで悶々《もんもん》としては、あいつの息の根を止めてやりたいと思いつづけてきたのは、こっちなんだ。ピストルなんかじゃ満足できない。わたしのこの二本の手で殺してやりたかった。だけどもちろん実行するわけにはいかない。なぜかというと、そういうことをしたらきみが不幸になる。きみを悲しませるなんてことは、考えただけでも耐えられない。きみもそれはわかってるね。あの男が死んだと聞いて、わたしは内心喜んだ。とはいっても、きみがベッドで泣いている声を聞くたびに、喜んでいる自分自身がいやになった」

ベネシアは不審そうな顔で夫を見つめた。「わたくしが不幸になるですって? もしかしてあなたは、ファラデー・リードが死んだのをわたくしが悲しんでいるとでも思ってらっしゃるの? そのために夜ひそかに泣いていたと? とんでもないことを考えてらしたのね」

アッシュフォードも、けげんそうに妻を見返す。「とんでもないとは、どういうことなんだ? きみはリードを愛していたんだろう?」

「わたくしはリードを憎んでたのよ!」苦いものでもかんだように、ベネシアは顔をゆがめた。「あんなことをされて、なんで愛したりできると思う?」

しばらくの間、ジョージは黙って妻を見つめていた。「きみとあの男は通じていた——ウィーバーが尾行して、逢引《あいびき》の現場を見ている。彼の報告によると……」声がつまって、つばをのみ込んでから続ける。「公園でリードがきみにキスをしたのを見たという。きみの不倫は知っていたんだ」

「違うの！」ベネシアは両手で顔をおおった。「いやだわ、あなたにそんな……リードを愛してなんかいるものですか！　憎んで、軽蔑《けいべつ》していた人なのよ。不倫でもなんでもありません。リードはわたくしからお金を脅し取ろうとしていたんです。あの日、公園で無理やりキスされたの。いやでいやでたまらなかった！　もがいて逃げようとしたけれど、力でかなわなかったわ。どんなにわたくしが嫌っているか承知のうえで、わざとなぶりものにして楽しんでいたのよ。しかも、わたくしが世間の目を気にして叫んだりできないのを知っているから、なおさらそんなことをしたんです」

「リードはきみの愛人じゃなかったのか」アッシュフォードの表情はほどけていった。

「ベネシア……こんなにも愛する妻をわたしは誤解してたようだ。許してくれるか？」

妻の背中に腕をまわして、しっかり抱きしめる。

「しかし、待てよ」アッシュフォードは体を離して、ベネシアの顔をのぞき込んだ。「やつはきみから金を脅し取ろうとしたと言ってたね？　サイモン、きみも知ってたのか？」

サイモンはうなずく。

「どうして？　何か理由があるんだね？」

ベネシアは深いため息をついた。「こうなったら、もう隠しておくことはできないわ。わたくし……たぶんあなたは、わたくしがリードと密会していると思い込んだときと同じように、わたくしを憎むでしょう」

「いや、憎んでいなかった。きみを憎むことなど決してできないよ」

「そうおっしゃるのは、わたくしの話を聞いてからになさって」ベネシアはいったん目をつぶり、それから大きく見開いた目を夫にまっすぐ当てた。そして、おもむろに話し出した。うら若い年頃《としごろ》に偽りとも知らずにリードに求愛され、一緒にかけ落ちする羽目になったこと。追ってきたサイモンにリードは、貴族の娘としての名誉にかかわるこの出来事を世間にもらさない代わりに、金を要求したこと。

いきさつを聞いているアッシュフォードの顔にみるみる怒りの色が浮かぶのを見て、ベネシアの声はたどたどしくなった。しまいには涙声になり、急いで話を打ちきった。

すごい剣幕でアッシュフォードがどなった。「ごろつきめ！　この手で殺してやればよかった！　サイモン、きみもそのとき殺しておくべきだったんだ！」

「そうしたいと思ったことは何度もあったよ。それができれば世の中も簡単なんだが。しかし、ベネシアの名誉をまず考慮しなきゃならなかった」

「リードという男は実に下劣な悪党だ。純真な若い娘をだまして、そのうえ口止め料を要求するとはなんたることか。わたしに言ってくればよかったんだ。たっぷり懲らしめてやったのに。ベネシア、きみは一文たりとも金をやる必要はなかったんだよ。すぐわたしに話してくれればよかったのに」

「でもジョージ、あなたにどう思われるか、それが怖くて話せなかったの。あなたはきっとわたくしが嫌いになって、捨てられてしまうと思ったのよ」

「ベネシア！　どうしてそんな考え方ができるんだ。何があろうと、きみを捨てられはしない。リードと不倫していると思い込んでいたときでさえ、きみを捨てようなどとこれっぽっちも考えたことはなかった。そのうち関係が終わって、わたしの胸にもどってきてくれるよう祈るのみだった」

「もどるもなにも、あなたから離れたことなんかいっぺんもないわ」ベネシアは、泣きべそをかいたような顔でほほえんだ。

アッシュフォードは妻をかき抱き、髪にキスをしながら耳元でささやいた。「今やっとそれがわかった。きみにとってわたしが最初の男ではないことを、知らなかったとでも思ってるのかい？　そんなことはどうでもいいんだよ。きみさえわたしのものになってくれれば、なんの文句もない。夫としてきみが選んだのが、このわたしだった。それだけがすべてなんだよ」

「ジョージ……」感きわまったベネシアは、夫の胸に寄りかかってむせび泣いた。「あなたはこの世でいちばん大切な人だわ。わたくしにはもったいないだんな様よ」

「とんでもない。きみこそ、わたしにはもったいない人だ」

夫婦がくりひろげる感動の場面を眺めていたサイモンは、なんだか人の寝室をのぞき見しているような気分になって、ふたたび窓の外へ視線を向けた。背後から聞こえる鼻声やため息、低いキスの音などは耳に入らないふりをしながら、ここに来たのは無駄足だったと思わずにはいられなかった。チャリティに危険が迫っていることばかりを気にかけるあまり、冷静な判断力に曇りが出てしまったのだ。ファラデー・リードのような悪党であっても、このおとなしい妹が人を殺せるはずはない。気だてが優しすぎる。兄である自分にまかせておけと言われれば、素直にそのとおりにするのがベネシアだ。

そこへいくと、チャリティはきかん気だから、たとえ銃を手に男の家へ行くというような大胆な行動も辞さないだろう。もしも男が襲ってきたら、チャリティならば、その銃をぶっぱなすことさえやってのけるに違いない。独立心旺盛《おうせい》で果敢なチャリティにすっかり慣れてしまったものだから、妹を初めとした他《ほか》の女性たちも似たような行動をするものと思い込んだのかもしれない。

サイモンがふうっと息を吐いて振り返ると、夫婦はまだ抱き合ったままだった。ベネシアは夫の胸に頭をもたせかけ、アッシュフォードは妻の頭に頬をあずけている。咳払いをしてから声をかけた。

「ベネシア、悪かった。ここまでやってきたわたしがばかだったよ。頭がおかしくなっていたんだ。きみがそんなことをするはずがないのはわかっていたのに、ハンカチのことがあったものでつい疑ってしまった。猿が死んでチャリティの命が狙われているのに気がついたとたんに、乱暴な即断をしてしまった」

「そうだよ。ベネシアであるはずがないじゃないか。それにしても、いったい誰が犯人なんだろう」

サイモンは申し訳なさそうに妹を見た。「ベネシア、許してくれるかい？」

ベネシアは兄にほほえみを返した。「今は、誰のことも、どんなことでも許せる心境よ。いいわ、お兄様、許してあげる。初めはこたえたけれど、リードとの関係やハンカチのこともあるし、疑われても仕方がない点もあるもの。それと、チャリティのことで動転してらしたのよね。とにかく問題のハンカチをお返しするわ」きれいに折りたたんだ真っ白なハンカチをポケットから取り出して、サイモンに渡した。「はい、お兄様のハンカチ。洗ってアイロンをかけてあるわ」

サイモンはきまり悪そうにハンカチを受け取り、ポケットにしまった。「ありがとう、一瞬でも疑ったことを怒りもせずに許してくれて。きみはすばらしい妹だ」

「いいのよ。チャリティを愛してるのね」

サイモンは目を伏せた。「うん、そのようだ」

「さあ、お食事にしましょうよ」

「いや、わたしは帰らなくちゃならない」

「まさか、今晩ロンドンに帰るという意味じゃないでしょう? 外は真っ暗だし、一日かけてここまでいらしたというのに。たとえお兄様は平気でも、馬がかわいそうよ。お食事をして休まなくては。帰るのは明日の朝になさればいいわ。チャリティはだいじょうぶよ。警戒するように、チェイニーに言い残してらしたんでしょう」

「ああ。それはそうだが。ただ、なんとなく不安でならないんだ……チャリティのことだから、自分でこうと決めたら何をしでかすかわかりはしない。しかしまあ、外出しないといちおうは約束してくれたんだから、明日の晩まではおとなしくしてるだろうな」

# 23

チャリティは縫い物をひざに置き、ため息をもらした。なんとなく落ちつかない。家にいるようにサイモンから厳重に申し渡されているので、昨日も今日も一歩も外に出ていなかった。それればかりではなく、家の中でさえ、移動する先々にチェイニーかパトリックがついてくる。目の前で奥様が消えてしまうのではないかと恐れてでもいるように、もののしい見張りぶりだった。

あの癇《かん》に障る警視庁の刑事がまたやってきて、あれこれと質問していった。へりくだるかと思えば油断のならない面を見せたりして、チャリティはしばしばひっぱたいてやりたくなった。ゴーラム刑事は意味ありげにこちらの目をのぞき込みながら、新しい情報があるかのようにほのめかす。実際にそうなのか、それとも、おびえさせてサイモンにとって不利になるようなことを言わせようとしているのか、どちらとも決めかねた。猿が死んだことを話したのに、サイモンの懸念どおりゴーラム刑事は本気にしてはいないようだった。

午後いっぱいチャリティは、刑事の訪問について頭を悩ませた。本当に新しい情報はあるのか？　あるとしても、ゴーラム刑事が匂《にお》わせていたように、サイモンにとって不利な情報なのだろうか？　サイモンが帰ってきたら、さっそく話し合おう。

　ベネシアがファラデー・リードを殺したとは、どうしても信じられない。手助けをしたとも考えにくい。けれどもアッシュフォード卿《きょう》については、それほどの確信は持てなかった。穏和な人柄のジョージといえども、妻に対するリードの仕打ちを知れば逆上することもないとは言えないだろう。サイモンに罪をなすりつける卑劣な行為はアッシュフォード卿らしくないけれど、獄門の恐怖にかられた人間は何をするかわからない。

　チェイニーが、相変わらず感情を表さない、もったいぶった様子で部屋に入ってきた。封筒をのせた銀の小さな盆を手にしている。

「奥様、この手紙が届けられました」

　チャリティは目を輝かせて封筒を手に取った。切手が貼《は》ってない。一瞬だが、不安が胸をよぎった。デュア卿と結婚する前に受け取った気味の悪い手紙を思い出したからである。だが、すぐに思い直した。あれはリードの仕業だったから、彼が死んだ以上、またあの種の手紙が来るはずはないのだ。

　宛名《あてな》のところに、チャリティの名前が優美な書体の手書き文字で書かれている。それを見て、例の手紙の連想は消えた。チャリティは封を開け、中から甘い香りのする便箋《びんせん》を取り出した。

親愛なるレディ・デュア
厚かましいお手紙をさしあげる失礼をお許しください。けれどもわたくしには、あなた以外にはおすがりする方とていないのです。突然ながら本日、お目にかかれませんでしょうか。お聞きとどけくださったら、まことにありがたく存じます。あなたは大変ご親切な方なので、ご好意に甘えさせていただけるのではないかと思ったしだいでございます。この前お会いしたときにお話ししたことを覚えていらっしゃいますでしょうか。その後、わたくしが心配していたとおりになってしまいました。わたくしは人様の前には出られない身ですし、あなたもわたくしと一緒のところを見られてはいけません。ですから外の馬車でお待ち申し上げております。馬車にお乗りになって、中でお話ができれば、このうえない幸せでございます。どうぞ、デュア卿や他《ほか》のどなたにも、お話しになりませんように。さもないとデュア卿は、わたくしのような堕落した女とは会ってはいけないとおっしゃるに決まっています。

敬意を込めて　　シオドラ・グレーブズ

「かわいそうに」チャリティはつぶやいた。自分の悩みはしばし忘れて、気の毒な女性の不運を思いやった——どこぞの傲慢《ごうまん》な貴族に捨てられるなんて。きっとファラデー・リードみたいな男に違いないわ。世間の非難の的になるのが彼女だけとは、あまりに不当ではないか。

チャリティはただちに決心した。立ち上がってチェイニーに声をかける。

執事の鑑《かがみ》のようなチェイニーはたちまち姿を現した。チャリティが手紙を読む間、廊下に控えていたのだ。

「はい、奥様」

「わたくしはこれからお友達と一緒に馬車で出かけます」

無表情なはずのチェイニーが顔色を変えた。「いけません、奥様！　だんな様があれほど厳重に外出してはならないとおっしゃったではありませんか」

チャリティは顔をしかめた。「デュア邸は牢獄《ろうごく》じゃないでしょう。どうなの？」

「もちろん、牢獄ではございません。ですけれど、デュア卿があれほど——」

「わたくしの身の安全を心配していたのに」チャリティはじれったそうに引き取って言った。「わかってるわ。だけど、心配はいらないのよ。一人じゃないんですもの。お友達と一緒よ。馬車の中でわたくしを待ってらっしゃるの。御者もいるから、だいじょうぶ。ちょっと馬車を走らせるだけなのよ」

「ですが、奥様……」チェイニーは泣かんばかりに訴えた。

「なにも心配する必要はないの。危険な目には遭いっこないから」

チェイニーはねばった。この論法でなら、レディ・デュアに耳を傾けてもらえるのではないか。「奥様のお出かけを止めることができなかったら、わたくしどもがだんな様に暇を出されてしまいます」

しばらくの間、チャリティと執事は黙って向き合っていた。やがてチャリティが、しぶしぶ譲った。「そう、わかったわ。だったら誰か一人、パトリックでも連れていけばいいでしょう？　どう？」

「はい、けっこうでございます」チェイニーは顔がほころぶのを抑えられなかった。チャリティが帽子をかぶっている間に、執事はパトリックを呼びに行った。チェイニーがいつもの調子で玄関の扉を開け、外へ踏み出すチャリティに尋ねた。「で、奥様はこれからどなたとお会いになるのでしょうか？　さしつかえなければ、お名前を」

「それも、デュア卿にお暇を出されないために必要なことだというわけ？」

「はい、さようで」

「それなら、言うしかないわね。ミセス・グレーブズとおっしゃる未亡人よ。ミセス・シオドラ・グレーブズ」

呆然《ぼうぜん》と見送るチェイニーをあとにして、チャリティは足早に石段を下り、振り返りもせずに馬車に向かった。

手を貸すために降りてきた御者は、パトリックを見て驚いた顔をした。だが、パトリックの手助けでチャリティが馬車に乗り込む間は後ろへ下がっていた。御者とパトリックは高い御者席に座り、チャリティはシオドラの向かいに腰を下ろした。馬車は出発した。玄関の前でチェイニーは、なすすべもなくまだ立っていた。

「いらしてくださって、本当に嬉《うれ》しいですわ」シオドラは哀れっぽく言った。「いらっしゃらないんじゃないかと、心配してましたの」

ミセス・グレーブズは心労で相当まいっているようだと、チャリティは思った。顔は異常に紅潮しているし、熱でもあるように目も光っている。季節外れの暖かさだというのに、シオドラはひざにかけた毛布の端を両手でしっかり握っていた。

「具合でもお悪いの?」チャリティは思いやりを込めてきいた。

びっくりしたことに、シオドラはくっくっと笑った。「具合なんか悪くないわ。実を言うと、こんなに調子がいいのは何カ月ぶりかと思うくらいなの」

シオドラの表情が気になった。どことなく不自然で気味が悪い。苦境に陥って、心の均衡が崩れかけているのかしら? チャリティは姿勢を変えて、目をそらした。来なければよかったと思いはじめる。シオドラがヒステリーの発作でも起こした場合、どうしたらいいのだろうか?

「わたくしでもお役に立つことがあったら、おっしゃって」まずは、尋ねてみた。

またしてもシオドラは含み笑いをする。「あら、いいえ、奥様。なあんにもございませんのよ。もう役に立っていらっしゃいますもの」

なんだろう、この皮肉めいた口調は？　チャリティはどきりとしてミセス・グレーブズの顔を見た。なんとシオドラ・グレーブズは、銀色の小型ピストルをぴたとこちらに向けているではないか。

驚愕《きょうがく》のあまり、チャリティは口もきけずにミセス・グレーブズを見すえていた。シオドラは雌鶏《めんどり》が鳴くような甲高い声で笑った。

「こうなっても、まだわからない？　わからないだろうね。あの人がよくあんたみたいな女と結婚したものだわね。こんなあか抜けない田舎娘と！　あんたのどこに魅力があるというの？　世の中は遊園地だとでも思ってるのか、いつものんきにへらへら笑ってご機嫌の極楽とんぼなだけじゃない」話しているうちにシオドラの顔はゆがみ、うなり声になっていく。「今はあの人も後悔してるでしょうよ。子どもと寝ても楽しめないものね。そうよ、あんたと結婚したのを絶対に後悔してるに決まってるわ！」

仰天しながらも、チャリティはのみ込めた。「サイモン！　サイモンが原因なのね！」

「そうよ！　やっとわかったとは間抜けだね。あの人はわたしを愛してたのよ。あんたが現れなければ、わたしと結婚してたはずよ」

相手の言ったことを頭の中で消化してから、チャリティは確かめた。「あなたが話してた貴族というのは、サイモンなのね？」

「そのとおり！」シオドラは蛇のような目つきで嘲《あざけ》った。「彼はわたしを熱愛していて、それこそ夢中だったのよ。なのに、あんたがやってきて全部ぶちこわしたんじゃない」

「ばかなことおっしゃらないで」チャリティはぴしゃりと言った。いっときの恐怖や衝撃を押しのけて、怒りが込み上げてきた。「サイモンだったら女性に対して、あなたが言ってたような仕打ちはしないわ。過去に愛人がいたと、サイモンはわたくしにはっきり言いました。あなたもその一人でしょう。どうやらあなたは、悲嘆にくれた世間知らずの未亡人ではなくて、すぐに許しを出すご婦人のようですわね。あなたのその派手な魅力にサイモンはひかれたのでしょう」

シオドラは得意そうにあごを持ち上げて、白い首筋をこれ見よがしにのばしてみせた。

「サイモンはわたしをあがめてたわ」

苦笑いがチャリティの口からもれた。「それはかなり疑問ね。サイモンは、相手が誰にしろ、あがめたりはしない人ですもの。だけどサイモンの性格からして、あなたにも公平で気前がよかったでしょうね。あなたの衣装代や馬車とか召使いの費用も、サイモンが出したに違いないわ」

「当たり前でしょう」シオドラの高慢な顔つきは変わらない。

「で、サイモンはそれをきっと契約と考えていたのでしょう。恋愛ではなく。あなたが提供するものに対して、サイモンはお金を払った。それだけのことなんです。サイモンはあなたを愛してはいなかったのよ。愛する人はいないと、サイモンはわたくしに話してました。春をひさぐ女性と結婚して家名を傷つけるようなことを、サイモンがするとは思えないわ」

シオドラは血相を変えた。「わたしは売春婦じゃないわ！　ちゃんとした軍人の未亡人よ！　サイモンはわたしを愛していたんだから、結婚しないはずはないわよ」

「あなたは頭がおかしいわ！」

「頭がおかしい？」シオドラの顔色はほとんど紫になり、チャリティに向かってピストルを激しく振りまわした。「このわたしがおかしいだって？　狂人がこんなことを計画できると思ってるの？　これだけじゃなく、他のいろんなことも、頭のおかしい人間にできるはずないじゃない。あんたもよくよくばかな女ねえ！　なんにもわかってないんだから」

「他のいろんなことって？」やっとひらめいた。「猿のことね？」

「あのいまいましい猿！　ハベルにしても、二度と同じことはできないし」

「それなら……あのミスター・リードも？」口に出しながら、チャリティは息苦しくなる。この狂った女は実際に人を殺したのか？

「もちろん、ミスター・リードも。あの臆病《おくびょう》者が取り決めをほごにしたからさ」

「取り決め？」

「サイモンの結婚をやめさせる計画を、ファラデーが手伝ってくれることになったわけ。あの男はもともとサイモンを憎んでいたから、彼のフィアンセを奪ってやると息まいていたわよ」

チャリティの頰に血がのぼった。「奪うって……わたくしを手込めにするつもりだったというんですか？」

シオドラは顔をしかめた。「いいや、あのばかな男は、あんたがサイモンではなくて自分になびくと思い込んでいたわ。だけど、思いどおりにいかなければ、そう、手込めにだろうがなんだろうがするつもりだった。あんたが傷物になれば、どっちでもかまわなかったわけよ。要するに、スキャンダルになりさえすりゃね」

この女は、人のこうむる苦痛や屈辱をなんとも思っていないのだ。その冷酷さにチャリティはぞっとした。顔を見るのも口をきくのもいやになって、目をそむけたきり黙ってしまった。けれどもこの際、自分にできる最善の方法といえば、シオドラをしゃべらせておくことだ。さもないと、いつ発砲しないとも限らない。なんのためらいもなく人を殺せる女だ。だが少なくともシオドラがしゃべりつづけている間なら、なんとかして逃げる手段を考えていられる。

チャリティは、シオドラが乗ってきそうな話題を頭の隅からひねり出した。「でしたら、あの手紙も送り主はあなたなの？」

ほめられたとでも思ったのか、シオドラは満足げに笑った。「そう。手紙がうまくいかなかったので、ファラデーはそれを利用してあんたに取り入ろうとしたってわけ。それなのにあいつはまったく意気地のないやつで、やめるって言い出したのよ。あんたが怖くなったって」

「それで、撃ったの？」非難するような声音にならないよう、チャリティは注意を払った。

シオドラが肩をすくめる。「言い争いになってね。あの男は理不尽なことを言ったあげくに、わたしを脅迫しはじめた。このわたしを！　もみ合いになって……撃つしかなかったわ」

「じゃ、ハンカチは？　どうしてそこにあったの？」

シオドラは自賛の笑みを浮かべた。「ファラデーが死んだんで、わたしは怖くなって逃げた。だけど、ふと思い出したのよ。わたしのうちにサイモンが通ってきてたころに置いていったハンカチがあることを。それで、ハンカチを持ってリードの家に取って返したの。窓からのぞいてみると、運よく、ファラデーが死んだのを誰も発見していなかった。窓が開いてたので、そこからハンカチを中にほうり込んでおいたってわけ。わたしは誰にも目撃されずにリードの家を離れただけ」

「でも、サイモンと結婚したかったのなら、なぜわざわざハンカチを置きに行ったりしたの？　サイモンを愛してたのかと思ってたけど」

「愛してた？　わたし、そんなこと言った？　愛とは違うわね。わたしはサイモンと結婚したいだけ。サイモンは、ベッドでのあしらいがいいわ。おおかたの男はいやらしく撫《な》でまわして、できるだけ早く自分ばかり満足しようとするけれど。あの人と寝られるなら悪くない。おまけに金持ちときている。妻になれば、なんでも欲しいものが手に入るでしょう。社交界でも一目置かれるだろうし」

「だけど、殺人罪で牢につながれている人と結婚するのも容易じゃないでしょう」

「ハンカチだけじゃ絞首刑にならないわよ。だって現に、あれから何週間もたってるのに逮捕されてないじゃない。わたしは、サイモンがつかまればいいと思ってたわけじゃないの。嫌疑がわたしにかからないようにするのが、主な狙《ねら》いだったわけ。あのころよくファラデーと一緒にいるところを人に見られていたし。サイモンが疑われれば、あんたが婚約を破棄するだろうと思ってたんだけど」シオドラは、いらだたしげにチャリティをにらんだ。「どうしてそうしなかったの？　サイモンに悪い噂《うわさ》が立てば、あんたのお偉いご家族が震え上がると踏んでたのに。サイモンにしても紳士らしく自分から婚約を取りやめると思って、当てにしてたわ」

考えるすきをシオドラに与えてはいけない。チャリティは話題を変えた。「それで、ワインに毒を入れたのね。わたくしを亡き者にすれば、サイモンがあなたと結婚できるだろうと？」

「そうそう。うまくいくはずだったんだけど。あのばかな猿さえいなかったら。それにしてもなんで、あんなくだらない動物を飼ってるわけ？」

「さあ……とてもかわいかったから」チャリティは返事に困った。すべての価値観や約束事があべこべになった狂気の世界にほうり込まれた気分だった。自分の邪魔をする人間は殺してしまえばいいという考え方の女をなだめるには、なんと言えばいいのだろうか？

チャリティは、じっとりする手のひらをスカートで拭《ぬぐ》った。馬車の中は風通しが悪くて、むし暑い。どうして頭は熱いのに、みぞおちが冷たいのだろうか。シオドラを説得してやめさせることはできないものか。ピストルを突きつけられたのは生まれて初めてだ。庭園でリードに襲われたことなど比べものにならないほど恐ろしい。シオドラに飛びついてピストルを奪おうとしても無駄だろう。その前に撃たれてしまうのがおちだ。馬車から飛び降りたらどうだろうか？　地面に体を打って怪我《けが》をするのは覚悟するとしても、これもまた、掛け金に手をかけるよりも早くシオドラが発砲するだろう。かといって、シオドラがこうと決めた時と場所で殺されるのをただ待っているわけにはいかない。

馬車に乗り込むときに手助けしたパトリックの存在に、シオドラは気がついているだろうか？　もしも知らなければ、こちらに有利かもしれない。馬車を降りた時点で、パトリックが助けてくれる可能性もある。

「カーテンを少し開けてもいいでしょう？」窓をおおう厚地のカーテンに手をかけて、チャリティはきいた。外を見れば、少なくともどのへんにいるのか、わかるかもしれない。

「だめ！」下がり気味になっていたピストルを持った手がぱっと上がって、銃口がふたたびチャリティの心臓に向いた。「あんた、わたしをばかにしてんの？」

「ちょっと外の空気が吸いたいだけです。この中があまり暑いので」

「あんたがわたしの馬車に乗ってるのを見られたくないんだよ。助けを呼んだりしたら承知しないよ」

突然あることを思い出して、チャリティはほほえんだ。「でもわたくし、執事にあなたの名前を言い残してきたのよ。わたくしがいなくなったら、すぐに気がつくでしょう」

「嘘《うそ》に決まってるね！」

「嘘だとお思い？」チャリティは笑みを浮かべたまま、腕組みをして後ろへ寄りかかった。「やってみますか？　わたくしを殺したのはあなただと、みんなに知れてしまいますよ。絞首刑になるわ。あんまりいい気持はしないでしょうね。聞くところによると、すごく汚らしくなるんですって。顔が紫色になって、目の玉が飛び出すとか」

「うるさい！　お黙り！」シオドラはわめいた。

手に構えたピストルがぐらぐら揺れる。おとなしくしていたほうが賢明だと、チャリティは判断した。しばらくの間、車内には道路の玉石に当たる車輪の音が響いてくるだけだった。馬車は小刻みに揺れたり跳ねたりした。そのたびにシオドラの手のピストルも動くので、気が気ではなかった。もしも道路のでこぼこのはずみで、暴発してしまったらどうしよう？

シオドラの神経もひどく高ぶっていた。ピストルを持った手がぶるぶる震えている。馬車の大きな揺れ一つでも、シオドラは引き金を引いてしまうかもしれない。チャリティの脇腹《わきばら》を冷や汗が伝い落ちた。内心の恐怖を悟られてはならない。こちらのおびえが、シオドラを暴力行為に走らせるきっかけになるかもしれない。

「あのう……行く先はどこなんでしょうか？」会話で相手の緊張をほぐす目的もあったが、とにかく目の前の揺れ動くピストルをいっときでも忘れたかった。

シオドラはせせら笑った。「あんたの知らないところよ。下々の住んでる地域で、あんたが生まれてから一度も足を踏み入れたことのない場所さ」

馬車の速度が止まりそうなほど遅くなった。道がくねくね曲がっているらしい。突然、吐き気を催しそうに強烈などぶの悪臭が鼻をつき、チャリティは思わず口を押さえた。

それを見てシオドラが嘲った。「ほらね？　あんたはこんなところを歩いて、きれいなおみ足を汚したこともあるまい。もっとも、歩いたとしたら無傷じゃすまないだろうね」

「どうして？」

「ここでは、銃をぶっぱなしても誰も振り向かない。警察に知らせたり、何か目撃したと言ったりする者もいない。つまり、不要品を始末する場所ってことよ」

これには返す言葉もなく、チャリティは黙ってしまった。

馬車はごろごろ音をたてて止まった。御者席から男たちが降りる気配がする。シオドラは急いでチャリティの横に移り、片手で肘をつかんで、短くて太いピストルの銃口をこめかみに押しつけた。馬車の扉が開いた。下へ下ろした踏み段のそばに御者が立っていた。その後ろにパトリックが、困惑やら不安やら怒りやらが混じり合った顔つきで、落ちつきなくあたりを見まわしている。

シオドラがチャリティの肘を引き寄せてぴたりと体をつけ、ピストルをこめかみに当てたまま、馬車の外へ連れ出した。二人の女を一目見るなり、パトリックの顔から血の気が引いた。チャリティは悟る。シオドラは、パトリックがいることに初めから気がついていたのだ。だから、扉が開く前に態勢を整えたのだ。

パトリックがチャリティのほうへ一歩踏み出した。

「動くな！」シオドラがどなった。チャリティの目に涙がにじむほど、ピストルをぐりぐり押しつける。

「おいおい！」御者がパトリックを引きもどした。「ばかな真似《まね》はよしな！　あのはじきを取ろうたって無理な話よ。そばに行きもしねえうちに、おめえの奥様は死んじまうぞ」

「そのとおりよ」シオドラの荒い息づかいがチャリティの耳につく。ピストルを押しつけられているので確かめられはしないが、シオドラは赤い顔で目をぎらつかせているに違いない。「奥様を死なせたくなかったら、おまえも一緒におとなしくついてきなさい。口をきいたり、助けを求める合図をしたりしたら、すぐこれをぶっぱなすからね」

パトリックはごくりとつばをのみ込んで、うなずく。

「よし。行こう」御者がパトリックの腕をつかみ、ぐるりと向きを変えさせて前へ押しやった。シオドラは、ピストルをチャリティのこめかみから脇腹へ移した。男たちのあとから二人は歩き出す。夕刻になっているにしても、あたりはいつもよりもずっと暗かった。今にも倒れそうな建物がまわりを囲んでいて、光をさえぎっている。ほのかな明かりを放つはずのガス灯も見当たらない。幅が狭すぎて馬車も通れないような細い路地だった。汗や、どぶ、かびの臭《にお》いがする。半裸のやせこけた子どもが指をくわえて、四人をぼんやり見つめていた。その後ろには塀に寄りかかって座り込んでいる女がいて、焦点の合わない目で何やら独り言をつぶやいている。

かしいだ戸口から黒ずんだ歯の男がよろよろ出てきて、こちらをうかがった。松葉杖《づえ》をついたもじゃもじゃ頭の男の子が足を引きずりながらついてきて、小銭をねだった。

チャリティは体をねじ曲げて男の子を見ようとした。「かわいそうに」

ピストルをチャリティの脇腹に食い込ませて、シオドラが鼻で笑った。「今はあんたのほうが、あの子よりかわいそうなんだよ」

「あの子に小銭を少しあげてはいけない？」

シオドラは呆《あき》れた顔で足を止めた。「あんた、ばかなんじゃない？」

「お願い」チャリティは懇願の表情をシオドラに向けて、ポケットに手をのばした。

シオドラは警戒の色をあらわにする。「そのポケットに何か持ってんじゃない？」

「わたくしには武器を持ち歩く習慣はないのよ」チャリティはやり返した。「わたくしに最後のよい行いをするのを許してくださってもいいでしょう？」

何世紀にもわたる由緒ある家柄の威厳と矜持《きょうじ》をまなざしに込めて、チャリティはまっすぐシオドラの目を見すえた。

「いいわ」シオドラはしぶしぶ承知した。「だけど、ゆっくりやんなさい。小銭以外に何か出したりしたら、すぐ撃つよ」

チャリティはうなずき、ポケットからゆっくりと小さな小銭入れを取り出した。それを男の子に示し、にこっとしてみせる。男の子は懸命に近づいてきて、手をさし出した。柔らかい革の小銭入れをその手に投げてやり、それから向きを変えて御者とパトリックのあとから、断頭台におもむく女王のように毅然《きぜん》として歩を進めた。

背後から男の子の嬉しそうなため息が聞こえた。あの小銭入れには、ギニー貨が一枚と、数枚のシリング貨が入っている。あの子にとっては、生まれて初めて見る大金に違いない。今日の夕方にこの路地を通った二人の女性のことは必ず覚えているだろう――こんな遠くまでサイモンが追ってこられたらの話だが。

# 24

ゆっくり歩きながらチャリティは両手を組み合わせ、婚約したときにサイモンから贈られた正方形の大きなエメラルドの指輪を左手の薬指からこっそり抜いた。次にその指輪を、同じくひそかに、右手の中指にはめた。中指にはすでに、祖母からもらった小さな紫水晶の指輪がはめられている。エメラルドの指輪は中指には小さすぎたけれど、無理してどうにか押し込んだ。もしもこぶしを振るうようなことになったら、二本の指輪を合わせれば、かなりの苦痛を与えることができるのではないか。

前方の建物の戸口の前で、御者とパトリックが立って待っている。御者はパトリックの背後から腕をしっかり押さえていた。小さな扉に近づくにつれ、チャリティは歩く速度を落とし、恐怖におののく表情で哀願しはじめた。

「いや、お願いです、ミセス・グレーブズ……シオドラ……あなたに何一つ悪いことはしてないじゃありませんか。なんとか考え直してくださらない?」

「へえ、今度は命乞《ご》い?」シオドラはにやりとした。「さすがのあんたも自信なくしたってわけね？」

シオドラの合図で御者が扉を開け、パトリックを建物の中に押し込んだ。続いて押し込まれたチャリティは、暗くて汚い内部の臭《にお》いがひどくて、むせそうになった。

「なぜ、どうしてここへわたくしたちを連れてきたんですか？」殺す目的で連れ込んだのは明白だったけれど、時間稼ぎのためにチャリティはきいた。

シオドラは低く笑った。「なぜだって？　きくまでもないだろうに。最初はあんたの死体に石をくくりつけて、このハベルに河に投げ込ませようと考えてたんだ。だけど、あんたがただ行方不明になってしまったんじゃ、サイモンもそう簡単に再婚できないだろうと気がついた。あんたは死体で発見されなきゃならないんだよ。だから、あんたを射殺して、ここにほうっておくつもりだった。ところが、あんたの従僕がついてきたものだから、もっといい考えが浮かんだのさ」狡猾《こうかつ》な笑いを浮かべて、シオドラはチャリティの耳元に口を寄せた。「痴話げんかに見せかけようってわけ。この薄汚い空き家で、あんたのところの若者と密会していた。で、言い争いになって、彼があんたを撃ち、それからここで自殺する。どう、いい筋書きだろう？　みんな納得するし、サイモンも不義をした妻が死んでも悲しまない。自分にふさわしい奥方と思い込んでいたのに、実は娼婦《しょうふ》みたいな女だった。そうなれば怒って、わたしのところにもどってくるに決まってる」

シオドラを刺激して発砲されるかもしれないのに、チャリティは黙っていられなかった。

「サイモンは、あなたのところになんか決してもどらないわ。わたくしを愛しているんですもの。サイモンはわたくしをよく知っているから、愛人がいたなんて信じません」

シオドラは険しい顔で否定した。「サイモンがあんたを愛してるって？　そんなはずがあるもんか」

実のところチャリティは、サイモンに愛されているかどうかについては、まったく自信がなかった。〝わたしの愛する人〟とか、〝いとしい人〟などとサイモンに何度か呼ばれたことはあるけれど、あれは親しみを込めたよくある表現で、気に入っているという意味にすぎない。ただし、シオドラには心のすきを見破られたくなかった。といっても、議論のできる状況ではない。気が立っているシオドラは、反論しようものなら即座に引き金を引くかもしれない。チャリティは口をしっかり結んだ。

口答えできないのは認めた証拠と言わんばかりにシオドラは大きくうなずき、パトリックに向かって言った。「服を脱ぎなさい」

「な、なんだと？」若者は目をむいた。顔が真っ赤だった。二、三年かかってようやく習得した上品な言葉づかいが出てこない。

「聞こえただろう。服を脱がなきゃ、おまえの奥様を目の前で撃ち殺してやるよ」

「そんな、そんなの、わいせつだ！」パトリックは、他《ほか》の場合だったらチャリティも笑ってしまいそうなほど、猛烈な怒りの形相になった。シオドラの注意がパトリックに行っている間に、行動を起こせないだろうか？

「おまえが変に気取ったために奥様が血だらけで床に転がってるのを見たら、デュア卿《きょう》はなんとおっしゃるかね。ほめてくださると思うかい？」

パトリックは短く息を吸って、チャリティからシオドラへと視線を移した。それからのろのろと仕立てのよい上着と靴だけ脱いだ。シオドラが譲る気配を見せないので、女性たちに背を向けてシャツのボタンを外しはじめる。

「こんな屈辱的なことをさせなければならないの？」チャリティはたまりかねて言った。

「もちろん」シオドラは嬉《うれ》しげに答えた。「こうしなきゃ、わたしの計画がうまくいかないじゃない。密通する男女がちゃんと服を着てますかね。え？」

これはチャリティを打ちのめした。チャリティが不倫をしたと言われても、サイモンは信じないだろう。しかし、そんな姿でパトリックと共に発見されたら、あるいは信じてしまうかもしれない。サイモンに妻を殺されただけではなく、裏切られた苦しみと恥辱も味わわせなければならないとしたら？　激しい怒りが突き上げてきた。

シオドラが笑った。「元気がいいとかで評判のあんたも、さすがに色を失ったようね。そりゃ、怖がって当然さ。手も足も出ないわけだから」

怒りに燃えた目を見られたくないので、チャリティはそっぽを向いた。幸い、恐ろしくて黙ったと取られたようだ。シオドラには、恐怖に震える弱い女だと思い込ませておかなければならない。さもないと、頃合《ころあい》を見計らってチャリティが取り乱したふりをしても、容易にだまされないだろう。

チャリティは顔をそむけたまま、話しかけた。「お願いします、こんなことやめてください。わたくしたちを解放してくれれば、誰にもこのことはしゃべりません。パトリックにも話させません。約束します。サイモンにも言いません」

「それじゃ、わたしにとってなんにもならないじゃないか。これだけ骨を折ったあげくに、サイモンも手に入らなくなるとは。ここでやめる気はまったくないよ」

気の毒に、パトリックはとうとう下着姿になってしまった。そこで手を止め、もう一度振り返ったパトリックに、シオドラは容赦なく言い渡した。

「残りも全部脱ぐんだよ」

パトリックはこぶしを握り、シオドラに向かってこようとした。シオドラが、言うことを聞かないとどうなるかわかってるだろうというように、さっとピストルをチャリティのこめかみに突きつける。パトリックは立ちどまり、口を引き結んで下着のボタンをぎくしゃくした手つきで外し出した。その間、殺意をみなぎらせた目をシオドラから離さない。

いくらなんでもかわいそう。チャリティはせめてもと思い、視線をそらしてパトリックを見ないようにした。シオドラは薄笑いを浮かべて眺めている。

「へえ、いい体してるじゃない。こんな若い男をこのまま始末するのはもったいないね」

「恥ずかしくないんですか?」チャリティは泣きそうな声を出して、顔を両手で隠した。

「おやおや、わたしは下品すぎて奥様のお好みに合いませんか?」シオドラはせせら笑い、手下の御者を呼んだ。「ハベル、この男を縛っておくれ」

チャリティは両手の指の間からそっとのぞいた。ハベルは縄でパトリックを後ろ手に縛り上げた。続いて若者を床に倒し、両足も縛った。

「あなたは……まさかわたくしのことも……あんなふうにするつもりじゃないでしょうね……?」声の震えは必ずしも演技だけではなかった。

シオドラはにやりとした。「ああ、そのとおり裸になってもらうよ。ただし、それはこのハベルへのご褒美なんだ。ハベルが服を脱がせて、ついでにあんたもちょうだいする。確かに男と寝たという痕跡《こんせき》を残すためにね」

気を失ってしまうのではと、一瞬思ったくらいのショックだった。「いや! そんなこと……本気じゃないでしょう?」

「どうしていけないの? わたしは何年もそういうことやってきたんだよ。女に対する思いやりなんかこれっぽっちもない勝手放題の汗くさい男をのっけるなんて、お育ちのよいあんたにはできないと思うのかい?」

チャリティは言葉もなく、シオドラを見すえるばかりだった。

「よし、ハベル、この娘《こ》はおまえのものだよ」シオドラは、ピストルをチャリティに向けたままの姿勢で、後ろへ下がった。

御者は目を光らせてチャリティに近づいた。シオドラがさらに離れる。チャリティは、今だ、と判断した。

シオドラに両手をさしのべて、泣き声で懇願しはじめた。「どうぞ、お願いですからやめて！　こんなことわたくしにさせないで。ねえ、このとおり、お願いします」

満足そうな微笑がシオドラの口元をよぎった。その背後で、縛られたまま床に転がされていたパトリックがシオドラのほうへ少しずつ動いているのが、チャリティの目に入った。両手両足が縛られていてはどの程度のことができるのかはわからないけれど、とにかく時間を引き延ばそうと思った。

チャリティは金切り声で泣き叫び、両腕を振りまわして、典型的なヒステリーの発作を演じてみせる。なりふりかまわず泣きじゃくり、身も世もない体でうめき声をあげては、シオドラに哀願した。すぐ近くまで来ていたハベルは、困った顔で雇い主を振り返って見た。シオドラはじりじりして、早くしろと合図する。

ハベルがチャリティの腕に手をかけようとした。「触らないで！」チャリティは後ずさりして叫んだ。

シオドラがわめいた。「いいかげんにおし！　ハベル、ひっぱたいて黙らせておくれ」

「いやーっ！」チャリティは悲鳴をあげ、恐怖で立っていることもできないというふうに、体を丸めて床にへたへたと座り込んだ。

「早くおしったら、ハベル！　ここにいつまでもいるわけにはいかないんだよ」

チャリティは指をわずかに広げ、その間からのぞいた。ハベルの脚がこっちに来るのが見えた。パトリックはまだ、シオドラの立っている位置まではたどりついていない。とはいえ少なくとも、シオドラはピストルを持つ手を下ろしていた。これ以上ぐずぐずしてはいられない。チャリティは、宝石つきの指輪を二本はめた右手で握りこぶしをつくった。ハベルがそばにかがみ込んで引っぱり起こそうとしたとき、チャリティはぱっと立ち上がり、男の顔面めがけて力いっぱい右腕を突き出した。目を狙《ねら》ったのが少し外れたものの、宝石の固さがものをいって、頬骨に沿って頬がぎざぎざに切れた。

男がうなり声をあげて頬を押さえ、よろよろっと後ろへ下がった。チャリティは戸口に向かって突進する。シオドラのピストルが火を噴いた。


サイモンは上機嫌で、屋敷の前に止めた馬車を降りた。もうベネシアのことで悩む必要はない。ファラデー・リード殺しのみならず、チャリティにまでベネシアが手をのばしたとしたら……？　その疑いから解放されてほっとしたものの、チャリティの身の危険が去ったわけではない。リード事件の真犯人を突きとめるまでは、四六時中チャリティを見張るつもりでいた。少なくとも我が妹の名前が浮上する恐れはなくなったのだから、晴れて犯人探しに着手できる。そうと決まったらチャリティは喜び勇んで真っ先に調査に乗り出し、自ら危険に身をさらす恐れが大ありだ。はやるチャリティを引きとめるのも容易ではない。ただ、近ごろになってわかったのだが、チャリティに関することなら、骨を折って説得するという難儀でさえ喜びを伴うのであった。

またチャリティの顔が見られると思うと、正面玄関に向かうサイモンの足がひとりでに速くなる。ほんの一日とちょっと留守にしただけなのに、自分の一部が欠けてしまったような気分に陥っていた。チャリティの笑顔を見たい。笑い声を聞きたい。ベネシアについての疑いが晴れたことを喜び合ったり、どうやったら真犯人を割り出せるか一緒に頭をひねったりしたい。それより何より、チャリティを抱きかかえてキスをしたい。アッシュフォード・コートからもどる道中、そのことばかり考えていた。

壁にばたんとぶつかるほどの勢いで玄関の扉が開き、中からチェイニーが飛び出してきた。これまでサイモンが見たこともないような、泡を食った顔をしている。「だんな様！だんな様！　大変です！」主人を降ろしてから厩舎《きゅうしゃ》の方へ移動しかけていた馬車に向かって腕を振り、大声で御者に叫んだ。「待ってくれ！　ボトキンズ、止まってくれ！」

「チェイニー、いったい何事なんだ？」サイモンは執事の腕をつかんだ。胸騒ぎに襲われる。落ちつき払った執事がこんなに動転する理由は……そうだ、チャリティしかない。

「チャリティに何かあったんだね？」

「はい、だんな様。いや、その、まだ、はっきりはわからないんですが」

「チェイニー！　もたもたせず、はっきり言いなさい。チャリティに何があったんだ？」

従僕の中でいちばん若いトマスが、転がるようにして出てきた。髪粉を振りかけてきちんと整えた白いかつらはひん曲がっているし、前に留め金の飾りがついたしゃれた上着も着ていなかった。シャツに汗がにじみ出て、マラソンでもしてきたばかりのように胸を大きく上下させている。

「だんな様、奥様のあとをつけてきたんです。だいたいのところまでですが」

「あとをつけた！　どこに行ったというのだ？」サイモンは眉間《みけん》にしわを寄せて、チェイニーに向き直った。「まったく、どういうことなんだ！　留守中の見張りをあれほどきみに頼んでおいたのに。たったの一日じゃないか」

「はい、まことに申し訳ございません。わたくしの責任です。奥様にもしものことがあったら、わたくしは生きてはいられません。しかし、相手は少なくともご婦人です。まさかそのご婦人が――」

「相手？　なんだ、それは？　誰なんだ、その婦人っていうのは？」執事の肩をつかんで揺すぶりたいのを、サイモンはやっとこらえた。そんなことをしても、チェイニーはますます狼狽《ろうばい》するだけだろう。

「ミセス・グレーブズでございます！」

「シオドラ！」サイモンは仰天する。「レディ・デュアはシオドラ・グレーブズと一緒なんだね？」

　チェイニーがうなずく。

「いったいぜんたいどうしてチャリティがシオドラを知ってるんだ？」サイモンは首を振った。「いや、こんなことをきいても仕方ない。チャリティだったら、シャムの王様と知り合いだとしても、不思議じゃないんだ」

「レディ・デュアは初めは、お友達だと言っておられました。未亡人のお友達が外の馬車の中で待っていらっしゃるとも。まずお手紙を奥様にお渡しいたしましたら、奥様はお友達と話があるからちょっと出かける、御者もいることだから心配はいらないとおっしゃったんです。パトリックを連れていくことには同意してくださいました」

　サイモンは少し安心した。「そうか、つき添いがいるならまだいい」あとの問題は、シオドラが何を吹き込むかだ。やれやれ、頭が痛い。チャリティは、夫が嫌いになって帰ってくるかもしれない。新婚の妻が夫の愛人に会って機嫌がよくなるはずはないのだ。

　チェイニーが説明を続けた。「お出かけになるとき、奥様はその未亡人のお名前を教えてくださいました。もとよりわたくしは、そのう、存じ上げておりましたので」

「それはそうだ」

「どうして奥様があのご婦人にお会いになるのか、お二人でどこへお出かけになるのか、見当がつきませんでした。しかし、だんな様がお気に召すとは思えませんでしたので、このトマスにあとをつけさせたんでございます。それが……そのう……」チェイニーが両手をもみ合わせて口ごもる。「その行く先を聞いて、困っておるんです。奥様の乗られた馬車はセント・ジャイルズへ入っていったということでして」

「セント・ジャイルズだと！」サイモンのいっときの安心感はふっ飛んでしまった。セント・ジャイルズといえば、ロンドンで最も悪名高きスラム地区だ。サイモンはトマスに鋭い目を向けた。「そんなところに何しに行ったんだ。確かにセント・ジャイルズに入っていったんだな？」

「はい、だんな様。確かです」トマスは勢いよく頭を上下させた。「流しの馬車をつかまえて、あとをつけさせたんです。つけたのは屋根のへりと扉の縁に金色の縞《しま》模様があるしゃれた馬車でしたから、間違いありません」

サイモンは吐き気を覚えた。「ああ。それならミセス・グレーブズの馬車だ」

「まずイースト・エンド地区へ入って、それからセント・ジャイルズまで行きましたが、御者がどうしてもそれより先に行くのはいやだと言って、降ろされてしまいました。ぐずぐずして見失うといけないし、しょうがないから走りました。うまいことに、追ってた馬車ものろのろ行くしかなかったんで、なんとかついていけたんです」

「それで？　そのあとはどこに行ったんだ？」サイモンは促した。

トマスはきまり悪そうに下を向いた。「見失っちまったんです。長屋がいっぱいあるところで、大きいバケツを二個しょって水を運んでたおばさんに道をふさがれてる間に、馬車は先に行っちゃいました。やっとそのおばさんを追い抜いたときには、もう影も形も見えなかったんです」

「なんてことだ」

シオドラの顔が脳裏に浮かんできた。チャリティとの結婚のために別れを切り出したときの怒りの形相だ。あのときシオドラは今にも突き刺しそうな猛々《たけだけ》しい目つきで、自分と結婚してくれると思ったのにと金切り声でわめいた。どうしてそんな実現するはずもない期待を勝手に抱いたりできるのだろうか？　突然、あることを確信してサイモンはぞっとした。シオドラ・グレーブズはチャリティを憎悪している。憎いとなったら、平然と殺せるほど狂ってるかもしれない。そういえば、毒薬は女の武器だといわれているではないか。

サイモンは、足元から大地が崩れていくような気がした。「トマス、一緒に来てくれ。レディ・デュアが乗った馬車をどこで見失ったか教えてほしいんだ」

トマスを従えて、サイモンは馬車に急いだ。御者の隣にトマスが座り、サイモンはボトキンズに命じた。

「行く先はトマスが言うから、全速力で走ってくれ」

家の中からラッキーが走り出してきた。庭を横切り、垣根を楽々と越えて、馬車に飛び乗ってしまう。サイモンは犬を叱《しか》らなかった。かがみ込んで、ラッキーの柔らかい毛に手をうずめ、祈るようにつぶやいた。

「おまえの名前どおりになりますように」

馬車はロンドンの通りを疾走した。初めのうちは、街中でサイモンが経験したことのないような速度だった。だが、曲がりくねった道の幅が狭くなるにつれ、速度を落とさないわけにはいかず、サイモンはいても立ってもいられないほどじりじりした。とうとう馬車は止まった。サイモンが扉を開けると、トマスが御者席から飛び降りた。

「ここです、だんな様。ここで見えなくなっちまったんです。どっちに行ったのかも、わかりません」

「そうか。だったら人にきくしかない」

サイモンたちは、道行く人に片っ端から尋ねてまわった。おじけづいて避ける者やうさんくさげにこちらを見て黙っている者もいたが、中には馬車が行った方向を指さしてくれる男や女もいた。でたらめを教えただけとか、酔っ払っていていいかげんなことを言った可能性もあったが、そうではないことを念じつつ、サイモンは彼らに心づけをやって、その方向へ馬車を進めた。そのうちに馬車が入れないような狭い道になったので、御者と馬車を残してサイモンとトマスは歩き出した。言うまでもなく、しっぽや耳をそばだてたラッキーが喜び勇んでついてきた。

サイモンは、みぞおちが締めつけられそうな不安にかられていた。シオドラがこんなところにチャリティを連れてきたのは、殺す目的以外に考えられない。シオドラのみならず、あのような女とかかわりを持った自分自身が憎かった。あの色っぽい外見の陰にひそむ狂気に、なぜ今まで気がつかなかったのだろうか？

一刻も早く見つけ出さなければ、チャリティは殺されてしまう。それも、自分のせいで。チャリティが死んでしまったら、生きていけるだろうか？　もはや、チャリティなしの人生は考えられない。いつしかチャリティは太陽になり、サイモンの世界はチャリティを中心にまわっていた。サイモンは懐中のピストルを握りしめ、決然と歩きつづけた。

右手に何か気配を感じて、サイモンはぱっと横を向いた。男の子の頭が暗がりに引っ込んだ。

「おい、そこの坊や！　こっちへおいで！」

松葉杖《づえ》にすがった男の子が暗がりからのろのろ出てきて、サイモンと犬に警戒の目を向けた。「なんか用？」

「女の人を捜してるんだ。見なかったかい？　もう一人の女と一緒の女の人だ」

「天使みたいな女の人だろ？」

「そうそう、天使みたいな人だ！」サイモンは勢い込んで答えた。「金髪で、とてもきれいな人だよ。もう一人は、髪が黒くて、こんなふうに肉づきがいい女だ」両手を動かして曲線を描いてみせる。

男の子は大きくうなずく。「とっても優しかったよ、天使みたいな女の人のほう。お金くれた。だんなさん、取りもどしに来たんじゃないね？」

「いや、そんなことはない。金はきみのものだ。その女の人が優しかったんなら、どっちに行ったのか教えてくれないか？　その人、とても危ない目に遭ってるんだよ」

「あっ、そうか、やっぱり。もう一人の怖い女の人が、天使みたいな人にピストルをくっつけてた。男の人も二人いた。みんなであっちへ行って、あそこの建物に入った」松葉杖の男の子は、今いる通りからそれた狭い路地に立ち並ぶ建物の一つを指さした。

「ありがとう」サイモンはポケットから数枚の硬貨を取り出して、男の子にやった。そして向きを変え、男の子に教わった建物の薄暗い戸口に急いだ。

そのとき、銃声が鳴り響いた。サイモンは走り出した。鋭い声で吠《ほ》えながら、ラッキーがサイモンの前に飛び出す。


シオドラの弾は外れて、壁に当たった。だが、頬から血を流し片目をつぶったハベルがチャリティを追いかけ、戸口の手前で襲いかかった。床に倒れたチャリティはハベルの下敷きになって呼吸ができない。後ろでシオドラは、単発式の小型ピストルに弾を込めようと焦っていた。ひそかに機会を狙っていたパトリックは、ここに来て我が身の危険も顧みず、床をごろごろ転がり進んで体ごとシオドラの脚の後ろ側にぶつかった。足をすくわれたシオドラはどさっとひっくり返り、その勢いでピストルが手からはじけ飛んだ。

シオドラは悲鳴をあげて起き上がろうとしたが、そうはさせじとパトリックが重くて大きい体をのせてしまった。手足をばたばたさせてシオドラはもがいた。けれどもパトリックは盤石のごとく動かず、シオドラの力では振り落とすことも、下から這《は》い出すこともできなかった。

やっと息ができるようになったチャリティは手を振りまわし、足で蹴《け》り上げて必死に抵抗した。ハベルは両手をチャリティの首にまわして、のどを絞めはじめた。腕の短いチャリティがいくら殴りつけようとしても、いたずらに空を切るばかりだった。

外から自分の名前を呼ぶ大声が聞こえたが、のどを絞められているチャリティはかすかなうめきさえ出せなかった。扉に何かを打ちつける音がする。一回、二回。突然、扉が開いた。目の前が暗くなりかけたとき、毛むくじゃらの大きなものが飛びかかってきた。

大型犬に体当たりされたハベルがチャリティののどから手を離した。痛むのどにさっと空気が流れ込んできた。突きのけた男には目もくれず、ラッキーがチャリティの体におおいかぶさって顔をぺろぺろなめる。

ハベルは怒声をあげ、ラッキーを蹴とばそうとして逆に這いつくばってしまった。立ち上がる間もなくサイモンに襟首をつかまれ、まず口に一発食らった。さらにサイモンは相手のみぞおちにも一撃を加え、しゃがみ込もうとするハベルの下あごにとどめの強打を入れた。屈強な男が煉瓦《れんが》の塊みたいに床にくずおれると、あばら屋はがたがた揺れた。

その間にトマスが同僚を助けに行く。パトリックはまだ、のたくるシオドラの上におおいかぶさっていた。「おおっ、なんちゅう格好だ？　生まれたまんまのすっぽんぽんとは」

ハベルを片づけてそばに来た夫に、チャリティはようやくその名前をのどから絞り出すことができた。「サイモン！」

「チャリティ！　無事でよかった、チャリティ！　だいじょうぶか？」サイモンはかたわらにひざまずいて妻を抱き起こし、胸に抱え込んだ。

「ああ、サイモン！」チャリティはそれ以上は何も言えず、しっかと夫に抱きついた。

「わたしの大事ないとしいきみ、本当にだいじょうぶなのか、言ってくれ」

やはりチャリティは口もきけずにこっくりし、ただただサイモンにしがみつくばかりだった。サイモンは妻を抱えて立ち上がり、トマスの方を振り向いた。トマスはナイフでパトリックの縄を切り、切れ端でシオドラの手首を縛る最中だった。シオドラの目とサイモンの目が合った。白目をむいた凶暴な目つきでシオドラは、サイモンを激しく罵《のの》り出した。

サイモンは冷ややかにシオドラを見返し、従僕に指示した。「トマス、パトリックと一緒に行って、この女を警察に突き出してくれ。わたしは家内をうちに連れて帰るから」

サイモンは向きを変え、宝物のようにチャリティを大切に抱え大股に戸口を出ていった。

# エピローグ

チャリティはベッドに上半身を起こし、頭や背中に枕《まくら》を当てて寄りかかっていた。金色の髪が顔のまわりに広がっている。主治医のカーギル先生が診察に来て、帰ったところだ。そば仕えのリリーのみならず、他《ほか》の侍女たちや家政婦までが総出でレディ・デュアの世話をやき、熱いお茶を飲ませ、ナイトガウンにくるむようにしてベッドに落ちつかせた。サイモンはやっとのことで全員を寝室の外へ追い出し、妻と二人きりになった。

ベッドの端に腰をのせて、サイモンはほつれた髪をチャリティの顔からそっと払いのけた。「気分はよくなった?」

「ええ。あなたと二人きりになれて」

ハベルに首を絞められたせいで、チャリティの声はまだしわがれている。それでも、セント・ジャイルズのスラム街でサイモンの呼びかけに答えたときの息も絶え絶えの震えた声音に比べれば、ずっとしっかりしていた。

サイモンはチャリティの手を取って、手のひらを自分の頬に当てた。「きみが生きていてくれて、どんなにありがたく嬉《うれ》しいか。チャリティ、許してくれ。わたしは、きみをきちんと守ることさえできなかった。危なく死なせてしまうところだった」

「でもあなたは助けに来てくださったじゃない。だからこうして、わたくしも生きているのよ。それだけで十分なの」

サイモンはうなずき、顔の向きを変えて、チャリティの手のひらに唇をつけた。頬が少し濡《ぬ》れているように感じたけれど、どうしたのかしら？　チャリティはいぶかしく思った。もしかしてサイモンは泣いている？　夫への愛情と幸福感で胸がいっぱいになった。ほんの二時間前には生死の境であがいていた。それが今はみんなに大事にされ、自分のベッドで気持よく休んでいる。

「シオドラはどうなったの？」

「我々がここで馬車を降りてから、パトリックとトマスに警察に連れていくよう頼んだ」

「これから、あの人どうなるの？」

「わからないが、おそらく絞首刑になるか、精神病院へ送られることになるだろう。それにしてもあの女は、どんなおぞましい考えに取りつかれたのか？　きみを殺して何か得するとでも思ったのだろうか？」シオドラのたくらみをチャリティが説明すると、サイモンは信じられないという顔で首を振った。「どうしてそんなことを思いつけるのか……」うなり声をあげ、がくりとうなだれた頭を両手で支えた。「わたしはシオドラを愛したことなどない。彼女が何をきみに言ったか知らないが、愛してはいなかった。かつてシオドラに欲望を感じたのは事実だ。しかし、それは愛ではない。彼女の体と金を交換しただけで、それ以上のものでは決してなかった。誓うよ」

「わかってるわ」

「わたしを憎んでる？」サイモンは声をつまらせた。

「わたくしがあなたを？　いいえ、憎んでなんかいないわ！　なぜあなたを憎むの？」

「愛人がいたんだよ」

チャリティは手をのばして、サイモンの腕に触った。「殿方の間では珍しくない習わしだと聞いているし、わたくしがあなたにお会いする前のことなんでしょう？」

「そう」サイモンは顔を上げて、ふたたびチャリティと目を合わせた。「過去のことだ。きみに婚約を申し込んだあの日に、わたしはシオドラと別れたんだ。彼女がこんな受け取り方をするとは夢にも思わなかった。シオドラとの関係は仕事の契約以外の何物でもなかったので、彼女もそれはわかっていると思い込んでいた」

チャリティはつぶやいた。「わたくしたちの結婚と同じね」

「違う！」サイモンはひどく驚いた顔をした。

「初めはそうだったじゃない。あなたが望んだのは、ご自分の財力の恩恵と引き換えに、良家の出身で非の打ちどころのない評判の娘を妻にして跡継ぎをつくること。そうだったでしょう？」

「だけど、きみを一目見たときから、契約関係ではなくなってしまったんだ」サイモンは身を乗り出してチャリティの額に口づけし、その唇を両のまぶたに移した。「心も体も頭も、丸ごときみが欲しかった……愛してしまったんだ」

「まあ、サイモン！」チャリティは夫の首にかじりついた。「結婚前に何百人の愛人がいても、わたくしはかまわないわ。気になるのは、今だけ。今あなたがわたくしを愛していて、わたくしの他に誰もいないということさえわかれば、言うことなしよ」

「それはもうはっきりわかっただろう」サイモンの口づけは、愛妻の唇から去りやらない。やがてようやく顔を上げてきいた。「きみはどうなの？」

「どうなのって、どういう意味？」

「わたしを愛している？」無表情を装ってはいたものの、サイモンの目を不安がよぎるのを、チャリティは見逃さなかった。「それとも、きみにとってはいまだに契約結婚か？」

チャリティはサイモンの言葉をそっくりそのまま返した。「あなたを一目見たときから、契約関係ではなくなってしまったの。姉があなたとの結婚を望んでいなかったのが、どんなに嬉しかったか。あなたを愛してるわ。結婚式よりもずっと前から愛していたの。あなたが婚約を取りやめようとなさったときに自覚して、どんなことがあっても結婚しようと決心したのよ。あなたが好きで好きでたまらない。とっても、とっても、愛しています」

チャリティはサイモンの顔じゅうにキスをして、その合間を愛の言葉でうめつくした。くっくっと含み笑いしながらサイモンは、妻の顔を両手ではさみ、唇をふさいだ。

やがて、並んで横たわっていたサイモンは、もう一度チャリティを抱き寄せた。「もう二度ときみを放さない」

チャリティは目を閉じたまま、しばらくしてつぶやいた。「サイモン、わたくしを助けてくれたあの子、松葉杖《づえ》の男の子だけど……」

サイモンののどの奥から笑いが込み上げてくるのが、チャリティにも伝わった。「よしよし、わかったよ。また、きみの癖が始まった。さっそく、あの男の子を捜して、うちに連れてこさせよう」

チャリティはにっこりして、愛する夫にいっそう身を寄せた。「わかってたわ。あなたがきっとそうおっしゃってくださると」

# 訳者あとがき

もしもあなたが、百三十年前のビクトリア王朝華やかなりしころのイギリスで、良家に生まれた乙女だったとしたら……。

侍女も連れず、親に隠れて、ロンドンの街を流す馬車をつかまえ、単身、見ず知らずも同然の男を訪ねられるでしょうか？

しかもその相手たるや、貴族とはいえ、殺人の疑いまでかけられている謎《なぞ》めいた男なのです。それだけでもスキャンダルになるのに、あろうことか、男に会うなり、「私をあなたの奥様にしてください」とプロポーズまでしてしまう。

因習に従い、淑《しと》やかで、上品であること（あるいは上品ぶること）を求められていた当時のお嬢様方にとっては、およそ考えられない大胆な行動です。

ところがこの物語のヒロイン、チャリティ・エマーソンは、家族のためという大義名分があるとはいえ、思いついたらただちに実行に移してしまうという、まことに型破りな女性です。

かたやヒーローのデュア伯爵サイモン・ウェストポートは、過去のくびきゆえに愛に対して心を閉ざしており、当時の風習としては珍しいことではありませんが、職業的な女性としか交際していませんでした。しかし、名門の家系を絶やさないために跡継ぎを産むことを目的とする妻は必要としていた。その点で利害が一致したサイモンは、感情にとらわれない契約結婚をめざしたのでしたが、十二歳も年下の天真爛漫《てんしんらんまん》なおてんばチャリティに振りまわされることになります。

自立心旺盛《おうせい》なチャリティは、男女差別が当然だった時代にもかかわらず、サイモンが少しでも高飛車な態度に出ると、「いくら夫でも私はあなたの奴隷じゃない」と言って、毅然《きぜん》と立ち向かう。正義感に満ちた彼女は、弱いものを見るとほうっておけず、汚い野良犬や猿まで屋敷に連れてくる。街なかで馬をいじめていた男とけんかして鞭《むち》を振り上げ警察沙汰《ざた》になるわ、悪漢に襲われれば急所を蹴《け》って撃退するわで、いつも人々をのけぞらせてばかりいます。

サイモンは苦笑しつつも、純粋で、心温かく、天衣無縫なチャリティの人柄にぐいぐいひかれていくのでした。女性は不感症だという神話までできあがったビクトリア女王時代の偽善的な風潮とは大違いの、ヒロインの生き生きした魅力と愛の悦《よろこ》びが物語の全編にあふれています。

ちなみに、チャリティという言葉は一般に慈善と訳されていますが、聖書では愛を意味しています。

この物語の背景になっている一八七一年といえば、日本では徳川幕府が滅んで江戸時代が終わり、明治時代が始まったばかりのころです。当時のイギリスは、大英帝国に日の没するところなしといわれた、ビクトリア王朝の全盛期に当たっています。スタンリー・ジェボンズというイギリスの経済学者が、「アメリカとロシアの平原は我々の島であり、シカゴやオデッサの穀物、カナダや北欧の森林、オーストラリアの金、ペルーの銀、シナの茶、西インドの砂糖、世界各地の綿花等々はわが国に流れこむ」（『イギリス史』大野真弓編・山川出版社）と書いているように、イギリスが全世界の富を支配していた時代でした。

この物語からも、舞踏会やオペラ観劇、社交、ファッションなど、当時の絢爛《けんらん》たる上流階級の風俗の一端がうかがえます。ロンドンの名所の一つである、マダム・タッソーの蝋《ろう》人形館もこのこのころに初めて開かれました。

さて、ビクトリア王朝期の上流階級を舞台にしたこの波瀾万丈《はらんばんじょう》のロマンス小説を書いた、キャンディス・キャンプとはどういう女性なのでしょうか。訳者も最初はイギリス人に違いないと思っていましたら、なんとテキサス生まれ、テキサス育ち、夫、一人娘と共に現在もテキサスに住んでいるアメリカ人なのです。処女作を一九七八年に発表して以来、現代もの歴史もの合わせて四十三冊の作品を世に出しました。十五の言語に翻訳されたそれらの作品は二十二カ国で出版され、刊行部数は世界じゅうで九百万部にも達しています。

父はテキサス州アマリロの新聞社の営業部長、母は新聞記者という家庭に育ち、十歳のころから物語を書きはじめたキャンディスは、法律を学んだり、教職に就いたりもしましたが、創作こそ我が初恋であったと気づき、作家生活に入りました。

ロマンチックな心を失わないための秘訣《ひけつ》はときかれて、キャンディスはこう答えています。「愛する人を空気のような存在だと思わないこと。そして、その人に初めて会ったときの気持、その人がいなくなったらどう感じるかを、ときどき思い出すことです」と。

二〇〇一年六月

細郷妙子

**訳者　細郷妙子**

東京外国語大学英米科卒。外資系企業勤務ののち、ロンドンで宝石デザインを学ぶ。創刊当初よりハーレクイン社のシリーズロマンスを翻訳。主な訳書に、キャンディス・キャンプ『追憶のフィナーレ』、ジェイン・A・クレンツ『運命のいたずら』、アン・スチュアート『秘めやかな報復』（以上、MIRA文庫）がある。

裸足の伯爵夫人

2001年9月15日発行　第1刷
2006年5月15日発行　第4刷

著　　者／キャンディス・キャンプ
訳　　者／細郷妙子（さいごう　たえこ）
発 行 人／ベリンダ・ホブス
発 行 所／株式会社 ハーレクイン
東京都千代田区内神田1-14-6
電話／03-3292-8091（営業）
03-3292-8457（読者サービス係）
印刷・製本／凸版印刷株式会社
装 幀 者／笠野佳美（シュガー）
表紙イラスト／もと潤子（シュガー）

定価はカバーに表示してあります。



ISBN4-596-91004-9

# MIRA文庫

キャンディス・キャンプ
平江まゆみ 訳
## モアランド公爵家の秘密 魅せられた瞳
ヴィクトリア王朝時代、変わり者揃いで名高い公爵家の三女が心霊現象調査員に?! 米国帰りの伯爵といかさま霊媒師の正体を暴く旅にでた彼女は…。

キャンディス・キャンプ
細郷妙子 訳
## ときめきの宝石箱
家名存続のため古い地図を手がかりに財宝を手に入れようと思い立ったお嬢様。仇敵と力を合わせて探すうち…。スリル満点の恋物語。

キャンディス・キャンプ
細郷妙子 訳
## 偽りのエンゲージ
19世紀イギリス、令嬢カミラは出会ったばかりの謎の男と偽装婚約。殺人事件、密輸団との出会い…。大冒険の中、愛は謎とともに深まっていく?!

キャンディス・キャンプ
細郷妙子 訳
## 初恋のラビリンス
使用人との恋仲を引き裂かれ嫁がされた没落貴族の娘アンジェラ。13年後、離婚した彼女の次の政略結婚の相手は、瞳に憎しみをたたえた初恋の人だった。

キャンディス・キャンプ
細郷妙子 訳
## 令嬢とスキャンダル
ヴィクトリア時代のイギリス。令嬢プリシラの家に記憶を失った若い男が助けを求めて転がり込んだ。その日から、彼女の恋と冒険の日々が始まった!

キャット・マーティン
岡 聖子 訳
## 花嫁の首飾り
義父の毒牙が迫るなか家宝を手に逃避行に出た令嬢姉妹。身分を隠し伯爵家の召使いとなった二人に、伝説の首飾りが運ぶのは悲劇か、幸福か——

# MIRA文庫

アン・スチュアート
小林町子 訳
## 清らかな背徳
13世紀初頭、17歳になったエリザベスは修道女になることを決意した。しかし聖堂までの同行者は、殺人者と噂されるイングランド王の御落胤で…。

エレイン・コフマン
後藤美香 訳
## 流れついた紋章
スコットランドの浜辺に打ち上げられた瀕死の美女。命を救ってくれた伯爵にどんなに強く惹かれても決して素性を明かすわけにはいかなかった…。

ナーン・ライアン
小林令子 訳
## 忘れえぬ嵐
19世紀、沈みゆく船の中で伯爵令嬢は選んだ。婚約者ではなく、傲慢で危険な男を…。ヒストリカルの名手ナーン・ライアンが奏でる魅惑の調べ。

ステラ・キャメロン
岡　聖子 訳
メイフェア・スクエア7番地
## キルルード子爵の不埒な求婚
骨董商の兄を手伝うフィンチが暴漢に襲われた。仕事の依頼主である子爵には、実は極秘任務が…。英国で大ブームを巻き起こしたシリーズ第1作目。

キャサリン・コールター
佐野　晶 訳
## 微笑みの予感
小説家のチェルシーは、ロマンスを売るほど書いているのに恋とは無縁。親友から素敵な医師を紹介されるが、つい職業柄、彼を観察してしまい…。

ノーラ・ロバーツ
立花奈緒 訳
塔の館の女たちⅠ
## 恋するキャサリン
水晶は、四姉妹が住む〝塔の館〟を買収する青年と姉妹の誰かとの恋を予言。四女キャサリンは売却に大反対するが、恋の火花は意外なところで散った！